上锁的房间

[美]劳拉·金(Laurie R. King)著　张文林 译

LOCKED ROOMS

编辑前言 / 1
序曲 / 2

第一部　罗　素 / 5
第二部　福尔摩斯 / 131
第三部　罗　素 / 227
第四部　福尔摩斯 / 283
第五部　罗　素 / 333

尾声 / 357
后记 / 361

编辑前言

本书为玛丽·罗素回忆录的第八部。20世纪90年代,我收到了一系列手稿,这些回忆录便是在此基础上编纂而成[1]。

最终成为本书的这部手稿初读时似乎是一些片段的集合,但仔细读来,却是两个独立的故事。它们要么是被草草地放在一起,这里二十页,那里五十页,要么是按照两个故事的时间进程粗略地交叉。一份是手写稿,以罗素女士独特的口吻娓娓道来,另一份是打印稿,从罗素女士的伙伴兼丈夫的角度出发,以第三人称叙事。语法和标点的某些实例似乎可以表明,笔者(或者打字者)就是罗素本人,但她究竟是在转述别人讲给她的故事,还是根据已有材料臆造了一些情节,我们只能凭空猜测。我花了些时间思考这个问题,然后大胆推断,她根据至少两部分独立的叙述,将故事的章节融合在一起,还用打字替代了惯常的亲笔。这为她提供了一些空间,让她可以在心理上与故事拉开一段必要的距离,就像内心独白转换成客观叙述一样。

但正如前文所说,这只是猜测。

罗素女士原稿中以第三人称呈现的材料保留了下来。我试图将两个视角中日常生活交错的部分重复描写出来,过程令人抓狂,但我还是决定叠加材料,先讲一段故事,再开始交叉的叙事。

劳拉·R.金
加利福尼亚州,自由城

---

[1] 首部作品《养蜂人的门徒》中交代了我获得这些手稿的细节。

序曲

离开孟买之后,我便开始噩梦连连。

轮船向南航行,绕过科摩林角后,又沿印度东海岸向北驶去。

旅途颠簸,三个噩梦反反复复,一路随行。本就雾蒙蒙的夜晚又因此多了一丝寒意。

这三个另类同伴陪着我掠过亚洲的海岸线,驶过并不太平的太平洋,一路向加利福尼亚去了。

在第一个梦里,物体横飞。

轮船出航才一两天,"飞行物之梦"便首次来访。当时想着,或许是白天所见所感的一件事,幻化成了这个饶有风趣的梦。那天清晨,我们在帆布遮阳棚下躲避热带的高温。我坐在帆布躺椅上,不经意间听到一个小孩和奶奶在谈论爱丽丝系列的书。孩子是个书迷,但奶奶却并不买账。当晚,我就梦到了一甲板的纸牌,划过空气,扑面而来[1]。所以当我从梦中惊醒时,不禁发笑。

然而,这种趣味持续了没几日,纸牌变成了漫天飞舞的蝙蝠、书本,最后又变成砖块、台灯、家具。这些东西带着深仇大恨,气势汹汹地直奔我而来。之后,每天清晨醒来,我都会检查一下自己的身体,看看有没有受伤。

第一个梦在夜晚安营扎寨后,第二个梦也伺机而入。我梦到一个身份不明的无脸男,他总是出现在一间毫无特征的白色

---

[1] 指《爱丽丝梦游仙境》一书中纸牌人的情节。——编者注

房间里，出现在我面前，特别恐怖。有时他还会说话——明明连嘴巴都没有。他说："别害怕，小丫头。别害怕。"

有时他还说"别低着头看那个捕熊陷阱"，或者说"餐桌上的猎枪你不要在意"。可是这些指令似乎就是想吓我："颤抖吧，小丫头。"

"颤抖吧"。

两个挥之不去的梦似乎不成气候，于是就在轮船绕过印度后不久，第三个梦接踵而来。原是该酣睡的时候，但夜晚沉闷，我本就辗转难眠，来了第三位"常客"后，我便几乎彻底无眠了。

并不是因为第三个梦和飞行物与无脸男一样吓人，它顶多算是个小麻烦。在第三个梦中，我在一所房子里闲逛，房子美轮美奂，建筑风格每晚都不尽相同——有时是中世纪石屋，有时是现代钢筋玻璃建筑，有时是伊丽莎白时代的半木质结构房屋，有时是19世纪的红砖房。虽然在梦中我经常是带着三五好友参观这座貌似属于我的房子，但我似乎还是听到了自己的脚步声在走廊回荡。我们四处参观，敞亮的卧室、人人羡慕的华丽餐厅、大厅里气派的壁炉，都引得人们驻足谈论。

但这个梦之所以恐怖，并不是因为房子或者朋友，而是因为在昏暗的石头通道中，或是在光线穿窗而入的走廊里，我们总会遇到一扇寂静朴实的门，门钥匙就在我的口袋中。我知道，这扇门通往一间公寓。但它相当隐蔽，没有人知道，除了我。所以我的朋友们坦然地从门前经过，无所察觉，而我则惴惴不安地把玩着那把冰凉的金属钥匙，感受着门那侧的房间发出的诱惑，心神不宁。

其实梦里的我并非有意隐瞒，因为有时我会掏出钥匙，打开这扇不惹眼的门，向朋友们展示里面一间间富丽堂皇的舒适房间，朋友们自然很惊讶。风格依旧多变，中世纪风格或是现代风格。房间虽长期闲置，但只积了薄薄一层灰。所以，房间本身和房间的神秘感都不是恐惧的关键，关键在于，我知道这些房间就在这里，我知道隐蔽的公寓里昏昏暗暗，空空荡荡，寂静无声，知道它舒适而又低调。即使梦醒，也依旧给我带来无法言说的困扰。这些意识潜伏在我脑海深处，就像那把静卧在我口袋中的钥匙一样。

这些上锁的房间似乎是特意等在那里，知道总有一天我会需要它们。

第一部

罗 素

一

　　春寒料峭的日本，冷风掠过闻名于世的樱花树，将花苞上的冰屑纷纷扬扬地洒了一地。天皇的一封电报，把我们从香港召来了这里，并无商量的余地。我们在这儿待了近三个星期。人们坚定地认为，等五月到来，这里便会柳暗花明。

　　这三个星期最大的好处就是，困扰我一路的噩梦终于销声匿迹了。我睡得很踏实。最开始不免有些小心翼翼，之后便渐渐放松了警惕。我已无心追究原因，这些噩梦总归是去了。

　　但是，从东京起航十二小时后，我又梦到了飞行物，于是再一次挣扎着从沉睡中醒来。

　　离开岛国三日后，雨过天晴，微弱的阳光穿过云层，时有时无。天气有些冷，大多数乘客硬着头皮去甲板上溜了一圈之后，便靠着临海的窗户待着，慵懒得像猫一样。而我跟事务长讨了一条旅行毯，在避风处寻了把帆布椅，把帽子从乱糟糟的头发上扯下来，遮住脸，开始打盹儿。

　　半下午的时候，福尔摩斯端了一杯热咖啡来，确切地说是一杯温咖啡，有一半还洒到了杯托里。尽管如此，我还是欠身，抽出一只手接了过来，并用另一只手将杯托里的咖啡倒回杯里。福尔摩斯坐到旁边的一把帆布椅上，掏出烟斗和烟草袋。

　　"船长说，我们要全速前进了。"他解释说。

"真好，暴风雨终于消停了，"我说道，"估计今天晚上我可以好好吃顿晚饭。"过去几天，狂风将本就颠簸不停的轮船掀得七上八下，比平日里更容易晕船反胃。

"这三天你一点东西都没吃。"福尔摩斯对我虚弱的胃不甚满意。

"吃米饭了，"我反驳道，"也喝了些茶。"

"也没睡。"他又补充道，一边说一边点着防风打火机，凑近烟斗钵。

这次我没有辩解。过了一会儿，他似乎也承认了他的指控无须答复，便继续说：

"有没有想过在夏威夷逗留几天？"

我把哈欠咽了回去，把空杯子搁到椅子宽宽的扶手上，又缩回暖和的毯子里。"你定吧，福尔摩斯。如果你想在那儿停的话，我很乐意。下一班轮船是什么时候？"

"一般是三天一班，但是听说下一班轮船返回东京维修去了，所以说，我们要在岛上困一周。"

我睁开一只眼睛，通过声音，判断不出他的真实意图，他的表情笼罩在烟雾中，更给不了什么提示。"脱离航行计划一周的话，时间确实不短。"我小心地试探。

"如果夏威夷接受了禁酒令的话，一周会更长。"

"半天可以赶很长一段路，也可以好好坐在桌前吃饭，不用为了将晃动的汤勺准确地送到嘴边而费劲。哪种选择都不错。"

"四天后还有一趟去旧金山的船。"这样多余的察言观色太不像福尔摩斯了。其实整个对话都不太像福尔摩斯的风格，我这样思考着，逆着光眯着眼睛注视他。他衔着烟斗，正专心致志地卷他的烟草袋，于是我又闭上眼睛。

"陆地啊，"我说道，"在加利福尼亚待一周，处理一下生意，就可以回家了。坐火车回。"坐火车可不会晕船。

"你觉得一周时间够用？"

"起草一下出售房子和公司的文件？一周足够用了。"

"这只是你自己的打算。"

这种不置可否的话，颇有弗洛伊德装腔作势的味道。我开始有些恼了。"你这是什么意思，福尔摩斯？"

"你的噩梦。"

"噩梦怎么了？"我打断他。我就不该同他讲这些梦的，但是要想不被察觉，也很难，毕竟我们住得很近。

"我想说，噩梦在某种程度上反映出焦虑。"

"哦，快得了吧，福尔摩斯，你说话像极了弗洛伊德。就是那个满脑子都是性的家伙。他宣称'在梦中，房间一般象征着女人'，'检查一连串房间就表示妓院或者婚姻'。他这样欣欣然地将两者等同起来，我简直无法想象他的婚姻状况。还有钥匙——天啊，你可以想象把玩口袋里那把焐热的钥匙象征着什么，真是让人心烦。'纯真的梦也承载着天然性欲'，这个俗人肯定会把钥匙和某个男性器官等同起来，至于喷出来的东西——好吧，我确实是个女变态。每次我读他的书，都想泡热水澡，或者淋冷水浴。这种情况，又该把我的天然性欲解析成什么呢？"

"听起来，你似乎对这个研究得很透彻。"

"没错，我在船上的图书馆里找到了一本他写的《梦的解析》。"我承认了。随即便意识到，这话似乎承认了我的专注程度，而且还高出我的预期。为了不让他继续关注这个话题，我打岔道："真没想到你竟然是弗洛伊德狂热者，福尔摩斯。"

他脸色一暗，向我靠过来，想回应我的话，然后突然又停住了，以一种颇具欺骗性的温和语气反击道："你的梦很明了，这种情况下，没必要动用心理逻辑学的知识。"

"什么意思,什么明了?"我怒气冲冲地抗议。说完才察觉出,自己完全踏进了他转移话题的圈套,但为时已晚。

"旧金山地震时,东西被震得到处乱飞,很明显,这是第一个梦的原型。上锁的房间可能是你家的老房子,空了十来年,你一直当它不存在。"

"通常,梦见房子并不仅仅象征着房子。"我也不知道自己为什么想分辩。

"没错,但有时梦见房子就只代表房子而已。"

我把毯子丢开,正对着他。"福尔摩斯,你疯了。我二十一岁时房子才归我,到现在才三年而已。我很忙,没那么多时间跨越半个地球去处理事情。至于你关于地震的想象,1906年我压根儿不在那里。你索性再解释一下无脸男是怎么回事吧。"

"目前还没有充分的资料来证实他的身份。"他说道,丝毫没被我的话影响。

我深吸一口气,想继续争辩,但又实在懒得和他争吵。于是我端庄地站起身:"如果你盼着我们会留时间在旧金山搜集相关线索,那就大错特错了。我们就在那儿待到我签好文件为止,然后马上坐火车去纽约。"

我用胳膊夹着叠好的毯子离开了,让他和他的烟斗做伴去吧。

地震。真是可笑。

他再没提起过这件事,我也不提。但是之后几天,我感觉他的眼睛总是盯着我,也知道他晚上躺着不睡,等着听我说话。但我没有开口,他也没有,我们就这样穿过了太平洋。噩梦,惊醒,然后担惊受怕地躺着,反反复复,我基本睡不了觉,然后开始觉得自己走路像踩在棉花纱布包上一样。

夏威夷是段令人愉悦的插曲，虽然海风一直吹，沙滩也接近荒芜。我们走了好几个小时，我还努力让自己吃了些东西，但那天晚上的睡眠质量并未得到改善。

第二天晚上，我开始在船上逛，在一层层甲板间爬上爬下（尽量不去想弗洛伊德关于进入封闭楼梯寓意的论断），最后来到轮船的尾部，后面只剩下茫茫大海。早晨风停了，轮船烟囱冒出的烟顺着一层层甲板径直向后飘来，营造了一连串适合冥想的地方，遗世孤立，却又脏乱破旧。我待在船尾的甲板上，与太平洋只有一栏之隔。

我陷入沉思，思考这些梦，思考福尔摩斯的话。

我们曾目睹地震给日本造成的创伤，东京至今也没有从去年那场毁灭性的地震中缓过来。很明显，正是这件事让福尔摩斯产生了关于摇晃物体的肤浅观点。我并不是在困扰他的观点有无可能，而是怕弗洛伊德一语成谶，尽管我一直嘴硬不承认。

1月离开伦敦后，我们度过了相识九周年和结婚两周年纪念日。我从未想过婚姻会这般顺心顺意，我们灵魂相通——虽然我们年纪不同，虽然会经常因为性格发生冲突，虽然有西格蒙德·弗洛伊德挑拨离间——从生理角度，我们也是天作之合。这个男人赏识我的才智，挑战我的心灵，也唤醒了我的激情。

所以，不可能。去你的心理学——噩梦与我的婚姻无关。

噩梦依旧，我被折磨得精疲力竭，暴躁易怒。在甲板上寻了一个安静但又烟气弥漫的地方，我只身站在那儿，垂眼望向无垠的海面。

海水向目光所及处延伸，浩瀚的大海涌动着，呈现出柔和的灰蓝色。偶尔有顶着白尖的细浪冒出头，打破这一整片灰蓝。轮船经过，又在海面划下一道白线，笔直地在船后舒展开，最后消失在耀眼的余晖中。

　　隔着栏杆，我微探上身，看到了正下方的巨大螺旋桨在海水中刻出的一道道凹痕。这些痕迹迅速还原，我恍惚地觉得大海像是农民犁过的田地，螺旋桨在三百英里的海上，犁出笔直的犁沟。当船抵达海田地头时，掉转向东去耕下一垄；犁到头，再折返，向西继续。来来回回，反反复复。与海底平行的世界中，蚯蚓和鼹鼠各自忙碌着，它们头顶上又是另一片天地。农民轮船在上，昆虫鱼类在下，各自相安无事。原本都在平静地安睡，但是偶然的机会，一粒种子落下来，在新开辟的犁沟中扎根……

　　"罗素！"福尔摩斯一声大喊，高亢的声音和突然搭到我臂上的手，把我从恍惚中拽了回来，同时也把帽子吓飞了。我伸手去抓，但没来得及。这条破兮兮的毡子飞到了船后，在空中旋了很久，最后降落到海上的犁沟里。我转向自己的丈夫。

　　"你干吗总这样吓我？"我抱怨道，"这是我最后一顶暖和的帽子了。"

　　"买新帽子总比下海捞你简单得多，"他说，"你都要翻过去了。"

　　"别犯傻，福尔摩斯，我只是在看螺旋桨刻出的痕迹。算了，你有什么事吗？"

　　"晚餐铃刚刚响过一遍了。你没来换衣服，我以为你没有听到。我从上边下来，正好瞧见你，好像跟自己过不去的样子。"

　　他言简意赅，只带了一丝丝关心的愠气，言外好像还有想问的问题。我抬手想整理一下发夹，却发现早已空空如也——几星期前，我剪掉一头浓密的齐腰长发（伪装英国军官必需的一步）。意识到脑袋早已变轻的手有些无所适从，不过没去捋短短的发茬，而是伸开了手指。我回头瞥了一眼那条笔直的海路，脊背一阵颤抖。我告诫自己，以后在这么疲倦的状态下，或许不应该再趴着栏杆了。我任由福尔摩斯把我的手拐进他的臂弯，带我往我们的船舱走去。

晚饭没什么食欲，我像尊石头雕像，对周围的对话毫无反应。饭后，船上的弦乐四重奏乐队奏上了一曲贝多芬选段，水平尚可。我们听了一会儿，又去甲板上转了一圈。福尔摩斯一直闲聊，我还是没什么回应。最后我们回房睡觉，又是一夜不眠。

第二天早晨照镜子时，我发现里面的女人眼圈乌黑。福尔摩斯已经起来了，我慢吞吞地穿好衣服，喝了几杯浓咖啡，带着一本书上了甲板，那里阳光灿烂。然而，这书和昨晚的对话一样，激不起我任何回应。索性，我便呆坐在那儿，眼睛盯着模糊不清的海平线。

过了一会儿，我察觉到福尔摩斯在我旁边的椅子上坐了下来。我不情愿地将投向远方的视线收回来，停留在他手中那一抹鲜亮上。这是一条丝巾，是他在旅途第一站的集市上买的，太过花哨，可能只有在乔装吉卜赛人时才用得到。他将丝巾拿在手中，好像色彩中隐含着什么线索一样。他的专心引起了我的关注。

"这是什么，福尔摩斯？"

"我们在亚丁买的一条长丝巾。我想把它当作备忘品，帮助我回忆那个离奇下午的种种细节。整件事还是让我很困惑。"

回想亚丁的经历很是伤感，因为在那之后的几个月间发生了太多事——有几周，我们在印度搜寻一名失踪间谍，还和一位疯狂的印度王公比赛马上长枪；之后在日本待了大半个月，处理些棘手的案件，中间在海上航行的几周，也一直被噩梦折磨。确实，露台当头坠落，我们差点命丧亚丁集市。

但是和福尔摩斯在一起,这种一脚踏进鬼门关的经历并不罕见。最后我决定不再多想,并将此事归为离奇事故,原本有可能造成严重后果,但又幸免于难。显然,福尔摩斯并不这么认为。

"这肯定是意外事故,福尔摩斯。"我不大赞同,"露台砸下来是因为螺栓老化,不是有人故意弄下来的。"

"我也是这样劝我自己的。"

"但你自己根本没听劝。"

"自我保护成终身习惯后,就不愿意承认什么巧合了。"

"福尔摩斯,一事不称巧。"

"但两件怪事就得好好想想了。"

"两件?"

"一件是坠落的露台,另一件事是船上有一名乘客打听我们,之后她下了船。就在亚丁。"他挑眉望向我,想强调最后的信息很重要。

"船……哦,没错,托马斯·古德哈特的小故事。他说是一个南方人,对吧?"汤米[1]·古德哈特是美国贵族,有时也是激进分子,1月至2月间,他害得我们在印度劳苦奔波。当时,在王公的护卫紧追不舍下,我们在山地宫殿下的一条通道深处听汤米偶然说起,有一位女乘客登了船,之后又神秘地在亚丁上了岸,她和他谈论过夏洛克·福尔摩斯。之后一个闷热的下午,在德里的一个间谍组织首脑办公室,福尔摩斯咄咄逼人地想让这个年轻人透露更多细节,但基本一无所获。

"是萨凡纳人,也可能只是她自称的。要知道,美国南方口音是很容易模仿的。"

"福尔摩斯,"我责备道,"你不觉得怀疑太阳明天是否会从东边升起很困难吗?"

---

[1] 托马斯的昵称。——编者注

"并没有。我更乐意假设过往经历会为宇宙运作提供范例,并在这一假设基础上采取行动。虽然目睹太阳从西方升起应该不会让我心跳骤停。"

"真高兴听到你这么说。"

"但看见我妻子走向船栏杆,可能会造成这种后果。"

"我只是……"

"你再斜三度,就失去平衡了。"他声音冷硬,不容置疑。虽然这话本身并不能阻止我争辩,但当时我脑子想到的,全是船后那道平滑诱人的航迹以及我不经意的颤抖。

看到我沉默,他轻叹一声:"罗素,很明显,有事情在消磨你的心智。虽说我坚信所有人都有权利自己去与心魔战斗,但是集思广益,两个人一起想办法解决问题总比一个人而且是一个头脑困顿的人要好些吧?"

"是,说得真对。"我语气凌厉。我迈向甲板,盯着自己的手研究了好一会儿,与此同时大脑开始自己组织语言。"当时我提议,离开孟买后,应该去旧金山,这听起来很合理。只有我到场,我的交易才能获得最大收益,所以……好吧,我想去作最后的告别,毕竟十年前离开时我没心情做这件事。但是我发现,越靠近那里,我越觉得还不如直接回家。我……我发现自己很害怕面对这件事。"

"你当然会害怕,"他说道,"你不想回旧金山再正常不过了。"

"什么意思?"我有些恼火地抗议道,"我纠结了好些天,才承认自己做了错误的决定,而你却说你打从一开始就知道?"

"我没说你错了,只不过你累坏了。罗素,从我们开始驶往加利福尼亚,你就变得急躁失眠、焦虑不安,还没有食欲。我们在日本停留的那段时间,你的症状有所缓解——你睡得着吃得下,也像平时一样能集中注意力——但当我们再次起航向东时,你的问题又都回来了。这还能是什么?稀奇的厌船症?我看不像。"

我张口结舌、目不转睛地看着他,直到他的脸皱出一副不耐烦的怪表情。"罗素,我们现在要去的地方承载了你童年最不愉快的回忆。你担心再见到那个地方,这才正常,毕竟你六岁时,那里被焚为平地。我知道,我知道,当时你没在那儿,但就算你不在,你也听别人说了一遍又一遍。还有,你十四岁时,就在那儿,你经历了那次可怕的车祸,你失去了母亲、父亲、弟弟,你自己也差点遇难。你不害怕才真是诡异。我担心的是,你似乎太过恐惧了。不管这些梦意味着什么,很显然,它们有很强大的根基。"

"但这些梦和那场灾难并没有什么关系,和我小时候做的那个梦一点都不一样,就是我跟你讲过的那个。梦里没出现汽车,没出现家人,没有大火或者爆炸,没有道路或者悬崖。根本就不是同一个。"

他把橙子皮塞进口袋,又从另一个口袋掏出烟斗,拿烟草往钵里填。然后,他一边把烟草袋口卷起来,一边说道:"第二个梦里那个无脸男,他应该是要警告你,而不是恐吓你。"

"确实是这么回事,没错。"

"不管怎么说,他没有伸手去抓你,也没伤害你,对吗?"

"他只是出现在那儿,说'别害怕,年轻的姑娘',然后就走了。"

他拿着黄铜打火机的手停在半空,一双锐利的灰色眼睛紧盯着我。"年轻的姑娘,还是小丫头?"

"年轻——不对,你说得没错,是小丫头。你是怎么知道的?"

"你第一次告诉我的时候,用的是这个词。"

"好吧，但那又有什么关系？"

"我不该这么认为。"我的丈夫回答道。这种独特的说话风格听起来高深莫测，着实让人恼火。他专心地点着烟，吐出一团带着香气的烟雾，然后靠了回去，双腿往前一伸。"你觉得这个人没有脸代表什么？是他真没有脸，还是有什么东西遮住了他的脸——面具之类的，或者很浓的妆？"

我盯着大海望了一会儿。"我只觉得他没有脸，但也可能是白色面具，或者绷带，或者像你说的，很浓的妆。就像我们在日本看到的艺伎一样，只不过没有突出描画五官。他看起来就是……没有脸。"我很挫败，要挖掘埋在脑海深处的记忆并不容易。

"他总出现在一个白色的房间里。"

"对，总是这样。"

"形容一下这个房间。"

"房间很亮堂，没有窗户，里面塞了一堆各式各样的家具摆设。"我已经认定，对于我的潜意识来说，这个房间很重要。里面塞进了日常生活中的各种东西。这个神话般的地方，在某种意义上也是柏拉图山洞[1]。

"但是和第三个梦中那个上锁的房间不一样吧？"

"嗯，一点都不一样。上锁的房间昏暗坚实，而这个房间很亮也很……怎么说呢，很柔软。"就像子宫一样，我这样想着，它并不只是明亮。

"啊。"他咬住烟斗，这副样子很熟悉：他理出头绪了。

不知为什么，他的动作让我忐忑不安。我站起来，走到船栏边，俯视着下层甲板，不愿意上他的钩。

"那是帐篷。"过了一会儿，他说道。

"小时候吗？不太像，福尔摩斯——我母亲是绝对不会

---

1 Platonic cave，柏拉图的哲学思想之一。——译注

去露营的。不过我家确实有一栋避暑别墅，在旧金山南部。虽然去度假时不带用人，但我们过得可没这么苦。"

"不是度假。地震和大火过后，旧金山的公园里都搭满了帆布帐篷，供人避难。"

"我说过，地震时我不在旧金山。"

"那你在哪儿呢？"

"不记得了——我才六岁好吗，看在上帝的分上，我们四处游走。很可能在英国，或者波士顿，反正不在旧金山。"

"你出生在伦敦，十四年后回到加利福尼亚，中间这段时间一直居无定所吗？"

"偶尔吧，也不一直这样。"我的回答比我的感觉果断多了。有人会这么关注童年记忆吗？反正我是极少去想的。

"你六岁的时候住在哪儿，罗素？"他耐心地问。

"哦，福尔摩斯，打住吧，真的。"

"住在哪儿，罗素？"

天啊，这个人是决心要把我逼疯吗？"在波士顿，我想。"

"还记得房子什么样吗？"

"记得。"我得意地说，然后转过身正对着他，下巴高扬，"是一所很大的砖砌宅邸，有门廊，会客厅有钢琴，楼梯平台的窗户上装着彩色玻璃，色彩常常从玻璃上投下来，映到墙上。"

"这是你家的房子，还是你祖父母的房子？"

"当然是我家的。"但话音刚落，一群白色的小狗就跑进了记忆中的楼梯，窗户投射下蓝色、红色的光，斑驳地洒在毛茸茸的小身躯上，就像魔法一样。这是我奶奶的小狗。

不对，一定是奶奶来看我们时，我见到了这个场景。

带着小狗来？我不情不愿地开动记忆，想找一间属于我的卧室或者儿童房；但我能想到的就只有飘着薰衣草香的房间，里面放着一张不舒服的矮脚床。

该死。这么简单的一件事，我为什么想不起来？

我的指甲抠在粗糙的木质栏杆上，隐隐有些担心。"老实说，福尔摩斯，我不知道。"

"罗素，我是这么想的，地震的时候，你十有八九在旧金山。这就可以解释第一个梦中出现的飞行物了，对不对？那间柔软充盈的白色房间，可能是帐篷，里面塞的是从损毁或烧掉的房子里收拾来的零碎物品。"

"该死的，福尔摩斯，我当时不在旧金山！为什么你这么坚信我在那儿呢？"

"那你为什么这么坚定地说你不在呢？罗素，你从来没讲过你的童年，知道吗？"

"你也没有讲过。"

"确实如此。快乐的童年滋养回忆，不幸的遭遇蚕食记忆。"

栏杆上突然冒出一根木刺，直直扎进我的手指。我暗暗咒骂一声，吮着手指，心里升起一阵烦闷，于是怒声喊道："我的童年很快乐！"

"当然。"他的声音冷冷的，"所以你才能毫无顾忌地谈论这个话题。"

"是之后的事情制造了痛苦的回忆。"

"罗素，1906年，你住在哪儿？"

"我去找胶布把手指缠上。"说着我便快步走下楼梯，几乎跑起来。

我的童年一定是快乐的。

地震时，我绝对不在旧金山。

而且我也绝对不会在旧金山久待，不会去探究深埋在那里的零落过往。

二

在船上生活，有一个特别的难处，那就是你无法长时间逃避某人的质问或者冒犯。尤其你还要和质问你的人共处一室。

第二天早晨，福尔摩斯肯定也察觉到了，我前一天晚上没被噩梦叨扰。虽然上锁的房间如约而至，但飞行物没有来，所以我也没有午夜惊坐而起。这是离开日本后的第一次。

其余两个梦一如既往。无脸男回来了，但他身形清晰，在一顶帐篷外站着，没有说话。虽然还是如此，但他的出现不再像先前那样惹人心烦。这晚以后，那些隐蔽的神秘房间反而成了睡梦的主题，灰尘轻覆，房间较之前更昏暗了些，但也更奢华了。

我六岁时真的在那座城市吗？真的亲身经历了那场地裂山摇吗？真的目睹了大半座城市被美国有史以来最大的火所焚毁吗？第一个梦消失了，我不禁想到福尔摩斯有可能猜对了。这就像是他喊出了魔鬼的名字，它便不再耀武扬威。

航程的最后一天下午，我脑中又浮现出一幅画面，也进一步佐证了福尔摩斯的解释是对的。

那天天晴日暖，我路过船上的白色帆布遮阳棚时，母亲的影像突然浮现在我眼前。她穿着男士裤装，戴着一顶宽檐草帽，上边装饰着一朵硕大的橙色丝绸花，看上去有些滑稽。她脸上挂着一抹自嘲的笑容，一手端着生铁煎锅，一手握着一把大勺子，正要从火边逃开，她身后，是一顶干净的军用帆布帐篷。随着这心向往之的一瞥,一扇门仿佛豁然打开,允许我走进去一探究竟,那个关于房间的梦所承载的所有回忆涌现而出:物体坠地的砰砰声,高处碎玻璃发出的脆响,极度的恐惧感,环绕在我身边的臂膀,还有屋顶熊熊翻滚的红色烟雾。然后门又猛地关上了,我一动不动地在原地站了很久,直到一个小孩从我身旁跑过,我才回过神来。

我知道,这是铁打的现实。因为刚刚恢复的记忆片段,我多少可以原谅福尔摩斯一直以来的多管闲事了。我甚至承认,他是对的:旧金山地震时,我,一个六岁的孩子,确实在那里。

但是为什么?我为什么遗弃了关于这件事的所有记忆?

我们最终回到了小时候的家,它是西部最大最年轻的城市,占据了太平洋与圣弗朗西斯科湾之间的半岛最北端。八十年前,船只驶过金门时,所见之物只有聚集在破败的布道所旁的些许印第安棚屋。之后,1848年,约翰·马歇尔在萨特磨坊边的小溪中捡到了一小块黄灿灿的金属,自此,世界各地的人蜂拥而来。

我的几个亲戚也卷入了第一波大潮中,他们是淘金热的受害者。他们划地争权,以此发家,却又全数散尽。还有一些亲戚投身到第二波大潮中,他们为淘金者服务,提供所需。财富来得慢些,去得也慢些。但是我的祖父固守着东海岸人的品质,不同于他人,不同于那些如今已成为加州显贵的人:他虽在旧金山建了房,但却建在了太平洋高地,远离诺布山的霍金斯和斯坦福豪宅;他虽在西海岸拥有股份,手握经济大权,但还是顺从了妻子的要求,回到波士顿,在那个文明的社会中养育自己的孩子,也因此放弃了在加州政界的权力。

但是，我的父亲不安分。他打破传统，把旧金山称作自己的故乡，娶了犹太裔的英国妻子，在这里安了家，接管了家族在加利福尼亚的生意股份，宣告自己独立了。据我所知，他深爱加利福尼亚。每次提到旧金山，他都说是"那座城市"，而这话在我母亲口中指的却是伦敦。我本身对这里没什么印象，但还是期待在永别之前好好见识一下"那座城市"。

因此，淘金热开始七十五年后的今天，4月末的一个早晨，我站在甲板上，看到了迎接过祖辈的金门，平整的小丘环绕着海湾的入口。冬雨过后，这里一片青翠，但是到了夏天，由于长时间的干旱，这里会是一片金黄。船尾的枪位从两侧的山丘中探出，但当我们驶入金门海峡，顺着右侧蜿蜒的海岸继续向前时，这座白墙林立的城市便映入眼帘。城市中起伏着十几座小山丘，无数座船坞和码头探入海湾。

领航员引船入港，靠向码头旁一排闪闪发亮的建筑。渡船进进出出，一片喧闹。我们的船缓缓开进去停住了，几乎没有任何感觉。缆绳抛下去，系好，登船和上岸的人群急匆匆地交相而过，身后粗犷的装卸工却悠闲地待在卡车和货箱间，抽着烟卷，聊着闲话。大副把人行通道打开，乘客们纷纷转弯，匆匆地去找自己的船舱。

福尔摩斯和我一直等到人群散后，才走下去把随身携带的东西收拾好，然后去取行李。

唯一的麻烦是，似乎谁都没兴趣理会我们。事务长请我们去餐厅稍等，于是我们便在空荡的餐厅坐下来，盯着窗外上岸的乘客从人潮变成小股人流，最后只剩下零星几个。福尔摩斯抽着烟。我第二十次抬手看表，然后摇了摇头。

"快一个小时了，福尔摩斯，我们直接自己解决吧。"

他没说话，熄了快满出来的烟斗，提起旅行包，看着窗外，然后顿了一下。

"那好像是你的人。"他说道。顺着他的视线，我看到了一位三十来岁的绅士，头发棕黄，身材发福，一身粗花呢西装，挤在正要下舷梯的搬运工中，努力地朝船上走。果不其然，他停在舷梯顶部，向事务长一通乱问，事务长朝着餐厅指了指。没一会儿，他便破门而入，只见他脸红气促，左手抓着帽子，右手朝我们伸过来。

"罗素小姐？哦，真是抱歉，我来晚了。我本来派了个小伙子来等船进港，结果他魂不守舍，好像女朋友在附近似的。您为什么不叫人给我打电话呢？您的行李搬下来了吗？您好，"他转而道，原本攥着我的手伸向了福尔摩斯，"下午好，福尔摩斯先生，很高兴见到您。我是亨利·诺伯特，听候您的吩咐。欢迎来到旧金山。至于您，罗素小姐，欢迎回来。来，两位下船吧，我们去酒店。"说着他把软帽重新扣到头上，抢着拎起我的包，空着的手伸向门口，催促意味十足。

"为什么住酒店？"我问道，"我们应该可以住到家里吧？"

诺伯特停住，又摘下帽子，"啊。哦，不，我认为这不是个好主意。不，住酒店可能会更舒服一些。我预约了市中心的圣法兰西斯大酒店，从办事处出来，一拐弯就到。"

"家里的房子有什么问题吗？"

那顶帽子本来正朝黄褐色的头上扣去，听到问话，又放了下来，"不，不，房子还是坚实地矗立在那儿，没有问题。但是，过了这么多年，肯定不太适合住人。"

我张了张嘴想抗议，已经提前通知他把房子收拾好了，但又一想，似乎没什么立场：显然，我应该自己去看一看，然后再判断房子是真的不适合住人，还是住着不舒服而已，毕竟闲置了十多年，或许房子积下的尘土都还没清理呢。我闭上嘴，诺伯特先生的帽子也重新占领了高地。我们被温柔地驱赶下船，上了一辆在路边停着的锃亮轿车。

汽车向前行驶。我回想起了十八年前，差不多整整十八年，这座城市一夜清零。如今那场灾难的痕迹已全然消失。当初繁忙的码头被林立的高楼和黑色西装取代，之后又变成商业中心。汽车穿过一间间店铺，橱窗里的春装连衣裙鲜艳明亮。广场上一簇簇鲜花拥着高高的柱子，柱子顶端似乎是一尊带翅膀的雕塑。再转弯，汽车躲开隆隆作响的电车车厢，最后缓缓停在酒店庄严的入口前。穿着制服的小伙子们接过行李。诺伯特先生带着我们，穿过发亮的大门，朝前台走去。

礼宾桌后站着的那位绅士，和大门一样闪闪发亮。他喊着我们的名字迎过来，职业又友善，仿佛我们是老主顾，而非初来乍到的客人，只能通过诺伯特先生才知道我们是谁。后面还站着一位绅士，他看起来更庄重些，锐利的眼睛审视着桌后这位的办事效率。福尔摩斯登记入住的空当，我问诺伯特先生有没有寄给我的信。

"哈！"他惊叹一声，然后将手伸进西装胸前的口袋，掏出了厚厚一沓，"幸亏您问了，否则我还得再返回来送一趟。"

我翻了翻——有三封是哈德森太太寄来的。她是福尔摩斯的管家，为他工作了好些年。有几封朋友的来信，哈德森太太也转寄了来；还有华生医生的一张明信片，显示的是巴黎。诺伯特注意到我脸上有失落的神色。

"您在盼其他的信吗？"他问道。

"算是吧。肯定是被耽搁了。"

在日本的时候我就决定，回旧金山后一定要见利亚·金兹伯医生一面。她是一位精神科医生，那场灾难之后，是她照料我的，也是在她的办公室，我开始艰辛地重拾自己的人生。我曾写信告诉她会路过旧金山，还告诉她来信可以由诺伯特先生转交。

可能从日本来的信不太可靠吧。

"好吧，我会让秘书再去查一下。"他说，"也可能下午就会送来。好了，明天早晨，大多数文书可以准备好；如果您愿意一大早来办公室的话，我们可以看一看。"

"方便的话，我现在就能去。"

"哦，"诺伯特说道，"恐怕不太方便。水务公司的股份档案出了些问题，我不得不将它们寄回去弄清楚。但他们承诺明天早上九点前会送过来。所以我们暂定九点半？"

似乎没什么选择。我告诉他明天早上九点半见，他和我们握了手，便急忙走了。

福尔摩斯已经登记好在等我了。我们正要跟着拿钥匙的小伙子去房间时，那位一直在后边转的庄重男人缓缓走上前来，伸出手道："罗素小姐？我叫奥伯伦，是圣法兰西斯大酒店的经理。我想以个人名义再次向您表示欢迎。我认识您的父亲，虽然交往不深，但发自内心地尊重他。听说关于那场事故的消息时我很难过，也很高兴能在这儿见到您。如果有我能效劳的事情，请尽管吩咐。"

"哎呀，谢谢你！"我很是惊讶。福尔摩斯不得不碰了碰我的胳膊，拉着我向电梯走去。

来到房间，福尔摩斯扎进沙发里，开始拆信。我站在那儿，盯着摆放整齐的箱子，突然意识到，1月份我们离开英国时，衣物都是胡乱收拾的，之后几个月，又随意地添置了些奇装异服，所以这些行李中，几乎没有一件让一群律师和业务经理们觉得，他们为之工作多年的继承人是一个可靠又有能力的人。更别说之后还有很长的路途，要从这里出发去纽约坐船返航。我确实有几身漂亮的和服和一些让人眼花缭乱的印度服饰，但是我那些西方风格的衣服只适合在英国的冬天穿，还是两年前的旧款，即使在这里也会被识破。我甚至都不确定，箱子里有没有补丁少于两个的长筒袜。

"哦，在内特比特[1]碰上来自西姆拉[2]的裁缝，我能怎么办？"我嘟囔道，打断了我正在读信的伙伴时不时的吟诵。

"不好意思，你说什么？"福尔摩斯从纸张中抬起头。

"我只是在想，如果女人靠三身套装和一身晚礼服就可以度日该多好。我必须出去买点东西了。"

"不好意思。"他又说了一遍。这一次，他缓慢庄重的语气中透着体恤，而不是询问。

我抓起手套和草帽，然后看了一眼腕表，"我两三个小时就回来，然后可以一起喝杯茶。需要我带什么东西吗？"

"我在日本买的手帕不错，但是袜子不太够穿，如果碰到卖的，可以帮我带半打。"

"好的。"

我下楼来到礼宾桌前，询问有没有合适的商店，对方的回复细致入微，其实我没必要知道这么多细节。向这位绅士道过谢后，我又停住了。

"能给我一张纸和一个信封吗？"我问。

他带着我穿过大厅，来到一个书信艺术的圣地，钢笔、信笺、桌子静候在那儿。我给金兹伯医生写了封短信，解释说前一封流离失所，但是我很希望在旧金山待的这一小段时间里可以见她一面。为了方便她回信，我把酒店的地址以及律师事务所的地址都写在信上，署上"亲爱的"，然后把记在脑子中的地址写到信封上，把信交到礼宾桌，等着邮寄。

守门人将我送了出去，门外一片春光灿烂。这样的下午太过美好，实在不宜和店主们争来辩去，浪费光阴，但又实在不得已——没有一个订制裁缝可以在明天早上六点前赶出一套衣服。我垮着脸，向鲜花广场另一边的展示橱窗走去，

---

1 Nesbit，美国一城市名。——译注
2 Simla，印度一城市名。——译注

然后进了商场。

一小时后,我收获颇丰:三身庄重的套装以及配套的帽子、两双鞋、十双丝质长筒袜,还有六双男士羊毛袜。我安排人把东西送回圣法兰西斯酒店,然后走出商场。下一家店更高端一些,守门人曾经提过,里边出售的不是流水成衣。本打算进去逛一逛,但阳光照在脸上,我心情着实愉悦,脚下一动不动的砂石路面也让我觉得幸福满满,于是我决定去开着花的广场小溜一圈。

联合广场满是享受阳光的市民,沙滩被人们有效利用起来,小路上也总有悠闲的购物者和绕过来的生意人。我注意到,这里没几个小孩——一个声音传过来,打断了我的思绪。我顺着声音转身。

节奏整齐的铿锵声,沉重的铁车轮隆隆地响着,地下缆线发出了呼啸声。旧金山最具特色的电车来了。它轰隆隆地爬上鲍威尔大街,快到邮政街时,车铃欢快地响了起来。

混杂在一起的声音像催眠师的触发词一样:我精神变得恍惚,目送这辆颜色鲜艳、四四方方的车开了过去。车停下来载上一位乘客,然后攀着不停运转的缆线,沿着一成不变的路线,在街道中央继续它高低起伏的旅程。电车还未完全从我视线里消失,一位路人擦身而过,将我从恍惚中带了回来。于是我转身,低着头一阵疾走,穿过缀满鲜花的广场,跟着任意一股人潮逃离了大街。

朦胧间,我意识到周围环境有了变化:市中心标志性的汽油味、香水味和汗水味散去,取而代之的是更有异域特色的辣椒、香油、烤鸭和熏香味。一片亮丽的色彩吸引了我的眼球,我抬头环顾四周,一排鲜艳的纸灯笼高挂着,随风飘舞,两端是同样鲜艳的建筑。我对这个地方的印象异常深刻,但又觉得完全陌生,仿佛我只知道概念,却不认得实物。继续走了一会儿，街道环境又发生了变化。空气中弥漫着大蒜、番茄酱和咖啡的香气。很快，这些味道消散在海滨空气中。我突然发觉，前面无路可走了。

我站在一条蜿蜒宽阔的道路边缘，前面是一排码头，来自十几个国家的船停在这里，机器和壮汉们装船卸货，一片繁忙景象。货车、卡车来来往往，零星冒出几个身着西装的生意人，空气中只有大海和焦油的味道。

其实，这里像极了伦敦，我一阵心安。

待了一会儿，我转身向西，开始沿着海滨路走。阳光洒在脸上，非常舒适，脚下静止的路面同样让我觉得舒心。腿部的肌肉终于可以愉快地舒展开来，不用再每隔几分钟便踉跄或倒退几步。船上生活残留在肺里的令人恐惧窒息的空气，也慢慢呼出体外。我想，说不定真是什么"稀奇的厌船症"导致我失眠，厌船症和缺乏锻炼。

我停下脚步，看到几个正在工作的渔夫。他们穿着高筒水靴，嗓音洪亮，正在补渔网。鱼和螃蟹散发的新鲜浓郁的海腥味，从四面八方涌来。再继续往前，味道又渐渐淡了下去。我面对着大海，北边海岸浮现出一座模糊的圆形山丘，恶魔岛也出现在眼前。余晖中，我伸展双臂，嘴角轻扬，满心的兴奋几欲冲口而出。我又转过身回望城市，然后突然意识到，建筑物的影子已经拉得很长很长了。

"坏了！"脱口而出的竟是这句，我告诉过福尔摩斯会回去和他一起喝茶的。

跨过海滨路，我重新回到城中。走过几条街，看到一个公用电话标识牌。在这个狭小空间里，至少有三个国家的语言交织在一起。我翻找着钱包，里边混着印度硬币、英国硬币和日本硬币，最后终于找到几个能用的，并拨通圣法兰西斯酒店的电话。福尔摩斯没接，也没给我留言。我给他留了一条言，走出电话亭，心里升起一丝理直气壮：如果是我在酒店，到了约定时间，我肯定耐心十足地等他回来，天知道他会从哪儿回来。

继续往南走，市中心大概就在这个方向——想在一个三面环水的城市里彻底走丢，可是一件难事。我从人行道上抬起头，四下张望，把周围的环境记下来。这里的住宅更加密集，房子比我之前匆匆经过的地方更加古老高大，居民没有鲜明的地区特征。路面变得陡峭，这对我的腿部肌肉来说是个愉快的挑战。地势渐高，没有了饭馆和商店，街道上的喧嚣也沉寂下来，树木愈发挺拔苍翠，脚下的石板路更平坦，过往的行人明显少了。

山丘上的这方天地，也许该有护城河环绕，摆上"平民勿扰"的标识。从这里出发，银行经理的司机可以将老板送到金融区后再准点返回，接上老板太太去市中心赴午宴，简直轻而易举。这里没有精力旺盛、混世魔王般的孩子，也没有半夜纵饮狂欢的人吵闹着抄近路回家。

这里连空气都像斥了重金，舒爽而又清新。

我抬起头，看着对面那栋房屋，嘴角轻扬。这是一栋砖结构建筑，共有两层，看上去低调而宏伟。脚下突然失控，我差点摔个脸着地。

我看到，离街道很远的一段红砖墙壁和曾经雪白的树篱，如今几乎被疯长的藤蔓和花园里同样肆无忌惮的树丛掩盖了。灰色的花园石墙将树丛和人行道隔开，但达不到应有的长度，石缝也需要重新填补。旁边，一整套考究的铁门挡在宅院车道上，而一扇稍小一点的门则拦在步道入口。两扇门都缠着沉重的链子，挂着结实的挂锁。人行道门上的那条铁链，由于没有挂环，直接焊到了门扣上——也正是这个门扣，在当年弟弟奔跑着摔倒时，划破了他的头皮。

房子的外形我绝对不会认错——我的双脚将我带回了家。

三

天渐渐暗了下去,我不知道自己究竟站了多久。我只知道,当一只手搭上我的肩膀,吓得我差点丢了魂时,天基本已经黑了。

我转过身,面前站着一位高高瘦瘦、灰色头发的男士,轮廓清晰,一双灰色的眼睛更是犀利。我吁出一口气,打算自卫的手臂落回身侧。

"福尔摩斯,行行好,就不能让人有点心理准备吗?"

"罗素,我站在你身后清了好几分钟的嗓子。是你心神不定。"

"你说是就是吧。"我一脸严肃。

"我可以认为这里就是你的家吗?"

我转回去,再次凝望这栋建筑,渐渐地,它不再只是矗立在这里的建筑物轮廓。"我绞尽脑汁也说不清楚自己的家在哪儿,但我的双脚却知道。一抬头,它就在这儿了。"

"想进去吗?"

"我没有钥匙。"我心不在焉地说道,然后突然停住,"没有钥匙也阻止不了你啊。但是说实话,你的开锁技术遇到生锈的挂锁也照样碰钉子吧。"

"但是,翻墙很容易。请吧。"说着,他弯下身子,双手交叠,为我准备好踏板。我目测了一下石墙高度,实际上不到五英尺,虽然在我记忆里很高——那是小时候的记忆,我提醒自己。墙上没有设置玻璃碴或电线,当然,荒草丛生的花园前面也不会有摄像头。

我一只脚脚尖踩着福尔摩斯的手,手撑住他的肩膀爬上墙,翻了过去,长筒袜几乎一丝未损。福尔摩斯随即也翻了进来,他拍了拍裤子,未见尘土。

园中荒草高及膝盖,人行道没入其中。离门五英尺处有一条小路,两侧的灌木枝丫争先恐后地挤到中间,完全掩盖了路的踪迹。但是车道还能走,于是我们侧着身子蹭着墙壁挪了过去,顺着缝隙间填满杂草的鹅卵石路摸索着向屋子走去。

路灯亮起,借着光,这里的排水管,那边起皮的装饰映入眼帘。透过污迹斑斑的一楼窗户,还能瞥到窗帘的衬布。

我们沿障碍最少的小路走着,至少开始比较好走,然后继续沿着房子一侧的车道前行。这边同样窗户紧闭,看不到任何东西,与邻居家(好像是姓……拉姆齐)相邻的那堵墙的墙脚,玫瑰花丛早不见了往日的规整,变成了灌木丛,长满刺的利爪伸向我们的衣服。

车道一直延伸到房子背面的一个车库,父亲原来会将车停在这里。福尔摩斯走上前,踮起脚,往高高的窗户里探了探,然后走开了。"里面什么都没有。"他说。里面当然空无一物,父亲的最后一辆车冲下悬崖爆炸了,当时油箱刚刚加满了油。

我们站在那儿,盯着无路可走的后院。"想过去吗?"我问。

"鉴于没什么紧急事宜,或许我们应该等以后穿好防刺外衣再来挑战。"

"还要穿上防蛇靴。"我补充道。于是我们转身返回前院,一边走,我一边甚是不满地摇头,"肯定有人注意到花园的状况了,但房子还是一副多年无人踏足的样子。我以为安排了人打理。"

"从房产经理的角度来讲,这种状态很理想。你那位诺伯特先生肯定知道原因。"

"他得给我解释解释,哪里的房子也不该弄成这副样子。邻居们没有抱怨真是奇迹。"

"或许抱怨过。"福尔摩斯说道。我的第一反应是,他们抱怨的不是触目惊心的油漆状况。一辆汽车停在大门前,两扇车门猛然关上,两侧的大灯照向行车通道。

"里面的人,"喊话声传来,这种充满威严的口气全世界通用,"马上出来!"

"警察来了。"福尔摩斯的话有些多余。我们遵从命令,朝门口走去。

见识了我们的着装、举止和口音,警察马上把照在我们脸上的亮光移开,用作照明。我们称自己是房子的主人,只是没带钥匙,他们有些半信半疑。亏得其中一位不知道从哪儿搬了一个橘色的板条箱来,我才能端庄地从围墙翻出去。警察将我们送回酒店,礼宾员认出了我们,打消了警察最后一丝疑虑。我向他们两位道谢,感谢他们关心我们的财产安全。然后我想到警察来之前福尔摩斯提到的问题,于是便开口询问。

"在您走之前,我能问个问题吗?是哪位邻居报的警呢?我想感谢一下他们的关心。您知道。"

两位壮汉对视一眼,年长的那位耸了耸肩说道:"是街对面的那位老夫人。她可能将房子划进了自己的管辖范围——她常给警局打电话,让我们在孩子们捣乱之前将他们撵走。"

"我理解。失眠的老太太,也没有别的事情可做。我们没偷走门把手,她可能还有些失望呢。"

两位警察哈哈一笑，拖着蓝色的魁梧身躯离开了。我和福尔摩斯朝餐厅走去，享用推迟已久的晚餐。经过奢华的门厅时，我突然觉得没必要专门去找镜子，在这儿就可以整理外出几小时弄乱的头发。这也是新发型的好处，虽说只是意外收获。福尔摩斯很是嫌弃，但我自己并不觉得讨厌。

我们没有嘱咐，但晚餐竟然提供了红酒，真是意外。酒产自当地，不过味道不错，出乎我们的意料。我的食欲有待恢复，福尔摩斯问过我之后，便开始大快朵颐。喝过咖啡，我们又出门散步，联合广场灯火阑珊。

"福尔摩斯，我认为你跟踪了我一下午。"

他一直在等这个问题，或者说在等下一个问题，因为他的回答没有半分迟疑："我很关心你来到这里会受什么影响，确实跟踪你了。"

我的手从他胳膊上滑下来，"你担心我？"

"不是担心，我只是好奇你会去哪里。我想很有可能你的潜意识会左右你的脚步，你钟爱的那些心理学的书可能会这么解释。"

"确实如此。"走了几步，我又将手放回他胳膊上，"福尔摩斯，说实话，我都不明白是怎么回事。我记得这座城市，但我却不明白。在我找到家之前，我都敢发誓自己不知道它在这个城市的哪个区。怎么会这样呢？"

"我一直觉得，"他过了一会儿说道，"发现你与这座城市羁绊的过程，也是我们来这里的原因之一。"

之后便是一路的沉默。散步回来，我们上楼回房。床很软，四平八稳的地板让我觉得很新奇。我带着诧异和放松入睡，这一晚难得的没有做梦。

我准时出现在诺伯特先生的办公室，穿着一条新买的连衣裙，双腿裹着丝质长筒袜，标记着当下流行的裙摆长度。

脚踩一双半高跟鞋，顶着刚及耳朵的卷发，像极了关注时尚的女郎。

诺伯特将我迎进一间办公室。满目的深色木材和皮革，足以取悦伦敦最古板的律师。这是诺伯特的办公室。这个男人虽然只比我大不到十岁，却是大公司的大股东。父亲在世时，这家公司为他鞍前马后，父亲死后依然如此。老诺伯特先生和他当时的生意伙伴都死于1919年的大流感，一个留下了儿子，一个留下了十二岁的孙子来接管生意。虽然诺伯特尽力在这间让人印象深刻的办公室中添了些东西，但我觉得，即便是现在，他依然有些战战兢兢，如果周围有颜色稍浅一些的现代家具摆设，他可能会更舒服一些吧。

我坐到椅子上，接过一杯例行公事的淡美式咖啡，有的没的聊了刚好三分半钟后，诺伯特口气轻松地挑起了商务话题。

加利福尼亚的代表一直恳请我放些心思在继承的资产上；看过家里的房子之后，我只能祈祷其他资产不像那栋荒废的房子一样。但是，不一会儿我发现，之所以让我来，是让我做一些长期决策、再投资以及清算。只有我才能做这些决定。大多数人总结说，如果我不打算在工厂、公司和其他投资的运作上发挥积极作用的话，那就应该变卖股份，然后开始新生活。

这也是我的期望。

我们商定未来几天再约几次，见一见经理和董事们。我逐份翻了翻诺伯特放在我面前的简要数据对照表，不得不承认：电力公司和铜矿企业一旦疏于管理，是运行不了太长时间的；数千英亩的土地，虽靠近加利福尼亚南部刚刚探测到的油田，但如果不加以管理，也成不了气候。

漫长的上午即将告一段落，诺伯特靠向椅背，长舒了一口气，然后站起身宣布："是时候再来一杯咖啡了。"然后走了出去。我听到他和秘书说了两句话，不一会儿便听到远处冲水的声音。他又回到办公室，秘书跟在他身后。

他将棕色的液体倒进杯子，放好奶油、糖和小饼干，然后坐回去，掐着时间，等着五分钟后结束闲聊。一分钟过去，我开口了。

"诺伯特先生，不得不说，您在房产处理这件事上，真是神乎其技，而且隔了那么久远，这绝非易事。"我把汤匙放到骨瓷杯托上，"但是，正因如此，我更不明白房子怎么那么荒废。"我把昨晚的险遇大致讲了一遍，当听到我们遇上警察时，他轻轻发出了担忧的声音。最后我又评论了一番房子的现状，他听完后也摇了摇头，仿佛有共鸣。

"太糟糕了，不是吗？"他表示赞同，脸上没有丝毫愧疚的神色，"真是遗憾。但我无能为力，真的；遗嘱上交代得很清楚。"

"遗嘱？"我重复道。

"是的，你父亲的遗嘱，应该说是你父母的。你不会还没看过吧？"

"十四岁那年肯定看过，之后便再没见过了。"

"哦，老天，难怪你会感到疑惑。现在我很希望你能帮我解释一下这一项。稍等。"他向前探去，拨动桌子上电话的开关，然后对着电话讲道："兰德小姐，能麻烦你拿一份罗素家的遗嘱复印件过来吗？"

兰德小姐很快出现了，把手里一份装订好的文件交给了诺伯特，他又转递给我，然后坐回去。我解开文件绳，坐下来开始读。

事实证明，这是我读过的遗嘱中比较古怪的一份。我一边细读文件，一边纳闷为什么之前没看到这份——我确定，二十一岁那年继承父亲的房产时,我浏览过一堆的文件,其中并没有这份。我的眼睛被纸张下方的两个签名吸引住了,父亲的笔迹刚劲不羁,母亲的签名整齐得像印刷体一般。我又翻回前面一页。

"这句是什么意思,'自本文件签署之日起,二十年内,在现有家庭成员不亲自到场的情况下,任何人无权进入房屋'?"

"就是这句。其实意思很明显,就是如果你父亲过世,房子由你母亲继承。如果双双过世,很不幸,真变成了这样,房子就由你和你弟弟来继承。但是,签字之日起二十年内——哪天签的字来着?——对,1906年6月5日,只有你,你的配偶和你的孩子可以在你不在场的情况下,进入这所房子。遗嘱上还说,在规定日期之前,就像我刚才说的,1926年6月5日前,距现在还有两年多一点的时间,不能变卖房产用于清偿。现在,你来了,你和你的丈夫可以任意处置房子。但是有两条,若你本人不到场,不可以授权他人进入,也不可以在规定日期之前卖了它。"

"但是为什么呢?"

"我父亲,当然也就是起草这份遗嘱的人,他去世之前,认为关于这份遗嘱中的细节,并不太适合告诉我原因。"他回答道,态度茫然。这个人写了那么多份古怪遗嘱,但并不刨根问底,"但是遗嘱附加条款的要求非常明确,虽然'确保房屋不被搅扰'的含义可以由法律公司自由裁定。你的父亲罹难之后没几天,我父亲作为公司的负责人,安排了一位单身女士,也是他的一个亲戚,租下了临街的那所房子,她叫阿加莎·葛林立,是他的远方继表姐之类的。之后,葛林立女士的一个未婚侄子搬来和她做伴。她在学校当了大半辈子老师,有眼观六路的本事。她侄子虽有些弱智,但很清楚自己的工作内容。每次他们把接近房子的陌生人赶走之后,便能得到一份津贴。每年都会有两三笔——第一次是她接受这项任务后没几天——最近一次，当然，不包括昨晚，是几个月前的事了。如果有人从他们眼皮底下溜进去，那他们就不能再享受这份待遇了。这也是他们时刻要警惕的风险。坦白讲，这其实是我们玩的一些小把戏，偶尔我会雇些人专程去闯空门，看是不是能躲过他们的监视。他俩可能把你和你的丈夫也当作这批人了。"

想来，有时候律师还是别太好奇客户的目的为好。很明显，父亲不打算让其他人踏足，除了家人。至于原因，并不在诺伯特的考虑范围，他只要考虑如何达成就可以。

"如果你愿意，你可以保留这份，"他说道，"我另留了两份复印件，其中一份保存在半岛的一个地下保险库里。要吸取1906年的教训。"他表情痛苦地解释道，"直到现在，我们还在努力收拾当年市政厅大火造成的残局。"

接着，他伸手将桌子中间的抽屉拉开，拿出一个巴掌大小的棕色信封，看起来凹凸不平，封口未启，上面是父亲别具一格的签名笔迹。诺伯特将信封放到光滑的桌面上，里面的物体咔嗒一声轻响，是金属的声音。

"如果你需要家政妇帮忙，"他继续说道，"或者修整花园什么的，希望你给我打电话。我们确实每年雇一位园丁进行修剪，以免房子前面影响到邻居。虽然按照遗嘱要求，这种行为有待商榷，每次我都亲自去监工，确保他们谁都不靠近房子。在遭遇变故之后的那一周，我父亲也是这样监督来打扫的清洁工的。显然，当时你……这栋房子本该成为禁地的。他一直心存疑虑，因为严格来说，附加条款明确指出，他应该任由冰箱里的牛奶变质，任由飞蛾钻进地毯。但是他决定保护客户的财产，做一些变通也无可厚非。在这个问题上，他甚至可能咨询过法官，我不记得了。但这都不重要。我会给葛林立女士打电话的，告诉她你回来了，我可不想你再被逮捕。"

我站起来，左胳膊夹着文件，右手一伸。

"还是谢谢你，诺伯特先生。虽然就像我说过的，我无意做任何事，只想尽快准备出售房子。"

"无论您作何选择，随时为您服务。"他握了握手，回答道。他又将信封拿起来交给我，轻笑了一声，"别忘了这个——要不你又得爬墙了。"

"当然不会。"我说道，然后将信封装进口袋。我们朝门口走去，我顺便问了一句："你还记得当年的大火蔓延了多远吗？1906年。"

"历历在目——我当时十七岁，整天挖碎石，帮人们转移财物，免遭大火。整个市中心都烧了起来。残存下来的只有布道街的美国造币厂和俄罗斯山顶部的一些房子，电报山稍微多一些——其他的全部消失了，教堂、沙龙、唐人街，还有我说过的市政厅，连同里边的档案。但如果你是问你家的房子，火势在范尼斯大道得到了遏制，当时军队炸毁了整条街，那里与你家还隔着三个街区。"

"我知道了，谢谢。"我停在门口，不情愿地提出了在办公室待着的这段时间一直回荡在我脑中的问题。

"诺伯特先生，这听起来可能有些奇怪，地震时我在不在这里？我是说，就是地震当时。"

"当然在了。火熄灭的当天，我父亲便带着我去你家查看情况。那天应该是星期六。大半天的时间都在找你们，最后发现你们待在那个公园。我记得你母亲在营火旁为我们煮咖啡，就好像她一直是这样煮咖啡的。"他神情悠远，浅浅一笑，"当时她穿着裤子和一双男靴，但是戴了一顶不同凡响的帽子，一朵巨大的橙色花钉在帽子一侧。就像她对周围的不适和恐惧都嗤之以鼻。她是位令人钦佩的女性，毫不畏惧。"

与这位律师道别后，我慢悠悠地朝忙碌的市场街走去，一路上满脑子都是母亲那顶钉着橙色花的浅色帽子。手推车来来往往，交通繁忙。我百无聊赖地看着一位独腿的退伍士兵，拄着拐杖费力地从一群身着亮色连衣裙的女白领中穿过去，脑子里却还是那顶帽子。

为什么父亲要在遗嘱中写那样一条附加条款呢？

后来，我把自己的疑惑和福尔摩斯说了。他把遗嘱往房间桌子上一扔，然后摇了摇头，"没人知道。但我也认为很奇怪，值得一查。"

福尔摩斯花了一上午了解旧金山的情况，回到酒店时手里多了一沓地图和几页纸，上边乱糟糟地写了些电话号码和地址。他来回翻看这些纸片，直到弄出一份详细地图。一支绿色铅笔顺着地图上的街道游走，画出了弯弯曲曲的线，圈住了地图上半岛东半部的一大片区域，整个市中心包括在内。当我看到铅笔沿着范尼斯大道画出超过一英里范围的直线时，我立刻明白了这些线代表什么。

"这就是遭遇火灾的部分？"

"木质建筑、炉火蔓延、自来水管道崩坏，"他一一列出，简洁明了，"大火在这座城市烧了三天，线这一侧，几乎所有东西都化为乌有。"

"肯定像人间地狱。"

"你真不记得了？"

"哦，天啊，福尔摩斯。我真的只记得我母亲在营火旁煮饭的样子。一个六岁的孩子，一定能记住城市火灾这种大事吗？"我开始觉得像是有人指出我缺了一条腿，"即使失忆症患者，也一定能感觉到失忆造成的一些记忆……空白。"

"我不知道该不该把你这种情况定义成失忆，准确地说，失忆相当少见,大多只出现在女士们读的小说中,而且一般是由于严重的脑损伤。你的情况,我冒昧地认为,是出于某些原因,你的意识主动屏蔽了幼年时的记忆。"

我更不喜欢这种解释——我的潜意识像懦夫一样,选择将不愉快的记忆深埋。"福尔摩斯,"我粗鲁地叫道,"昨天晚上你说,探寻的过程也是我们来这里的原因,这话是什么意思?"

"亲爱的罗素,你好好想想。你真的只是想从加州繁杂的生意中脱身吗?那你在伦敦也可以做这件事,你只要交代给律师去办,然后签一堆名字就可以了。只为这个目的的话,你大可不必横跨大半个地球。相反,过去三年里,你一直拖着,不做任何决议,不下任何指示,直到这里的业务变得岌岌可危。当我哥哥请我们去印度时,你似乎自然而然地决定继续前行,来到这里,虽然实际上这已经脱离了原来的路线,也很大程度上搅扰了我们的生活。还能有什么别的原因?只能是出于某种目的,你脑中潜藏的某些欲望驱使你回到旧金山。"

我脑中有一小部分承认了他的说法,但大部分拒绝接受,也不愿意相信,这很明显是他的阴谋。

还有其他迹象:福尔摩斯望着我,眼神里的期待让人很不舒服。这是他的强项,就像给出一道测试题,就等我遵从第一反应,提交完整答案。他相信,肯定还有我没感知到的事情,只要我问,他就会迫使我自己找出答案。

眼下,我真的无力面对。于是,我麻利地站了起来。

"我想去看一看房子。诺伯特把钥匙交给我了。你要不要一起来?"

"我们先吃午饭吧?"

"我不太饿,你要吃的话就先吃,然后再来找我。"

"不，我和你一起去。"福尔摩斯说道。我们收拾好东西，走到门口，他停住问："带钥匙了吗？"

"当然，"我说，"就放在我……不，没在，我把钥匙弄哪儿了？哦，对，在这儿。"

那个棕色信封放在床上，我走回去拿起来。再次走到门口时，我想到了小路和路尽头房子的惨状，里面的设施肯定也好不到哪儿去。"等我一下，福尔摩斯。"我说着走进那个金光灿灿的大理石洗手间。出来时，我擦干手，拍了拍头发（根本没必要——短发不怕风吹，不用打理），然后大步向门口走去。

"钥匙呢？"福尔摩斯提醒道。

"在——该死，我又放到哪里了？"那个长方形的马尼拉纸袋，半掩在镜子和花瓶之间，我满腹狐疑地拿起来：这个烦人东西一直在躲我，像中了什么邪似的。我一阵恼怒，将信封一下子撕开，把里边的钥匙倒在福尔摩斯伸出来的手掌里。他修长的手指收紧，攥住钥匙。一个简单的银色钥匙环串着六把钥匙，有精致的一英寸左右的银钥匙，也有和我的手差不多长的铁钥匙。我将废纸片抛向垃圾篓，然后大步流星地走向门廊。

回家的路上，我转错两次弯。每次我四处张望时，都看到福尔摩斯站在街上看着我。第一次走错，他皱了皱眉；第二次走错时，他脸上透露出关心的表情；最后终于到达了目的地，他站在宽阔的大门前，细细研究手里的钥匙。

"罗素，最好还是我先进去看看。"

"开门，福尔摩斯。"

他抬眼盯着我的脸看了一会儿，然后把那大铁钥匙插进钥匙孔中一转。看来每年园丁来的时候，会维护维护这块铁疙瘩——上上油什么的，钥匙开得很顺利。

我踩着车道上凹进去的鹅卵石，固执地认为自己正一步步走向某个尖爪獠牙的怪物所住的巢穴。我总觉得有什么东西窥视着我，不单纯是街对面负责监管房子的邻居。但所有窗子并无异动，除了昨天我和福尔摩斯来时留下的脚印和踩倒的野草外，没有任何其他人来过的痕迹。我和福尔摩斯一前一后朝着前门走去。突然，头顶上的树枝猛地一颤，我差点尖叫着跳到福尔摩斯的怀中。三只受惊的鸽子扑棱棱逃走了，看来是因为我们入侵了它们的安全保护区。

我从发紧的嗓子中挤出一声干笑，然后示意福尔摩斯去前边，接着朝门走去。

厚重的深色木头由于疏于管理，颜色有些黯淡，门廊的防雨飞檐承受了多年的雨水冲刷，亮光漆上留下了一片一片泛黄的窄印。地砖缝隙间的苔藓长了厚厚一层，蕨类植物侵占了石雕与门框间的缝隙，形成了完整的蕨类植物洞穴。我听到门锁齿轮转动的声音，五脏六腑似乎也跟着拧了一圈。福尔摩斯转了下把手，门没开。时隔多年，木头胀了一些。于是他用一侧肩膀抵着门，猛地朝门槛一跨，门应声而开。

昏暗的房间呈现在我们面前。我的目光越过福尔摩斯的肩膀，沿着门厅向里望去，只觉得屋子像一个山洞。我定了定神，抬脚走进去。这时，眼睛余光扫到了门框，及肩的高度有一处粗糙的地方，有些古怪但似曾相识。我一脚在里，一脚在外地定住，然后后退一步，开始细细打量。

门板上有一道窄压痕，大约四英寸长，半英寸宽。靠近压痕顶端和底部的地方有螺丝钉孔，离压痕顶部三分之一处有一个凹槽，看来原来固定在那儿的什么东西被人撬了下来。犹太教的门柱圣卷吧，我想，然后她就突然出现了。

我的母亲——穿着窸窸窣窣的长裙，我高高仰起头便能看到她戴的那顶镶着优雅花边的帽子。她一只手推开光亮的正门，另一只手轻抚着雕刻繁复的黄铜面。这是对房子的祝福，安置在门口，依照指示钉在门框上，象征着家是一个与众不同的地方。母亲是犹太教徒，每次进门都会温柔地抚摸一下。不止母亲如此：我的指尖泛起了浮雕的触感，刻着阿拉伯式花纹的小盒触手生凉，保护着里边卷得紧紧的经文纸。

手自作主张地伸过去，想抚平这块参差不齐、遍布孔洞裂纹的木头。我心里有些疑惑。

"发现了什么？"福尔摩斯问道。

"门这里原本有门柱圣卷的。我出生那年，外公送给母亲的。母亲违反宗教原则，嫁给了异教徒，那是外公第一次态度转变，也表示母亲第一次得到了宽恕。事实证明，也是最后一次，没过几个月外公便去世了。如今，圣卷却不见了。"

"可能是老诺伯特拆下来了，安全起见。"

"一个非犹太教徒应该不会动它的。"

"那会不会是你母亲自己把它拆下来了？"

"除非她不打算回这个家了。他们是在周末去小舍的路上去世的——就是我家在半岛南部的避暑别墅。我们本打算待几日便回家的。"

"那就是某位朋友，知道这东西对你母亲的重要性，所以拆走了。"

"可能吧。"我又摸了摸伤痕累累的门框，开始琢磨。我不认识她的朋友，只是隐约记得，那场事故之后，有一两位女士来医院探望过我。但当时我受了伤，失去了父母，没心思接受她们的安慰。在英国时，我收到过她们的来信，没回复便烧掉了，最后她们也就不再联系了。

很奇怪，按理说，东西失踪了，我应该更加惊慌失措，但刚才母亲进门的影像从眼前一闪而过，倒让我安心了不少，就好像是她经过时用手轻轻抚了一下我的后脑勺一样。当我再次走向屋子时,它不再是骇人的野兽洞穴,而是一家人曾经居住过的地方,只不过如今变成了空房而已。

从里面看,房子与《远大前程》中的房子甚是相似。数十年积攒的灰尘之下,是戛然而止的生活。门廊中金色绲边的镜子披了一层灰褐色的绒毛,镜面也变得斑驳模糊。我站在第一个房间的门口,这是母亲的晨起室。房子封闭之前,家具上罩了一层布,所有的窗户窗帘都关上了。空气沉闷,到处是灰尘、烤马毛、潮湿织物和霉菌的味道,还混杂了微弱的焦味。

福尔摩斯跨到最近的窗户前,伸手就去拉窗帘。

"慢点。"我提醒道。他本来要用力拽,这会儿动作轻了下来,缓缓地将窗帘拉开,灰尘才没有涌进来,而是散到了空气中。

壁炉中残留着一堆颤巍巍的黑色灰烬,这是房子突然封闭的唯一迹象。其他一切都有条不紊:花瓶清空了,灰盘打扫了,咖啡杯一个不少,也没有散落的书籍。印象中,母亲最喜欢这个房间,这里和后边的正式会客厅不同,除了款待宾客之外,还有其他用途。母亲亲自布置了一张精美的法国桌子(路易十四或者路易十五时期的),为了能透过窗户看到外边的风景,那里曾经紫藤环绕,草长莺飞,如今已然变成了密不透风的绿幕。母亲很喜欢这片景致,这片花园,甚至每年都会留一本生长记事——对,就在这里,漂亮的相簿裹着丝绸,她曾经专注地翻看,标记种在花园中的每种灌木的名字,画出灌木花朵的草图,记录下生长成功与失败的经验,字迹整洁,完全不同于我潦草的鬼画符。我猛地转身走出房间,福尔摩斯跟在我身后,轻轻关上门。倾泻下来的阳光被挡在了门内,走廊又变回了一片幽暗。

整栋房子像是笼罩在灰尘中。餐厅的长桌就像一块及地的布料，摆放整齐的餐椅像一个个凸起，钻破布料，冒出了头。铺了防油布的长桌面上，摆了三个变黑的蜡烛架。音乐室里，有钢琴形状的高地，有椅子组成的小片树林。钥匙环上的第三把钥匙打开了餐具室的门，它不情不愿地让开路，闪到一旁，屋子中的银具、水晶器皿和瓷器整齐地摆放在橱柜和架子上。

我们来到昏暗的图书室，福尔摩斯对里边的霉味略有微词。这里曾是父亲的书房，留下的账簿和信件多是用那台巨大的安德伍德打字机一个个字敲出来的。打字机的部件很沉，当时我还小，手指只能将字符打到色带上。那台安德伍德也罩上了布，和古朴的壁炉前那张桌子、那两把椅子一样。屋子的地毯卷到了墙边，散发着樟脑丸的味道。

一片沉寂，气氛很压抑。我清了清嗓子说道："你觉得他们到底用了多少亩防尘布？"

福尔摩斯对着无人翻阅、逐渐损毁的书卷摇了摇头，继续向前走。

我们在房子里到处转，各种东西、各种形状似乎都来触碰我的记忆，每一次都会激活一小部分：比如门旁的镜子，那是一份结婚礼物，母亲很不喜欢，而父亲却很满意，于是成了多次甜蜜争吵的根源。主客厅的地毯——也发生过什么事，是我闯的祸，似乎洒了什么东西。可能是我弄翻了咖啡托盘，引得到访的一群女士连声尖叫——不，我想起来了，她们惊慌不是因为这个，不是我内疚的小脑袋想的这个原因，不是因为糟蹋了地毯，而是因为咖啡洒到了我稚嫩的皮肤上，但奇迹般地没有烫伤。

高高的书橱上一件特别的摆设吸引了我的目光：这是一只雕刻的漫画猫，颜色很有异域情调，嘴巴张成O形，露出尖牙。但应该有一抹黄色的什么东西待在嘴巴中间……噢，对，是父亲的恶作剧。他在唐人街发现了这只猫，然后在猫的嘴巴里装了一根栖木。母亲养了一只金丝雀，偶尔会在房间里自在地转一转，它很喜欢落到某个固定的地方唱歌。父亲将这只猫摆到了那里。每次看到小鸟在猫的嘴巴里唱歌，我和利瓦依都会咯咯地笑。

在转悠的过程中，我并没有找回全部的记忆。只有单独的几件东西唤起了特别的回忆。我感觉自己像一位王子，穿梭在房子中寻找沉睡的童年，然后献上一个个吻，将它们唤醒。或者像一个拿着道具花的小丑，轻轻一点，它们就突然盛开，闪着光，像奇迹一样。

但我对小丑并没什么兴趣，也不是童话爱好者：沉睡的公主太被动，即使是小时候，我也对她很恼火。

我们来到一层的最里边，福尔摩斯推开一扇转门，我才真正找到了彻头彻尾的熟悉感——厨房。这里没蒙布，只有白瓷砖、黑色火炉、闲置的锅具以及一排勺子和餐具。我曾就着餐盘、玻璃杯和作业在木桌前坐着；我曾拉开那个冰箱（从婴儿时便再没换过）沉重的门，取过牛奶。那间餐具室曾经备了很多食材，让人瞠目结舌，罐子里有饼干和咖啡，盒子中有面粉，虽有蜡封，但已经变成了绿色。

回忆往往来自眼睛不经意的一瞥，耳畔细若游丝的声响，味蕾上即将消失的味道。所以现在，房子中的人开始逐渐从我意识最深处走出来：腿粗臀圆的厨师背对着我，将搅拌的木勺放到一边，然后风风火火出去了。这一幕瞬间被我大脑捕捉到，我回头，她不在，但又一直住在我的脑海中。然后我注意到，在门底部，有一片早就干了的泥土痕迹，看到这个，我似乎透过门上半部的窗户看到了一顶土色帽子，由于戴了太久，被汗水浸得发暗，这是我家的园丁。

他叫……迈克尔？不对，是迈卡。毫无疑问，我知道自己很喜欢他，虽然我对他几乎一无所知。有一次，他帮我救下一只小鸟。邻居家的猫猛扑过去，小鸟羽毛散乱，当时我很小，可能才四岁，坐在后面的台阶上（那扇有窗户的门后面有台阶？我朝窗户望去：有，两级台阶，与曾经齐整的砾石小路相接），我敞开嗓子喊了一声，谴责眼前的场面。迈卡应声从角落走过来，一只手摁住帽子，另一只手拿着耙子，两条粗短的腿快要跑起来了。一看到他，我便静了下来。那只猫窜进灌木丛，迈卡温柔地捧起小鸟，放在我用手搭起的避难所中，它只是吓坏了，并没有受伤，小心脏在我的手心怦怦直跳，这种感受让我很是震惊。小鸟待了一小会儿，突然又活蹦乱跳着冲向了天空，飞进苹果树的枝丫中，消失不见了。

我低头望着这双经历了二十年沧桑的手。很奇怪，这是我保存记忆的方式。门框上的门柱圣卷和小鸟都被这双手记住了。为什么说心灵有眼睛而不说有手或者有舌头？或许触感、味道、气味、声音才能连通心灵，而非理智。当然了，刚刚找回的所有触觉记忆，都为我的精神打了特别的强心剂，一种叫归来，一种叫决定权限，两者都会让我觉得心安。

我抬头望着污迹斑斑的窗户，那一瞬间，厨房的门豁然敞开，阳光洒了进来。我知道自己要做什么了：我要清扫房子，恢复它原来的样子，将疏忽导致的衰败逐出门外；寻回曾经来过这里的人们，不管是友人还是用人，与他们聊一聊，努力让自己重新融入这个社区大家庭中。我将过去抛诸脑后，太久太久了。福尔摩斯说得对，我们来到这里是为着什么事。

我觉得自己似乎卸下了一直压着我的沉重行装，脚跟一转，想去找福尔摩斯，告诉他我的决定，但差点摔到他身上。他正弯着腰观察墙上一面有些别扭的小镜子。

"福尔摩斯，我……"刚开口，我就注意到了他的态度，他注意力高度集中,让人联想到嗅到味道的猎犬。"怎么了?"

"你不觉得镜子的位置有些奇怪吗?"

"对于你这么高的男人来说,是奇怪,但即使在美国,也没几个身高超过六英尺的厨师。"

"是,是,"他这样说着,但并不接受我的解释,"我是指镜子安装的地方。"

我的注意力回到镜子上,然后明白了他的意思。这是一面圆形的镜子,但是嵌在八角形的框中,很像中国的风格。这面镜子是供用人们在进入房子之前检查自己形象的,所以理应装到转门附近,而不应该装在洗碗池附近的墙上,也不应该装在放置锅具和盘子的长凳上方。我站到福尔摩斯刚才的位置,膝盖弯曲,眼睛调整到更普遍的高度。

"太小了,根本照不到整张脸。"我很是惊讶。

"是奇怪。"他表示赞同,然后来回开关陈列柜门,查看里边的东西。

"是不是打算在工作时监视后门?"我推测道。但是除非这些年里,镜子移动过,否则就只能看到炉灶,周围也没有某侧支撑物滑落的痕迹。我还在抻着脑袋四下观望,一门心思想镜子的问题,福尔摩斯又继续围着房子转了。

再次走回转门旁时,他问道:"你家养过居家宠物吗?"

他蹲在那儿,前面墙脚的地板上放着一只釉面粗糙的瓷瓶,或者说是瓷碗。碗口最宽处约六英寸,高五英寸,做工朴实,但看起来很高雅。放在这个位置并不安全,毕竟有人来来回回进出厨房的门。

"我觉得应该没有。有一只金丝雀,弟弟碰到猫会打喷嚏,母亲又很讨厌狗。"

我明白他为什么问,因为端起来检查时,我在灰尘下边发现了矿物质沉淀,肯定是一品托左右的水蒸发后留下的。

另外，用这种形状的器皿喂动物也很奇怪，广口细颈，并不适合猫科动物的口鼻。放到水槽和后门中间的角落可能更合适，或者干脆放到洗碗槽里。我将它放回原处，然后环视厨房，看还有没有位置不合时宜的东西。窗台上摆着一个种着不明植物的花盆，里面的植物已经枯了——显然是诺伯特请来的清洁工工作时的疏忽，并不是值得深究的怪事。

"你家厨师是中国人吗？"福尔摩斯问道。

"我觉得不是。"我回答。和大多数西方城市一样，旧金山的华人受到法律条例和社会预期的严格限制，他们只能开洗衣房、送货、做矿工，私家宅院雇中国厨师并不常见。

"你不记得。"他说道，语气笃定。

"实在抱歉，福尔摩斯，"我没好气地回嘴，"我又不是故意拒绝配合你的，你知道的。"

尽管这样说，但他的问题还是解开了我记忆中的一个结，记忆开始翻涌。肥硕的身躯从炉灶挪向洗碗槽，现在想来，这位厨师总穿着宽松的裤子和软鞋，还套了件鲜艳的束腰长衫，实在不像辛苦劳动的下人会穿的装束。

"马氏，"我惊呼一声，"她姓马。迈卡是她的哥哥。"

"谁是迈卡？"

"园丁。有一次，他从邻居家的猫嘴下救了一只小鸟。他总戴一顶汗津津的软帽，每次从花坛采了花束递给母亲时，都会鞠躬。他说话的方式也常惹我发笑。他叫我'小小姐'。"

"他留辫子吗？"福尔摩斯的声音很轻，似乎不想打断我的注意。

"他……"我本想说没有。他总戴着帽子。但我的手指又点明了事情的真相：短小的手指好奇地攥着顺滑的、编得像绳子一样的头发，阳光下，略略有些发热。但这种感觉很遥远，就像被什么事覆盖了一般。"天啊，他有。他曾经将头发编到脑后,长度及腰,不过是很久之前的事了。之后,我便只记得那顶西式帽子了,他的穿着也与他人无异。"

"1911年,皇帝被推翻后,自然会这样。你家的园丁和世界各地的其他人一样,剪掉了辫子,接受了当地的法律和风俗。在那之前,他可能担心穿西式服装会给留在中国的家人招来祸患。"

"这就是唐人街如今天翻地覆的原因。"我惊叹道。

"这话怎么说?"

"街景变了。我记得,唐人街原来满是衣着怪异的人——滑稽的帽子,大长发辫,外国服饰。但是昨天看到的大多数人,衣着和旧金山其他人差不多。"

"如今,他们的孩子也可以上公立学校,他们也接受了美国的法律。"

"但你究竟是怎么知道的?我是指他是中国人这件事。"

"通过镜子、水、花盆里的植物看出来的。中国人认为,所有物体都承载着自然力量,择物善用,房间便会有灵气。据说与地下的龙有关。当然,这只是象征,但是人们对磁场能量模式的信仰在全世界都很普遍——秘鲁山腰的史前雕刻,澳大利亚土著居民中相传的歌谣之路,还有英国的假想线。"

这是福尔摩斯众多神秘莫测的兴趣之一,一如既往的古怪。我备好了应对之法,但事实证明,他的演说暂时告一段落。最后,福尔摩斯四处扫了一眼,抬脚走了出去,将转门打开,不一会儿传来他上楼的脚步声。

四

我没有跟过去。说实话,我的意志有些动摇。我一直认为,自控力是我的基本品质。这么多年来,我经历过枪击、刀伤、强制性的静脉毒品注射;福尔摩斯从我身边被绑架过,我自己也被绑架过,最近还遇到过一只暴怒的疯狂野猪,面对着尖嘴獠牙,我依然面无惧色。我总是吃些奇特的食物,穿着不像话的服装,睡在异常艰难的环境里。但是,和福尔摩斯在一起,我内心深处从未怀疑过自己应对特殊生存挑战的能力,因为我相信我的伙伴,相信我们可以共渡难关、意志坚定,思维活跃,配合融洽。

然后我突然发现,原以为我可以掌控形势,如今却很被动;原以为一片歌舞升平,如今看来,不过是表象。我就像站在塞得太满的橱柜前,后背抵着门扇,努力堵着,不让里边杂七杂八的东西像雪崩一般涌出来将我淹没。来到这所房子,就像打开了阀门,记忆如水,一点一点地滴出来:厨师马氏,园丁迈卡,母亲抚着门框的指尖,轻拍我后脑勺的手掌。

一个人可以保留多少童年记忆?我猜,应该不多吧。这些记忆不是经验的整合,也没有令人震惊的大事,可以像溪流中的鹅卵石一样长留脑海。如果告诉某个普通人,他的记忆并不可靠,也没有似曾相识的房子,从树上摔下来的记忆虽形象真实,但其实是梦魇,那这个人会如何?

他应该会怀疑自己的记忆。

或许这才是正确的选择。

我没有上楼,而是朝另一个方向走去,然后找到了图书室。我掀开其中一张皮椅上的防尘布,坐下来,隐约听到头顶的天花板正嘎吱作响。我更感兴趣的是这个屋子里会浮现什么记忆。

这是男士的房间,我坐在那儿,等着父亲出现。

我很幸运,能有这样的父母,他们充满活力和智慧,毫无保留地深爱着彼此,也深爱着我,并在我身边呵护了十四年。如果真的是失忆症,真的是我强加给自己的,那一定有什么渊源,就像福尔摩斯说的,与家破人亡带给我的创伤有关。

1914年秋天,父亲开着车带我们去湖畔小屋过周末,在征兵和战争毁了我们的生活之前,最后一次家庭出行。那一段路很难走,父亲又有些心不在焉,汽车突然偏了出去,停了一下,便冲下悬崖,掉进了大海。那一偏,将我甩了出来;但是父亲、母亲还有弟弟,全都随着车飞了下去,然后没入了那片火海。

之后,我在医院度过了秋天,承受着伤口留下的疤痕和一阵阵疼痛。但是,比伤疤更糟糕的是,恢复意识之后,我便深深陷入内疚之中——我独自活了下来,像犯了罪一般,痛苦不堪;最重要的是,我知道,我才是这场意外的罪魁祸首,正因为知道,所以才更觉得钻心蚀骨。是我分散了父亲的注意力,是我为了鸡毛蒜皮的小事,与弟弟吵得热火朝天。是我害死了他们,还要独自活着承受愧疚。

带着这样的记忆不可能活下去,但是又忘不掉。之后几周,白天的时间,我都会试着将这件事埋在稚嫩的大脑深处;但是一到夜晚,这个噩梦便开始缠着我,一缠就是好些年,我总能想起汽车冲下悬崖的声音和画面。

所以，将过去一股脑儿全塞进满满当当的橱柜，比分拣要拿来展示的记忆和要隐藏的记忆容易很多。因为我精神强大，意志坚定，所以这扇门才能一直紧闭，我甚至想忘记它的存在。直到后来，船从孟买港起航，一路驶往加利福尼亚，船头像楔子一样，撬着橱柜的门边。

以前，父亲每天都会来图书室。他在那张被遮起来的桌子前落座，从珐琅盒里取出雪茄，用放在桌子上的工具剪开，坐到壁炉前的另一把椅子上读报纸。如今，椅子蒙上了帆布，壁炉也冰凉空洞。父亲是个和蔼的人，应该允许我自由出入，所以我当时应该总是进进出出，带着问题，带着自然历史的标本，带着小发现、小抱怨、小建议。但这一画面，究竟是从过往经验拼凑成的，还是假设推理，添了现实骨血的臆测？

无从得知。但我能感觉到，很久以前，他在这里，我也在。这一刻，知足了。我心不在焉地把歪着的画正了正，将几本错位的书本码齐，然后出了图书室，朝楼上走去。

没看到福尔摩斯人影，但我听到天花板上有动静，他去了阁楼。我站在父母的卧室门前，小心翼翼地观望着，不确定自己是否准备好了，面对这对夫妻的卧室中可能浮现的亲密行为。然而，这个房间并没什么隐私的感觉，至少现在没有。福尔摩斯已经把窗帘拉开了，午后的阳光从朝南的窗户轻泻下来。窗户上的菱形玻璃在盖着梳妆台的白布上投下了一道彩虹，他经过时带起的灰尘仍然散在阳光里，彩虹变得朦朦胧胧的。地板上还有福尔摩斯留下的脚印，进来的、出去的，从脚印来看，他在屋子各个角落搜寻过可疑的迹象。左手边的飘窗上有两把白色藤椅，摆在一张高桌两侧，桌子很小，只容得下茶具托盘。我眼前又浮现出一副生动画面：大清早，阳光灿烂，房子的男女主人喝着咖啡。我再次困惑，这究竟是记忆还是幻想?

我走到梳妆台前边,小心地掀起防尘布,桌上的发梳、脂粉和水晶香水瓶重见天日。我的手停在香水瓶的玻璃瓶塞上方,犹豫不决:香味儿可能会唤起记忆。这种想法赋予了我强大的力量,催促我动手;而我又有些畏缩,怕自己承受不起打开盖子的后果。或是无力承受,或是一无所有,两种结果,谁都不比谁容易接受。于是我的手转向了旁边的红色长形漆盒。掀开盒盖,里边有很多发卡和帽针,还有一根精雕细琢的象牙筷子,母亲常用来梳通松散的头发。它很漂亮。我轻抚了一下筷子上磨损的雕刻,便扣上盒盖,收回了手。

或许明天吧,我再打开母亲的香水瓶,也或许后天。

我不再碰那个瓶子,将手探向一张照片。梳妆台上放了六幅照片,所有的相框都有些生锈,正面朝下,扣在桌子的亚麻布上。我拿起最大的一幅,是我和弟弟,照片中的利瓦依可能才一周岁,刚开始蹒跚学步,我六岁左右。但照片与平时照相馆的布景不同,没有满头卷发的孩子,身后没有漆过的玫瑰凉亭,也没骑无精打采的设得兰矮马;而是穿着精致的中式服装,高立领,水滑丝缎,前襟的盘扣错综复杂。我和弟弟站在一个储藏柜前边,雕工繁复,但没有侧重,弟弟看上去一脸不解,而我则欣然接受,表情明亮。我明白了母亲为什么将这张照片摆到梳妆台上。

手指蹭着发黑的相框,很熟悉的感觉。慢慢地,我想起家里的抽屉里有个一模一样的(也是扣着的),埋在一堆没用的纸下边。我虽不常看,但不曾忘记。只不过,我那个相框中放了一张全家福,不仅仅是两个孩子的照片。我一边继续研究母亲梳妆台上照片的位置,一边猜测,我的那张是不是曾经也在桌子上摆过。我甚至知道它原来的位置,桌子右边留有很大的空隙,就是那里吧。1915年,我乘船前往英国。

不知是谁，在帮我打点行装和财物时来过这里，带走了母亲桌子上这幅承载着家庭记忆的照片，让它陪伴我的旅途。

我将照片重新摆到桌布上，顺便把其他照片依次扶正。第一张照片的背景是一片卵石遍布的沙滩，很像英国，沙滩上铺了一张旅行毯，我看到父亲全身舒展着躺在上边，戴着眼镜，眯着眼睛，臂弯里藏着一个金发宝宝，也在酣睡；旁边那张是弟弟小时候的照片，黑色的头发，小脸被母亲衣袖上的花边环绕着，母亲脸上的表情看起来高深莫测；我在湖边，手里拿着小铲，半身的泥巴，一脸的倔强。两个陌生人出现在照片里，与我似乎没什么联系，这让我觉得很意外。

尽管我知道他们是谁：刚才在楼下厨房里和厨房门外边，他们的残影与我打过照面了。是马氏和迈卡，是兄妹俩吧？或者，我又细细打量了一下这两张略宽的外国脸孔，是夫妻吧？如果说雇佣他们都让我觉得有悖常理，那母亲把他们的照片和家人的照片摆在一起，我又做何感想？

我在软和的梳妆凳上坐下来，手里拿着这两名中年华人的小照片，眼睛徘徊于它和我们姐弟俩的唐装照之间。两张照片的边缘都能看到雕花储藏柜，看来是在同一个房间里拍的。

过了一会儿，我站起来，将剩下的照片翻过来。第一张是一个金色卷发的小姑娘，五岁左右，坐在一张大木椅上，腿上摊了一本书，正歪着头专心致志地翻看。年轻学者的肖像：玛丽·罗素小姐读书照。最后，我看到了苏塞克斯的房子，就像在人群中望见一张熟悉的面孔。这是我们在英国时的度假别墅。家人过世以后，我坚持要回到那里，回到曾经幸福生活过的地方。

然而，回到那里，我并没有找回快乐，而是多了一位阿姨。但我坚定地认为那里就是我的避难所。到了法定年龄之后，我便将所谓的监护人请出了别墅，将别墅还原成当初的样子，我的避难所应有的样子。显然，母亲也很珍惜当初在苏塞克斯度过的夏日时光。

我的幻想被什么动静打断了。一抬头，镜中浮出一个身影，我一惊，手中的照片险些掉到地上，本以为又是记忆中的人，结果证明是福尔摩斯。

"福尔摩斯！你吓到我了。有什么发现吗？"

"浴室碟子里有干掉的香皂碎屑，床铺整齐，有三个整理到一半的行李箱，这间屋子两个，儿童房里一个，阁楼完全成了老鼠的天下。你在这儿发现了什么？"

我把马氏和迈卡的照片递给他看，然后观察他的面部反应。他的眼神从两张中国人的脸庞跳到精雕细刻的相框，然后又转到镶着同样相框的家族照片上。

"真是刺激。"过了一会儿，他说道，然后把照片还给我。

"你怎么对我父亲的梳妆台那么感兴趣？"

"不是我。"

我看他反应冷淡，不免有些吃惊，然后转过身，盯着地板上一圈一圈的脚印，我以为是他留下的。这会儿我才察觉到，至少有另外两个人来过这间屋子，其中一人的足迹比福尔摩斯的略小，另一个小得更多。我把照片放进口袋，想弄明白到底是什么吸引了这些入侵者。

另一个梳妆台没有镜子，也没有凳子，孤零零地放在浴室门口。很明显，它的主人是位男士，即使还遮着一层布。因为从布的形状可以看出，上边摆的都是男士发刷、衣刷。我在前面跪下来，看到上面的灰尘遭到了破坏，现在又要被破坏一次了。我掀开那层布，发现一个小抽屉。铜锁上有明显的撬动痕迹，不用放大镜也能看到。

"真是外行。"我点评道。

"他们可能还用了凿子。"他表示赞同。

出于习惯,为了不留指纹,我用指甲抠住抽屉底的边缘,往外一拽。抽屉轻轻滑出来,带出一阵淡淡的松木香,里面放着一小把硬币、一副黑色鞋带、几个钢笔尖、几个领扣和雄性动物正常的碎屑。如果抽屉里曾经有重要的东西,那现在也不在这里了。

我脚跟一转,开始研究那些脚印。一些脚印集中在父亲的扁皮箱周围,然后脚小的那个人又翻了父亲的床头柜,却偏偏没动母亲那边。这倒真是怪事。当然,如果这两个人不是普通小蟊贼,而是另有所图,那就另当别论了。

"你觉得脚印是什么时候留下的?"我问道。

"上个月吧,最多上上个月。"

"知道是从哪儿闯进来的吗?"

"根据这边和那边的泥土痕迹,我判断是从厨房门进来的。"

我转身,抬眼盯着他,"我并没看到厨房有新土。"

"你有些……分心。"

"我是看到泥土了,但我说了,是很久之前的。而且我也确定,厨房门上没有被动过手脚的痕迹。"这一点我绝对注意到了。

"是没有。"他应和一声。

我把抽屉推进去,放下布盖上,然后站了起来。

"也就是说,有两种可能,一是他们请的开锁匠,中途手艺变差了,或者他们只有其中一把钥匙。看来我得问问诺伯特先生,房子究竟有几套钥匙。"

其余的房间既勾不起回忆,也没有线索。就连我的卧室也像陌生人的房间。我只莫名其妙地觉得屋里的家具和小摆设很合适,但谈不上熟悉。从架子上捧起一个瓷娃娃,刚好是手掌大小，乱糟糟的棕发，缀满花边的礼袍。小时候，我并不常与娃娃为伍。但是我隐约觉得，这是小伙伴送给我的；之所以留着它，可能是珍惜与儿时旧友的情谊，而不是因为娃娃本身。我将娃娃重新摆到架子上，拂了拂手，继续在二楼的各个房间打转。

每个房间都留下了最近有人到访的痕迹，打乱的物品，灰尘上的脚印。而且不仅仅是脚印。

我下楼去找福尔摩斯，他正在图书室，拿着一本书，坐在我刚才掀开的皮椅上。桌子上摆着他从厨房拿来的一个烛台，上面新添了蜡烛，地板上有几滴蜡油，连起来便是他沿着书架行进的路线。蜡烛燃了一半，但烛光依然够亮。我发现，书架上的灰尘线与书本边缘并不吻合。

我举起烛台，靠向书架，书顶上落了一层灰，其中有些书，书脊顶部边缘的灰尘，留有蹭过的模糊痕迹。看来入侵者曾拔出书本，查看书后边有什么，但没有一本一本地翻。这倒让我松了口气，因为如果他们辛辛苦苦地翻每一本书，然后又小心翼翼地放回原处，就表示他们的思维缜密，而且有潜在的危险意图。他们只找了比较明显的地方。

但找什么呢？

我将烛台放回桌子上，摁灭火苗，然后轻轻地把另一张椅子上的防尘布拽下来，任由它飘到地上。我打了个喷嚏，坐下来。

"你知道他们在找什么吗？"

"应该是找你父亲的东西，与你母亲无关。家里有保险箱吗？"

"据我所知，没有。我只知道他们把母亲的珠宝保存到银行了，每次母亲想戴的时候，都得及时取回来。"

"我认为入侵者肯定不知道这件事，否则不会动相框。"

我还一直觉得是时间的作用。我又问:"你注意到客房的床铺也有人动过吗?"似乎要挽回形象。他拍了拍衣服口袋,算是回答,表示里边揣着装着证据的信封。"头发吗?"

"一张床上有灰色短发,另一张是棕色长发。"

"有多长?"

"和你的——你原来的头发一样长。"他说道,认可我寸头的必要性,但还没接受这个现实。

"女人?老天。"

他把膝盖上的书扣上。"罗素,你究竟怎么打算的?"

"我不知道,福尔摩斯,"说着,我摘下眼镜,揉了揉发疼的眼睛,"我真不知道。"

过了一会儿,他又翻开书。我去了厨房,打开后门的锁,步入那片荒野。我站在潮湿下沉的砖石上,突然觉得自己想法天真,本来决定将房子恢复成当初辉煌的模样,意识到巨大的任务量后,我又有些踌躇。我到底在想什么?可能好几个星期甚至几个月才能把房子和花园修整好,修整成能住的地方,但之后呢?我并不打算搬回加利福尼亚。

重修房子也无法修复破碎的家。

还是趁着没有日久生情将房子卖掉的好。让别人去操心荆棘和老鼠的问题吧。让别人去爱它吧。

一道红光从我身边呼啸而过,速度极快,目不能及,我只觉得比印度王公的红宝石还要亮眼,像是大自然的魔法,像是预示着我的决定得到了上苍祝福。之后,红光停了下来,悬在半空,吸食垂着头的金钟花的蜜汁。原来是一只蜂鸟。从小到大我都没见过,所以此刻我紧盯着它,带着孩子般的好奇。它又快速飞走了,我察觉到自己脸上挂着笑容。

回到图书室,我在福尔摩斯背后站定,说道:"依我看,这里有两个互不相关的问题。首先是房子的问题,以及如何处理。另一个与我们在这里发现的谜题有关——不一定非得看作闯空门，似乎并没丢什么东西，除了门柱圣卷，但我不打算追究了，毕竟，我也知道了更多关于家人的事情，记起了在这里度过的时光。这毕竟是我的过往。我会待上一周，与诺伯特会面的间隙来看一看。然后我们就离开，告诉诺伯特，规定时间一到就马上出售，距现在还有两年。"

福尔摩斯回过头望着我，挑着眉，又是这副无所不知的样子，一副让我重新考虑草率判断时的表情。但是，这回我似乎猜到了他在做什么打算，于是叹了口气。他太久没碰到智力挑战了，迫不及待地想找到更多与入侵房子有关的线索。

"福尔摩斯，他们什么都没偷，什么都没破坏，除了桌子上那把锁。"眉峰还那样吊着，于是我举手投降，"但还是请你随意调查，如果这是你心中所想的话。"

"非常好。"他说着将书扔到小桌子上，站起身，"我申请，先从提取你父亲梳妆台上的指纹入手。"

"你带了指纹工具？"我惊讶地问道。他去哪儿都带着放大镜和证据信封，但是那个里面装着粉剂、刷子和指纹印显示器的锡盒，装在口袋里会鼓出来，很没必要，除非他一早就料到会用。但他唯一的反应又是一副难以理解而且并不认同的表情，然后出去了。

我有些茫然，不知从何处着手，所以就朝我们进的第一个房间走去，也就是母亲的晨起室。我握着门把手，突然被福尔摩斯的声音吓了一跳。

"我就不应该在厨房门开着的情况下进来。"他说道，"气流可能会造成破坏，而且我没有玻璃板。"

他讲着天书，继续向楼上爬去。我仍站在那儿，手握着门把，嘴里含着疑问。气流？玻璃板？他到底在说什么？

渐渐地，我明白了。玻璃板是用来保存脆弱文件的，比如烧过的纸张,比如古朴的壁炉中那堆颤巍巍的黑色灰烬。

啊。是我太笨,还是他太心细?我无从回答,所以就又回到图书室,开始仔细探索父亲的书桌。

大概一小时之后,福尔摩斯回来了,他用手拂了拂袖子,但没什么效果,他的手比我的还脏。一小时间,他在楼上横冲直撞了个遍。我从书中抬起头,眨了下眼睛,这才意识到天都要黑了。我摸索着找到台灯,拧开开关,灯却没亮。我合上书,坐了回去。

"有什么趣事?"我问道。

"他们戴了手套。"

"所有衣着光鲜的反派都戴手套。"我评论道。

"但是,他们在房子里待了很长时间,需要在客房睡上一觉。分房,如果这是你想知道的事。"

他们在床上睡了一觉,似乎让福尔摩斯很开心。"他们睡觉时摘了手套?"

"可能吧。但也为了其他活动。"他笑了一笑,从口袋里掏出一个大信封拿给我看。里面是一个雕花瓷把手,从抽水马桶上拆下来的。

"上边会有手印吗?"我问道。

"哦,不得不说,你父母雇的清洁妇真是个好手,她肯定以自己的工作为傲,完全没有卫生死角。哈德森太太也会认可的。"他低着头,瞧着手里的宝贝,心满意足地轻声嘀咕,"非常完美的一个手印,从手掌到指尖都清晰无误。"

"干得好,福尔摩斯。"现在,我们得挨个找旧金山的居民要手印,作比对了,我心中这样想,但没必要大声说出来,显得没有教养,"是男人的还是女人的?"

"手指很细,所以应该是女人的。根据鞋码和步幅,可以推断出,她身高五点五英尺多一些,而她那位同伴,就是灰色头发的男士，个子不高，差两三英寸不到五点五英尺。脚宽说明手也宽。我们应该去调查一下过去几个星期的天气情况，"他补充道，然后将把手收了起来，"他们的鞋子在床底下留了泥土印，但这不能代表他们真的走过泥潭。"

"如果是从厨房进来的，那你说对了，雨后院子里确实像沼泽地。你有没有发现台灯、蜡烛、火炬之类的痕迹？"

"那位女士带了行李袋，挪了好几个地方。里边装任何东西都有可能。但我没有看到滴下来的蜡油，也没发现台灯座留下的印子。我想，他们开工时应该是白天，为了不引起对面那位睡眠时间少的监视员的警觉。"

"黎明前来，过了傍晚再走？这很冒险吧。除非……"

"对，"他接过话，"满月常与干旱同在，这是个让人愉快的发现，不是吗？"

这话得到了印证，也完美解释了这两人是怎样潜入、逃出，又避人耳目的。一两个小时后，我们返回酒店，补给了些生活用品和食物，然后去前台问了些事情。回房间没一会儿，就传来了敲门声，同时电话铃也响了起来。福尔摩斯过去开门，门外那人端着满满一托盘东西。我接了电话，得到消息说2月份几乎一直下雨，3月中旬，晴了两个星期，24日早晨又开始下雨。满月那天是3月20日。

我谢过经理，然后又说："哦，奥伯伦先生，麻烦您派人帮我们预约一下，看有没有去纽约的火车票。大约下星期三左右，对，两个人。什么？"我又听了一会儿，说请他稍等，然后用手捂住听筒。

"福尔摩斯，他说酒店有其他几位客人，打算坐国际航班离开，也是下星期三左右，想再找两个同伴。问我们有没有兴趣。"

最近一次坐飞机是晚上的航班，而且途经喜马拉雅山脉。

这次经历仍历历在目,福尔摩斯有些惊慌失色,上唇纹丝不动。"你定吧。"他温和地回答道,然后回过头继续倒茶。

我继续讲电话:"或许你可以再了解一下两种方案的具体情况,然后我们根据计划,选择最合适的。谢谢。"

福尔摩斯递给我一杯茶,顺便帮我选了三明治,然后端着自己的点心走到窗前。他连着咬了两大口三明治后端着杯子坐下了。"明天有什么安排吗?"他问道。

"上午诺伯特安排了几场会面,其余时间都没有安排。你有什么想看的吗?我们可以去海边晒太阳,如果出太阳的话。如果你想去的话,那里还有一个很著名的盐水浴场。"

他用质疑的眼神盯着我,"你想当游客?"

我尽力保持着无辜的表情,但嘴角微微的抽动出卖了我,他脸上表情一松,我便笑出了声,"福尔摩斯,我不想妨碍你调查取证。"

他摇了摇头,不赞同我的说法,但只说:"你要问诺伯特钥匙的事?"

"当然,还得问问他知不知道去哪儿能找到马氏和迈卡。"

"你还应该咨询一下,3月20日,他雇的监视人有没有发现异常情况。"

"好的。"

最后,我们当真成了游客,至少那天晚上是这样。我们找了一辆汽车,一直开到了旧金山城的边缘,我们在悬崖海景餐厅用晚餐,赏落日,听脚下太平洋的海水拍打岩石的声音。这次依然有红酒供应,不过装在没有标签的大水罐里。餐品或许不像窗外的景色那般秀色可餐,但也称得上可口。喝过咖啡,我们走下陡峭的山丘,踩着细沙,在海滩上漫步。海风将息,海面上笼着一层薄雾,有景如此,不免心生欢愉。

西边的天色渐渐暗了下来,变成了深靛蓝色。走了很远之后,我们看到了一座用来防沙的海堤。福尔摩斯挑了一处坐下来,掏出了烟。

"你觉得海滩熟悉吗?"他问道。

"熟,只不过我印象中,悬崖餐厅是维多利亚式的奇葩建筑,壮观又荒诞,太过宏伟而且头重脚轻,大地震时竟然没有栽入大海,真是奇迹。以前父亲经常带我们来。利瓦依会用湿沙子精心建造哥特式的坚固城堡,我读书,父亲或是游泳,或是读他的廉价平装小说。这倒提醒我了——你猜我在图书室架子上找到了什么?"

"哦,天啊!"他说道。

"对,有三本柯南·道尔的书。哦,福尔摩斯,我父亲很满意饭店的位置。他的幽默感很离奇,很难理解——你看到架子顶上那个雕塑猫了吧?"我讲了讲父亲为金丝鸟造栖木的事。福尔摩斯衔着烟斗,轻笑了一声。

"图书室的书是他的吗?"

"大部分是他接管房子之前就有的。你看,他的父母殷切希望他回波士顿,但他拒绝离开加利福尼亚,独自在这里生活了好多年。之后,看在骨肉亲情的分上,祖父母决定,即使儿子留在旧金山这片蛮荒之地,也要尽力保持文明社会中流行的行为举止。他们连房子带陈设一并交给了儿子,应允了他的行为。我觉得,当初建图书室时,他们应该是整排照搬买的书——你知道是怎么回事,书架上摆上书总是好事,尽管他们可能从来不读。其实,父亲自己并不怎么读书,你可能注意到了,其中好多书都还有毛边页。他经常买本书带回家,花半小时浏览一遍,之后便再也不碰了。"

"那你母亲是爱书之人?"

"拉比[1]之女?当然了。父亲常说,母亲是家里的智囊,

---

[1] rabbi,犹太学者。——译注

但我觉得，母亲是才华型智慧，父亲是实用性智慧，仅此而已——他领悟力很强，若不是觉得枯燥，他本可以成为出色的国际象棋手。他喜欢捣鼓些小玩意儿，每年买一辆新车，然后自己乱七八糟地改装一番。他……"我思考了一下，想找一个能概括父亲品质的词，"他很强大。"

"那你母亲呢？"

"母亲……很鲜活。有喜有悲，有幽默感——比父亲的喜感来得更快，常被孩子逗得咯咯笑。她生活有序，如果东西丢得乱七八糟，她也并不在意，但是她希望最后能放回原位。她生来便有教师天赋，知道怎样教才能吸引孩子。她用《圣经》教我和弟弟希伯来语，教我时，她常用分析法——比如，细小的文法变化如何引起语义变化——弟弟重点学习数学。她和弟弟的数学教师一起开发了一套学习系统，将数学问题和《律法书》[1]的研究结合起来，用《圣经》出微积分之类的题。我是搞不懂的。现在想来，她可能担心利瓦依会摒弃信仰，所以打小开始灌输，想让经律深入骨髓。"

"你告诉过我，你弟弟非常出色。"

"利瓦依是天才少年。"我凝视着海面，一浪掀起，白色线条出现在黑暗中，然后打在峭壁上，消失殆尽。"他有三位老师。一位教数学，一位教《律法书》和《塔木德》，剩下那位什么都教一些。弟弟虽然对历史和英文不感兴趣，但记忆力超强，只要他走心，学习目的就会成为实际所得。有时我讨厌他，但我又很爱他，不过他更倾向于做自己生活的主宰。能独占父母中的一个，我当然乐意。很轻松。其实，我父母都有些被他吓到了。肯定吓到了——有时候，我看到父亲盯着他，好像在思考住在家里的这个孩子到底是什么生物。"

我站在那儿，拍落裙子上的沙粒。"这是有关家人的所有

---

[1] Torah,《旧约》前五卷的总称。——译注

记忆，只有模糊的轮廓，中间穿插一些小故事。但我相信你会喜欢他们的，福尔摩斯。真对不起，你连见他们的机会都没有。"

"我估计司机现在可能很紧张，担心我们是不是掉进了大海。"

星期三早晨，我去了诺伯特的办公室。福尔摩斯留在酒店，盘问奥伯伦先生有没有玻璃制品店，给这位和蔼的先生出了难题。在处理堆积如山的文件之前，我询问诺伯特关于那对中国用人的事情。他一无所知，但说会去查一查。然后我又问房子有几套钥匙。

"只有我给你的那套，"他回答道，"我确实还有一整套，但已经和我的其他文件一起存到半岛地下保险库了。需要我去取出来吗？"

"不，我只是想知道而已。最近，房子里似乎来过客人。"

听到这话，这位律师打起了精神，挺直腰板，眉头一皱，"客人？哦，这真是糟糕。遗嘱明确提出——"

"是，我记得。你曾提到过，那位年长的亲戚最近发现有人靠近房子。那告诉我，你还记得是哪天吗？"

"肯定是，哦，五六个星期之前。肯定是3月底之前——我们每月一号给葛林立女士结算，我记得4月份的支票中确实包括一笔额外收益。但她确实发现他们了，也立刻报了警，虽然警察没有发现什么人。真让人担心。丢东西了吗？有什么损坏吗？"

"不，没有这种事情。他们只是四处看了看，在地板上踩了些泥土，在壁炉里烧毁了些东西——我觉得1914年应该清理过壁炉吧？"

"哦，当然了。恐怕我们得解决一下门锁的问题了——

流浪汉闯进来生火太说不过去了。或许老太太玩忽职守了。但你确定没有丢东西吗？"

"起码我没发现。"

他点点头，然后伸手拿起了文件堆里的第一份文件。

我离开时，已经过去了三个半小时。我满脑子都是收支报表和法律用语。等我想到某件事时，我已经站在大街上了。于是我又返回办公室，诺伯特的助理看到我进来，抬起了头。

"抱歉，"我说道，"我忘了问，有没有寄给我的信？"

"今天没有，罗素小姐。"

我提醒自己，美国的邮政系统和英国不同，而且头天下午寄出的信件，隔天可能收不到回复，即使同城。

或许，金兹伯医生太忙，没时间和旧病患联络？不，不可能是这样。她可能出城去了。

我决定，如果明天还是收不到回音，那就专程去她家里一趟，看她在不在这里。我太想见她一面，太想让她知道我表现得多棒，变得多棒。

或许，还想问一问，一个人怎么会失去大半辈子的记忆？

似乎陷入了僵局。我盯着电车鸣隆隆开过去，考虑着接下来的行程。可以回家，和福尔摩斯一起研究壁炉里的纸灰。可以去街对面，找那位老太太和她的傻侄子谈谈，确定一下3月份私闯民宅的嫌疑人。也可以不等诺伯特，自己去搜集些关于马氏和迈卡的线索。

我返回酒店，带上那张照片，问好了方向，然后沿着三天前我迷迷糊糊走过的路线出发。不一会儿，我便站在了唐人街大门前。

五

    1906年，旧金山唐人街被焚为平地。火焰肆虐，涤荡了唐人街狼藉的名声，抹去了有毒的地窖和逼仄的小路。两天前，我再次来到这里，唯有街景的变化让我感受到了一丝格格不入。过去，这里总留有挥之不去的邪恶感，常有东西沿街蹿过，然后瞬间消失。如今，这里成了艳丽中餐馆和廉价观光纪念品的聚集地，曾经散布满街的酸腐气味，也被调料和熏香味道所取代。

    并不是说这里看上去有刻意为之的痕迹：各式各样的建筑周围是众多的路边摊，人们需要凑近才能注意到污迹。这里的建筑材料统一，且磨损相对较轻，没有一栋曾历经一个世纪的风云变幻。

    但是，唐人街的变化并没有抹去它最核心的本质。这里与世隔绝，恪守着自己的准则和风俗，像一个城市精致微小的缩影。这里的气息和毗邻的地方不尽相同，人们的行为方式也大相径庭。儿时记忆中的唐人街，在惊鸿一瞥间，又活了过来——喜庆的纹饰建筑透着浓浓的中国风；出人意料的香水味，甜腻而又浓郁；建筑物和标识上龙飞凤舞的字样；一身绫罗的老太太，踮着三寸金莲，迈着小碎步；肩上横着扁担，挑着水果筐的汉子——甚至连身穿与我相似连衣裙的小姑娘和西装革履、戴着毡帽的男士，走路说话的风格，都好像知道自己投入了一部叫作中国城的精密机器中。

我站在人头涌动的石板路上，两侧分别是一家挂满货品的灯笼店，和一家鸡鸭鹅笼子高高撂起的家禽店，我困在中间动弹不得。本想挨个询问这里的居民，现在看来，事情可没这么简单。人潮拥挤喧闹，店铺和建筑林立，标识皆用汉字，很明显，这十来个街区形成了一个对内的小城——小虽小，但显而易见，这里的人并不互相熟知。

我甚至都不知道他俩的名字，因为"迈卡"实在不像一个中国男人的名字，"马氏"可能只是一个简称。我仅有一张照片，而且至少已有十五年之久，知道他们乐于用小碗水、镜子和植物来平衡龙的力量，这可能是艺术、科学或者宗教。

问了三位不耐烦的店主，才得出了这门东方学科的名称：风水，卖鱼老板是这样说的。"不知道，不知道，"他摇着的一条章鱼蹭到我脸上，"一个也不认识，去书店问吧，请走吧。"他忙。于是我离开了，店主继续与鳗鱼和弯弯扭扭的东西做伴。路过一家理发店，绕过卖裱花小蛋糕的路边摊，为了防止我的脑袋撞到一排无精打采的鸭子。我走到街道上，顺着他指的方向，看到一间类似书店的店面，但其实是药材店之类的，光线昏暗，药香扑鼻，整面墙上安满了小抽屉，上面有汉字标签。再沿街前行，是一栋有纹饰屋顶的建筑，我本以为是寺庙，但事实证明这是电话交换局，于是我又往回走，中途差点撞上放得满满当当的银质托盘，里面是飘着香味的碗。我寻得更有条理了些。那间书店藏在一个蔬菜摊后边，我两次路过都没见到，能发现它是因为一位男士从里面出来时，手里拿了一份最新的报纸。

店门一侧放着几个板条箱，里边装着一些奇怪的深色物品，凹凸不平的样子；另一侧是几个篮子，里面放了些光滑的浅色物品，同样怪异。我从中间挤进去，眼前的景象变得颇为熟悉，我也自在起来。各式各样的书籍，各国各域的语言文字，从地面一直延伸至天花板，或是整齐地堆放在中央的桌子上，或是捧在五六位顾客的手中。我进来时，这几双眼睛抬起来，明目张胆地打量了我一阵儿，便又都投到书中去了。书店前摆着的报纸大部分是中文，但我也看到了英文报纸，是两份旧金山的日报，还有一周前的《纽约时报》。只是没有英国报纸。

"有什么可以效劳的吗？"一人问道。他的英语略带口音，但听不出生疏杂糅的痕迹。之前我并未注意到他，因为他站在一张高桌子后面，现在他站起来，坐到一张凳子上。这名三十来岁的中国男人穿了一身棕色西装，打着红色的斑点领带，戴一副金框眼镜，和我戴的那副如出一辙。

"是的，谢谢。"我说道。想起刚才那些受到搅扰、一肚子不耐烦的店主，我总结出了经验，最好还是先以买卖的名义安抚好这位，然后再询问关于中国厨师和园丁的事情吧。"我知道有'风岁'这种说法。我发音可能不对，是关于房间气场平衡之类的？"我语调上扬，带了询问的语气，想让他明白，这个白人女士并无恶意，只是想花些钱在自己的奇思怪想上。

"风水。"他重复道，然后我记下了他的发音，"你想找相关的书？"

"如果有的话，英文版的。"说完，我还自嘲地笑了笑。见我摆出这种"我真笨"的态度，他回应了一个礼貌的微笑。虽然他的笑容又让我怀疑，他是不是真的不认为我的行为特别傻。但他还是转了过去，几乎消失在柜台后边，而我打算将他刚才的笑容看作一个普通的东方未解之谜。我盯着他的脑袋飘过去，才后知后觉地意识到，这个男人的身高只有五英尺左右。

他朝店后面走去，我注意到他步态有些不平，不是跛，而是扭伤,好像脊柱打了个结。他从壁龛中拖出一架带轮子的书梯,向前滑了十五步远,然后停下来,爬上去够上边的书架。他抽出两册书,从梯上下来,把梯子放回原位,然后拿着书回到桌前,放在我面前的柜台上。

"店里没有英文的风水专著。"他告诉我,"这两本书中有关于这门学问的章节。这本书中的那章长一些,例子也多些,但还是有不精确的地方。这本稍微短一些,英文表达差强人意,但作者知道自己在说什么。"

我翻了翻他提供的书,知道了这门学科名曰"风水"。此外,我还发现,第一本书是为那些无所事事、不切实际的西方读者而作;第二本虽有些奇特,但可以理解。我将书放到柜台上,告诉他要买这本。他面色不变,但我察觉到,自己似乎通过了他的测验。

趁他包书找钱的空当,我从口袋里掏出母亲镶了框的小照片,然后搁到刚才放书的地方。

"我想问一下,你认识这两个人吗?他们也对风水感兴趣。"

我依然没有读懂他的表情。但是他的表情似乎有所松动,他探身向前,扶了扶眼镜,看了看照片。过了几秒,他抬眼望向我,"你觉得我应该认识他们吗?"

"他们住在旧金山,至少十年前住在这儿。别人称呼他们马氏和迈卡,虽然这不一定是他们的名字。他俩原来为我父母工作,我现在正在找他们。"

他没有问原因,但我期望他问。我甚至都编好故事了,就说遗嘱提到有他们一份遗产。他伸出手,好奇地摸了摸相框。

"我在母亲梳妆台上看到的这张照片。"我脱口而出。

这次他有了反应,但只是快速在我脸上扫过,我完全理解——将东方人的照片放在自家梳妆台上,这会是怎样一位白人女性?但我能说什么呢?我连自己都不了解,但我却知道母亲的为人,她确实可能无视社会的限制。

他再次坐正,脸上又是礼貌和生疏,"对不起,我觉得他们并不在附近住。但我会帮忙打听的。如果有关于他们的消息,我怎样才能找到你呢?"

我拿出一张来访卡,把律师所的地址写在背面,又鬼使神差地把房子的地址添了上去。"我在旧金山就待几天而已,但送到第一个地址的任何线索,都可以转达给我,随时都行。"

他收下了卡片,微微偏了偏头说道:"祝你好运,小姐。"

我走出店门,注意到有一面小镜子钉在墙上很低的位置,估计只有店主可以照到。我想着,或许书店后面也有一碗水和一小盆植物。

一位送餐服务生风风火火地跑过去,沉甸甸的托盘从我面前经过时散发出一股香味,我不知不觉竟被带走了。辣椒的热辣,新鲜稻米的怡人清香——几周中,我第一次被食物吸引。我在石板路上徘徊着等服务生回来,口舌生津。

只能等一会儿了,我在人群中被挤来挤去。身穿黑色衣服的妇人,一身的熏香和调料味道;蓝衣服的男士经过时传来洗衣房和辛苦劳动的气息;衣着鲜艳的短发女郎,散发出从市中心店铺买来的香水味,更添一份优雅。他们都一心扑在菜贩外形奇异的商品上,超长的青豆和紫茄子,鸡蛋大小也不同寻常。不管怎样,这个年轻人终于又出现了,一只手轻巧地夹着托盘,嘴里叼着一根香烟,和货摊旁的人寒暄。我抬脚跟在他身后。他拐入一条狭窄的小巷,然后进了店门,我毫不犹豫地跟了进去。

但是进店之后,我又开始怀疑自己,因为这里并不像一家偶尔提供外卖的餐馆。屋里坐着十二个中国人,手中握着筷子，转过头，盯着我这个不速之客。我不自在地笑了笑，四下寻找那位全然不知的向导。其中一位大声喊了句什么，这人便突然出现在门口，看到我，眉毛微微一挑。

"有什么需要吗？"他问道。

"午饭，如果能做的话。"我回答。

"可以，可以，"他说道，我松了一口气，"没问题，这里，请坐。"

他从角落的桌面上抽了一块白布过来，把凳子拉出来。"需要菜单吗？"

即便是英文菜单，可能我对其中的食物也并无印象。所以，我便告诉他："或许可以上一些你觉得我可能——不，还是做几个你喜欢的菜吧。"让中餐师傅去琢磨什么菜适合白人女性，天知道他会给出什么乏味解读。所以我又补充一句，"只要没有猪肉和羊肉就可以。"

他又进去了，对着里边的厨师大声交代了几句，我自然是听不明白。这时我才突然记起，传言有云，中国人喜食狗肉和鼠肉。

我宽慰自己，别这么神经质，然后将筷子摆到盘边。其他食客的眼睛似乎都在盯着我。

我的菜上得很快，但先到的顾客却还在等。其中一名约十四岁的男孩跟两个略年长的同伴说了些什么。三双眼睛便盯着我抓起那双细竹筷。

白人用筷子的笨拙样子没有如期而至，他们似乎并不失望，而是愉悦。我刚刚在日本待了三周，那里的餐筷更滑也更纤细，我虽漂洋过海，用筷的技艺却并未离我而去。我咧嘴冲那男孩一笑，小心地夹起一小块，应该是鸡肉，手臂朝他伸过去，举了片刻，便塞进自己嘴巴里。他咧嘴一笑，然后皱着眉跟同伴说了几句。

之前有过这样的经历，所以我知道他们的困惑：我是左手执筷。我举着空筷子，轻轻碰了碰，然后低头继续享用自己的午餐。

目前为止，我尚未吃到狗肉或者鼠肉。汤里的凤爪搅作一团，但在我这几个月吃过的东西中，绝对称不上最古怪的食物。服务生一直悄悄盯着我，当看到我口齿灵巧地把鸡爪上的肉从骨头上啃下来时，他笑了。剩下的是几道素菜，但他的英文介绍中只提到了茄子，用的还是美式名称。其中一道辣味十足，我吃得一脸细汗；另一道菜配了大量大蒜和黑豆；第三道甜香浓郁。

结完账，我又在盘底一侧塞了丰厚的小费。走到一半，我才想起自己来唐人街的目的。想到前面几位店主不耐烦的态度，我犹豫了片刻，又折进这个温暖飘香的房间。服务生看到我仍是眉毛一挑。我掏出照片，说明来意。他的眉毛放了下来，摆出一副冷漠表情。还照片时，甚至连看都没再看我一眼。

"不，不好意思，不认识他们。"

"你看，我不是来找麻烦的，我也不是什么政府人员（他应该可以通过我的伦敦腔判断出来吧？）。他们十年前为我的父母工作。他们得到一笔退休金，我也替他们高兴。你知道退休金吧？就是收入，就是钱。"

"我知道退休金的意思，"他说道，"我们不认识他俩。"

他坚定地站在那儿。我并未罢休，于是绕过他，将照片摆在坐了最多人的桌子上，正面朝上，方便人们看到他俩的模样。"如果有谁认识这两个人，可不可以到圣法兰西斯酒店给我留条消息？我叫罗素。"

六七个人看过之后，我将照片收了回来，然后被人礼貌而果断地请出了餐馆。我向那个摔门而去的服务生道过谢，站在潮湿的小巷中，突然感到一丝凉意，于是扣上了大衣。刚才一时胃口大开，现在又有些反胃了。

我又拿着照片，转了二十五到三十家店，偶尔留张卡片，多数情况下，刚报出自己和酒店的名字就被请到石板路上了。这时，我已经问遍了整个唐人街，于是又去了意大利区，之后又沿唐人街所有大道的两侧继续打问。但仍一无所获。

我心灰意冷，将漂亮的相框塞进口袋，返回都板街，这是唐人街的主街。时候已经不早了，比我想的还要晚些。有些店已经关了——蔬菜摊清空了，后面的书店也暗了下来，该走了。

按照福尔摩斯的地图，从这里，也就是唐人街北区出发，沿着路网一直向西，直通太平洋高地的房子。走了两条街，我看到一辆电车停在街道中间，似乎在等我。稍一犹豫，我还是爬了上去，周围全是踏上归程的上班族和逛街的女孩们。司机摇了铃，四四方方的车颤了一下，开始隆隆作响，地下缆线拖着车，沿着轨道，发出持续不断的啸声。童年的探险经历一点点浮出水面。我记得，与父亲一起出去游玩最是有趣，因为他允许我们乘车时站到最靠近车杆的地方，还会因为我们的胆量欣喜若狂。母亲有时允许我们站到车外边，有时又要求我们乖乖坐好。如果是保姆负责，那就必须进车厢，和有气无力的老太太们一样，坐到笼着水汽的窗户下边。电车向上爬了五条街后，向北拐去。我从这种古朴的交通工具上跳下来，看着它晃晃悠悠地开远，听着狭槽中的缆绳继续高鸣。

我到底在这里住了多久？

身体的记忆给出了答复：比你想象的还要久。

电车爬上了太平洋高地，但我决定继续步行，思绪神游天外。这些街道的名字很熟悉，但不该如此的。拉尔金街、波尔克街、宽阔的范尼斯大道——我停下脚步,其他行人裹挟着我涌过繁忙的街道。富兰克林街和格夫鲁街附近更显静谧。左手边有个公园,不用看也知道,右边的山丘下是牲畜市场。尽管我并不知道,这究竟是我亲眼所见,还是父亲的道听途说。但可以断定的是,如果我不下车,就会被带到飘着鱼腥味和巧克力味的热闹海滨。

我来过这里,我曾走过这条石板路。小时候,保姆会紧紧握着我的手,年少时,我会高高昂着头路过。曾经,我的朋友住在这所房子里,名字叫……爱丽丝?不对,叫莉莉。莉莉一头黑发,她母亲坚持定期帮她弄卷,过程很是痛苦。莉莉嘴唇鲜红,总像吃过樱桃一样。莉莉有一间玩偶屋,我总嘲笑它,可又忍不住会羡慕。她后来搬走了,去了……哪儿呢?洛杉矶吧。她送我的告别礼物——对,是玩偶家族里的瓷娃,就是我在自己房间找到的那个,刚好可以捧在手心的娃娃。我们曾起誓,彼此要忠诚不渝。那场变故之后,我再未给她写过信。

暮色渐浓,我继续走,脚步落到石板上,留下一声一声的轻响,周围这片区域越发生动起来。我曾经在这里被一只龇着牙的大狗吓到,后来多亏送报员将它撵走了。这里还住着一位古怪的老婆婆,养了一只宠物猴。她偶尔将笼子移到门廊下打开。上蹿下跳的猴子总冲过往的行人尖叫。邻居家养了两只鹦鹉,这两只鸟常常和猴子较量嗓门大小。所以每次母亲都会感天谢地,庆幸自己的住处离这里不是很近。亮色窗帘那家,曾经有个孩子死于小儿麻痹;那家的女主人曾经从楼梯上摔下来,被火急火燎地送往医院(后来流言四起,说她是被推下来的,这也是我第一次接触到犯罪);旁边这栋热闹的房子,原来住着一个浅绿色眼睛的男孩,常常自言自语;还有……

然后，身后突然有一人飞奔而来，毫无征兆。他脚步匆忙，边跑边喊着让我趴下，趴下。原本正慢慢展开的记忆之花，瞬间夭折。

我一怔，准备迎战，但他已经跑得太近了，直直地撞到了我横隔膜的位置，砰的一声闷响，肺部的空气全被撞了出来，我踉跄着退了几大步。尽管极度缺氧，后脑勺一阵阵地晕眩，但我挣扎着要动手，手臂还没抬起来，偷袭我的人便站起来跑了。我一头雾水，头昏眼花，刚才的窒息也让我惊慌失措。我努力坐直，缓解这些症状。过了很长时间，受到冲击的肺部才恢复了原有的功能。我咳嗽一声，用力吸了一大口气，晚上微凉清新的空气进入了身体。

我坐在那里，双手撑着被吓得失魂落魄的脑袋。脚步声又近了，但这次很慢，并没有吓人的气势，所以我一动不动，继续享受呼吸的快乐。一只拿着眼镜的手出现在视线当中，是我的眼镜。我接过来，架到鼻子上，眯着眼睛抬起头。

并不需要抬多高。这个男人个子不高，是中国人。

"你是书店店主。"这么一抬，头开始疼了，于是我再次用手撑住脑袋。

"是的。你没事吧？"

"并无大碍。你到底为什么做这蠢事？"

"街对面有人拿着手枪在瞄准你。我担心如果光喊一声，你可能就会回头看，他就有可能击中你。"

我心想，可能在旧金山，我是唯一一个听到别人喊"趴下"会先照办，然后再环顾询问的女人吧——当然，如果先听到迅速接近的脚步声就另当别论。他自然无从得知。

"我听到的是枪声？"肩膀撞到我的同时，我听到了一声巨响，没打中我的脑袋，但进入了脑海。我努力仰起脖子看着这个人。他手扶着左肩，看似随意，但又很坚定。

"天啊，你中枪了！"我大吃一惊。

"我觉得不碍事。如果你能走，或许我们该赶紧走。"

他流了血，受了伤，也给了我动力，驱使我踉跄着站起来。脑袋天旋地转，一阵抽痛。我差点咒骂出声。

这时，又有三个男人从家里出来，走到街上，他们看上去像士兵——能立刻分辨出这是手枪声，还是汽车逆火声。离得最近的那位走到我和书店店主身旁，问道："女士，这小子在骚扰你吗？"

"哦，不是，多亏他，我才免于皮肉之苦，谢谢你。但他自己遭了罪。这位……对不起，"我对恩人说道，"我不知道你叫什么。"

他蹦出几个汉语拼音，我大脑混沌，没有记下来。但我认为，这里不是做自我介绍的理想场合。"哦。"我含糊地应了一声，然后看了一眼四周，尽力去想到底哪条路通往自己家。"这边走，我们去找找，看还有没有完好的绷带。"

无名先生和我离开了，留给三位男士撤退的背影。我们犹犹豫豫地沿街道向上走，转了一个弯，终于看到了那堵熟悉的爬满草木的墙。幸亏福尔摩斯没有锁车道的大门。准确地说，他就站在门廊前，看着我们一步步走近。

"需要急救，福尔摩斯，"我说道，"这位不知名先生替我挡了子弹，需要包扎。我头疼，需要阿司匹林。我又丢了一顶帽子。"

"手枪声竟然成了我妻子到来的征兆，可为什么我一点都不觉得惊讶呢？"福尔摩斯慢吞吞地说着，然后闪到一旁，放我们进来。

六

福尔摩斯运气不错,听明白了店主的名字,称呼他龙先生。我一听差点咯咯笑出来,头登时又是一晕。他虽不算很矮,但远没有龙那么长。我把笑声压下去,继续忙手边的活儿。

白墙上闪烁着明亮的灯光,我们坐在厨房里。福尔摩斯有条不紊地帮客人把上衣脱下一部分,方便给他包扎伤口。我坐在这儿,他似乎有些不自在,于是我看向刺眼的亮光,闭上眼睛。

"你真聪明,能把电接上,福尔摩斯。"

"只是找了找主干线。电力公司没有切断电源,是看管人切的。"

"那水和煤气呢?"

"问过两家公司了,用看管人的电话打过去的。"

"葛林立女士发现你是一位可靠的英国绅士,然后消除疑虑了?"我问道。

"她给诺伯特先生的办公室打过电话,然后才允许我进来;她侄子已经拿好球棒等着了。"

"那有人闯入的事,她有没有提供什么线索?"

一阵沉默。我这才意识到还有客人在,我已经忘了。为了弥补过失,我继续说:"我拿着照片去唐人街转了一圈,打听了最少一百人,没人认得他们两个。都说不认识。我午餐在一家地下咖啡馆吃的,相当不错。店里面都是东方人,我拜托他们,如果有消息就打酒店的电话。"我的大脑袋终于渐渐冷静了下来,想出一个新主意。我睁开眼睛,斜睨着龙先生。"龙先生也是我询问过的一个,他经营一家书店,还有关于中国风水艺术的书呢。我相信这次发音是对的吧?"我问道。龙先生微微点了点头。福尔摩斯正为他处理伤口,他忍着没露出痛苦的表情。我继续说:"但是,他还没有告诉我,为什么要从找上门的暗杀者手中把我救下来。"

店主说:"不得不说,罗素小姐,你将英国人的品质——是叫'定力'吧?——发挥得淋漓尽致。我原本认为,大多数年轻姑娘碰上今天的情形都会有更大的反应。还是说,先生,她有些脑震荡了?"

福尔摩斯"扑哧"一笑,"她的大脑可不敢。不,罗素唯一一次惊慌失措,是至亲受到威胁的时候。"

"是不是——呃!"龙先生轻呼一声。

"抱歉。"福尔摩斯低声说道,力度轻了一些。

"是不是在英国人当中很常见?"

"罗素在任何人群当中都不常见。还好,只是擦伤——没造成永久性损伤,我不该这么想。你知不知道你家哪儿有绷带,罗素?"

"我父母浴室的橱柜里,或者保育室可能有。我去找一下?"

"你坐着吧。"

于是我便继续坐着。福尔摩斯大步走上楼,过了一会儿就下来了。他顺利拿到了绷带,还找到一瓶硫柳汞,嗅了一下后,涂抹在店主渗血的上臂上,又用绷带包好,打了一个蝴蝶结。他把龙先生的衬衫还给他,拿着外套朝水槽走去,然后拧开水龙头一试,没水。

"想帮你清理一下血迹的,但现在看来,这点小事也做不了了。"他向龙先生道歉。

"这不重要。"店主说道,将胳膊小心翼翼地伸进破袖筒里。福尔摩斯过来帮忙,两人齐心协力穿好了衣服,没受太多折磨。这个小个子男人动了动肩膀,看看活动受了多大限制,然后转向我。

"我很高兴,借用你的原话,能从暗杀者手上把你救下来,但这并不是我来这里的意图。不,我是为了和你谈照片的事,当时我正犹豫该走哪条路,就看到你拐过来,枪手也出现了。纯粹是巧合而已。我能不能问一句,这种遭遇,你是不是屡见不鲜?"

我或许该先回答他之前丢给我的问题,因为他镇定自若,我开始怀疑这就是他的天性,或者说是东方人的特质,常住旧金山的结果,毕竟荒蛮西部的传统并未彻底远离。但是我却不知道如何作答,所以决定把它当作设问,并不需要给出确切答案,于是反过来问道:"你为什么想找我谈一谈?"

"你给我看的照片是我父母。"

"啊。"福尔摩斯叹了一声,然后开始掏烟斗。

"马氏和迈卡是你的父母?"我问,顺便瞄了一眼他的腿,并不肯定。

"马氏和迈卡,"他重复了一遍,神情恍惚,"我都忘记了。领养我那年,我七岁,死了母亲。他俩只有我一个孩子。父亲真名叫麦龙国,母亲叫马龙婉。从1902年开始,他们便在你家做园丁和厨师。我不知道你母亲的柜子上摆着他俩的照片。或许我不应该那么吃惊。因为当年母亲从那场大火中救出了一点东西,这张照片便是其中之一。原来摆在家里的神像旁边。"他从大衣内侧口袋中掏出一幅照片,递给我看。这是张人物照,配了简单的黑色木框。除了尺寸略小、相框不同之外，和苏塞克斯的房子中我雪藏在抽屉里的那张全家福一模一样。照片中的美国父亲金发魁梧，胡须整齐，笑容神秘；母亲出身英国，略显娇小，一头乌发，眼神跳跃，似乎马上要大笑出声；金发的小姑娘芳龄十二，身形瘦削，戴着一副模糊的眼镜，浑身上下一副不耐烦的气势；黑色头发的小男孩七岁左右，神情热切，直勾勾盯着相机，似乎想拆开它一探究竟。

我把照片还给他。"那你父母现在在哪儿呢？"

"去世了。"他把照片放回口袋，仔仔细细地检查了一下有没有装好，然后抬起头看着我，"被杀了。"

一阵刺痛突然顺着腿蔓延下去，我看了一眼福尔摩斯。他似乎找到了正题，手中握着烟斗，一动不动。

"跟我们讲讲吧。"我说道。

"那是1915年新年发生的事——是中国的春节，不是西方的元旦，元旦要早几个星期。我当时在芝加哥读医学院，不在旧金山，西方的大学不接受其他历法中的节庆。父母都在店里——我得先解释一下这件事。

"前一年春节，你的父母借给他们一笔钱做生意。之前，父亲就觉得做园艺工作越来越吃力。他交代了自己的情况，令堂并没有像别人一样直接将他辞退，而是问他作何打算。他很信任她，把自己的梦想告诉了她，说自己想开一间书店，虽然积蓄受限，只够买一辆货车去街上售卖。读医学院很烧钱。但令堂不听，坚持让他们找合适的店面，可以正经地开书店，还钱的事来日方长。"

他忆起往事，笑了笑。"令堂是一位意志坚强的女性。就像人们说的，她的字典里没有办不成这个词。她甚至不签正式的借据，只是说，如果自己突然撒手人寰，这笔钱权当是感谢我父亲这么多年的园艺工作给她带来的愉悦。

"最后，我父母接受了令堂的好意，随即盘下了店面。父亲正式告老退休，去操持书店，开始订书，造书架。他的进度很慢，因为想把这里打造成完美、和谐、漂亮的店。"

"然后，10月初，你们遭遇了那场灾祸。"他并没有表示难过，没有说任何陈词滥调，只是陈述了这件事。我想，他其实很难过，他为我父母哀悼，也缅怀自己的双亲。我发现自己很欣赏他的沉默寡言。

"你可以想象到，当时我父母对如何处置这笔钱商量了许久。令堂之前的态度很坚决，但在当时的情况下，父亲母亲并不能安然自处。而你既是唯一幸存者，也是唯一继承人，只是一个孩子，而且还受伤住了院，当然也无法做任何决定。最后，我父亲找到那位为你父母处理事务的老律师，努力说明这件事。律师更加混乱了。当时办公室里的人需要各种文件来收拾残局，任何缺失都会影响工作。说实在话，我相信这位律师前八年大把时间都用来应对大火之后法律事务文件缺失的难题，所以他应该无力再接手另一个类似的难题，尤其是涉及的金额对他来说微不足道。最后，他竟冲着父亲大喊了一通，说如果罗素夫人想在一对……中国夫妇身上散些钱，而且遗嘱中连提都没提，那他也无能为力，然后就请我父亲离开，态度相当无礼。"

他的笑容冷了下来。"你可能没感觉，即便是如今，华人壮着胆子走出唐人街，都面临被酒鬼和年轻人袭击的危险。他们朝我们扔石头，像对待流浪狗一样。十年前的情形更糟。我想，父亲应该庆幸自己没被当成小蟊贼，没被警察拖走。

"不管怎样，圣诞节我放假回家时和父母讨论过这件事，最后我们决定安于现状，继续执行开店计划，母亲当时也去了店里帮忙。他们想过完春节就开张，差不多是2月中旬，也吉利。春节期间，他们每天干到很晚，做各种准备，架书，摆家具。

"没人听到枪声。即便有人听到,他们肯定也认为是烟花爆竹。直到第二天下午,隔壁杂货店的老板才察觉出书店今天出奇的安静。于是他过来查看,发现门没锁,然后在店后面发现了我父母的尸体。

"消息传到芝加哥后,我丢下学业回了家。之后便一直待在这里。"

"警察呢?"福尔摩斯问道。

镜片后的那双黑色的眼睛紧闭着,"死了两个中国人,在唐人街。警长丢了虎皮鹦鹉都比这种消息引人关注。"

福尔摩斯点了点头,然后问道:"接管书店之后,你有没有受到什么威胁或者……"

"没有,我父母被杀肯定与书店无关。"

"他们有没有什么贵重物品?"

"我父亲不像其他同一年代的人,钱的事儿他很开明。他把钱存到附近一间银行了,当时那间银行刚开始接待华人顾客,叫意大利银行。银行老板是詹尼尼先生,他的作为给父亲留下了很深的印象。大地震之后几天,他冲进烈火地狱,我说得毫不夸张,保护储户的存款。所以店里没有值钱的东西,床垫子底下没藏金子,没有罕见的名画,没有收藏家心心念念的明朝瓷器,没有价值超过几美元的书。钱包还留在父亲口袋里,没人动。"

我犹犹豫豫地开口:"那是不是黑帮?我听说他们对那些与他们作对的人很残忍。"

"很不幸,是这样,但是没有起冲突的事由,除非我回芝加哥之后的几周发生过什么事。父亲支付了所谓的'加盟费'。我开书店以来,只交该付的部分,从来没人多要过什么。"

"所以杀人动机可能是你父母的身份,或者他们拿着什么东西，知道什么秘密。"福尔摩斯沉声说，"但你一直不知道到底是什么。"

"城市生活渐渐将他们掩盖了，好像从没来过一样。"店主对我们说道。

过了一会儿，福尔摩斯站起来，从后门出去，找了块石头，把烟斗里的灰磕了出来，然后回到厨房，边锁门边回头说话："显然，罗素还沉浸在中餐令人愉快的魅力当中，但是我一个小时前在看门人家里喝了一杯温茶，之后一直水米未进。另外，找点肥皂和清水，也是有益无害的选择。龙先生，你愿意和我们一起共进晚餐，然后接着聊吗？"

"去你们住的酒店？"书店店主问道，语气有些犹豫。

"当然，除非你必须马上回店里。"

"我的助手会关店的，但是我不知道我……"他的声音越来越轻。

"我们可以帮你另找一件大衣。"福尔摩斯说道。

"福尔摩斯，我觉得问题不是大衣，"我说，"圣法兰西斯酒店应该有……限制规定。"

"哦，这样啊。如果有，那我们就带他去房间，然后让他们把晚餐送上来。来吧，在这儿待着实在没什么事可以为你效劳了。"

三副耳目仔细检查着街道，提防有人持枪潜藏在暗处。走了两条街之后，我们在范尼斯大道拦到了一辆出租车，期间并无意外状况发生。到了酒店，我们没有纠结酒店餐厅的规定，直接带着客人快步走过迎宾桌，进了电梯。龙先生确实引起了电梯员的侧目，但他更在意这位矮小男士血迹斑斑的衣袖，而不是他的肤色。

"罗素，你能不能叫一下晚餐，我去清理一下手指甲上的污渍，很快就好。"福尔摩斯说着进了套房的洗手间。我问过龙先生，然后拿起电话，订了晚餐。福尔摩斯清清爽爽地从洗手间出来，走到橱柜旁，里面有酒店准备的各种酒水，他微微弯着腰，像是给禁酒令行了一礼。

"龙先生，你喜欢哪种口味的镇痛剂呢？先不管《第十八修正案[1]》的约束，这里有白兰地、琴酒、威士忌，还有独一无二的美式波本——"

"白兰地就行。"客人开口，他坐在椅子上，向后靠了靠，一饮而尽。然后摘下眼镜，掏出一方干净的手帕细细擦拭，然后又戴上，似乎放松了下来，似乎刚才擦眼镜时也想清楚了什么决定。

"我希望你理解，"他对我说道，"今天下午在书店我为什么没有回答你的问题。"

"你得先想一想。"

"是的。也可以说，我想去你家会会你，而不是在自己店里。但是，当我看到有人拿枪瞄准你的时候，我就确定你是同一阵营的人。但我想问，可不可以请你相信，我冲向你的时候，不是有意要害你？我也很抱歉。"

"你救了我，龙先生，这没什么值得抱歉的。"

"你很善良。可是，你转身面对我摆出的架势，似乎练过武术的样子。"

"是的，我是练过一点。"

"有意思，那你呢，先生？"

"学过巴顿术，是一种日本…"

"我了解，虽然我一直认为很少有西方人知道。谢谢你，我只是好奇而已。"

"先生，"福尔摩斯叫了一声，似乎想转回正题，"你肯定花了不少时间查养父母被杀的事吧？"

1　Eighteenth Amendment，指禁酒法案。——译注

"哦，是的，当然。问了上百人，但没有任何线索。"

"那你对父母的死就不做任何猜想吗？"福尔摩斯一边说，一边抬眼看着他，语气不像陈述，更像是指控。

店主一笑，"我可没这么说。"

"啊哈！"

"我想过。但是此前我无从下手，直到那天下午，这位善良的小姐来了店里。"

"等等，你的意思是，我知道些内幕？老天，可别再有其他记忆残缺了！还是说他——不，他当然不会认为是我，一个十五岁的小丫头，拿着枪，来唐人街干掉了原来的家佣。再说了，1915年2月我待在英国，马上要与夏洛克·福尔摩斯相遇。"

"不，当然不是。但我当时在想，会不会是你父母生前不经意的什么行为，导致了我父母的死亡？"

我瞠目结舌，无言以对，这时响起了敲门声，晚餐送来了。谈话暂停，我们铺好亚麻布，摆好盘子，伴着银盖下边传来的香味开始用餐，吃到一半，我放下叉子，跟对面那位矮小的男人说："我觉得你应该解释一下，罗素家是怎样将杀手引向你家的。"

"这个谜题很复杂，"他开始说，"我并没有了解全部。但是我会努力把搜集到的线索拼凑起来，你想到什么就告诉我。"

"1906年4月18日的那场地震，是整件事的中心。但我们两家故事的开端，要比那场灾难早几年。我觉得，结局也是。"

七

这个家族，继承了英国和美国的特征，继承了基督教和犹太教的信仰。他们称呼这个人迈卡。1877年，麦龙国十九岁，乘着一艘中国货船，和同胞一起来到这片土地。家人东拼西凑为他打点，盼着有朝一日他可以衣锦还乡。

雇主们叫他迈克·龙，他在铁路和码头做了十二年苦劳力，和其他劳工同住，房子里没有自来水管，也没有煤气照明。但是，因为他从不赌钱买醉，工作肯出力，口风又紧，所以钱袋越来越鼓。到1890年，他搬去了旧金山，想娶妻成家。

当时，娶妻很困难。龙来到美国五年后，美国政府颁布了所谓的《排华法案》，禁止一切华人移民美国；法案颁布八年后，对华人的限制没有丝毫放松的迹象。在19世纪90年代，这就意味着，华人妇女入美的唯一途径就是坐走私船偷渡。

龙花了很长时间寻找值得信任、可以托付金钱和妻子的走私犯。而龙的家人花了更长时间帮远方的儿子物色娶得起的合适的新娘。1891年春天，马婉，一个典型农民模样的年轻姑娘，动身前往传说中遍地黄金的旧金山。船到岸时，暴风雨将息，她和其他准移民都被折磨得半死不活。他们借着月光，迎着海浪，拖着沉重的身躯登上小船，划着桨上了岸。

马氏的一名同伴看到沙滩上站着的人影，开始号啕大哭，船员的一记耳光镇住了歇斯底里的喊叫。马氏蓬头垢面，心惊胆战，由于晕船，她的身体很是虚弱，但还是尽力挺直脊背，稳稳地站着。

那几个人影走上前，将带来的六男四女分拨。不一会儿，这些人便散开了，马氏看了看旁边的男人。

"龙国？"她犹豫着叫了一声。

"是的，"一个声音回答道，"来吧，被发现之前我们得离开这里。"

她乖乖跟着，突然被沙子中什么东西绊了一下，差点将看管一路的宝贝包袱甩出去。男人停下脚步，接过包袱，牵起她的手，领着她走上马路，她万分惊讶。

走了一个半小时，他们来到一所昏暗的房子前。龙国带着她去后门轻轻敲了敲。门开了，一个小个子放他们进来。关上门后，这人点亮了一盏煤油灯，马氏看清了，开门的是个女人，白种人。

这个形貌新奇的人将他们带进一间屋子，把灯交给龙国之后便出去了。

他把灯放到晃悠悠的木桌上，然后转过身，细细端详起自己的新娘。

消瘦苍白，与自己同样高，头发有几缕与年龄不符的灰白，眼睛乌黑，闪着智慧的光，超出了大多数男人的期望。而她看到的这个男人，比根据传闻想象出来的人要粗犷一些，年长一些，穿了一身西装，但并不合体；再靠近些看，她开始有些怀疑，这人是不是真的像人们说的那样能写能读。

"这里有热水，有澡盆，"他对新娘说，"还有些凉米饭和茶，或许你想吃美国餐，但我并不推荐。"

"有热水就好。"她说道，然后惊奇地发现他面露喜色。

"我猜你可能会需要热水。我对自己来时的情形记得太清楚了，不过没跟走私犯一起。"

第二天，马氏一身清爽，穿着他拿来的西式服装，继续他们非法的旅程，目的地是旧金山。不到一天，马氏便见识到新郎的本事，安了心。她依附的男人一直对她彬彬有礼。他和送他们的白人司机交谈时用的是对方的语言，而对方和前一晚的白种女人一样，完全可以听懂。当他们抵达目的地，从封闭的货车中爬出来时，熟悉的脸庞出现在眼前，空气中的味道也几乎与故乡无异。

他带她进了房间，屋子很干净，只是陈设有些简陋，出人意料的是，里面有很多书，中文外文一应俱全。虽然他看起来像是粗人，但实际上温文尔雅，甚至称得上腼腆。她告诉他自己认得几个字，不多，那一瞬间完全忘记了父母曾坚定地叮嘱她，在正式成为法定夫妻之前，切不可承认。

这两个陌生人情投意合，于是搭伙过起了日子。

在旧金山，如果不怕苦不怕脏，便能接下很多工作。城市发展迅速，似乎在翻着跟头前进。龙国掌握了白人的语言，自然在一群劳工当中更受青睐。

马氏学英语学得慢些，但也学会了一些，也有了工作。收入很稳定。他们买了房屋，一层的店铺也能带来一份收入。他们融入了唐人街这个密集的社区。

唯一的缺憾是，他们没有孩子。

成婚九年，马氏几次怀孕，每次胎儿都活不过三个月。起初，她伤心，她愤恨，她害怕丈夫会抛弃自己。但是，龙似乎毫不介意，渐渐地，她便听天由命了。

然后，1899年公历的最后一周，他们公寓楼里的一个女人死了，留下七岁的儿子，这孩子之前的生活与孤儿无异，如今倒真成了孤儿。这个女人无亲无故，已过世的丈夫也是孤身一人来到这个国家的。因此，孩子格外抢手，好几个家庭都表示欢迎。孩子很矮，弓着背，因为缺少关爱，看起来骨瘦如柴。他看人的眼神很奇怪，有着一种疏离，似乎在说，尽管自己身有不足,但周围的大人都不够格。

但马氏喜欢这个孩子。抛去高高在上的神情不说,他彬彬有礼,聪慧过人。她想,可能这就是他那副神情的原因吧。

经过商量,两人去了负责孤儿的社区协会,为孩子提供了一个家。朋友们都力劝,说这孩子有很大的问题,这孩子肯定是不祥之人,会引来祸患的。马氏心软,无可厚非,但龙不是应该清楚吗?条件良好的、不知名的孤儿院才是孩子最好的归宿。朋友们的劝阻,最后还是败给了妻子话语中寄托的微弱希望,龙一意孤行。邻里好友摇着头,他对弱小的生物狠不下心,终会给自己带来麻烦。

有了眼镜,孩子的斜视痊愈了;幸福安稳的生活让他褪去了傲慢。但是,身高和驼背的问题无法解决,保证良好的饮食、穿矫正鞋、传统锻炼养生法虽然有所助益,但最后还是没有改善。他很聪明,如果运气好些,做足计划,他可能就不用靠体力讨生活了。

学校生活很轻松,因为华人学校的老师们都欣赏这个自己知道上进的孩子。如果谨慎一些,家里的积蓄足够他读完师范学院,然后也去教书育人,不必像养父一样做背扛肩挑的活计,也不用像养母一样为人擦地熨衣。

四年后,上帝决定打断这家人的好运。

神意反复无常,虚实难辨,这是本质。不幸的开端是一场灾祸。1902年6月的一个清晨,雾气蒙蒙,龙和一群砖瓦匠在一栋新建筑的三层忙碌,"对弱小生物的怜悯是祸端"的预言成真了。不知什么原因,一天晚上,母猫决定转移自己的一窝幼崽。猫和蚂蚁有相同的习性,它们去目的地的路线,总像迷宫一样,所以这只猫跃上几块厚木板,又跳进盖了一半的烟囱,最后在那天要砌的一堵墙里落了脚。有个男人一手拿着砖,一手端着铲好砂浆的泥刀,犹豫着要不要瞧一眼,因为他听到了沙沙声和微弱的猫叫。

没人想把猫丢在墙里,但如果停下手头的工作去掏猫,所有人都可能被解雇。这位砖瓦匠继续干活儿,不过动作很慢,还让小工去叫龙过来,龙虽不是头儿,但比手里拿砖的这位更有威信。

龙过来看了一眼,除了拆掉前一天的劳动成果外,唯一能够到这窝猫的办法,就是从建筑外面的脚手架上下手。这群人中,龙最高,胳膊长,所以理所当然地当选了营救活动的执行者。

猫妈妈和两只猫崽很快被抓进了麻布袋,他又去够第三只小猫,伸出手指,蹭到了柔柔软软的小东西,却够不到,它躲在墙的一隅,发出愤怒的嘶嘶声。这时,本就摇摇欲坠的脚手架板突然动了,摇晃一阵,便猝不及防地滑了下来,其余的架板随之滑落,他急忙伸出手臂,慌乱中抓住了因为下雾变得湿滑的架骨,坚持了一下,最终还是失去控制,重重地摔在地上。他静静地躺在那里,凝望着工友们惊骇恍惚的脸,谋害自己的脚手架还在悠悠地晃动,灰蒙蒙的天。他想,这或许就是生死回眸的景象。

他等待着超脱,但并没有。母猫挣扎着要从袋子中钻出来,发出惊慌的叫声,这让他意识到自己没有死。

这一摔并没有要他的命,也没造成重度伤残,真的是奇迹。他的脊椎、头骨和重要内脏器官都完好无损,只是三根手指脱臼,六处骨折——左前臂两段、右脚踝、两根肋骨、左侧锁骨——但是医生竭力劝马氏买下了昂贵的草药,并打包票说一定能康复。

他确实在康复,只是很慢。一个月后,他才能拄着拐杖从房间一侧蹭到另一侧。两个月后,他可以一条腿下楼上街了。

马氏无休止地工作。十二岁的儿子汤姆虽然个矮背驼,也长成了壮小伙。他被楼下的杂货店聘去，送了一夏天货。但这家人还是借了钱，负了债。新学期伊始，汤姆想继续在菜摊工作。但是龙态度更坚定，让他继续读书。汤姆照办了，只在课余时间，而且是完成作业之后才去工作。

10月份，龙开始找活计，但是建筑队只要身强体健的人和受过专门教育的办公人员。他一周有几个小时帮杂货店处理账务，教人英语，但是赚的钱仍不够。他们的债务越来越多。

雨季到了，11月份，加利福尼亚虽然不像中国那么冷，但公寓里供热不足，冰凉的空气深入骨髓，尤其是八周前断过的骨头。没有工作的日子，龙常常练习走路，坚信自己正一点点恢复。他也常去码头和城市工业区周边转，寻找工作机会。

11月末的一个星期六，汤姆从楼下的菜贩那儿回来，告诉父亲，店主让自己去送一箱进口蔬菜，会路过城市另一边，一直到东侧海岸。一听说是长途任务，小男孩兴奋之余，又有些不安。龙提出陪他一起去。其实，他甚至说服蔬菜店主追加了一笔跨城车费，以保证产品可以顺利送达。一个月前，另一个年龄大些的男孩被一帮白人小伙子攻击，他运送的水果也在劫难逃，被损坏得一文不值。虽然龙是个瘸子，但或许能打消别人使坏的念头。

除了遭了些白眼外，这趟旅程很顺利。目的地是一家餐馆，箱子中的蔬菜还非常新鲜，他们很是满意，厨师给了汤姆十美分小费和两块厚三明治。父子俩带着食物，来到悬崖脚下，背靠着海墙，把这儿当作了容身之所。

这天下午很冷，前一天暴风雨残留的风还一阵阵地刮，海浪不时地拍打着悬崖。虽然嘉年华游乐园已经客满，但是这天游客寥寥无几的海滩不会拒绝一个华人小孩。汤姆很开心，他将剩下的三明治塞进嘴里，然后跑到海边，研究海浪把什么东西冲上了沙滩。他偶尔掀起衣角，擦拭自己的眼镜，偶尔蹲下看有没有什么宝贝。

还有一家人也在沿着沙滩悠然散步，都是白人：高个子的男人一头金发，这是白人常见的发色之一，搭配着经典的蓝色瞳仁；他妻子戴一顶帽子，眼睛乌黑；两人中间的小孩走路还有些东倒西歪，被母亲深红的裙子和父亲的长腿挡住了一半。因为有风，父亲摘下帽子，用胳膊夹着。一男一女衣着厚实暖和，边走边往地上瞧。女人偶尔也弯下腰，捡起自己发现的小东西，给丈夫和孩子看。

他们没看到汤姆，汤姆也没注意到对方，两拨人走到了同一条线上。龙虽然知道这个男人不会对一个孩子动手，但他不想让孩子的快乐被刻薄的言辞毁掉。所以他站起来，好像自己跛着脚能赶得及阻止他们碰上一样。但是，那个小孩的小脚突然被一条海藻缠住，摔了一跤，脸扑进了沙子里。父母将孩子拎起来，拍掉她身上的沙子，轻声安抚。预期的三方会面被打断了。父亲把孩子抱起来，跟她说着话，龙对他心生好感：白种男士很少和孩子谈话。然后父亲带着孩子远离大海，去了海墙边。龙听不到小女孩说话，但他知道小女孩笑了，当看到孩子父亲健壮的手臂拥着孩子裹得严严实实的小身躯时，他不禁露出了笑容。

然而，女人注意到了汤姆的靠近。龙担心地皱着脸，迈着大步以最快的速度走向潮湿的沙滩，刚走了几步，又慢了下来。女人和汤姆说了几句话，虽然不知道具体内容，但肯定是善意的，汤姆一边回答，一边伸出手，摊开手心。她凑过去研究了一番，两人侃侃而谈。她肯定是问汤姆在哪儿捡到的，因为龙看见儿子指向沙滩上的岩礁。女人直起身子看过去，然后点了点头。他们各自继续，汤姆沿海滩向下，女人朝悬崖的方向走去。很快，她从大海和龙中间擦身而过，礼貌地冲龙点了下头，然后又望向礁石。

事情发生得太快了，龙但凡有一丝丝犹豫，就绝对来不及。长裙飘飘的身影绕着海岬闲转，十分惬意，海浪涌上沙滩，散开，然后慢慢渗进沙子，大海涌来了第七层浪，或者第七十层浪。女人弯着腰，正认真研究石头背风面的什么东西，因此没有注意到。海浪退下去，准备酝酿更高的一层，就像人们大喊之前会先吸进肺里一大口气。丈夫发现情况不妙——龙听到身后的男人在说话，但微弱的声音被海风吹散了。女人还是毫无察觉，海浪渐渐浮现，翻腾；龙跟跄着跑起来，忽略了腿上的疼痛。

"女士！"他大喊，"女士，走开，哦——"

但海浪已经涌了过来，携了越来越多的水，只等达到洪峰时将自己送上海岸。浪尖开始发白，她戴着软帽，看上去又矮了一截。她警惕地看着龙挥舞着胳膊，一摇一晃地跑过来，然后转过身，这才发现了身后的威胁。这时潮水如猛兽般一跃而起，猛地拍下来，像正要倒塌的坚实墙壁，像脚手架上铺垫的厚重木板。女人直接被冲了起来，然后又被用力丢下去，像一小段树枝。她从岩礁上滑落，掉到沙滩上。海水回退，她又被海水的重量拖向大海，速度更快。白色的泡沫中，只有那条红裙格外醒目。

混乱中，龙只瞧见泡沫中的一抹红色，便立刻扑进水里。右手手指只触到了流沙坚石，一阵疼痛；突然，左手感觉碰到了浸水的布料，千钧一发间，他紧紧地抓在手里。

四条腿，两双手臂，或是刨进沙子里，或是紧抓着岩石，他们奋力挣扎，才勉强没被大海吞没。龙的脚先踩到了沙滩，抵着一块冒出一半的石头停了下来，突然，女人重重地撞过来，他的胳膊登时一阵火辣辣的疼。原本好了一半的锁骨再次断裂，龙痛呼一声，但依然没有松手，他手指攥紧湿漉漉的衣服，祈祷着缝合线不要崩开，肌肉不要耗尽力气，还有骨头……然后，凶猛的海水善心大发，放过了自己的猎物，潜进了沙滩；泡沫消散，红裙子和内衣缠作一团，女人被呛到了，浸过水的衣服很重，但她还是努力撑起身子。龙蹒跚地上前，用右臂搂住她的腰，拖她上岸，远离了海浪的魔爪。

两人栽到微微有些潮湿的沙滩上，女人一边干呕一边哭，她想把手抽出来，但衣服破破烂烂，碍手碍脚，因此费了不小的劲儿，头发、血迹也粘了一脸，像黑红相间的手印。龙见她平安无事，这才跪倒在沙子上，吐了几大口海水。

女人的丈夫已经跑了过来，他臂弯里的小女孩看到自己的母亲和一个奇怪的男人在沙滩上打得头破血流，胆战心惊，还时不时地大吼，吓得尖叫起来。不一会儿，汤姆也跑来了，他小脸呆滞，弯下腰，用学童手帕轻轻擦拭龙流血的手。

女人渐渐不呕了，但因为寒冷和惊吓开始瑟瑟发抖。她只受了些皮外伤，幸好颅骨没事。丈夫很欣慰，松了一口气，眼睛也湿润了，他将小女孩放下来，放到妈妈膝盖上，母女两人紧紧抱在一起。他回头估计了一下到马路的距离，然后看了看妻子的救命恩人，发现对方表情痛苦，用右手小心地托着左胳膊肘。

"你受伤了。"

龙说话有些艰难，但还是努力开口了："是旧伤，先生。会好起来的。"

"一定要看医生。你住在这附近吗？"

汤姆回答："我们住在唐人街。"

"那你们一定要和我们一块坐车走。"龙想推辞，但男人开始和小女孩说话，声音中透着慎重和安抚："玛丽，勇敢的小姑娘，我需要你的帮助。你妈妈浑身湿透了，很冷，我得扶她去坐车。这位善良的先生，救了妈妈，但自己却受了伤；

你能照顾一下他们父子俩吗?你觉得自己能不能把他们带上车呢?"

孩子眨着灰色的眼睛,考虑了一下眼前的情形,然后从母亲湿漉漉的怀抱中爬出来,向汤姆伸出手。男人轻松地将妻子扶起来,等着汤姆把父亲扶起来之后,领着几人穿过沙滩。

这是汤姆第一次坐汽车,每次车一颠或者一晃,柔软的座椅都让他觉得兴奋,但还要顾忌父亲像带孔水壶一样的嘘声,着实纠结。最后,车子驶向一栋豪华的大房子。汤姆甚至觉得这个白人男子是市长。男人熄了火,小跑着绕到另一侧,从座位上把妻子抱起来,然后向门走去,虽然对方一直抗议。没等他们走过去,门就立刻被人打开了。他们进了屋。一位表情严肃的白人女士朝门廊瞥了一眼,然后摆出向外走的姿态。紧接着,屋子里传出指令,于是她犹豫了一下,说了句话,声音很尖,车里坐着的人也能听到,然后她转身进了屋。汤姆父子和小女孩依旧待在车里。

沉默中,两个小孩看向彼此,镇静的蓝眼睛对上焦虑的黑色瞳仁。

"你叫什么名字?"她问道。她年纪小,吐字有些含糊,但嗓音清亮。汤姆觉得,她也带了些口音,和她母亲很像。

"我叫汤姆。"

"我是玛丽。你爸爸还好吗?"

"不久之前他肩膀摔伤了。我想,救你妈妈时又伤到了。"

浅色眼睛打量着架起来的胳膊,然后抬头看着那张中国面孔。"真是抱歉。"她说。

看到她一本正经的样子,龙勉强笑了一下——他不了解小孩,汤姆来的时候,已经是个半大孩子了;也一直弄不清西方婴儿多大的时候该是什么样子。但他觉得,小姑娘虽然口齿伶俐,却肯定不到三岁。"会好的,小小姐。"他宽慰她。

"疼吗?"

"有一点。"

"爸爸会想办法让你好起来的。"她坚定地说道,"你们进屋来吧。"

"我想你爸爸会派人送我们回去的。"龙说道。他没钱再请大夫了,不管怎样,除了将肩膀缠起来静养之外,他别无办法。只是,他希望男人可以快一些,太阳落山了,而且自己的衣服全湿透了。他忍着寒战,却无意中牵动了咯吱响的骨头,不禁轻哼了一声。孩子瞧在眼里,皱了皱眉。

"你冷吗?"她问道。没等对方回答,她便站起身探向前排座椅,翘着小腿保持着平衡,手向下一伸,然后又钻了回来,手里握着格子旅行毯的一角,是刚才男人给自己妻子裹着的那条。她不顾龙的反对,直接将厚实柔软的毛毯盖在他身上,然后学着大人的样子,将膝盖周围披了披。"好了。"她说。她似乎很满意自己的成果,然后抬头望着靠近的人影。

是刚才那个严肃的女人,她要将雇主的女儿从凶恶的东方人手中救出来。车门猛地被拉开,她的眼睛扫都没扫龙家父子,手直直地指着脚下。

"出来。"她下令,语气不容置疑。但令龙惊讶的是,小姑娘抬起下巴,微微眯起眼睛。

"爸爸让我照顾他们。"

女人目光一闪,然后将手伸向龙的膝盖,想将孩子抱出来。"你爸爸可没打算让你在黑漆漆的车里坐着,还和两个野蛮——"

"麦克弗森小姐!"背后传来男人的声音。她手上一顿,看了看大睁着眼睛的汤姆父子,然后退出车门,让到一旁。

"这孩子——"她只说了这三个字,便被打断了。

"没事的,麦克弗森小姐。或许你应该去给医生烧些热水,看看菲利浦还需不需要加热过的砖块给我妻子暖脚。谢谢你。"

她犹豫着,似乎要抗命,但是想了想就走开了。金发男人一手扶着车门上方,弯腰探进车里,乱糟糟的头发散在高高的额头上。

"我替她道歉,"他说道,"她母性保护欲有些强。我们进去缓一缓,医生马上就到。"

龙本想拒绝,但男人已经将龙的腿抬到了地面,他似乎感觉到了对肩膀受伤的人来说,什么动作会变得困难,于是伸手帮忙撑着胳膊。很快,他扶着这位湿淋淋、浑身沙子的中国客人坐到火炉前宽大的皮沙发上,给用人下了几条简短的指令。

生了火,端来热饮。医生到了之后,先去楼上瞧了瞧女主人,但很快又被遣了回来,让他一定先给龙治疗。过程虽然痛苦,但龙二次断裂的锁骨被牢牢地包扎起来,湿衣服也脱下来,换上一件长得可笑的干净衣服。他们给龙端来一碗浓汤,味道有些怪,但功效不错,最后又叫了一辆车送龙和汤姆回家,虽不是出租,但属于营运车辆。

"不要收这两位一分钱。"金发男人告诉司机。然后他走到后门窗户,递出一个窄钱夹。

"先生,真的,"龙并不接受,"我希望你不要给我钱。"

男人犹豫了,一双蓝眼睛看了看汤姆的鞋,太小了,而且还千疮百孔。他站在那里,摇摆不定,将钱夹在手心拍了拍,"你救了我的妻子。"

"如果是你,你也会救我太太的。"龙回答得很坚定。

两人眼神交流了很久,传递了很多信息。衣着光鲜的高大白人,真的会奋不顾身地冲进海浪中救一个中国人的妻子吗?而且这个中国人个头矮小,裤子上还打满补丁。大概不会吧。但这个人呢?

最后,男人将钱夹装进胸前的口袋,然后向龙伸出手。

"谢谢你。"他说着关上了车门。车子穿街过巷,从高地开到唐人街。司机将车停在菜摊前,还特意为他们打开车门,像对待白人或富豪一般。马氏担心不已,急匆匆地冲到街上,当她看到一身制服的司机时,脚步登时一停。司机举帽向她致意,然后回到车里,没等龙从口袋中翻出小费,就驱车离开了。

第二天下午,汤姆去帮店主送货,马氏去街头一家洗衣店做工。龙的伤疼了一整天,好像所有的断骨都被碾碎了一样,不只是一根。公寓传来了敲门声,龙千辛万苦地站起来去开门。金发男人正堵在门口。

"司机把你家地址告诉我了。"他对龙说道,"肩膀怎么样了?"

"没事了。"

"听医生说,是去年夏天的旧伤,而且骨折不止一处。"

"是的。都好了,这根骨头也会好起来的。你夫人应该没事了吧?"

"她很好,多亏了你。"他就站在门口,龙别无选择,只能邀请他进来。房子一如既往,一尘不染。但是龙坐过他家的皮沙发,用他家镶了金边的碗喝过粥,所以知道此刻男人只看到了生活的窘迫。

男人四下张望,但眼神中并没有透出一丝厌恶,这让龙很意外。如果说有什么情绪的话,他似乎很欣赏挂在墙上的那幅水墨画,很享受横在椅子上的那条棉被的柔软触感。这是早晨马氏出门前盖到丈夫腿上的。

"来杯茶吗?"龙提议。

"好的,谢谢。"男人似乎对这种清淡的饮品很好奇,这不禁让龙记起，西方人会在茶里乱七八糟地混些糖和牛奶。

"需不需要帮你找些牛奶呢？"龙一边问，一边想，在唐人街哪里能弄到这鬼东西。

但是男人摇了摇头。"不用担心，我有时会喝纯茶。"他抿了一口，继续说，"其实，我觉得不加牛奶味道更好，很提神。"他喝完一杯，又续了第二杯，大手捧着茶杯，终于说出了自己来访的原因。

"龙先生，"他开口，然后停顿了一下，"我喊的对吧？"

"是，没错。"龙予以肯定，也觉得惊讶。之前，从来没有人问过他这个问题——发音确实很接近了，毕竟他的舌头并不习惯平仄起伏的语言。

男人点了点头继续说："我和妻子都觉得，你受伤应该由我们承担责任。她不是本地人，不熟悉这里海滨的情况，不知道太平洋的海浪中潜伏着多大的危险。昨天，我也忘记提醒她了。若不是你正巧出现，若不是你甘愿冒生命危险救她，她可能会被淹死。我理解，不能用金钱来衡量一个像好撒玛利亚人[1]一样的人，但至少应该报偿他的损失。"

龙不知道撒玛利亚人是谁，也不知其善恶，此外，还有几个词他也不明白，但是他的英语水平可以大致理解客人的意思。更重要的是，在这座城市里，大多数统治阶层的人认为黄皮肤黑眼睛等同于低人一等，但是很明显，这位陌生人把龙看作常人来对待，不仅如此，他还顾及龙的尊严。

龙不知不觉地抬起下巴，直视那双浅色眼睛，像两个平等的人。

"先生，"高大的西方人说道，"我想为你提供一份工作。"

再无其他，那句"先生"成全了这桩交易。

---

[1] a good Samaritan，基督教文化中一个著名的成语和口头语，意为好心人、见义勇为者。——译注

之后，龙开始为罗素家工作，他每天早晨爬坡来到这所宏伟的房子，然后傍晚再回唐人街。起初，他只能用一只手工作，有时毫无意义。锁骨再次痊愈后，他便开始负责庭院，锄锄地、种种花、养养草。渐渐地，他发现这些工作竟能让自己的心境平和愉悦。第二年，马氏也来到这栋房子工作，她在厨房打下手，并渐渐接受了西方古怪的烹饪风格。1906年4月那场灾难过后，厨师跑了，马氏接手，于是，罗素家的日常事务便全权交由龙家人负责。

龙他们来了之后，苏格兰保姆便搬走了，她原来也住在这所位于太平洋高地的房子里。和这位保姆不同，龙一家人从来不住这里。虽然罗素家提过，但龙拒绝之后便没再强求，因为双方都知道，如果龙家住进来，可能会引起邻里纠纷。每天下午，龙清理完铲子，收拾干净小路后便会离开，到家的时候正好赶上小汤姆放学。他常常随身带着这样那样的书，是罗素先生或夫人推荐的，觉得他们的园丁可能会感兴趣。罗素一家外出时，比如去英国或者东海岸时，龙或马氏会每天去房子巡视一遍，确保万无一失。

1909年，汤姆考上了东部的一所大学。只靠父母的能力自然负担不起更舒适的住所，而罗素家送的礼物锦上添花。之后，龙骨病再犯，长期困扰着他，花园的工作也越来越吃力，这时又是罗素家的一笔钱助他们开起了书店，而不用向唐人街的高利贷借款。

两家人惺惺相惜，如共生的物种一般，不同又类似。若当年汽车没有冲下悬崖，旧金山南部几十英里外也没发生过什么不幸，那这段情谊也许会地久天长。

八

福尔摩斯站起身，给龙先生续杯。故事讲了近一个小时，我们的客人端坐着，手紧紧握着杯子。

"我知道的确切信息只有这些。我觉得有必要告诉你们细节，这样你或许能理解我们两家的联系。最开始只是救下了一个女人，但不仅仅是受人之恩、涌泉相报的故事。"

"我明白的。"我告诉他。

"遇见我父母时你还小，所以我觉得你了解得不够深入，可能只当他们是用人吧。我想，如果令堂没有发现自家园丁不仅仅会摆弄花草，她就不会和他讨论中国哲学，畅谈数个小时。如果他们仅仅只是保持雇佣关系的话，令尊就不会随便地把书借给他，还和他交流读后感。"

"真的谢谢你。我……我对父母没什么印象。"

"如果没有长大成人后再了解父母的机会，自然如此。"他的语气让我想起他同样经历过父母早逝，而且还是两次。

"就像我说的，"他继续，"了解他们之间紧密的联系，才能解释1906年发生的事，但这也正是我无法讲清楚的地方。

"你当时太小，可能记不得了，地震过后的第一天，满目疮痍，无法想象。各个街区，房屋成片成片地坍塌，常常将拯救自家财物的人埋在里面。男男女女在街上游荡，有的受了刺激发了疯，有的只是因为无家可归，一无所有。很多人被困在碎石中，等待救援，但大火却来得更快。于是很多人被射杀了,比起被活活烧死,这种死法更仁慈一些。警察怕出现暴动或者骚乱,于是下令,若有趁火打劫者就地枪决,却并未指明如何分辨劫匪和合法屋主。大火蔓延、建筑物分崩离析、不合理的行径,这里成了名副其实的地狱。

"在如此毛骨悚然的情形下,我们的父亲们卷入了某件事。从这里开始,我便讲不太清了,因为不知道具体情况,事后才了解到了大概。当时我十四岁,算是大人了,但没人觉得我长成了男子汉。火势逼近时,我留下来,正和母亲一起收拾财物,准备放弃房子。父亲要走,去查看罗素家的情形,确保他们——你们——都平安。火势已经蔓延到两家中间的区域,所以他不知道要花多长时间才能绕过去,但母亲还是劝他快去,宽慰他说我们没事。星期三下午四点,他离开了唐人街,直到星期五早上八点我们才再次见到他,中间四十个小时,一直不见踪影。大火烧到唐人街,毁掉了这里,我们一直逃到了海边。他终于回来了,却看到整个唐人街夹在码头和火墙中间,空气中弥漫着爆炸和纷乱的气息,所有人都被烟呛得几乎窒息。我说这些细节,是想说明当时肯定有非常急迫的事情,他只得丢下我们离开。

"他找不到我们,几乎要绝望了,但是邻居看到了他,并告诉他说我们已经逃到了军事基地,军队划出一片区域供我们避难,还提供食物。最后,他终于在那里与我们会合,看到我们平安无事他哭了,一遍一遍地重复,说自己不该走。他告诉我们,你家的房子损坏了一些,但还矗立在那儿,你的家人都待在附近公园的帆布帐篷里,他帮你父亲转移了些贵重物品。他那天只告诉了我们这些,之后没再补充什么。

"虽然不知道他究竟与你父亲一起做了什么,或者为你父亲做了什么,但他一副心神不宁的样子。可以说,那件事一直缠在他心头。"

"什么意思？他很害怕吗？"

"害怕，"龙重复了一遍，然后揣摩了片刻，"人们很难想象自己父亲害怕的样子。不，我不这么认为。与其说害怕，倒不如说是他仿佛做了件不计后果的事，回想起来，会纠结自己的决定是否正确。或者说他在思考，别人要求自己做的这件事是否别有用心。"

"好像他不再信任我父亲一样？"

"不是你父亲，而是有什么不为人知的事会出卖他们两个。"他耸了耸肩，身体一缩，"很难形容，我只有模糊的印象，类似这种。"

"但是你猜不出事情的根源？不知道是他遇到的事、目睹的事，还是做过的事？"

"都有可能。我不知道。"他摇摇头，"他从来不说。"

天已经晚了，龙先生只能说清事情的轮廓，所以再继续"问答游戏"没什么意义。显然，福尔摩斯也是这种想法，因为他将手伸向烟灰缸，果断地把烟斗中的灰敲了出来。

"龙先生——"他开口道。

"还有一件事，"龙打断他，福尔摩斯又乖乖坐回去，"我还是不知道意味着什么，1914年9月中旬，令尊来见过我父亲，两周后令尊便去世了。他们谈了很久，令尊离开时我父亲一言不发，但像是卸下了什么负担。两人握了握手，好像绝交了一段时间的人，现在重归于好了。"

"但是你不知道他们谈了些什么。"

"他们穿过马路去公园长椅上谈的。每每有人靠近，都会立刻收声。"

"谢谢你，龙先生。"我说道，尽量掩盖声音中的不满足。

"如果我们想到什么问题，龙先生，"福尔摩斯说，"可以给书店打电话吗？"

"我常在店里,万一不在,助手也知道我的去向。"

"我送你下楼吧,然后叫辆车送你回去。天晚了,而且你的胳膊也不方便。"

龙拒绝说只是一小段路,但福尔摩斯并未动摇。他替客人拿起帽子,站到旁边准备着,怕龙先生站起来时会有困难。并无困难,但就像福尔摩斯说的,他胳膊上的伤会疼上一阵子。龙小心翼翼地将手抄进夹克口袋,权当是胳膊的支撑,刚放进去,他一顿,又吃力地将手掏出来,把手里捏着的东西递向我。东西用纸包着,缠着麻绳,形状像一小段雪茄。

"混乱了好几个小时,我都忘记给你了。我父亲说,它对你母亲而言很珍贵,怕被人损坏,便拆下保存起来了。"

我拿在手里,翻过来一瞧,上边有一行一丝不苟的蝇头小字:

1914年11月13日,从罗素家拆下。
纸里包着前门的门柱圣卷。

不知道龙通过我的表情读出了什么信息,他向前迈了半步,想握住我的手臂,但他的手悬在空中,只是说道:"希望我父亲的行为没给你带来困扰。他只是觉得,这是你家的守护神,虽然有可能不是这样,但——"

"不,"我说,手紧握住这块冰凉的金属,"没关系,你能完璧归赵,我很开心。谢谢你。"

我感觉福尔摩斯锐利的眼睛盯在我身上,但我并不看他。他拿起自己的帽子,坚持要送客人出去。所以他大半个小时没回来,我并不觉得奇怪。从唐人街打一个来回,踱步慢行,边走边思考,大概要用这么长时间。

他进门时,发现我纹丝未动,人蜷在沙发上,手里攥着门柱圣卷。他把外套挂到门上，走过来坐到我旁边，执起我的手，但不是我起初期待中浓情蜜意的样子，而是掰开了我的手指。我的手掌被金属边硌出了相同形状的红印，手指也僵了。他把金属拿在手里细细查看了一番，然后放到沙发前的矮桌上，手伸进口袋，抽出一方手帕。

我大声擤了擤鼻子，呼吸有些不平稳。"我都没有机会和他们好好道别。去世之前没有，葬礼上也没有，因为我出院前就得将他们下葬。金兹伯医生带我去过他们的墓地，但当时因为药物的作用，我没什么印象。总觉得……没有完成自己该为他们做的事，总难以释怀。"

"是。"这个单音节声调古怪，好像是在提问：然后呢？

"你说'是'是什么意思？"

那双灰色眼睛离我只有几英寸远，直直地钻进我的眼睛，他的表情——整个人——流露出一种专注，我读不懂。他也不回答，只是等着。

我疲惫地摇了摇头，"福尔摩斯，很明显，你想到了什么事，而我却彻底忽略掉了。如果你想让我回忆起来，那就得告诉我。"

"你父母是1914年10月去世的。"

"还有我弟弟，是的。"

"1915年初来英国之前，你不是在医院，就是受那位心理医生监管。"

"对。"

"你父母雇的厨师和园丁1915年2月被杀。"

"龙先生是这么说的。"

"你家的房子空了十余年，然后3月末有人破门而入，如果没在日本落脚，当时我们大概已经到了。回到旧金山还不到四十八个小时，就有人向你开枪。"

"也可能是向龙先生，或者只是针对一个胆敢跨出自己领地的中国人。"

或许我就不该开口，因为在他强大的攻势下，我的声音制造的所有印象都奔向了他最终的设想，"就是说1906年发生地震火灾时，勇敢忠诚的仆人遇上了麻烦事，他对雇主的态度因此发生了转变。"

"福尔摩斯，求你了，我太累了，不想谈这些。"

"地震之后两个月，你父亲的遗嘱中添了附加条款，提出至少二十年内，除家人外，其他人不得踏足侵扰。"

"那又如何？"我质问，语气变得蛮横。

"最后，家人过世的事让你留有遗憾，所以你的思绪出现了混乱，一系列噩梦也随之出现了。"

"该死的，福尔摩斯。我要睡了。"

"证据确凿，但是你却不想正视，"他深沉地说，"真有意思。"

"正视什么？"我终于忍无可忍，冲他大吼，"福尔摩斯，看在上帝的分上，我累得要死，肩膀上有伤，头骨受了撞击，脑袋也疼得厉害，我连去浴室照镜子都会有困难，而你却一定要和我玩猜谜游戏。好，那我走了之后，你尽兴。"说着我站起来，迈着大步朝浴室走去，放了满满一缸热水，在水中泡了好大一会儿。我出来时福尔摩斯已经睡了，反正他没动弹。

我本来期望旧金山之旅只是一次简短无聊的旅程，只是为了处理些经济事务，但事实证明，它是多事之旅。甚至在我们到达之前，噩梦就开始猛敲我的心门；星期一早晨，船只进港，三天内，我遭到了警察逮捕，碰到了一堆怪事，目睹了闯空门的证据，还和丈夫大吵了一架。

但是与星期四遇到的致命埋伏相比，前边这些事只算得上路上的尘土。当时我们正无所顾虑地走过酒店大厅，然后埋伏的人突然发动了袭击。

那天早晨，我们愉快地用过早餐，或者说福尔摩斯愉快地用过早餐，而我只是在看报，顺便喝了些咖啡，吃了一片吐司。福尔摩斯拿了一份《通讯报》，我拿着《旧金山纪事报》，读了一篇题为"新时代女性涉毒案"的报道，看到MJB咖啡打的广告，上边有两个指纹，配的文字是"独一无二——咖啡品味如指纹"。我和福尔摩斯探讨了一番，认定广告上的指纹不是拇指，是剩下的四个指头中的两个。于是我继续翻，又读到"耶尔巴布埃纳岛举办同性恋泳池集会"和"被解救女孩讲述奴役过往"。

总之，都是开启满足一天的新闻标题。

我们喝完咖啡，将餐巾丢到盘子一侧，然后朝电梯走去。

伏击者发起第一波呐喊，横贯奢华的大厅，惊到了所有住店的顾客，我和福尔摩斯立即进入备战状态。第二次，声波正中要害，我顿时僵在原地。

"玛丽！是玛丽·罗素，绝对错不了，你和你爸爸长得一模一样。我从报纸上得知你回来了，我——"

我挺直了腰：尽管昨天晚上我们不欢而散，但我绝对不希望瞄准我的子弹牵连到福尔摩斯。我递过去一个眼神，多年夫妻，自然有眼神代替语言交流的能力。在这种情况下，怒目圆瞪外加点头就表示"走开"。

福尔摩斯真的很无耻地悄悄离开了，留我一个人独自面对袭击者，完全不像一个六尺男儿的作为。

她的帽子顶可能只到我的下巴，我真是蠢，竟然允许她靠近。帽子上装饰着飘来飘去的羽毛，竖着一小段硬挺的丝带，是现下最新潮的款式。腰束得很细，却穿了一件活泼的裙子，看起来并不协调，如果裙子设计师看到这种打扮，定会火冒三丈（事实证明，面料弹性还是相当不错的）。套着一件浅紫色的海豹皮外套，自然界肯定没有这种颜色的生物。头发漆黑，可能曾经也是这种色泽。手指戴着各色宝石，闪闪发亮。她向我走来，大张着手臂，尽管她的姿势更像要吞了我，而不是拥抱，我的反应很符合英伦风范。虽然很想伸手抵住她不断靠近的额头，和她保持一臂距离，但我还是强行抑制住了自己的冲动，任由她抓住我的手臂，鲜艳的嘴唇朝着我的颌骨扑来。

看来，在旧金山我还有密友。

"玛丽，玛丽，你究竟为什么从来不写信呢？天，你真是长大了，长这么高了，都超过你妈妈了。哦，亲爱的，可怜人儿，就这样离开了朋友，离开了家，我和弗洛伦斯说——你记得小弗洛吧，是你的好朋友——就应该有人跳上车，把你接回来。想想看！一个小小的孩子，无依无靠，孤孤单单。"

"那个……"我想开口。

"你还是一头金发呢，和你亲爱的爸爸一样，你妈妈说颜色会变深，但是并没有，现在变深了吗？你漂色了吗？你十二岁那年，我告诉过你的，用柠檬水。而且你头发也很浓密呢，如果男士剪成这样的发型，简直是灾难。"

"真是抱歉，"她滔滔不绝，我终于插上了话，"我想我可能并不认识您。"

她发出一阵声响——应该是笑声吧——像一连串七音符，从尖锐嘹亮的高音渐渐降为低沉的浅笑。本应欢快的笑声，被眼睛里透出的受伤神情出卖了。只是，我真的不知道怎样才能把这个问题提得不那么直白。

"我是迪伊阿姨，亲爱的宝贝。你妈妈最好的朋友。她原来带你来过我家，你和弗洛一块玩过布娃娃。虽然最后，你通常都跑去和她哥哥的小伙伴们爬树了。"她无奈地补充了一句,仿佛这段记忆有些丢人。

不得不承认,和小男孩一起爬树比和弗洛一起玩洋娃娃更像我的作风。但我不知道安静聪颖的母亲是怎样看待这个女人的。

我仍然做自己该做的事,"迪伊阿姨,没错,你还好吗,亲爱的弗洛还好吗?"

接下来又是一大段独白。我正好瞄到福尔摩斯从电梯走出来,换了一身日常装束。值得称赞的是,他眉梢一挑,摆出询问的表情看向这边。但我觉得没必要让他过来,遭受这个女人的折磨,于是冲他摇了下头,几乎不被察觉,然后一直垂着眼睛,满目深情地注视着面前这人的脸庞。也许是因为我的动作,也许是因为她的听众集中了注意力,她沉默了一下,我趁机插话。

"嗯,迪伊阿姨,我还没吃早饭呢。要不要和我一起用餐呢?"是谎话,但和她随意闲谈问话,可能掌握大量信息。

接着又是一阵降调的七音符笑声,我脸一抽,她开玩笑似的拍打我的手,"瞧我糊涂的,你一直饿着肚子在这里站着。我来酒店,就是想带你去迪伊阿姨家里用餐。如果你方便的话,当然好。"她茫然地环顾四周。看来刚才福尔摩斯躲到棕榈树后面之前被她注意到了。没等她发现,我牵起她的手,故意带着孩子的欢快。

"好啊,我愿意去。我们打车去?还是说您坐自己的车来的?"

她满腹狐疑地瞧着我,一时竟没了话语,但也就一瞬间的事。"你不去拿帽子什么的吗?"她问道。

我这才意识到自己的装束,刚才的话约等于提出裹着浴巾踏进联合广场。但我不想带她去我们的房间,即使福尔摩斯已经离开了。

"哦，只不过是回第二个老家，不是吗？"我问道，"没什么礼节约束，对吧？"

就这样，我抛弃帽子、大衣和手套，以半裸的状态出了酒店的门，朝停在路边的车走去。听到不远处传来的鼓声，我顿了一下。

"这是什么声音？"

"哦，市场街在举行忠诚游行。"她回答。

现在，车水马龙、人声鼎沸的景象更清晰了，很明显，我右侧好几条街道都出现了大规模的混乱。

"但愿不用从其中穿过去。"我说着钻进了车里，幸运的是，她也住在太平洋高地，离我渐渐接受的老家约有五条街的距离。迪伊阿姨——暂时只能这么称呼，因为她一直没说自己的全名——她家地势更高一些，奢华得多，前花园也不会有人误认为是杂草丛。车开进门廊，在宏伟的希腊风格柱子下停住。有个男人走出来，脸如同一尊黑檀雕塑。他悄悄抻了抻白手套，帮我的同伴打开门，并让司机为我效劳。

"这位是玛丽·罗素小姐，"她告诉仆人，"告诉拉图尔太太，我们要用早餐。"

"好的，格林菲尔德夫人。"男人低声回答。感谢他道出了姓氏，却勾不起一丝熟悉的感觉。

迪伊·格林菲尔德转向门，告诉我："你不记得吉夫斯，玛丽，他来这里工作才两年时间。"

他走到门边，替我们推开华丽的木门。

房子内部和外面一样，一副奢靡模样，但又像另一个纪元。外边还保持着建造时的装修风格，大约有四十多年历史，但是内部原有的维多利亚风格摇身一变，成了现代设计的样板间，看起来是不久前刚装修完的，到处彰显着艺术装饰运动[1]的印记。游走在墙壁上的鲜艳色彩,纠缠在照明设备周围的金属线和玻璃,高度及胸、高挑慵懒的女性大理石立像和遍布各个角落、蹲坐着的灰狗雕塑——就像定居在一盒巧克力奶油中一样,流油的感觉,让人窒息。

格林菲尔德太太卸下手套、手袋和那件非同寻常的浅紫色外套,交到吉夫斯的白手套上,又开始喋喋不休:"不觉得这是你到过的最美的房间吗?虽然我不应该说这种话,我知道,但是去年圣诞节才完工,每次走进来我还是会激动。我们举办了一场化装舞会庆祝,哦,你应该见识一下所有蜡烛都点亮时的景象,还有角落那棵十七英尺高的圣诞树。所有的宾客都像孩子一样,大为惊叹,太完美了。哦,你去吧,吉夫斯,罗素小姐饿坏了。告诉拉图尔太太,我们要先去温室喝杯咖啡。"

温室坐落在房子后边。虽然我准备好了迎接里面的壮观场面,但温室却抵挡了格林菲尔德太太请来的现代派装潢师的毒手,依然保持着维多利亚风格,不屈不挠。这是个舒适的房间,白漆木材,藤条椅子,但令人遗憾的是,在植物选择上,兰花似乎更受偏爱,种如此名贵的花,当真有些刻意。

咖啡端来了,所幸很浓,咖啡杯是骨瓷质地,只有蛋壳那么薄,我精神松懈下来。格林菲尔德夫人继续闲谈,费尽心思地说了许多故事,她可能觉得我记着这些主人公的名字。我怀疑,她的思绪根本不在当下,或许她把我当作了我母亲,但是我确定并非如此,是她太过于自我沉迷,仿佛其他人只能透过她的眼睛看世界。

这种人最容易审问了,因为他们从来不会抛开问题,放弃谈论自我的机会,去思考自己的听众为什么要问一连串问

---

[1] the Deco movement,一场装饰艺术方面的运动,名字来源于1925年在巴黎举行的世界博览会。——译注

题。当然会有些疲惫，因为要从源源不绝的废话当中像淘金一般淘出偶尔冒出来又顺势飘走的宝贵信息，需要高度集中的注意力。我无法做笔记，因此必须把所有可能的闪光点都记下来，不论是金子还是黄铁矿。

如果这个女人认识我母亲，那她应该知道我的家人什么时候在旧金山，什么时候没在。但要弄清楚，还得绕很大的弯子。而且很多参考事件还需要我做一番调查，确定具体的发生时间——比如，我们带着年幼的弟弟返回旧金山时，刚好是邮政街上那个法国女服装设计师的店开业的那周。

很明显，在房子现代化之前，厨师就在这里工作了。拉图尔太太端来的早餐，从卖相上看也完全是爱德华风格[1]。虽然一点不饿，但我从一开始就跟"阿姨"说自己没吃早餐，所以现在肯定不能再说自己其实已经吃过了。我扒拉着盘子里的鸡蛋、烤番茄和各种油炸食物，却不巧被她看到了，于是在她拿起我的叉子亲自喂我之前，我自觉地强塞了几口冷掉的早餐。吃完后我开始觉得，自己应该立马出发，绕着城市来一圈急行军。我带着满脸感激离开了餐桌。

她带我去了晨起室，清晨的阳光已经退出了窗户。炉子里生好了火，咖啡也摆上了矮桌，两边各有一把舒适的椅子。她问也没问就端给我一杯咖啡。我刚吹了一口气，就看到一个人闯了进来。她的出现，足以解释房子近期的巨变。

走廊一阵喧闹，接着从门那里传来交谈声，表明即将有人进来。确实，没过几秒门就被猛地推开了，一个女孩风风火火地走进来，身材娇小，一头黑发，完全是"摩登女"这一神奇物种的模板。钟表已经指向上午九点，显然她刚从前一晚的劲歌热舞中回来，衣服和妆容都惨不忍睹。

---

[1] Edwardian，一种西方的建筑、装潢和工艺品风格，盛行于20世纪初，以简洁不失优雅为特征。——译注

但最令我震惊的是，面对刚进来的这位一身狼狈的姑娘，她母亲竟没什么反应，只是轻轻地宠溺地摇了摇头。

"亲爱的妈咪，"人还在走廊，这个爵士宝贝的声音就传了进来，"吉夫斯说有客人——你这个时间带客人来做什么？这不应该是年轻人干的事吗？就连我也只在出去疯一晚之后，才拉朋友来吃早饭，我不喜欢生拉硬拽地开始新的一天。哦，刚和特鲁迪一起，在市场街另一个区域被一群孩子举着的猪气球堵了三个小时，据说有两万人参加。天啊，想想太可怕了。另外，她刚戒了烟，而我快被烟馋死了。你不介意我抽吧，亲爱的妈咪？如果你朋友反对的话，那我只能躲到温室，在兰花丛里吞云吐雾了。"

她一边说着，一边拖着本族群标志性的、有气无力的懒散步伐穿过房间。她的鞋子好像太大，马上要掉下来或者绊倒似的。然而，直到她走到橱柜旁，两种不幸都没有发生。柜子很华丽，造型像一只七爪章鱼，每只爪都顶着贝拿勒斯金属托盘，好像随时会裁下来。她站定，抽出一支泛着光的搪瓷烟嘴，至少八英寸长，掀开托盘上摆着的漆盒，取出香烟，皱着眉，专心地塞进去，然后点燃。打火机接近手榴弹大小，和烟嘴的尺寸完美匹配。她猛地吸了一大口，烟气绕着肺部转了一圈，化作一小团云飘出来，配着心满意足的声响。然后她把自己抛进一张靠近壁炉的贵妃椅，跷起二郎腿（祖母看到这姿态，可能会气昏），眼神明亮地盯着我。

我差点压不住鼓掌的冲动。

"这是玛丽，亲爱的，"格林菲尔德太太解释说，"你记得她吧，你小时候最好的朋友？和你一起玩过洋娃娃的。"

果不其然，这就是小时候的玩伴弗洛。

"我记得，她经常和弗兰克的朋友一起玩踢罐子之类的游戏，有一次还爬到树尖上去了。"这位摩登女郎一笑，疲倦的脸庞微微一皱。她拿着烟嘴无精打采地晃了晃,算是打招呼,"嗨。"

"哈啰。"

她轻轻歪了下头,问道:"你现在说话带英国口音?"

"之前没有吗?"

"我想应该也有,忘记了。那你住在英国?做什么呢?"

"她正环球旅行呢,"格林菲尔德太太插嘴,"今天早晨,我翻开报纸的社会版面,看到'酒店大堂绯闻'这一栏时,'玛丽·罗素小姐'这几个字引起了我的注意。我当时就想,肯定是她。所以就让吉夫斯备车,去酒店接她回家。我们刚吃过早饭,如果知道你快回来的话,就等着你一起吃了。"

弗洛摆了个鬼脸。我开始琢磨,她发红的眼睛以及对拉图尔太太厨艺的冷淡态度,两者应该有一定的联系吧?"谢谢,但是不用。"她说,"那,玛丽——可以称呼你玛丽吧?"

"当然。"

"你来旧金山做什么呢?"

"有些生意需要打理,父亲的财产也需要人管。正巧我途经太平洋,所以要来这里待几天也不是什么难事。"

"就这样?"格林菲尔德夫人叫道,"你一定要再多待几天,见见老朋友。弗洛,跟她说,让她一定要留下来。"

"我倒是很乐意带你体验一下夜生活,虽然也不怎么样。"弗洛懒洋洋地说,然后打了个哈欠。

"哦,真是好主意!"她母亲说道,"我刚才还在想,邀请几位她妈妈的老朋友过来吃早茶,然后晚上再带她去剧院,但是你们年轻人一起跳跳舞、玩一玩可能更好。"

爵士舞和地方剧院,都并非我兴趣所在。而且,昨天脑袋在石板路上磕了一下,现在还一阵阵隐隐作痛。但是面对这样一位热情的母亲,很难讲出拒绝的话。或者也因为女儿渐渐衰退的注意力。弗洛又打了个深深的哈欠,肆无忌惮,然后站起来,找烟灰缸捻灭了烟。

"明天晚上有个派对,听上去不那么吓人。那我九点去接你可以吗?"她问我,"我知道有点早,但可以先吃点东西。"

九点开始夜晚探秘确实有些诡异,但眼下并无方法摆脱。我想,可以随时给这家人打电话,说我因为牡蛎或什么过敏,临时起了疹子。"这计划不错。"我说道。

她点了点头,然后迈着步子,迷迷糊糊地朝走廊走去。

格林菲尔德太太充满歉意地笑了笑,"她是个好姑娘,只是这一段过得有些浑浑噩噩。她和装潢师一起付出了不小的努力,装修完之后,她突然没了奋斗目标,所以需要发泄。你懂的吧。"

我点头表示理解。但在我看来,这个姑娘可能找到了一种不伤身不伤钱的排解方式。弗洛参与了房屋焕新工程,这更好地诠释了房屋的风格,比格林菲尔德夫人监工的解释更顺理成章。我想,如果习惯了蓬勃的风格,自然会应用艺术装饰运动的理念,不过略施粉黛的使用程度更讨人喜欢。

弗洛一走,我也有了离开的借口。我许了很多承诺,收下了格林菲尔德家的电话号码,对方这才善罢甘休,放我自由。格林菲尔德夫人让吉夫斯把车开来,但我拦住了。

"不用了,真的,我想走一走。这是个美好的早晨,权当锻炼了。"

"哦,你们这些年轻姑娘,"她一通猛夸,"这是流行趋势,对不对?锻炼、学习——了不得,接下来,估计你们就该参选参军了!"

七音笑声再次响起。我下了台阶,沿车道走去。

参选,真是疯狂的想法。

我估计,格林菲尔德夫人认为我会穿过五条街回自己家,但实际上，我和诺伯特先生以及另外两位经理约了十点钟见面。我站在房子门前四下张望，看街上有没有守株待兔的人影。我差不多已经决定，要把那天朝我开枪的人当作一个目标随意的神经病，但还没蠢到忽略另一种解释。我也承认，这种可能性让我脊背一凛。不想这么早下定论，于是我找了一处矮墙坐下来，门正好充当了防御工事。我掏出小本，费了些时间在上边写写画画。无论如何，这都是当务之急，因为我不想忘记格林菲尔德夫人告诉我的任何一句话。做完记录，我合上笔记本，从墙上跳下去，然后朝律师事务所走去，没有一丝犹豫。

以太平洋高地为起点的这次轻快的远足，稍稍平复了我紧张的神经，解开了我脑中的一团乱麻。和诺伯特的会面同样轻快高效，各项事务迅速推进。我签了些文件，批准了抛售各种股票所需的手续费，也同意继续挂名掌管这个公司归到父亲名下的股份，一年，最多两年，等待出售股权的最佳时机，虽然我本身很不情愿。拒绝了与三位绅士一起去俱乐部参加午宴的邀请（当然在女士房间），我向外走去，时间刚过中午。我站在门口，手摅着包里的金属重物印在表面的凸起，仔细观望着附近的街角以及建筑物的入口。但我发现的头号危险人物，只是一个穿着轮滑鞋的男孩，嗖的一声朝游行的方向飞驰而去。我告诉自己，没人会在人头攒动的街上朝我开枪。一路走回酒店，无人出手。

福尔摩斯没在，我换下衣服，找了一身与灰头土脸的房子更配的衣服换上，然后又出了酒店。电车从酒店门前经过，但我没坐，而是一直走到邮政街，沿路观察各个店铺，直到发现格林菲尔德夫人提到的那家店。我走进去，售货员小姐看着我，一边眉毛扬起，没入了刘海儿中。她很礼貌地回答了我的问题，我也向她道了谢。出来之后，我坐上电车，伴着咔嗒咔嗒的声响,和上班族女郎以及游客一起朝山丘进发。

还是在同一个地方下了车。这一次我转车去太平洋高地的自家房子,最终安全抵达,一路没被枪击,没被中国男人撞倒,也没被侵犯。

门上没了挂锁,我按响门铃,房子里便有了动静。不一会儿,我听到福尔摩斯逐渐走近的脚步声,然后门开了。

"啊,罗素,"他没有转身往回走,而是一步迈了出来,"真及时,很高兴看到你活着从你干阿姨的深厚感情中脱身。"

"先别忙着这么说,你该见见她女儿的。什么及时?"

"当然是午宴了。"说话的这个男人向来对饭点没什么概念。

"福尔摩斯,我吃过了。"

"但是我还没吃,我也需要生存。来吧,我早晨路过一家意大利小酒馆,从飘出来的香味判断,很值得期待。"

眼睁睁看着门上了锁,我也无事可做,只能跟着他沿着马路去找那家美味的意大利小酒馆。我要了一杯红酒(服务生郑重其事地称之为"葡萄汁")和脆面包棍;反观福尔摩斯,极尽点餐之能事。

等他擦干净最后一点番茄酱,喝完杯子里的黑咖啡,我们又返回房子,整个下午都在尽力挽救壁炉里的残存纸屑,但成效甚微。前一天上午,福尔摩斯已经做了一番研究,第一片纸屑碎成末之后,他决定让我也来帮忙,两双手总好过一双。他每举起一小部分残存碎片,我就立刻把玻璃伸到下边接住。虽然两人合作,但这些纸片依然弱不禁风。不管动作多轻,福尔摩斯的手艺多精湛,时不时地仍会有纸片化作小撮的碎屑和灰烬。

最后,我们膝盖酸疼,两手乌黑,换来了七块纸片,保住了一些文字。

其中五块上的字都是打印体,这让我很吃惊。根据词中略微扭曲的小写字母"a"可以判断出，这是父亲图书室中那台安德伍德打字机的作品，因为曾经有个好奇的孩子，也就是我，在上边动过些手脚。福尔摩斯判断，这是一封信的原件，而非复印件，因为残存的字迹实在让人很扫兴：遇火后，油墨比碳更顽强些。

从第一张纸上保存下了三块纸片：

> 　　国军队
> 　　良心的
>
> 选择
> 不公布
> 好朋友——GF
> 　　觉得自己欠
> 　　他奉献了坚定的

剩下两块是从后边几页纸中清理出来的，破译如下：

> 　　　　地震
> 　　　　哄抢财物，当即射杀
> 　　　　谋取了
> 　　　　哄抢犯的实
> 　　　　我亲眼见过三
> 　　　　没有一次合情
>
> 定不是正当的
> 全是钱

从报纸的碎屑可以看出，这是地震之后的即时快报，因为其中有一条大胆的标题——"人间棺椁！！"考虑到字号大小，这更像一篇关于旧金山饱受摧残的文章，而并非介绍考古新发现的希腊瓶罐。

另一个应该是大火过后，丈夫和新婚妻子走散数日，最后发现对方也在金门公园，只隔了半英里远。然而，至关重要的内容，或许都在这两小块报纸的反面，但是却都模糊不清。

我们把玻璃板放到母亲的写字台上，穿过厨房，坐到外边的小门廊下。福尔摩斯点了一管烟，我四处搜寻舒服的墙角，缓解扭曲的脊背。

丛林似的花园现在竟然变得美好了，尤其是在傍晚的映衬下。我听到远处孩童的声音由远及近，还有女人轻柔的歌声。

"分析出什么成果了吗，福尔摩斯？"我问。

"很少。这些词有争议，说了地震期间一些暴力行径，还有钱，但是现在做任何结论都是空中楼阁。在这种情况下，纸片的价值以后才能见分晓。很明显，诺伯特先生锁门离开之前彻底打扫过了——还是说，你父母离开家之前就打扫了壁炉，卷好了地毯？你不记得对吧？"

"老诺伯特安排清洁工来卷的地毯，为了'保护客户财产'，这是他儿子的原话，盖防尘布，也清空了冰箱。那时他们可能也清理了壁炉，但是9月份旧金山很暖和，比夏天还要热一点。任何时候都有可能。"

"我们得弄清楚，老诺伯特有没有带人打扫。"

"是，知道。"我说。然后默默叹了口气，对他坚持调查的决心表示无奈。但也没有立场说这些遗迹是父亲在最后关头写的商务信函，之后又重写一份投进了邮箱，所以我拿出笔记本给自己写了一条指令：诺伯特——是否清理了壁炉？

我翻了翻前边几页，添了一两条刚才忘记写的信息，然后对福尔摩斯说："格林菲尔德夫人帮了大忙，大致捋清了我的家人待在旧金山的时间。"

"她也进一步肯定了,地震和大火期间你们就在旧金山。"

"是这样,你说的没错,福尔摩斯。但是我们也来来回回了几次,所以我记得自己在英国,也并不算全错。"

1900年1月,我出生在英国,我只知道这一点。但并不知道自己刚过周岁就来了这里,也就是1901年的春天,也是在那时母亲结识了格林菲尔德夫人。根据龙先生的叙述,我们在旧金山待了一年半之后,我和父母去海浪翻涌的沙滩时遇到了他们父子。

我们一直在旧金山住了三年,1904年夏天又离开了。弟弟1905年2月出生,或许是母亲的意思,她知道自己怀孕后想去自己的故乡分娩。但是,弟弟六个月大时,他们又回了旧金山,那是1905年9月,邮政街那位女设计师的店也刚刚开张——虽然"阿姨"隐隐约约记得,我们一家人回来后去波士顿的爷爷家待了一段时间。

幼年的记忆中,彩色的玻璃和毛茸茸的小狗,应该是那时刻进脑海的吧。

1905年9月至1906年夏天,我们一直住在旧金山。4月份,父母的很多好友纷纷逃离这座风雨飘摇的城市。但格林菲尔德夫人记得很清楚,母亲至少待到了6月份,帮忙应对最初几周的紧急情况,后来因为要照顾孩子,又再次回了英国。

但这次父亲没有随行。之后几年,他待在英国和旧金山的时间各半,每次和家人团聚,他都要乘火车前往纽约,然后漂洋过海,往返于太平洋两端,一直到1912年夏天。母亲实在于心不忍,于是便搬回加利福尼亚,终于合家团圆。两年三个月之后,他们去世了,我也永远离开了这里。

我把笔记本摊在福尔摩斯面前,他满腹心事地盯着看。

"第一次遇见你时,"他说,"我听出了浓重的伦敦腔,又有些加利福尼亚口音。显然,幼年时期的影响依旧存在。我应该深入研究一下——说不定会写出一篇有趣的论文。"

"为什么我不记得?"我抗议道,声音中透出痛苦的紧绷感,"我理解幼年,但人们不都是五六岁才开始记事儿的吗?"

他饶有兴致地盯着我,"说实话,你真想知道?"

"别犯傻了,福尔摩斯,我怎会不想找回失去的那部分生活?"

"我能想到一堆原因。"他说,灰色的眼睛热度不减。

"好,但我不知道。真是烦人,而且有些丢脸。我为什么不想拥有完整的记忆?"

"比如,你发现自己的父母并不像自己想象中那么优秀?"

"我爱他们,尊重他们,但是他们绝对不是完人,"我嗤之以鼻,"我父亲很容易分心,母亲有时冷冰冰的。再者说,幻灭也是成长的一部分。"

"如果幻灭得更彻底呢?如果,比如说,你发现自己的父亲在地震期间犯了什么罪呢?"

"什么罪?"我厉声问道。

"或许是大火期间发生的任何一件事,也是因此,龙先生那位忠诚的父亲才变得心灰意冷。"

我在脑中想象父亲犯罪的形象,但失败了。我摇摇头,"福尔摩斯,他是遵守道德的人。我母亲更是如此,她绝不会容忍任何原则性的错误。不,我只能这么说,如果他真犯了什么罪,肯定情有可原。"

"大火之后没几个星期,她就离开去了英国。"

"有两个孩子的女人,不都会这么做吗?"

他依旧那样盯着我,我不自在地移开视线。他打算干什么?为什么我突然心神不安?好像有一位按摩师正缓缓靠近一块青肿脆弱的伤。

但福尔摩斯没了后话。这样反而更糟。

九

我有一大堆的紧急差事要处理,一大批难题要解决,但星期五早晨,我决定着力解决严重耗费心力的两大问题:一是我需要晚礼服,另一件是我依旧联系不到金兹伯医生。吃完早饭后,我瞥了一眼外边阴晴不定的天,穿上防雨外套,穿过联合广场,奔服装店而去。

逛了几小时,买了正式的连衣裙和鞋,足够应对晚上的活动。但考虑到我的替换礼服只有和服和沙丽,于是又继续逛,添置了些替换衣物(身高太突出,当下流行的裙长穿到我身上,就得时刻注意,保持得体),然后安排人把东西送回酒店。走到大街上,我伸手拦了一辆出租车,迅速钻进去,然后扭头盯着后面,无人尾随。

我告诉司机金兹伯医生的地址,这里既是她家,也是办公室,是当年出院之后前往英国之前,我们一直见面的地方。出租车在一栋建筑前停了下来,房子看上去还很不错,但墙壁颜色有些斑驳。我走到门边,按了门铃,却看到门牌上有"加本"二字。

一个矮个子女人打开门,但除了身高,她和我的精神医生再无相像之处。我絮絮叨叨地解释自己要找的人,但她没什么反应,我开始猜测她是傻还是聋。

"不好意思,"我说,"你会说英语吗?"

"当然会。"声音略微带了些法国南部口音,"但是,我不认识你要找的人。"

"也许她搬走了。可以请你告诉我是谁把房子卖给你的吗?"

"只是租的,吉里街一家房产中介介绍的,但我想房东应该不是金兹伯。我记得名字是 B 打头的,贝克?博尔顿?"她摇头,"记不清了。我们房租一直交给中介。"

"那或许他们知道。刚才你说在吉里街?"

"离潘汉德尔起点不远——你知道一直延伸到金门公园的那个狭长绿化带吧?大概向东再走一两条街。"

"谢谢你。"我说着走下楼梯平台。

"是你寄来的信吗?"她问,我停下来。

"是,我往这里寄过信。其实寄过两封。"

"上个月收到一封,不知道从哪里寄来的,邮票很有趣。我记不住那个地方叫什么。"

"是从日本寄来的,没错。"

"大多数这样的信都被邮差截下来,送到房产中介那里了。从日本来的信寄到了这里,第二天我交给了邮差,让他带到中介去。或许就像你说的,他们知道。"

我谢过她,又上了那辆出租车,问司机可不可以在绿化带南边转一转,找找那家房产中介。但事实证明,司机知道这个地方,直接把车开到了门前。我让他稍等,因为这次拜访可能依旧只有寥寥数语。

这里只有一位女员工,忙着三四个人的业务。刚放下听筒,两部电话就又响了起来,有三个人等着与她说话,所以她显然不会关注我。

我耐心有限,等了一下便径直走到队首,她正讲着电话。我从钱包里掏出五美元,连同写着金兹伯医生家庭地址的纸一起摆到她面前的桌子上。她看了看桌子,又看看我,停住了,然后把两部电话的听筒都放到桌子上,以防干扰到我们讲话。

"谢谢。"我冲她笑笑,"我知道你很忙,但是我要找个人,她名下的房子是你们代理的。她的信件都送到这里来了,所以我想,你们或许知道她现在在哪儿。"

"她叫什么?"

"金兹伯医生。我想名字可能是——"

"当然,精神科医生。房子不归她所有,我也不知道她人在哪儿。我们只是接收寄给她的信件,然后每月连同支票一起寄到医院。并没有几封。"

"你知道医院具体是谁接收吗?"我又问,忽视了我身后那位不耐烦的男士制造的动静。

"不清楚。邮给业务办公室了。"

"谢谢。"说完我走了,她继续享受自己的人气。

到了医院,我建议司机不用等着我,因为门前车水马龙,很容易拦到出租车。但是他耸了耸肩,说自己去吃午饭,然后在街边等我。我还是先付了钱,以便他随时决定离开,然后低着头,强迫自己走进了恐惧与痛苦的栖息地。

迈进大门,空气中飘散的味道让我喉咙一紧,双腿有些发软,脑袋一阵天旋地转。如果说来旧金山已让我满心畏惧,那这栋建筑就是恐惧的中心。这里到处是清洁剂和疾病的味道,那时的记忆涌到了口腔深处。生理上的疼痛,心理上的自我谴责和负罪感,生无可恋的情绪,全部撞进了我的身体,依旧如此鲜明,与当年醒来的那个星期无异。我本可以撑着颤抖的双腿转身夺门而去,但一名护士注意到了我痛苦不堪的神色,走过来扶住了我的手肘。

"小姐,"她又喊了一声,"过来坐下吧,你差点昏倒。"

护士拽过来一把椅子,我乖乖坐下来。然后她把手放到我后颈,摁着我低下头。她的手有些凉,动作轻柔但很干脆。我接连深吸了几口气,眩晕的感觉得到了缓解,我直起身子。

"天啊,"我一边说一边尴尬地笑着,"我没料到会这样。"

"不用担心,经常是那些坚强的人一进医院就撑不住了,"她说道,语气轻快,"今天早晨,有个爱尔兰装卸工人来医院,一看到针头——噗——就昏过去了。你在找人吗?"

"事实上是在找业务办公室。我想问一位医生的去向,她十年前在这里工作。"

"那我无能为力,我才在这里工作了三年,但可以领你去办公室。"

转了几个弯,又爬了一层楼,令人痛苦的味道和声音逐渐消散了。这间办公室没什么特别,几乎随处可见。我谢过向导,进了门。

当值的人西装革履。我又默默复述了两遍寻人的细节,才在他面前站定。他指了指椅子,我心怀感激地坐下,摘下手套,第三遍阐述这个故事。

听我讲完,西装革履的先生调整到舒服的坐姿,双手交叠,压在马甲上。

"你原来是医院的患者?"

"是,1914年事故之后,从10月份住到了11月份。11月之后我搬去了休养所,去英国之前一直在她的私人办公室见面,之后便回了英国。"

"那段时间你一直接受金兹伯医生的治疗?"我察觉出他的声音里透着担忧,他意识到自己面前坐着一位曾经的精神病患者,我努力表现出绝对神志正常的样子。但这至少证明,他知道金兹伯医生的特长。我笑得一脸友善,同时咬紧牙关,准备低声下气地讨教。

"是的,没错。当年我十四岁,刚刚经历了家破人亡。金兹伯医生给了我非常大的帮助。所以我想报答她的善心,想让她看到治疗的完美结果。"我考虑着现在是不是该随意提一下给医院捐款的事了？应该时机未到吧。

"我明白了。"他说，并且不再担心我会突然发狂，隔着桌子扑向他。他似乎在做心理斗争。我刚打算开口打金钱牌时，他抬起头盯上我的眼睛，"是这样，罗素小姐，我很抱歉告诉你这件事，金兹伯医生几年前去世了。是你认识她不久之后的事，她……"

我看到他正在说着什么，但脑中的杂音越来越响，盖过了他的话。我知道他停了下来，眉头紧锁，我也恍恍惚惚地察觉到，他的表情透露着关心。他嘴巴又动了动，同时伸出一只手。但除了一落千丈的轰鸣，我什么都听不到，甚至有一瞬间什么也看不到。

这一次周围没有了护士，没人用微凉的手轻推我的后颈，让我低下头。但最后，我并没有倒在地板上，真是神奇。我回过神，发现身体自发维持着低头的姿态，手掌跟撑着前额，正缓慢地深吸着气。意识模糊了应该没几秒，因为那人几乎来不及推开桌子，走到门口。

"我没事。"说话的声音有些哑。

他犹豫了一下。我看不到他，于是清了清嗓子，重复了一遍，声音多了些力气。他明白了我的话。

"有什么能帮你的吗？"他问我，语气很是紧张，"需要水吗？"

"好，谢谢你。"

他回来时，我坐得笔直，脸上也有了血色。看到我稳稳地端着杯子，他放心了。

"真的非常抱歉，"他说，"我应该意识到这个消息多么令人震惊。"

"怎么去世的？"

他停顿了很长时间。我不禁想，可能他刚才已经解释过了，而我只听到了血液急涌而出的声音。但眼下，我更关注这些信息，再顾不得安抚他对我精神状态的担忧。我目光犀利地盯着他，"拜托你告诉我，金兹伯医生怎么死的？"

"她头部遭到重击。警方认为……"又来了，只看到他嘴在动，却听不到任何声音。我静静地等着他的脸部没了动作，请他再重复一遍。他的视线朝门口扫了一眼，然后又收了回来。我猜他是不是要站起来呼救，如果真是这样，那我可能会立刻动手阻止他，然后逼着他告诉我。幸亏，没有出手的必要。

"有人闯进了她家里会诊的办公室。很明显，那人以为她出去了，但她没有。罪犯本来要把抽屉洗劫一空的，却遭到了抵抗，于是抄起桌子上的雕塑砸了下去，任她自生自灭。第二天早晨才有人发现了她，但她再也没有恢复意识。"

你瞧。我现在知道了实情，没有昏倒，也没有再次失聪。我完全可以应对。我坐在那儿，听着内心自说自话，对自己不动声色的本事感到惊讶。

"具体是什么时候呢？"

"具体时间我不记得了。但应该是1915年年初的几个星期。"

"不可能。"

"嗯，那个，我想我可能会弄错，虽然我认为——"

"如果能查到准确时间，我不胜感激。"不可能我刚去英国，紧接着便发生这种事，就是不可能。

"我会让秘书去查一下的。"他说，心里可能在纳闷。

"谢谢。还有一个问题，为什么医院仍然接收寄到她家的信件呢？"

听完问题，他整个人放松了下来，向后一靠，"我们负责管理金兹伯医生的房产。为了给精神病患谋福利，她把所有资产都留给了医院。我们变卖了一部分,其余的作为收入来源。房子就是其中之一。"

"那些信都去哪儿了?"

"她没什么亲人。通常我们都会拆开看,如果是商务信件,我们会回复,如果是私人信件——如今寥寥无几了——我们就寄给她的一位堂姐,家住费城附近。我觉得这位堂姐肯定上了年纪,因为跟她沟通变得越来越……古怪。"

"有没有抓到犯人?"

"没有听说。"

"你知道哪位警官负责调查这起案件吗?"

"我见过他,不过是几年前的事了。名字我忘了。"

"或许你的秘书可以帮忙查一下?"

"你想知道的话,可以。但你并不是她的家人,所以警官应该不会透露什么。"

"到时再看吧。"我对他说,语气有些严肃。虽然福尔摩斯更乐意在旅行时用化名——如今用的是最钟爱的歇林福德·福尔摩斯——但如果有必要,我会毫不犹豫地搬他出来当救兵,而且要用真名。世界上没有一个警察会拒绝与夏洛克·福尔摩斯对话。"那么,谢谢你,这位……嗯……"

"布雷斯韦特。"他告诉我。

"当然。"我从椅子上站起来,暗自窃喜没有扑倒在地。我的双脚明显力不从心。

"罗素小姐,我帮你安排一辆车吧。"

"不劳烦了。我想,有辆出租车等着我呢。"

但是,出于责任感,他还是安排了人护送,正是办公室外那张桌子后坐着的秘书。她至少六十岁,非常瘦,我总觉得如果结结实实地倚在她身上,她就可能断成两截,幸好我不用她扶。离开医院就像一剂补药注入我的身体,我瞬间恢复了常态。走出院门,我向她表示感谢,还不忘把各种地址交给她,以备她查到我需要的信息之后联系我。

出租车开了过来,我钻进车里,告诉这位忠厚的司机,自己想回酒店。

我相信,回去时他闲谈了一路,但我只字未闻。

而且,也完全忘记了要留心枪手。

到了圣法兰西斯门口,我下车,抬腿朝大门走去,然后听到他在叫我——我忘记付钱。于是我返回,塞给他一些钱,然后转身离开了,他依旧在喊。之后声音和人一起进了门,要交给我几张钞票。我的手指机械地握住——如果这样可以摆脱他的话——但是脚步没停,继续朝电梯走去。

电梯间嗡嗡地响。我把楼层号告诉服务员,低头盯着手中的零钱,几张纸钞轻颤。我能感觉到小伙子正斜着眼睛看我。上行电梯渐渐慢了下来,门一开,我便回了房间。鉴于世界上其他事情都如此变幻无常,所以连钥匙顺利打开了门锁都让我感到惊讶。

通常情况下,花岗岩柱是不会坍塌的;载客的电车不会脱离轨道,侧翻到街边;天色阴暗时,照明系统也不会瘫痪。

灾难中提供了唯一避难所的精神科医生通常不会倒在地板上,流血身亡。

我甩开鞋,把帽子、手套和外衣扯下来,然后深深埋进了床铺中。

五小时后,福尔摩斯在床铺中发现了我。

第二部

福尔摩斯

十

当看到平时能力超群的人突然倒下时，人们通常会陷入恐慌；若这个人是自己的妻子，便更是如此。

但是，在福尔摩斯长期的职业生涯中，常常要面对魂不守舍的客户和目击者。很久以前，他便认可了传统治愈方法的功效：一杯上好的白兰地，或者大量冒着热气的甜茶，都可以缓解紧张情绪；容易消化的食物，能疏通血管；然后找准合适时机，反向一激，患者便可恢复，娓娓道出有用的信息。

所以当他回到酒店房间，看到年轻的妻子蜷缩在被褥下时，便拿起电话要了热茶和饼干，迅速倒了一杯被禁的白兰地。之后他拖着罗素进了浴室，帮她脱下里里外外的衣服，拧开水龙头，放了满满一缸热水。

茶送来了，热水也准备就绪，之后的十五分钟，他弯着腰，将液体和裹满奶油的小甜点送进了默不作声的女人嘴中。她的眼睛渐渐有了焦距。福尔摩斯去隔壁房间找她的眼镜，顺便脱掉外套，挽起湿漉漉的衬衣袖子，开始搜集线索，他想知道到底是什么事情让她如此颓然。桌子上没有摊开的报纸，垃圾桶里没有皱巴巴的电报纸，除了床上的凹陷，除了从门口到床边满地的衣物，其他什么都没有。

他在门内侧找到了她的包，将里面的东西一股脑儿倒在床上：钱包、手帕、笔记本、削笔刀、手枪，还有调查工具盒——都是些日常的随身物件，没有任何反常。

他把包丢到一边，最后在床底下找到了眼镜，他拿着进了水汽朦胧的浴室，放到香皂盘的角落。他倒了一杯茶，又帮她续满（这次只搁了一块糖而不是两块，虽然平时她从来不放），然后坐到凳子上等她开口。

茶水未见底，她便开口了："她死了，福尔摩斯。"

他静静坐着，思考着这个代词代表了谁：如果是格林菲尔德家的女人，可以解释她的震惊，但解释不了情绪深处的失落。那应该就是剩下的那位了。"你那位医生朋友？"

"她死在办公室里，警察说，是入室抢劫杀人。"

"真的很遗憾。"他发自肺腑地安抚道，虽然这句话多半只是出于习惯——毫无意义，但抑扬顿挫的音节常常能勾起有价值的往事。

"她是我最后的牵挂。现在我什么都没有了。这么多年，我从来没有给她写过信，你知道吧？我总想着，总有一天我们会重逢，总有一天可以亲口告诉她，一切都好起来了。但不承想，她已经走了这么多年。"

福尔摩斯压制着急躁，听她说着毫无用处的日期，只回了一句："也就是说，她去世有一段时间了？"

"是遇到你之前，我刚离开没多久。这么长时间，早不在了。"

"你怎么发现的？"

罗素终于肯直视他了。她眨了下眼睛，摸到眼镜戴上，找回了一些理智，也安心了不少。

她开始讲述下午四处打探的故事，磕磕绊绊，断断续续，也没有多少实际内容，但总归是提供了源头。接着，她似乎意识到了自己的周边环境，于是从浴缸里站起来，裹了件浴袍。福尔摩斯跟着她回到起居室，打开电暖气给她取暖。

"她为了病人,把所有财产都留给了医院,你看。"罗素一边说一边抬起一只浴袍袖子,来回蹭着湿漉漉的、灾难现场般的乱发。她脸颊粉嫩,裹着一条过分宽大的浴袍,特别像个孩子。福尔摩斯吃了一惊,她看起来太瘦了,本想端走她那杯甜腻的热茶,但最终还是忍住了。

"你觉得医院的负责人把他知道的所有事都告诉你了?"

"我不这么想。他的秘书会帮我查探员的名字。还有别的事儿,是什么来着?哦,对,准确的死亡日期。她为什么还没回电话呢?或许我应该——"

"坐下,罗素。再喝杯茶,吃点奶油蛋糕。"

"福尔摩斯,我没事。现在几点了?天啊,我这一天都睡过去了,真是荒唐。"

"罗素,你站起来的唯一理由,只能是陪我去饭馆用餐。"

"福尔摩斯,我刚才吞了快半磅奶油了。我等着吃晚饭吧,如果你不介意的话。"

"我介意。罗素,这几个星期你掉了好几斤,离开日本以后你就没正经吃过饭。我向哈德森太太的擀面杖起誓,如果你再不吃东西,我一定会叫医生的。"

竟然轮到福尔摩斯来劝他人吃饭——在过去四十年中,基本上都是华生医生和哈德森太太威逼利诱,好言相劝,让福尔摩斯不要饿着自己。事实上,此番情形甚是新奇,罗素没有抗议,平静了下来。虽称不上大餐,但有肉,有面包,或是煎蛋卷和吐司。酒足饭饱之后,她气色见好,福尔摩斯的表情也微微放松了一些。

饭后,他们去联合广场散步,然后找了广场一角的长椅坐了下来,那里刚好浸在夕阳的余晖中。福尔摩斯掏出烟斗;罗素闭上眼睛,抬起头。一位老奶奶推着婴儿车匆匆走过,两个套着靴子的小伙子一边闲逛一边盯着路人的脚趾,轻蔑的眼神中透着专业。两位巡警从另一边走过去,他们正在巡逻,锐利地盯着形形色色的脸庞,提防着奸诈的迹象。

罗素动了动,问道:"那你今天忙什么了,福尔摩斯?"

"我在进行自己的研究。"

"研究什么?"

"研究你的家人。"

她睁开那双蓝眼睛,侧着头望向他,"是吗?我家人的哪个方面吸引你了呢?"

"所有。"

"讲讲看嘛。"她说,但声音提示他不要说。

福尔摩斯忽略了她的语气,心事重重地吐了一口烟雾,然后说道:"你父母于1895年相遇,当时你父亲正在进行壮游[1],在大英博物馆遇到了你母亲。"

"在古罗马文明展上,没错。"

"大约一年之后,也就是1896年夏天,他们不顾双方家庭的反对,结了婚。"

"爷爷奶奶拒绝接受身为犹太教徒的母亲,外祖父母则因为父亲是基督教徒愤恨不已。福尔摩斯,我跟你讲过的。"

"然后他们来到这里,旧金山,虽然他的父母早就回到了波士顿,那里也是罗素家族的中心。而加利福尼亚就像一块殖民地,人们将年轻一代的子孙送过来,自谋出路,开疆拓土,运气好的话,还能在返回故乡前为家族再挣得一份财富。"

"我以为,他们第一次来是1900年,我出生之后。"

"并不是。根据你父亲书房的账簿,1897年至1899年,他们一直住在这里,你出生之前才搬回英国,1901年5月,又返回旧金山。然后就如我们所闻,十七个月后遇到了龙家

---

[1] the Grand Tour,旧时英国富家子弟在欧洲各主要城市的教育之旅。——编者注

人。你那位尊贵的阿姨也说了,他们一直在这里住到大地震那年夏天,中间只在你弟弟出生时回了英国。"

"后来搬走是因为母亲太紧张,总担心房子坍塌,于是带着我和弟弟去了英国。我知道。"

"你母亲的紧张,绝对不是源于房子问题。"

"你什么意思?"

"据两位邻居说,大火过去十天后,你们便搬回家里了,你母亲相当乐观,认为房子的损坏并不成问题,足以应对将来的灾祸。"

"那她为什么离开?"

"这也是邻居好奇的。为什么走得那么匆忙,只带了几个包,而且还大吵了一架?"

"吵架?我父母?"

"邮差听到的。他说这很反常。他还说,最反常的是,一大早就看到你父亲的车停在行车道上。你不记得自己父母之间有过任何争执?"

"我不记得他们吵过架,没有。"

"但1906年至1912年间,他们聚少离多。如果不是产生了嫌隙,那该是因为什么呢?孩子的健康?加利福尼亚存在什么威胁?"

"哪儿来的威胁?"

"1906年,你父亲在遗嘱中添了一条附加条款,专门提出,外人不得踏足房子。是在大火过后两个月。"

"我想,接连经历天灾人祸,很多人都会在遗嘱中补充附加条款的。"

"两个月后,你父亲和迈卡·龙的关系也发生了一些转变。"

"同样,经历过大火之后可能会这样。甚至可能是因为龙的负罪感和怨气。他来看我的家人是否安全,而自己的家人疾走奔命,差点葬身火海。"

"这倒也是,"他让步,想了一会儿又问道,"之后几年,你父亲去英国时,他们相处得如何?"

罗素觉得这像是在剖析父母的婚姻,于是有些不自在,"他们……很正常。父亲刚到时,我们会有些拘谨,规规矩矩的。但是过不了几天,一切都会好起来。每次他又要离开时,母亲都很难过。"

"那究竟为什么离开,还那么突然?"福尔摩斯只是将心中所想念出了声,不是在问她。

"我当时在上学,"罗素突然说道,似乎突然回忆起了什么,"一天下午,我放学回家,看到她正胡乱地往包里塞东西,并告诉我,我们得走了。我本来想考完试,但当时却连和朋友告别的机会都没有。我只能到纽约后给父亲写信,让他帮我捎上匆忙之中忘带的几本书。我一直认为,他们发现房子不安全,所以才选择离开。"

"房子是受损了,但比附近的房子状况略好。我倒觉得,原因应该是有什么威胁,可能与火灾时发生的事情有关。"

"一会儿'可能',一会儿'理论上',你一直絮絮叨叨、疑神疑鬼地说什么犯罪案件,福尔摩斯。那你认为是什么案子?"

"我还没有查出来。"他语气很平静。

"有没有都不一定。"她站起来,冷着脸说,"福尔摩斯,我有事。我和弗洛约好了,会玩到很晚,所以不用等我。还有,请你,拜托你,找点事情做吧。不要总盯着我的过去不放,我开始有些烦了。"

她走了。他仍坐在长凳上,拿着烟斗,望着她离去的背影,目光深沉。

十一

想跟踪罗素这样的人,还不被发现,不仅是一种挑战,也是一种刺激。如果是其他人,福尔摩斯只需要紧跟在后,而且他信心十足,跟踪一个被社交冲动和违禁酒精操控的女人,绝对不会被察觉。但是罗素,即便不戴眼镜,也同样眼观八方。

星期一下午,虽说她没有发现他尾随了自己好几个小时,但福尔摩斯还是保持了一段距离。他先让出租车停到圣法兰西斯酒店门前的街道上,等罗素的朋友来了之后便跟了上去。距那辆华丽闪亮的蓝色劳斯莱斯还有一条街,他便让司机停下来,看着乘客下了车。他密切打量着司机,记下他说话的声音和开车的速度——出了市区街道,出租车可能永远都跟不上了——也记下了他的行为方式:看到牵着两个孩子过马路的女人时,他会耐心地停很长时间;开车时,总是两只手握着方向盘;和后座的乘客讲话时只是微微侧头,绝不会完全转过去。

俱乐部的服务生开着车去泊车时,福尔摩斯付给好奇的出租车司机车费,然后走进了街对面一家多少算是非法经营的地下酒馆,继续监视。里面逼仄昏暗,空气污浊,像外面飘进来的雾。玻璃窗上的油漆像五年前禁酒令效力减弱时喷上去的,看上去非常敷衍。他用拇指指甲刮开一小块,用削笔刀把指缝中的污垢剔出来,然后要了一杯不新鲜的啤酒,放在自己面前的桌子上，继续监视。

一小时过去了。那座金碧辉煌的酒店前，车辆来来往往。穿着制服的门童漫不经心地和两位路过的警察交谈（这更证实了福尔摩斯的猜测：市镇警察并不像人们期望的那样清正廉明——毛头小儿都知道，里面的酒精如流水一般）。渐渐地，他意识到，自己竟也被人监视了。

那人没什么问题。刚才晃进来的时候，福尔摩斯没发现他有什么特别，除了身材颀长，衣着考究。他只是一个贪杯的人，和其他许多人一样——但是，这个男人坐在最昏暗的角落，一小时中只要了两杯威士忌，而且看起来兴致不高，尤其他还安然地待在角落，呼吸较常人慢一些。观察到这些，福尔摩斯警觉了起来。他开始权衡：到底是继续监视街道和罗素，还是开辟新路径？

一小时十五分过后，桌上的杯子还满着，福尔摩斯便站起身朝酒馆后面走去，步履有些摇晃。他察觉到，昏暗角落里的那个男人也立马站了起来。福尔摩斯自顾自地笑了，因为他听到了硬币放到潮湿的桌面上时发出的清脆响声：如果在合理的时间内福尔摩斯没回来的话，他就会跟上来。但他不会立刻行动——他肯定不想冒险在门口跟福尔摩斯碰个正着。

有害的设备都露天堆放在运送场，到了晚上这里便会上锁。福尔摩斯穿过去，溜到院子的木门前。开锁是小菜一碟。他半开着门，闪进了远处一条灯光微弱的小巷。

他走出来四分钟之后，地下酒吧的后门打开又关上了，接着传来压抑的咒骂声以及男人急促的脚步声，那个陌生人快速走过凌乱的石子路，用肩膀顶开门走出去，刚迈两步便停了下来，因为几步之外有轻扣扳机的声音。

"带武器了吗？"陌生人听到一个英国人懒洋洋的问话。

过了一会儿，这个美国人回答道："我不是舞刀弄枪的那种人。"

"也就是说没有啰?"

"对,我没带枪。"

"把外套脱了扔过来。"那人接着下令。这个高大的美国人解开大衣,朝声音传来的方向扔过去,接着是夹克。他身上只剩了一件衬衣,一动不动地站着,不免有些冷。"即使我不相信你刚才的回答,我相信你也能谅解。能不能请你继续配合,转身抬手趴到墙上?"

男人犹豫片刻,但似乎没有选择余地,只得转过身背对着枪口,手扶着墙。手电筒的光打到石砖上,片刻之后,一只手搜了几个明显可能藏匿武器的地方,还有一两处不太明显的地方。然后亮光消失,他站在黑暗中听到检查衣服的声音。那件大衣相当不错,而且还很新,陡然失去他会很难过的。

但是过了一会儿,那个伦敦腔又说道:"你可以转过来了。"接着,黑暗中两件外套朝他飞过来。他接过穿好,对随之而来的温暖心存感激,然后轻咳一声。

"如果可以的话,麻烦掏一下皮夹——钱包。"

美国人从内兜掏出皮包,扔到小巷另一边。看起来他似乎更介意脱掉外套,钱包里没什么能丢的东西。

手电筒又亮了,晃得他有些睁不开眼。英国人借着光看清了里边的东西,各种商务名片和证件。其中大多数都指明他受雇于某家代理商,所属行业从保险到报业都有可能。这个英国男人从一堆卡中精准地抽出了有意义的两张。

"平克顿私家侦探,啊?"他说道,"还有塞缪尔珠宝。"小巷中沉寂了一会儿,传来微弱的咔嗒声,接着衣服窸窣作响,那个英国人进了小巷,有意无意地站到一片亮光下。美国男人看清了他的手,左手握着自己的钱包,右手伸向前,但没握着枪。"我叫福尔摩斯,如果你还不知道的话。我能请你喝一杯吗？顺便谈谈你为什么跟踪我。"

美国人收回钱包，看了看面前的手，然后也慢吞吞地伸出自己的手。"我是哈米特，达希尔·哈米特[1]。我想，喝一杯也无妨。"

他们握了握手，双方皆有几分试探的意味。然后福尔摩斯松了劲儿，拍了拍哈米特的肩膀。"我真心希望，你不想回那个……在美国是叫'公共场所'吧？我的味觉可能永远恢复不了了。"

"没问题，街上有一家酒馆。"

从小巷走到街上，哈米特问出了从听到扳机响声后便一直困扰他的问题："你是如何发现我在跟踪你的？我隐蔽的能力很出名。"

"是很隐蔽。但是平克顿私家侦探公司下次选定跟踪人选时，可能要反思一下，派患有结核病的人来执行任务，这一政策是否合理，尤其在这么冷的天。如果一个人在圣法兰西斯酒店外听到某个来回游荡的人发出的咳嗽声，之后在地下酒馆又听到同样的声音，肯定会起疑的。"

"是，"哈米特承认了，有些懊恼，"有时候很难安静地坐着。但大多数人是不会注意的。"

"然而，我并不属于大多数。"

"我也开始这么认为了。来吧，我们到了。"

哈米特带他来的这个店不是城市地下酒吧，更像是社区酒馆。其中一桌正在玩牌，另一桌则和和气气地谈论着拳击。后面的墙上甚至还挂着飞镖盘。他们走进来时，吧台后擦杯子的酒保和哈米特打招呼，应该是老相识。

"嘿，你好啊，达希尔。盖伊找过你。"

---

1 Dashiell Hammett，1894—1961，美国著名推理小说作家，代表作为《马耳他之鹰》。他曾做过一段时间侦探，本书作者据此演绎。——编者注

"晚上好，吉米。是个什么样的家伙[1]呢？"

服务员瞥到一旁的福尔摩斯，回答得有些隐晦，"那家伙有时和你一起工作，不久前还看到你们两个混在一起。"

"如果他真想我，肯定可以找到我的。我照旧，吉米。这是我的朋友，史密斯先生。他拿到了医生的处方[2]呢，你可以帮他倒一杯。"

福尔摩斯跟着哈米特找了一张安静的桌子坐下，然后掏出香烟盒，递给同伴一支。点着烟，两位男士端着酒杯向后一靠，好奇地打量着彼此。

他们身形相似，哈米特可能高一英寸左右的样子，但是他气质有些颓废，与他的身高极其不搭。他瘦骨嶙峋，西装虽然剪裁精致，但套在他身上，肩部就像罗素家盖着防尘布的椅子。他说话时，甚至能看出颅骨的活动。相比之下，福尔摩斯就健壮多了。哈米特的头发微微泛红，非常浓密，全部梳了上去，露出高高的额头和双鬓大片的花白，尽管他至多不过三十岁。他衣冠楚楚，衣领雪白，整整齐齐地打着一条略显花哨的领带。浓眉之下是一双警惕的棕色眼睛，鼻梁英挺，唇齿俊秀。陌生人看到桌前的二人，或许会将他们视为父子：连细长而不安分的手指都如出一辙。

"所以，"美国人率先打破了沉默，"你想告诉我刚才在巷子里为什么不开枪了吗？"

"就个人而言，我一直觉得制造尸体会很麻烦。虽然我承认已经很长时间没来美国了，或许过去十年里相关管制已经放松了。但是，鉴于我占了先机，所以我可以首先发问吧？"

"很公平，请吧。"

---

[1] Guy，英文中，盖伊和家伙是同一个词。——译注
[2] 禁酒时期，酒可以被医生作为处方药开给病人，因此很多人会通过这种方式买酒。——译注

"很明显，我们之间最基本的问题应该是，你为什么跟踪我？"

"有人雇我。"

"雇主是平克顿私家侦探公司？"之前福尔摩斯和这家美国侦探社有过几次来往，并不是每次都很顺利。但他并没有表现出来，只透露出自己知道这家公司。

"是平克顿的雇主。"

"你不知道雇主的身份？"

"不知道。这也回答了第二个基本问题吧？"

福尔摩斯端起那杯纯麦芽苏格兰威士忌喝了一口，又靠回去，一副享受的样子，然后说："问题是？"

"我为什么不让我的朋友吉米拿出猎枪，并把你的手枪收走？"

"两个男人一起喝酒，哈米特先生——当然相当于停战协定，即便是在文明程度最低的地方，亦是如此吧？"福尔摩斯将烟架到薄薄的锡纸烟灰盘上，左手端起了酒杯。这让哈米特想到，除了刚才握手和付酒钱之外，这位英国男人的右手一直闲置，而且总放在离装枪的口袋不过几英寸的地方。

哈米特突然大笑，憔悴的脸庞竟亮了起来。"福尔摩斯先生，我觉得你只相信长达五十几页，而且是用另一个人的鲜血写就的停战协定。"

福尔摩斯轻笑，"强大的实力是和谈的可取要素。"

"那好吧，我们不谈这个——你继续带着枪，我继续待在自己的地盘。"

"那你口中的我的'第二个基本问题'，是不是可以理解为你并不完全信任你的雇主？"

"你现在为什么说这个？"

"如果你真心实意地忠于雇主，我猜你会设法解决枪的问题，或是在来的路上，或是借助酒保的帮忙。并不一定会成功，提醒你哦，而且如果演变成事实，那过程中或许会有人受伤，所以我非常敬佩你的决定。但是鉴于平克顿公司的职业声誉，我敢断定，你乐意接受我的绑架这件事，很不正常。"

哈米特脸色沉了下来，"平克顿公司参与进来是为了钱，这没错。而且大多数情况下，他们也不查客户的钱究竟从哪里来。这也是这么多年我和公司之间的分歧之一。因此，我现在只是偶尔为他们工作。"

福尔摩斯透过烟雾斜眼看着这个比自己小几岁的男人，反复思量着他的话。"如果我没听错，你刚才的话是说，你更倾向于接那些符合自己道德立场的案件，而这次的案子让你怀疑自己的雇主并不是正义的一方。"

"是，毕竟人都得接纳自己的真实模样。"

福尔摩斯心想，尤其当这人必死的命运被瘦削的肩膀凸显得如此清晰之时。

"因此，你的质疑也解释了为什么你心甘情愿地跟踪我。姑且这么说，你想看看我的立场与你的道德标准是否更契合。"

"我想听听你的说法。"

也就是说，很有可能这个男人不仅是自愿被诱进巷子里，甚至精准地预见了结果，设了这个局。福尔摩斯在心底挑了挑眉，重新审视面前这个瘦削的男人：他已经很长时间没遇到过如此智勇双全的人了。

这么多年，除了罗素，身上带着这种品质的人他只认识六个。

其中一个是莫里亚蒂教授[1]。

"那么，现在我能问个问题吗？"哈米特说。

---

[1] Professor Moriarty，由柯南·道尔创造的一个虚构角色，被公认为超级反派的鼻祖，是夏洛克·福尔摩斯的头号死敌。——译注

"你只管问。"

"好,我知道你可能不会回答。但那会结束这段美好的情谊,不是吗?"

灰色的眼睛泛起微弱的光芒。福尔摩斯来了兴致,"你的问题是,为什么刚才在巷子里遇到你时没有开枪?"

"这是最好的开场问题。"

"我想,人们会说,看不见的潜在敌人比已知敌人更可怕。"

哈米特眨眨眼,"你周围有很多'看不见的潜在敌人'?"

"有一个,至少。除非那天晚上向我妻子开枪的人是你?"

瘦削男人顿时目瞪口呆,表情凝滞了片刻。只有最精细的演员才能随心所欲装出这种震惊的表情。"你妻子?我不知道——等一下,是你今天晚上跟踪的那个女孩吗?"

"穿绿色连衣裙的那个,对。虽然相识这么多年,我并没发现她哪里像女孩。"

"有人朝她开枪?"

"星期三傍晚,六点左右,在太平洋高地。"

"房子里?"

"所以你知道她家房子的位置?"

他没有回答,而是一边用右手指尖不断地轻敲桌面,一边研究对面的男人。奇特的口音和服饰,似乎有些掩盖了他无可争议的才能和骨子里的韧性,哈米特能感觉出来,而且很尊重拥有这种品质的人。

"你为什么从钱包里拿走了那两张商务名片?"他突然问道。

福尔摩斯将手伸进口袋,把两张小纸片摆到桌子上,用一根手指向前推了推,"因为这两张是你的,其余的都是假的。"他看着哈米特的眼睛笑了,"你算是侦查员。平克顿那张是真的,因为任何神智正常的调查员都不会再把自己伪装成调查员。剩下的都是掩护,方便你问问题——保险、市自来水公司、当地报纸、投票登记员——除了珠宝店那张。因此,那张也是真的。"

"对。"哈米特说,"我有时为那些公司写写广告文案,补贴家用。"

他盯着卡片看了一会儿后,右手握拳,像法官的小木槌一样轻敲了下桌面,然后手指伸开,撑着桌子站了起来。

"来吧,给你看看我拿到的东西。"

福尔摩斯没有犹豫:看来,罗素必须自己照顾自己了。走出酒吧,哈米特伸手拦了一辆路过的出租车,说了一个位于埃迪街的地址。一路上两个当地居民翻来覆去地谈论着"贝贝"这一季的垒打;关于在金门海峡架桥的事;每况愈下的城市交通。福尔摩斯一句话都没插,只是呆坐在那儿,耳朵吸收着当地的词汇,眼睛巡视着路过的街道。他注意到,哈米特下车之前谨慎地探查了一下周围的情况。他还发现,刚才哈米特告诉司机的门牌号其实并不是他们进去的这栋,而是隔了一条街。

哈米特是他见过的比较出色的平克顿侦探之一——如果他为平克顿效过命的话。

这是埃迪街上的一栋公寓,刚进门他便闻到了空气中充斥的酒精味道。

"私酒贩,"哈米特解释道,"通常情况下没这么糟,但是昨晚他们摔了一箱酒。"

哈米特的住处在楼上,狭小破败,但是非常干净,涌进来的新鲜空气盖过了酒精的味道。哈米特仍穿着大衣,把那顶灰色的帽子扔到架子上之后,才请客人进了屋。他轻轻关上门,然后走到窗边关上了大开着的窗户。"我妻子是护士，"他说，"所以新鲜空气对她来说就如同信仰。很快会暖和起来的。"

他从靠墙那张乱糟糟的桌子上拿起剩下一半的酒瓶，倒了两杯，然后端到窗前的椅子边，顺路捡起一个残破的洋娃娃。他把娃娃的裙子抻平，然后摆到沙发上，像是会议第三方的缩影。然后他又搬来一把椅子，并从口袋中掏出烟草袋和纸片。关上窗户之后，房间里微弱的氯气味道——孩子的尿布——拼命想消除昨天私酒贩制造的事故痕迹。

福尔摩斯抿了一口酒，表示刚才达成的停战协定依旧有效，然后坚定地将杯子放在小桌上。

"哈米特先生，你原来可能是平克顿的工作人员，但现在不是。你到底为谁工作？"

男人的棕色眼睛猛然睁开，一脸惊愕，表示自己很是无辜，"你为什么这么说？"

"年轻人，你还指望我会相信你是个活跃的侦探？别拿别人当傻瓜。你因为患了肺疾，领着军队的残障补贴。你确实偶尔为侦探社工作，补贴家用，但是你这个人太过虚弱，有时从公寓这头走到另外一头都要停下来休息几次。如今，为了养活妻子和女儿，你会为大众期刊写些文章。"

竹节般的手指开始活动，机械地捏起一小撮烟草，放到了纸片中间，未看一眼。"能不能透露一下你是怎么发现的？"

"靠眼睛，伙计，有眼睛就要善用。布娃娃、桌子上的女性杂志、接收箱里有两封美国军队的信、厨房桌子上的安德伍德打字机以及一堆原稿和副本，文风类似于《黑色面具》中的作品。哈米特先生，我最能看出作家的迹象。"

"桌子上的那本《时尚圈》是我的，不是我妻子的，"哈米特陈述道，但并不坚定，"我为他们写文章。但你是怎么知道我偶尔……身体虚弱的呢？"

"墙纸上有一连串椅背磨出来的痕迹,椅子偶尔放到那里,是为了防止你走这三十几步去浴室时摔倒。"福尔摩斯有些不屑,"满意了?"

哈米特终于垂下眼睛盯着手里卷好的香烟,他舔了舔纸边,按好,划着火柴,然后望向福尔摩斯的眼睛,"你就是那个福尔摩斯,对不对?那位侦探。"

"是,没错。"

"我一直以为……"

"我是小说主人公?"

"书中也许会有些……言过其实。"

福尔摩斯大笑,"华生华丽的文风和柯南·道尔笔下的名字产生的副作用就是,一部分人会过高估夏洛克·福尔摩斯,而另一部分人则会走向另一个极端,全部当作玩笑来看待。以前我也会动怒——道尔就是个轻易上当的疯子——但除了打击我的自尊心,确实带来了非常大的便利。"

"真的吗?"哈米特回应道。

眼前的一切让人觉得有些蒙。

幸亏福尔摩斯足够专注,"现在你可以告诉我是谁雇你跟踪我的吗?"

"好。你刚才说对了,不过是通过平克顿介绍的。我原来是那里的员工,而且就像我说的,仍会偶尔帮他们处理些自己应付得来的小案子。因为要付房租,最近有些拮据,所以当侦探社的一位老搭档打电话来找我时,我说没问题。但是接到这项工作后,我开始想,他是不是觉得这件差事很麻烦,所以才遮遮掩掩地转给了我。这里,我拿给你看。"

他走到桌前,拉开第一个抽屉,取出一个很厚的棕色文件夹,然后放到桌子上摊开,将最上面一页纸抽出来,递给福尔摩斯。纸上写着:

我想知道福尔摩斯先生和罗素女士的行踪和兴趣，信息请尽可能详细，他们住在圣法兰西斯酒店。女士在太平洋高地拥有一套房产。星期二早晨八点钟给您来电，请于6号5月份给出答复。

"我只了解这些，还有那通电话。如今通过电话接案子也不罕见，但我还是希望与客户面谈，只不过那位女士并不想与我碰面，她拒绝了我。酬劳是装在信封里送来的——不是邮政服务，而是一个穿得破破烂烂的小孩。整件事的安排都让我觉得很不舒服。"

"你觉得会卷进不法事件中？"

"我觉得有什么隐情，而且我不喜欢被当成蠢货愚弄。"

"当成蠢货愚弄，"福尔摩斯重复了一遍，然后掏出口袋中的放大镜，弯腰凑近那张纸条，"真是有趣的本地话例子。嗯，关于打来电话的人，你都知道些什么？"

"是个女人，刚才也说了。"

"女人还是女士？"

"我觉得应该称为女士，如果不考虑她到底有何目的的话。总之，她说话像是受过教育。来自美国南部——更确切地说，是非常靠南的地区。"

福尔摩斯猛地从那张手写便笺上抬起头，"南方人？"他厉声问道，"南方哪个州？"

"我不知道。不是得克萨斯，比那里更靠南——阿拉巴马州、佐治亚州，也可能是卡罗莱纳州，她语速很慢，糖浆似的，你懂吧？"

但是福尔摩斯没那么容易满足。"她有没有用什么不太正常的词，让你有些困惑？"他步步紧逼，"元音读法呢——/a/

音有什么特点？有没有使用隐蔽的双元音？"

然而哈米特提供不了更清楚的信息。福尔摩斯摇头，接着研究纸条。年轻人觉得自己令他深深地失望了。

"从纸条中发现线索了吗？"他问道。寥寥几个字，听起来有些无礼。

"很少。"福尔摩斯承认。但是哈米特还没来得及表现出早已准备好的不耐烦，就听到福尔摩斯继续说："犯罪总会留下痕迹，因为它要掩盖所有的事情，包括性别。我只发现了一点点信息，当然，除了很明显的那些：她惯用右手，中年，身体健康，受过教育；她或许是美国人，因为有毫无节制地滥用句号的习惯，但肯定在欧洲待了很长时间，因此写成6号5月份，而不是5月6号；钢笔很贵，很可能是金笔尖，但墨水不是她自己的，因为似乎有些结块，而且墨迹干得不均匀，真是不幸。纸张的话，虽然上面的水印并不引人注意，也不特别，但如果去市里的文具店询问一番，可能会有所收获。可以这么说，虽然这封信写得小心翼翼，但这位女士的手还是在背后泄了密。她很有可能非常自我，大多数惯犯都有这种特征。"

"这位女士是个骗子？好吧，在这种规模的城市中，这真是缩小了范围。"

"我大可不必屏息以待了。"福尔摩斯表示赞同。他将放大镜装进袋子，把纸条还给哈米特，"商人，甚至偶尔几个攀高枝的人，经常玩相同的把戏。"

"是吗？"哈米特举着那张纸条对着光沉思，似乎想跟上这位年长者的推论。

"笔迹学远远算不上精密科学，但是有很大的研究价值。"福尔摩斯坐回椅子中，掏出烟斗点燃，然后投给主人一道锐利的眼神，"所以，哈米特先生，我可不可以理解为，你希望终止与那位南方女人的雇佣关系呢?"

"我不确定是不是可以这么干,我收了钱。"

"花了吗?"

哈米特再次打开文件夹,拿出那个很厚的信封,递给福尔摩斯。这就是答案。"我打开看了一下里边有多少钱,然后就一直放在那儿,分文未动。"

福尔摩斯打开信封,用手指慢慢拨了拨里面的钞票,记下了数量和面值。他挑起眉,看了看哈米特。对方点了点头,表示认同。

"对,作为跟踪几日的报酬,确实太多了。"

"但是作为,怎么说来着?'封口费'呢?"

"你明白我为什么紧张了吧?"

福尔摩斯将信封丢回文件夹。哈米特很快合上,似乎不想看到这笔钱。"在我看来,"福尔摩斯说,"我正在和一个更愿意选择雇主的人打交道。"

"福尔摩斯先生,我有家人。现在的生活境遇让我觉得亏欠她们,但是如果我进了监狱,那只会更糟。"

尽管哈米特如此解释,但福尔摩斯认为,相比于进监狱,这个年轻人对恶行的憎恶更有威慑力。尽管现实中不可能有华生这号人物,但是这两人在本质上如同骨肉兄弟——他毫不怀疑,哈米特和外表理智的华生相似,他虚张声势的抱怨,可以给最不切实际的情感套上行为冷酷的薄外衣。

"很好,哈米特先生。那你希望以何种方式为我工作呢?"

"叛变向来缺乏吸引力,福尔摩斯先生。"

"你花了那位女士给你的钱?"

"我说过,没有。"

"那她给你任何联系方式了吗?"

"只有那张便笺,连同钱一起送来的。小男孩塞到我手里就跑了。之后我给那位伙伴打电话，问究竟在搞什么鬼。他毫不知情，也不知道是谁，只说是一个女人需要有人替她完成一项工作，而他当时不得空。"

"而你什么都没做，只是替那位女士保管几天钱，如果你某天反悔了再还给她。难道不是这样吗？"

哈米特坐在那儿考虑，不喜欢眼下纠结万分的境地：一方面，自己达成了不成文的合约，文件夹中的钱为证；另一方面，自己受到好奇心的驱使，也是不争的事实。"你觉得这件事与开枪射你妻子的人有关？"

"毫无目的的疯子不太可能去太平洋高地冒险。"福尔摩斯说这话时声音有些冰冷。

"嗯，你说得对。好吧，福尔摩斯先生，我接受你的工作，只要不牵扯到彻底叛变。如果事实证明你找我是为了让我出卖那位女士，借机解决她，那我现在就告诉你，我一定会脱身，不再插手任何一方。"

"哈米特先生，你坚定的道德感在平克顿是讨不到任何好处的。但是我认同。"

两个男人握了握手，哈米特又拿过酒瓶，协议达成。

"那你想让我从什么地方着手？"

"首先，你需要了解一下传说中的'故事全貌'。"福尔摩斯一边说，一边将烟斗中的灰敲进烟灰缸里，然后掏出烟草袋，"这个故事的开头似乎发生在很多年前，那时我妻子的家人死在了旧金山南部的公路上。"

哈米特在桌子上的杂物中一通摸索，翻出一个笔记本和一支钢笔，他拔下盖子轻轻甩出墨水，弓着背对着膝盖上的笔记本认真地听。但是过了一会儿，他记笔记的手停了下来，脊背慢慢挺直靠到椅子上，最后举起了一只手。

"哇，"他开口，"听起来，你差不多把所有事都告诉我了。"

"差不多。"福尔摩斯回答得很友善。

"她父亲的工作，在埃及时砸下来的露台——"

"是亚丁。"福尔摩斯纠正道。

"亚丁。说实话，你真的认为这些和这里发生的事情有关系？"

"我真这么认为？现在没有任何证据证实有关系或者没关系。但露台是最近发生的事，而且解释不通，因此存在关联的可能性，所以不应该忽视。"

"你说是就是吧。但是说真的，你真想让我知道所有事情？"

"如果你不知道过去，那你怎么知道当前什么重要？"

"我只是说——"

"你只是说，鉴于我们第一次见面时是敌对关系，所以我不应该如此死心塌地地信任你。"

"是的，我是这么觉得。"

"那哈米特先生，你值得信任吗？"

那个瘦弱的男人张了张嘴要回答，但又闭上了，然后开始轻笑，"我无法回答这个问题——'是'也可能意味着'不'；说'不'，说明我是一个彻底的蠢货；说'不知道'，就表示若只带着黄油刀就敢信任我，那你就是个蠢货。"

福尔摩斯笑了笑，回答道："确实。"

"所以你的意思应该是，'这是我该操心的事，你只需要闭上嘴听'？"

"哈米特先生，你使用本土语言的方式预示着非常光明的未来，你会成为流行小说作家的。"

"好吧，那是你该操心的事。我就闭嘴好好听了。"

他确实做到了，聚精会神，一双深色眼睛在憔悴的脸上显得生机勃勃。他偶尔会嘟囔几句或者提个问题，福尔摩斯借机充分了解到了他的大脑,因此透露了更多的事情。

故事讲完,已是深夜,或者凌晨。哈米特又掏出那包布尔达勒姆烟草,一边盯着笔记本看,一边卷烟,动作精准熟练。

最后,他点了点头,"是,我明白了,你确实需要帮手。"

"还有慧眼。处理其他案子时,有罗素负责——我妻子。但是,最近她有些……状态不佳。"

"离得太近,看得太清。"哈米特暗示道。

"只是暂时的,我深信不疑。但是在恢复之前,她……"福尔摩斯又停顿了一下,想找一个精确又不带背叛性质的词语,但是并没有成功,最后只得叹了口气说:"不可靠。"

"那你想让我先做什么?"

"你对汽车有了解吗?"

"有四个轱辘,容易翻——反正我开的时候是这样。通常都让朋友载我。"

"你不爱枪,不爱车。你真的是美国人吗?"

"我使用这两样东西时都伤过人,感觉很糟糕。"

"那好吧,还是让朋友载你吧。"

福尔摩斯将手伸进内兜,掏出长长的皮夹,从里边抽出一张纸条,上边记了些东西,很难看清的蝇头小字,但写得一丝不苟,是福尔摩斯的字。"关于那场车祸,我知道的都写在上面了。我们要找谋杀证据,如果真有什么证据的话。警方报告中说得很清楚,是意外事故,所以我们能期盼的,可能只是发现一些矛盾。"他盯着哈米特,看他脸上有没有困惑的神色。而他只是点了点头。

"感觉没什么能查到的了。"

"确实,过了这么长时间,我深深怀疑还有没有可以打捞的部分,即使捞上来,残骸上的线索也是微乎其微。只不过,很可能没人决定如何处理这件事,不知道车子该继续留在崖底,还是拖上来堆到一角,直到弄清所有权。美国烦琐的法律系统,"他补充道,"有时会带来意想不到的好处。"

"不能直接问你妻子的律师,车子到底怎么处置的吗?"

"我不想把他牵扯进来。"

"明白了。你宁可雇我去完成这个愚蠢的任务,查看十年前烧毁的残骸。"

"这也是一条调查途径,必须坚持到底,不管花多长时间。"

哈米特认真研究了一下那张纸,嘴边一直挂着似有似无的笑容,然后什么都没说,拿起纸片夹进笔记本。当然,调查汽车事故可能是他的借口,不过是想把他支出城待几天,但那又如何?信任和糊涂并存,尽管他口气傲慢,但这个福尔摩斯不是会办错事的笨蛋。

而且这个英国佬的钱不会比文件夹里的那一沓更肮脏。

福尔摩斯好像一路跟随着哈米特的思绪一般,掏出皮夹,从里面抽出五张二十美元的钞票放在桌子上。"这些作为预付款应该够了。你看,我就不会犯大手笔付钱的错误。"

"不,福尔摩斯先生,我不觉得你会犯什么错误。除了调查车,还有我要做的事情吗?"

"我想,这应该是第一项业务。哦,但是哈米特,你今晚看到我妻子了。再见到能不能认出来呢?"

"戴眼镜的女孩子,她的个头、发型和身姿——她可不是那种扎进人堆看不出的人。但是坐着时她戴不戴帽子,我就不知道了。"

"确实。"福尔摩斯低头想了一下,然后将两根手指伸进钱夹,这次拿出了一张照片,或者说是从一张大照片上剪下来的正方形小相片,边缘规整。福尔摩斯递给哈米特看。

一个年轻女人站在街上,很明显没有注意到相机。她抬着头，下巴线条坚毅，脖颈优雅。天色很亮，但没有多少阳光，因此眼镜并未反光。金属框架后面是一双浅色的眼睛。漂亮的长发扎在头顶，哈米特好多年没见过这种扎法了——前一天，这个女人从车里走出来时，他也没有看到这个造型。

"照了这张照片之后，她把头发剪掉了？"

"是的。"福尔摩斯说，听起来有些懊悔。哈米特的嘴角又弯了弯，可他什么都没说。

"她的眼睛——是蓝色还是绿色？"

"蓝色。还有，在美国人听来，她一口正宗的英音。"

哈米特将照片推了回去。"好的。"他说道，把这当作一项议题。

福尔摩斯将照片塞进皮夹，然后说："之所以给你看照片，是因为我觉得罗素可能会和你走相同的路线，明天或者后天。如果她注意不到你，那就再好不过了。"

"我明白了。"哈米特把钱揣进自己的钱包，将杯子里剩的那点酒一饮而尽，然后站起来和自己的新雇主握手，"福尔摩斯先生，这真是有趣的一晚。"

灰色眼睛和棕色眼睛相对，彼此心意互通。

十二

这个时段,偶尔有车辆擦身而过,但只会妨碍路人直行。福尔摩斯走了二十分钟,回到酒店——中间他还折返了两次,确保身后无人跟踪。门童在角落里打着盹,迎宾桌后面的那个男人突然动了动,看到这位深夜来客吓了一跳。窗帘拉上之后,成片的柱子和椅子没入昏暗中,此时的大厅变成了剧场。

电梯里的小伙子却截然相反,眼睛明亮,精神奕奕,盼着有人作陪。他评论天气,提起了次日下午附近一家电影院有哈罗德·劳埃德的喜剧片上映,福尔摩斯有兴趣的话可以去消遣一番,还盛赞了福尔摩斯帽子的样式。而福尔摩斯却不知道把握时机交流一番,小伙子很是失望,开电梯门时压抑着不满猛地一推,想来一个硬币已不足以平复他的情绪。

罗素还没有回来。他站在门内,犹豫着要不要返回之前那家光怪陆离的卡巴莱夜总会,但还是摇摇头直接关上了房门。年轻人不大可能整个晚上都待在那个奢华的宫殿,所以他只可能落得满城乱找。她总会回来的。

他脱下外出穿的衣服,换上家居服,然后打电话要了一壶咖啡。送上来之后,他用靠垫造了个安乐窝,然后伴着咖啡、香烟和思绪缩了进去。

两小时后,电梯门咯吱吱的声响传来,随之而来的还有说话的声音,动静越来越大,似乎要吵醒其他客人:罗素和开电梯的小伙子在互相开玩笑。不一会儿，钥匙开始在门上乱磕，最后终于找对了位置。罗素解决了开锁难题，扑了进来。

"天啊，福尔摩斯，你还没睡啊？我要是知道的话就给你打电话叫你来了。我知道你不喜欢这类音乐，但是你肯定会觉得这是一次有趣的经历。那个叫比琳达·伯德桑的歌手真是非同寻常。"她说道，然后详详细细地向他介绍了音乐、舞蹈和对话。她一边说一边在房间里进进出出，将鞋子甩到衣柜旁，洗脸，换睡衣，最后终于爬到床上，但却笔直地坐着，精神非常亢奋，继续叽叽喳喳地闲扯——罗素，她在闲扯！——说她和格林菲尔德家的闺蜜一起度过的这个夜晚。他断定，她这种状态应该归功于各种烈酒的催化，只不过在酒精助力下，她的这种兴奋状态持续的时间竟超出了他愿意关心的程度。

如果再继续，他可能会去找吗啡，然后以强制性手段让她昏睡过去。他将烟斗中冷掉的烟灰倒进烟灰缸里，从垫子中起身去清空口袋，然后解开扣子准备就寝。罗素似乎要熬到天亮了。

她道出的一个人名，或是她说出来的方式，成功将他的注意力从连串的动作中转移了过去，他停下朝浴室走的脚步开始听。"还有弗洛的朋友唐尼，他比弗洛大几岁，非常好心地陪我休息了一支舞的时间，我说起了今天做的事——应该算昨天了——然后他说自己记得她。"

"记得谁？"为了确认，福尔摩斯问了一句。

"你一直没听我说话？"

"刚才正在脱马甲。"

她很快接受了这种解释，甚至都没有停下来考虑一下，这也正是她大脑反常状态的确切表征。"我当时提到了金兹伯医生。显然，她在旧金山很出名，之后却……总之，唐尼的朋友——我记得是叫特里,还是杰里?我不知道了,音乐声真的很大——他说他记得那个朋友跟他说过,金兹伯医生擅长帮患者恢复记忆,用'迷幻术',他是这么说的,虽然这是很久之前的叫法——就连我认识她的时候,她也是说'催眠术'。你还记得她的技巧吧,福尔摩斯。"

"我记得,你曾经在那个女棋手身上用过,就是去年夏天,也是为了帮她想事情。"

罗素向后靠向床头,有那么一刻她的脸很平静。"天啊,只是去年夏天的事?当时可怜的罗斯金小姐来喝茶,把那个嵌花盒子交给了我们。现在想起来好像是很久以前的事了。之后见了你的朋友巴林·古尔德,然后是阿里和——"她似乎意识到了泪水在眼眶中打转,于是头猛地向前,眼睛立刻干了,她又继续说,"没错,虽然和金兹伯医生比起来,我的催眠术惨不忍睹。她那么温柔,那么有说服力,她能让你回想起六岁生日时你吃了什么。但不管怎样,杰里还是特里记得,她曾是城里的名人,因此她……她死后,人们谈论了数周,大小报纸也都有报道。"

福尔摩斯看着妻子两只手用力地绞在一起,从房间另一侧都能听到声音,而她却全然不知自己的动作和声响。"所以我当时就想,福尔摩斯,如果当时引起了公愤,如今警方当然会让人查询案底。我的意思是除非他们断定她是自己摔倒,然后被雕塑砸了头。但凭我今晚听到的信息来判断,如果警方执意这么认为,那只可能是受人钱财,与人消灾,知道吗,福尔摩斯——"

他走进浴室,将牙粉撒到牙刷上,但即便有哗哗的水声和刷牙声,他也能听到隔壁房间道出的那几个词语。她到底是嗑药了,喝醉了,还是疯了,还是仅仅受到了摩登人士派对的影响,他不知道,但很烦人,也很让人担心,这不像罗素,一点不像。

最后,天快亮时她才入睡。福尔摩斯大半辈子从不遵守日出而作日落而息的规律,而现在开始怀疑是不是岁月不饶人,因为过去几天长时间的工作,他精疲力竭,头晕目眩。所以他也睡着了,而且睡得很沉,连她起床、穿衣、出门都没有听到。

门再次打开时已经过了十点钟,这次他立刻醒了过来。

"罗素?"

"老天,"她说,"你还在睡?对不起,我以为你已经出去了,又和你碰不上面了呢。"

"你起来多长时间了?"他的嗓子有些沙哑,一听便知道是刚刚睡醒,他清了清嗓子,让声音不这么低沉。

"哦,两三个小时了。"她兴高采烈地回答道。如果真是这样,那她只睡了不到三个小时,但看上去并没有萎靡的迹象。她的酒劲可能并未消散。"真是个美好的清晨,稍早的时候有一点薄雾,但应该会是暖和的一天。我取些东西就走。"

"没必要,刚才本来就要醒了。吃过早饭了吗?"

"嗯,吃了。"

"六杯黑咖啡。"

"两杯,还有吐司。"她反驳道。

"那你准备一下,你得好好吃早餐。我刮完胡子就去餐厅找你,除非你现在要办的事刻不容缓。"

"哦,不,没关系。我只是回来拿钥匙的,我想今天上午去高地的房子看看,但不急。我要点咖啡。"说着她便离开了。福尔摩斯抹了一把胡子拉碴的脸,然后荡着一双长腿下了床。

这个时间,餐厅很是清冷。罗素挑了一张靠窗的桌子坐下,明媚的阳光洒在她身上,在面前的晨报上投下了年轻姑娘的剪影。她穿了一身新衣服,一头齐耳的短发,看起来很阔气,也很另类。压在报纸上的胳膊符合现代审美,骨感,没有几分肌肉。再过几天,她单薄的身体可能会让人担忧。

他走到桌边时,她抬头看了一眼,然后招呼服务生将她和他的杯子一起倒上。

"点餐了吗?"他问。

"我点了一份吐司。之前在弗洛家吃了些煎蛋卷。"

"那是七个小时之前的事。你得吃早饭。"他直截了当地说。然后转向服务生,点了两份丰盛的食物。他的口气和行为,让她不禁挑起了眉毛。服务生离开后,福尔摩斯继续口若悬河地讲:"偶尔饿己体肤,对思维过程有所助益;如果长期如此,身心会严重受损。身体如同一架机器,需要燃料。把麦片粥和鸡蛋当作汽油吧。"

"估计会别具风味。"

"身体并不关心味觉感受。今天有什么新闻吗?"

他一只耳朵听着她念了几则政治和犯罪新闻,都与他毫无关联——"三名跳车乘客栽倒路面"无疑是煽动性十足的头条,另一则长故事次之,讲述了一个申请离婚的女人,回到家后发现丈夫亲手拿枪结束了三个孩子和他自己的性命。早餐端了过来,他等她开动才拿起了自己的餐叉。她觉得他甚至要数自己的叉子举起落下的次数。不一会儿,身体自身的习性占了主导,他这才放松警戒,专心听她念的内容。

快吃完时,他虽然无法精确地说出妻子昨天晚上的去向或者回想起她亲身体验的舞蹈的奇特名称,但是有两件事很明显:她吃得不错。当晚离开酒店时他并没有预料到这种情况,但有弗洛·格林菲尔德陪伴,她真的过得很开心。福尔摩斯就后一件事发表了自己的意见。

罗素微微有些吃惊。"对，我想是的。她和我并不算一类人，除了潮流和装饰之外，我们再没有任何共同爱好。她表面看来玩世不恭，但确实有头脑。总有一天她会厌倦夜店和鬼混的，我有预感，到那时她一定会有所作为。你想问原因？"

福尔摩斯并不完全乐于见到罗素敏捷的常识反应——看到她恢复的征兆当然是件乐事，但这也意味着必须谨慎行动。他掏出烟盒。"我猜，下星期一之前，你和诺伯特先生不会再碰面了吧？"

"今天上午，确实约好要签一些文件。沙加缅度[1]财产的经理本来也想今天见面，但很不幸，他母亲病倒了，所以今天的会面取消，推迟到星期二或者星期三。"

"明白了。"

"你在盘算什么，福尔摩斯？"

"我？你为什么想着——"

"你问了太多无关紧要的问题。"

"啊。我只不过想关心一下……好吧，算了。我们或许应该计划一下，周末出去远足吧。"

"关心什么？"

"罗素，我不知道抛开所有烦心事对你来说是不是会有好处，"他回答得很坦诚，"你太沉湎于过往了。我们应该雇一辆车，乘渡船去——"

"我？沉湎于过往的并不是我。"她打断了他的话，"而且我也不需要保姆。"

"很好，行。你肯定和你的朋友定好去参加派对了。在城里吧，我猜？"

"怎么了？"

"我不……我讨厌……"福尔摩斯深吸了一口气，再次

1　Sacramento，加州城市名。——译注

开口,"我非常乐意相信你不会办蠢事的,比如自己一个人去你父母的避暑别墅之类的。"

"蠢事?"罗素扬起下巴,目光熠熠,她脸上已经恢复了些血色,看起来与往常无异,"福尔摩斯,如果你不总试着告诉我该干什么,不该干什么的话,我会非常感激的。如果我决定开车去海边看看那间小舍——是我的小舍——那我就一定会去。我不需要征求你的同意。"

"罗素,我只请你——"

越是安抚,她的怒气越盛。"你觉得我去调查些事情就是蠢,而你去查就不是?谢谢你了,福尔摩斯,我会告诉你我这周末要干什么。"说完,她站起来将餐巾丢到桌布上,然后大步离开餐厅。

她没有回头,否则就能发现,福尔摩斯靠着椅背,用手指夹着香烟在烟灰缸里弹了两下,看着袅袅的烟弯起了嘴角。

一个小时之后,罗素到了诺伯特的办公室,和法律术语撕扯,福尔摩斯则出现在格林菲尔德大宅前。他摘下帽子交给来开门的人,然后说:"你一定是吉夫斯先生吧?我的妻子不久前来过这里,我来找格林菲尔德女士,不知她在不在家,弗洛·格林菲尔德小姐?"

"好的,先生,我去看看她在不在,请您在这里稍等。"

"这里"是一间仅用来安顿临时访客的房间。因为屋里的座位很不适合坐着聊天,房间的装饰让人印象深刻,但起不到取悦或者款待宾客的作用。

一刻钟过后,他被带到一个更暖和、更有生活气息的房间。一位年轻女士坐在火炉前,旁边摆着一套咖啡器具,见到福尔摩斯进来,她伸手招呼,深色的眼睛兴致勃勃,但浑身上下都能看出匆忙穿衣打扮的痕迹。

"福尔摩斯先生？玛丽的丈夫？能见到你真是太不可思议了。玛丽说，你对我们的消遣方式没什么兴趣，否则我就让她拽你一起来了。但我很高兴你会找到我家里来。她也来了吗？哦，注意礼仪，弗洛！"她装模作样地端出一本正经的表情和态度，"先生，要不要来杯咖啡？"

"不了，谢谢，格林菲尔德小姐，我刚吃过早餐。其实我妻子并不知道我来这里。请告诉我，今天上午你有没有和她通电话？"

"半小时之前她把我吵醒了，电话里问我周末有什么安排。"

"然后你就发现自己被掳上了贼车，这周末要陪着她开车沿着海滨路一起去山里的避暑别墅。"

"是的，"她开心地说，丝毫没有意识到这个计划本该让他大吃一惊，"但我并不觉得是'掳上贼车'。是有几场无聊的派对，但还是那些熟人，所以我很开心能跟着去。毕竟她在这里才待了几天。"

"格林菲尔德小姐，你了解情况吗？了解那个地方以及她家人的死吗？"

"当然，但是为什么——哦，我明白了。哦，我向你保证，我们从另一条路走，从雷德伍德城绕过去。我不想让她担心。"

"你以后就会知道的，她一定会坚持走沿海那条路线。她可能觉得自己一定要面对那个地方，她从那里活了下来，而家人却未能幸免。"

咖啡杯掉到了托盘里，咔嗒一声响，"哦，天啊，对，原来如此。我没想到……"

"我可以直说吗，格林菲尔德小姐？"

"当然了。"

福尔摩斯吸了口气,然后出卖了自己的妻子。

"这几个星期我妻子很反常,这个地方有什么事一直在侵蚀她的精神。如果我不在她身边时你能帮我留意她的话,我将感激不尽。"

"什么意思,留意她?"她警惕地问道。福尔摩斯知道,小说中骇人听闻的丈夫形象浮现在了她眼前,于是他抓紧时间,抹杀这种想象。

"我只是想说,她不是很关心自己。她一直食欲不振,睡眠不足,即使睡着也不安稳。你要坚持劝她吃饭、锻炼,甚至提醒她喝安眠剂……"

"啊,"她说,眉梢也跟着落了下来,几分放松,几分失望,"我就怕你的意思是,天呀,防着她自杀之类的。"她愉快地笑了笑,表示自己有些小题大做了。但是一瞬间,福尔摩斯突然想起罗素晃晃悠悠地靠着甲板护栏的场景,茫茫大海等待着将她吞没。他拂开这幅画面,然后给了这位姑娘一个最宽心的笑容。

"哦,凭她的理智,是绝对不会的。不,只是不关心自己而已。现在她需要朋友。"

"当然,我可以的。再见到玛丽很开心——我从小就认识她。"这种想法让福尔摩斯有些惊讶,因为他从来没把自己的妻子当成孩子,即使是当年相遇的那天。她没注意到他短暂的分神,继续说着话,"她的家人——玛丽的爸爸就是个活宝,她妈妈,天啊,她太棒了。你见过她妈妈吗?"

"我很遗憾没有这份荣幸。"

"嗯,没错,发生……事后,玛丽才遇到你。好吧,福尔摩斯先生,不用担心,我们会照顾好她的。"

"我们?"

"是的,我想唐尼——他是我男朋友——会开车送我们,如果你不介意的话。他是个有责任心的男孩,反正不喝酒的话是这样,而且他只要开车从来不喝酒,真的。"

"对。好,没关系的。"如果这个相对懂事的孩子和她那位年轻力壮的护送者,以及那辆亮蓝色的车都不足以保证罗素安全的话,那基本也没什么其他途径了。"我还得麻烦你一件事,我相信,拉塞——玛丽如果不知道我来过的话,肯定会更开心。丈夫和朋友串通一气,可能演变成……疏离。"

"对极了。"她愉快地说道。

他站起来,再次与她握了握手,微微向她哈着腰的姿势,像极了一个阿谀奉承的人。然后他离开了,弗洛盯着他的背影,心想,他真有意思。

福尔摩斯则心想,这下星期日和星期一有了着落,剩下的就是度过今天下午和晚上。

在去律师事务所的路上,福尔摩斯注意到了一家新闻中介,窗户上有一个小指示牌,写着"过期杂志定位查询"。他写下哈米特的名字,告诉经营者只要是这个人的作品,能查到多少要多少,然后慢慢沿着街道向上走(第七次了),正巧看到罗素从诺伯特的办公室走出来,正有些恼火地使劲向上拽手套。

"福尔摩斯,"看到他,她有些惊讶,"你在这里做什么?"

"我的事情处理完了,想着这么美好的下午,或许可以陪陪你。"

她斜睨着他。"福尔摩斯,我希望你不介意,我更愿意回房子里自己待上一会儿。"

"当然,我只是与你方向相同。你记得那天我们去的那家意大利咖啡馆吧?店主偶然提起他的曾祖父是帕格尼尼的儿时玩伴,有那位作曲家小时候小试牛刀的一些作品。我想或许可以在专题论文中添加一章,关于发展成熟的幼年行为模式。"

"真的？我都不知道你在做这个专题，听上去很有趣。"

所以两人就这个子虚乌有的专题论文一路友好畅谈，福尔摩斯目送她安全地进了屋子之后（借口是看看电话和电力公司是否尽职尽责），吹着一支轻快的小调离开了，是那位意大利人所做的小提琴曲。

走到街区尽头，他停下来回望那栋收容了妻子的建筑，所谓的收容，有双重含义。他想到这里就像备受考古学家青睐的原始社会，可以让人舍弃眼前的温饱，迈进一片荒芜。厨房的橱柜中应该留有一包咖啡，罗素一家坐着那辆新车出门的那个早上还喝过，如今早已酸腐。除了罗素的房间，其余各间房里都有整理到一半的行李箱，无声地昭示着三个人灰飞烟灭的未来。他很想知道，罗素有没有发现洗衣筐里还有她母亲的睡袍。

他摇了摇头，将死者的房屋抛在身后。

福尔摩斯并没打算去那家意大利咖啡馆（虽然店主确实有两三张乐谱，并发誓说是帕格尼尼亲笔），而是打算系统地与还没说过话的太平洋高地住户谈一谈。

在伦敦长住十七年并不新奇——那里即便有什么大事发生，八十年后，可能大多数房子中住的还是同一家族的子孙。然而，在旧金山绝非如此，尤其考虑到过去二十年间的情形。星期五询问离得最近的邻居时他就已经发现，十一栋房子中只有两户从1906年一直住到现在。不可否认，这两户人家很有帮助，其中一家描述了罗素家如何成为灾后第一批搬回受损房屋的人，另一家则提供了在这条街工作多年的那位邮递员——或者说邮差的名字。也正是这位邮差，提起了关于罗素家争吵的有趣消息。福尔摩斯非常质疑这一细节，而且需要无限的相似物刺激，关于细节的记忆才能提取出来。最后，福尔摩斯不得不承认，当牵扯到闲言碎语时，那位邮差先生的记忆力真是非同凡响，保持能力也惊为天人。

他离开时发自肺腑地感到庆幸，这个人不在贝克街送信，而且这个人的身体里似乎缺乏制造勒索冲动的那根筋。

虽然如此，星期五上午的大部分时间还是用在了询问邻里这件事上，下午则基本在探寻邮递员的去向。他只希望今天的调查进度能更快一些。

然而并没有，反而比星期五更糟，今天的新居民比例更高。接受他询问的前十家住户中，四家根本不知道大火那年住在这里的是谁；三户知道名字却不知道如今的住址（当年逃出城市的人似乎对"半岛南部的什么地方"情有独钟）；其中两家刚搬进新房，新晋为一家之主，他们买下开裂倾斜的房子，然后翻新；只有一家在地震时就已经住在这里，甚至还回忆起在附近公园的帐篷中度过的一段时光。但很不幸，当时他才十二岁，从神秘的"半岛南部的什么地方"来旧金山探亲访友，灾难之后没几天，汽车刚能开进遍地狼藉的街道，就被带去了安全避难所。他不认识任何一个姓罗素的人。

这种调查模式带来的成果着实让人沮丧。问了四个小时之后，福尔摩斯喝了一肚子茶，才找到了屈指可数的几家经历过那场地震的住户。其中五家在地震之后的几周都待在这座城市；有三家人在火势逼近前逃到了金门公园；另外两家人则寄宿到了其他区域房子受损相对较轻的朋友家。开门的女佣表示，早晨来访可能更有成效。他无奈地表示赞同，虽说星期天拜访这个阶层的人本来就不是件易事，至于原因，自然和工作日不同。

薄雾悄然而至，傍晚的阳光也变得柔和，这时，他遇到了阿德利女士。

十三

赫尔迈厄尼·阿德利女士至少年过九旬。管家看上去年龄与她相仿,照料得无微不至,女佣年近五十,容貌和管家惊人的相似。三人的脊背都挺得笔直,像十英尺宽的大理石壁炉旁摆着的黄铜拨火棍。若不是所获无几,福尔摩斯断然不会踏入这座宅院。但是老太太对窗户外面的世界有强烈的好奇。颤巍巍的老管家还没来得及将访客打发走,女佣就出现在身后,对着他的耳朵低语了几句。

老太太坐在一把锦缎椅子上,个子矮小,鞋子摆在绣花脚垫上。福尔摩斯握着老人鹰爪一般粗糙却又脆弱的手,生怕自己手指一收便会留下瘀痕。她的眼睛像蓝色的矢车菊,并没有被岁月夺去光华。满头银发,一脸的皱纹似乎因为兴致勃勃而有些颤抖。

"福尔摩斯先生,"她说话的声音又尖又细,"从伦敦来的。请坐,这样我就不必为了抬头看你导致脖子抽筋。你待在伦敦的那些日子是什么样的呢?"

他坐在一把正对着她的椅子上。"我1月份离开伦敦时又冷又闷。我想4月份应该是伦敦最好的时节。"

"雾还像以前那么严重吗?"

"供暖不停便会一直如此,会出现黄色浓雾。"

"我对'黄色浓雾'有很美好的回忆。"老太太娓娓道来,"还是年轻小姑娘的时候,我们在伦敦待过几个月,多亏了大雾的庇护，我才能从家庭教师眼皮底下逃走。我有一位情郎。"她解释道，一只眼睛眨了一下，如果没有自嘲意味的话，那自当是风情万种。

福尔摩斯大笑，那双年迈的蓝眼睛也跟着欢喜跳跃。女佣端了茶来，然后趁着倒茶加糖的空当悄悄观察着这位访客。这一眼稍稍打消了她的怀疑，她的脊背和说话口气都放松下来，走之前她举着一根手指告诫福尔摩斯："现在你要注意观察，保证她不能过于劳累。如果她说让你带她出门去跳舞，那是不允许的，星期六晚上不能外出。"

"我知道了。"福尔摩斯说着轻轻颔首。门又关上了，阿德利女士端起她那个儿童杯大小的薄瓷杯。

"米米从出生便一直住在这所房子里。我想她忘记了我并不是她的亲奶奶。她妈妈在厨房工作，海姆斯——就是管家——是那孩子的爷爷。那么，福尔摩斯先生，你为什么来旧金山，又为什么来到我家门前？"

福尔摩斯小心翼翼地组织着语言，他知道故事太长会让女主人疲惫不堪，太简洁她又不会罢休。

"我代表着一个女人，她的家人在大地震和火灾时住在这里。"

"那是1906年吧？"

"是的。"

"我之所以问，是因为在这座城市，震动和火焰都是常事。我还清楚地记得1865年的那次地震。"

"不，是最近的这次。之后她父母都过世了，但是她希望了解大火之后那几周的详细情况。太平洋高地有这家人的房子，我相信他们也在帐篷待过一阵子。"

"很多人都是如此，在拉斐特公园。"

"啊。您当时也在？"

"是的。还有海姆斯、米米和其他人。当时家里有,我想一下,七个用人。平时是九个,但是侍从和楼上的女佣刚刚私奔了。"

"那有没有可能您自己也在公园住过一段时间?"

"当然。那三个星期是我人生中最美的时光,就像一只欢快的百灵鸟。只有洗浴设备不尽如人意,但当时一个老太太也不必太挑剔自己的打扮。不,海姆斯不知从哪儿找了一顶帐篷,应该是从军队那里吧,然后米米和其他三个人跟我一起住了进去。海姆斯留在房子里,起初是为了防止大火烧进房子,之后则是为了阻止哄抢者。我跟他说了,别犯傻,如果他挽救了房子,而最后房子还是砸到他身上,那对谁都没有好处。但是他不听,其他男用人也不听。为了防止有人抢劫,他们把银器都埋了起来——傻小子们,之后他们找勺子花了最多时间,铲开了整个花圃,最后终于在一小丛玫瑰花下面找到了——然后轮流照看房子,去公园照顾我。他们也很喜欢这次冒险——我们甚至在那里开了演唱会,我们围着一架奢华的钢琴,那是其中一家人从范尼斯大道另一边推过来的。没错,之后我们搬回房子,所有人都有些浮躁不安。"

"那么您在公园里住了三个星期左右?"

"我想,是二十三天。"

"我关心的那些人姓罗素。查尔斯是美国人,大概三十岁出头,高个金发。他的妻子——"

"他妻子名叫茱蒂丝,是个英国姑娘,我想是犹太人吧。有孩子吧?"

"两个。"

"一个小女孩,一个婴儿。忘了那个婴儿是男孩还是女孩儿了。"

"是男孩。正是那个女儿委托我来打听的。"

"打听什么?"

"关于她父母的详细信息。就像我说的,几年前他们因车祸去世了。她特别想了解一家人住在帐篷里的那段时光。"

他端起茶杯,轻啜了一口热腾腾的茶水,想以此掩盖自己强烈的兴趣。他手里的杯子同样薄如蝉翼,比她旁边杯托上的那个略大一些。但是他并不需要担心,因为她低着头,眉毛拧在一起,专心致志。片刻之后,她开口道:"福尔摩斯先生,可不可以麻烦你把那边橱柜里的雪利酒拿过来,再顺便拿两个杯子?"

雪利酒不带甜味,有西班牙的阳光香气,在酒的作用下,回忆涌了出来。她伸出小手拿起银铃摇了摇。门迅速打开了,很明显,米米一直站在门外。

"什么事,奶奶?"

"亲爱的,我想让你把关于大火的那个相簿拿来。你记得放在哪儿吧?"

"记得,奶奶。"门关上了,屋里一片寂静,老太太沉浸在自己的想象中。不一会儿,女佣带着一本摩洛哥皮革封面的相簿进来了,她在桌子上铺了一块白布,把女主人的相簿放上去,然后微微调整了一下位置,退到一旁。"还有什么需要吗,奶奶?"

"没了,谢谢你,米米。"

"请见谅,奶奶,厨师问晚餐是不是要推迟一些?"

这句话问得巧妙,福尔摩斯心想。一方面委婉地问阿德利女士,餐桌上需不需要多添一个位子,同时又提醒福尔摩斯天快黑了,他答应过不让老太太过分劳累的。

他开口回答:"不用为了我推迟晚餐时间,我今天还有事,很久之前就约好了,所以不便久留。如果到时候我们还没有谈完,那我可以改日再来拜访吗?"

这个提议取悦了两个女人，护主的米米和寂寞的阿德利女士。米米行了个屈膝礼便出去了。房间里只剩他们二人，枯瘦的手掀开了相簿的封面。

她翻了几页，然后城市燃烧的照片出现在眼前，是从山丘上俯拍的市中心，影子拉得很长，看来拍摄时间是大清早。建筑物清晰分明，镜头近处的几栋，飞檐已然不见了踪影，窗户支离破碎，砖墙上蜿蜒着巨大的裂痕。街道上布满了砖块和碎石，偶尔能看到椅子和衣柜，在土砾间显得很不和谐。人们千辛万苦推到这里，最后还是放弃了。男男女女站在街上，仰头望着头顶愤怒的烟云翻滚着，将灰色揉进了清亮的天空。另一边，一匹拉车的马倒在大街上，被倒塌的建筑埋在了下边。

片刻之后，她翻了一页。

下面一张照片立刻带来一种震撼，一种古怪的心安。还是山顶的俯拍角度，背景依然是熊熊大火，但是照片前面却有人在野餐。一群年轻男士穿着整洁的西装，打着领带，虽然其中几个没戴帽子。他们在草地上或坐或枕着臂弯躺着，围着一块布，上面摆了三明治和柠檬水。中间站着两个女人——确切地说，应该是女孩——她们穿着华丽的春装，浓重的炊烟飘在她们头顶，引得那群时髦男士一阵侧目。精致的帽子上装饰着羽毛，是春季新款。他们似乎在大声呐喊，眼下的青春比身后的大火更重要，更有吸引力。这张照片像一张图解，展现了年轻人的漠然和自我沉溺，但似乎又不是这样。出于某种原因，年轻女孩们的姿态和仰慕者的闲适承载了对大灾难的蔑视：不知怎的，人们会觉得，这些年轻人绝对意识到了悄然而至的恐惧，但又觉得或许他们只是在忍耐，等待有计可施的机会。

在城市需要的时刻，关于年轻力量的断言着实让人感到宽慰。

福尔摩斯发现自己笑了。然后她翻到下一页,手划过薄绵纸保护层,指出了难民营。

难民营驻扎的那座山丘的轮廓,就是几条街外那个熟悉的公园——拉斐特公园,这仅仅是一座长满草的小山,山顶上的树木间搭成的住所与周围环境格格不入。整座山横宽纵深都是两条街的距离。第一张照片中,草地上的财物堆在一起——铺盖卷、扁平行李箱、捆好的橙色板条箱和拆开的床铺。所有女人都戴着那个时代精致的帽子,而大多数男人的帽子却都不见了。

在接下来的这张照片中,一座帐篷城拔地而起,出现在正对公园的那栋精致的维多利亚房子前面。熊熊的浓烟靠得更近了,财物粗略地归置成堆,一些帆布帐篷也搭了起来,篷面雪白,边上的青草未遭踩踏,这些都清晰地表明,拍照时帐篷刚刚搭起来。女人大多没戴帽子,男人们穿着短袖衬衫站在周围。

"军队送了帐篷来,"阿德利女士说道,"我想是从梅森堡[1]运来的。最开始有军人帮忙,之后他们被调去镇守市中心,防范哄抢者,于是将物资直接丢给我们就撤了。幸亏当时有一些老兵住在这一片,所以我们还是完成了。这是我们的帐篷,这里。"粗糙的手指点向其中一顶拉紧的白色帐篷,搭在山顶一栋房子附近。然后手指移到底边,掀开了下一页。

现在,拉斐特公园帐篷城已经成形,住进了一波富裕的难民,长裙飘飘的女人,偶尔有戴着帽子的,他们引以为豪的几件家具和雕塑把帐篷顶得凹凸不平——这里放着沙发,那里有两架烛台摆在临时充当桌子的货箱上。所有的孩子都穿着鞋,男人仍然比女人少,他们的穿着还是一成不变,马

---

[1] Mason,旧时美国军方的物资装卸港口。——译注

甲配圆顶礼帽。

随着时间流逝，帐篷开始松弛，男人多了些，孩子看上去有些邋遢，女人脸上也逐渐浮现出了饱受折磨的表情。草变成了泥，财物用防水帆布草草盖上了。

又掀过五页，然后那只小手摊开，压在相簿上，阿德利女士身体前倾，发出了满足的声响。

"是了，我想是了。你看到那个穿裤装的人了吗？你仔细看的话，会发现这是个女人。这就是罗素夫人。"福尔摩斯从口袋里掏出了放大镜，伏在这一页上细看。"如果你想看的话，长沙发那边的灯很亮。"她提议。

他捧着相簿走到灯旁，将相簿上沿搁在沙发扶手上。打开灯，握着放大镜，他看到茱蒂丝·罗素隔了几度春秋回头望着他。

她女儿的头发、眼睛和身高都遗传自父亲，而翘起的下巴只消一眼便能认出来，开心时嘴角扬起的弧度，和福尔摩斯看过千万遍的一模一样。

福尔摩斯第一次觉得这个遗憾是根刺，因为掺杂了个人因素，他多希望自己能结识妻子的母亲。

他甩开杂念，然后将放大镜移到另一边。

在女人旁边的椅子上，他看到了还是孩子的妻子，她膝盖上放着一本书，小腿荡来荡去。她那头金发卷得像鸟巢，她低头读希伯来语文章的样子从未变过，还是对周围的环境全然不知。他的放大镜在这里多停了一会儿，然后才移开继续看下去。

只能从两件东西看出弟弟的痕迹——和其他盘子堆在一起的那个小小的锡杯，还有丢在面粉袋上的银质拨浪鼓，虽然放下来的帐帘表明里面有孩子在睡觉。显而易见，距拍摄第一张帐篷城照片的那天已经过了几日——通过人们的穿着便能看出来——和原来那张相比，人们的标准放低了一些，但又自相矛盾地在其他方面竖起了标杆。发带取代了帽子，甚至偶尔裙装也给长裤让贤。人们用领带作绳，渐渐晾上了衣物。因为往返于公园（提供水源和住宿）和家（洗好的衣服可以体面地晾晒起来）之间越来越麻烦。与此同时，前后营帐之间的界限问题越来越正式。人们把椅子摆成一排，当作两家约定好的三八线，椅子朝内，对着各个帐前的非正式庭院；甚至有人用白鹅卵石摆出了整整齐齐的分界线。"街道"自发形成，遍布在各家户外的"宴客厅"中间。孩子们在这里玩耍，一个女人拎着一桶水从镜头中走过，一个男人走近了。

福尔摩斯的兴致再次复苏，放大镜挪到这个人身上。男人很高，浅色头发，留着胡子，看上去分外眼熟，只是性别不同。他的眼镜反光，举起圆顶礼帽向拎桶的女人致意后正在朝头上扣去，因此在照片中略微有些模糊。拍照的人肯定在用什么方法吸引主人公的注意，因为好几张面孔都抬起来正对镜头，包括这个正朝山顶跋涉的男人。

金发男子的斜纹长裤沾了些黑色污渍，一条裤腿的膝盖处也需要缝补。上身只穿了一件衬衣，缺了衣领，卷着袖子，露出半截手臂，手腕处缠着白色绷带。他似乎全凭意念支撑着自己的身体。即使不看他的脸，福尔摩斯也知道他此刻定是一副战壕中士兵的表情，像是看着身旁，也像注视着远方。他疲惫不堪，亲眼所见的景象让他痛苦不已，急需倒头昏睡一天一夜。但显然，他只能临时待一会儿，因为他的肩膀绷得很紧，时刻准备着有任务下达。

福尔摩斯没有回头，对着身后的人说道："我想借其中一张照片，可以吗？我一定小心保管，完璧归赵。"

"当然。"老太太答复。

福尔摩斯这才站直，拿着相簿走回桌边。老太太继续翻，但再没有一张能激起他的兴趣。于是福尔摩斯翻到有茱蒂丝·罗素照片的那一页，把照片从背板中抽出来，放到老太太面前。

"这就是茱蒂丝·罗素。您能和我说一些关于她的事吗？"

"是个好姑娘，精神十足。她是英国人——你或许会觉得她和别人一样，发现自己身处困境会潸然泪下，因为鸡毛蒜皮的小事会无助地绞手。我记得，大火之后几天，有个傻姑娘因为儿子头上生了虱子彻底崩溃了，开始歇斯底里。正是罗素夫人操着奇特的口音安抚她，让她重新振作起来，帮忙找理发师，煮孩子的被褥。很多人在寻得其他安身之所，找好贵重物品的存放地点之后便迅速离开了。当然会有其他人迅速占领空出来的帐篷——这些人原来住的地方比不上富庶的太平洋高地。"她突然笑起来，眼睛熠熠生辉，"我记得有一群从事夜间工作的女士从田德隆区[1]来到这里，开始安家落户……当然，当地居民并不欢迎她们的到来，于是便被送走了。真是遗憾，就当时而言，她们比我的那些邻居更讨人欢喜。"

"阿德利女士，您能想起什么特别的事件吗？有没有陌生男人寻找罗素家的帐篷？"

"可能有几次吧。我的帐篷在公园的另一个区域，从第二天开始，我大部分时间都在给需要帮助的邻居搭手，提供热汤，分发面包。"

"我明白了。"他说道，尽量不让她听出语气中的失落。但是，她并没有讲完。

"一天早晨，我和另外一名女士去面包分发处时，听她说了一件事。我并不完全确定这件事与罗素家有关，你明白吧？但我想应该有。据说是前一晚的事，也就是地震三四天

---

1 Tenderloin，旧金山市内最穷乱的区。——译注

后,因为火已经熄灭了,刚开始下雨。那天应该是星期日吧?对,我想是的。最开始,雨水备受欢迎——我们用桶接着,孩子们在雨中疯跑,所有女人都洗了头。但是那天晚上,所有人都早早进了帐篷——人们知道,大火终于要熄灭了,于是不禁深深地松了口气,为自己有避难所感到幸福,同时又觉得精疲力竭。这位来访者来了之后,发现大多数人都待在帐篷里,于是只得一路打听。他停在一顶帐篷前,女人的孩子已经睡了,所以她走出来快速地回答了他的问题。据她说,那个人穿得像个流浪汉,一身的泥土,衣服搭配得乱七八糟。但是当时,我们大部分人都可以这么形容,抛开外表,他说话得体,礼貌周全。所以当他问去哪里能找到查尔斯·罗素时,她直接指了指罗素家的帐篷,然后站在门口,看他找对了地方。

"听到小女孩的尖叫时,她立刻意识到出了事,她很害怕。因为事先没有提防这个男人,你懂吧?很明显他之前被火烧到了,可能是爆炸之类的——你知道燃烧的汽油会对眼睫毛造成什么伤害吧?这个可怜的男人就遭遇了这种不幸。他眼睛肿胀,脸部皮肤受损,头发、睫毛、眉毛全被烧没了,甚至帽子没有遮住的前额也受了伤。他脸上抹着白色的药膏——连那位女士都被吓了一跳,所以小罗素肯定被吓得半死。我无法想象……你在笑什么?"

"我的……客户和我说过,她记得有一个'无脸男',我想你帮我找到了原型。"

"我认为描述得很恰当。我们很大程度上依靠毛发识人,对吧?"

"那胡子呢?"

"我记得她没有提到胡子。但当时没有眉毛比没有胡子看起来要怪异,不是吗?"

不，福尔摩斯心想，其实只有受到重度烧伤，胡子才无法再长出来。一个"一身的泥土，衣服搭配得乱七八糟"的人，不太可能去找理发师刮胡子——更不可能忍着伤痛，接受这种不舒坦的服务。这就说明，他可能是最近受的伤（大火二十四小时前刚被扑灭），或者是最开始便没蓄胡子。

阿德利女士开始乏了。她的后背依然挺得笔直，但嘴边的皱纹越来越明显，她的手指交叉在一起，似乎是为了防止颤抖。那个女佣随时可能冲进来，让他走人。

最好还是让她看到自己已经准备离开了。

他小心地将照片装进胸前的口袋里。"我复印好之后会尽快送回来的。"

"不着急，福尔摩斯先生。你随时可以再次来访。通常情况下，我都在家。"

"我可不可以再问一句，阿德利女士，您知道当时住在帐篷营地的人还有谁在旧金山吗？"

"眼下，我一个也想不出来。"她说。因为疲倦，声音微微有些颤抖。

"或许您可以想一想。如果想到了，可以给圣法兰西斯酒店写张便条，我会收到的。"

他站起来，弯腰握了握她的手，然后朝房间的门走去。他手还没有碰到把手，门就开了，但是身后的声音打断了他离开的脚步。

"她不是你的客户，对不对？她是你的妻子，还是你的……朋友？"

"都是。"福尔摩斯告诉她。

苍老的眼睛闭上了，枯槁的唇角弯了弯。

"真好。"她说。

十四

福尔摩斯沿着街道大步疾走,在黄昏的薄雾中,周围的房子朦朦胧胧。北边不时传来呜呜的雾号声,擦身而过的汽车亮起了大灯。他转过弯,眼睛搜寻着那所枝缠叶绕的房子,希望看到窗户漆黑,大门紧锁。他和阿德利女士相处的时间超出了自己的预期。

但是,前门那扇窄窗透出了黯淡的光。他站在门前,看到光是从房子后面照过来的。他拧了拧门把手,然后赞许地嘟囔了一句:"至少她还知道锁门。"

他拱起指关节,叩了叩门,等了很长时间,他开始有些不安,脉搏猛跳了一阵。他正要伸手去按那个嘶哑的门铃,就看到光忽然暗了,罗素从父亲的书房走了出来。不出所料,她手里拿着一本书,手指隔在书页中间,穿过走廊,拉开了门闩。

"嗨,福尔摩斯。我以为你已经回酒店了。"

"我倒希望你想吃饭了。"

"哦,天啊,"她说着越过他的肩膀看向越来越浓的夜色,"比我想得要晚呢。是的,这里的事情处理得差不多了。我再去找些东西。"

福尔摩斯一双探究的眼睛扫着她在父母家里留下的痕迹:前门附近的雕花小桌的抽屉半开着,晨起室架子上的装饰瓶和木箱都被挪动过,前窗边母亲写字台上的搁板和抽屉也未能幸免。吸墨纸甚至被翻了过来,但玻璃盘上他搜集的那堆灰烬看起来没有变。她甚至挪了家具，所有木脚都移到了积尘的一侧。

他挑眉，对这种毫无章法的策略不太满意，随后跟着她进了图书室，眉梢挑得更高了一些：房间被擦洗得干净清爽，纤尘不染；原本卷着的地毯铺到了地面上，看上去还算平整。壁炉前两把皮椅中间横着一张矮桌，上面摆着高雅的水晶花瓶，里面乱糟糟地插了一把从花园摘来的花。椅子擦得发亮，壁炉里堆好了柴火，却没有点着。或许这样也好，他正想着，她注意到了丈夫的目光。

"我本来打算让这里暖和起来，但又想到应该先查看烟囱的情况。我可不想把这里弄得乌烟瘴气。"

"或者失火。"

这种想法让她很不舒服，但福尔摩斯却觉得，擦亮的椅子和备好的柴火，孩子气的鲜花礼物，这些都表示，她并不仅仅满足于回想，而是更乐意重新制造出过去的场景。他撑着门，她不情愿地从父亲满当当的桌子前起身，随他一起走到门厅。他帮她穿上外套，把手套和帽子从架子上摘下来递给她，然后等着她锁好身后的门。

"你想再去见见那位意大利朋友吗，福尔摩斯？"

"不了，我在那儿待得够久了。我建议去尝尝唐人街的新奇菜式。"

她没说话，转向了都板街的方向。两人踏着石板路，离开了高地，穿过繁忙的范尼斯大道继续前行，然后顺着越来越低的地势，来到灯火通明、色彩艳丽的华人区。雾气渐浓，街边的路灯和五彩的灯笼像是覆了一层薄纱。

她一路无言，双手插在大衣口袋中，并不打算放到他臂弯。这倒没有让福尔摩斯觉得困扰，但她一直垂眼盯着石板路却让他很在意。显然，她对威胁并不挂心，好像七十二小时前遭受枪击的另有其人,而且在另外的地方。如果是别人,福尔摩斯可能会觉得她将护卫工作交给了自己,但她不是这样的人。

他有种冲动,想抓住她的肩膀将她晃醒。或者给她一个沉重的打击,当然不是指身体上。但是他不确定,自己心里想的那个打击对她有没有明显的效果,或许只能让两人的关系更僵。任何打击一旦说出口便覆水难收;所以他继续保持沉默,尽管他的眼睛一直没有放松,时刻探查着周围雾蒙蒙的昏暗街道。

都板街上到处都是欢快的喧嚣。走到一半,福尔摩斯碰了碰妻子的手肘问道:"龙先生已经痊愈了,而且现在应该在店里,我们要不要邀请他一起来?"

于是他们这么做了。站在菜贩的摊位前,他们看到龙的书店敞开门,店主正为一位顾客找零,从他的动作上看不出伤痛。没等她同意,福尔摩斯便绕过展示着白菜和扁豆的摊子,探头进去。对话持续了两三分钟,他出来了,一只手碰了碰她的手肘,另一只手指向一条街。

"他说半小时后过来,我们可以边喝东西边等。"

他带她来到一栋建筑前,入口环绕着几条显眼的镀金雕龙。进门就看到一个小个子老妇人怀里紧紧抱着一本红色皮革封面的大菜谱,一副坚定不移的样子。福尔摩斯告诉服务员,他们是汤姆·龙的朋友,他半小时后会过来一起用餐。服务员转身带他们进去。里面宽敞温暖,环境也很舒适,顾客全部是中国人。她为他们安排好位置,将两份菜单丢到桌子上后便匆匆走开,忙自己的去了。这里看不到前窗,却正对着大门和厨房门。福尔摩斯为罗素拉开椅子,然后自己坐到旁边。她掀开菜单,翻了几页又合上了。都是中文。

"你是想喝鸡尾酒,"他热切地问道,"还是照旧喝红酒?"

"没关系,"她不假思索地拒绝了,"杜松子酒奎宁水就好。"

他为两人点了单。酒端上来后她灌进去一口,鼓了鼓精神,然后猛地摘下眼镜宣布道:"我明天要去我家的小舍。"

他摆出有些吃惊的表情,"你觉得这样好吗?"

"我不知道,但我觉得很有必要。"

"你希望我跟你一起去吗?"

"我今天早晨给弗洛打过电话,她说她愿意去——她的朋友唐尼会开车送我们。我们星期三回来,唐尼想去参加什么博物馆的开幕式。"

"嗯,"他嘟囔一声,"我还以为你想自己开车呢。罗素不喜欢被人带着走。"

"我确定他会让我碰一碰方向盘的。"她说。然而福尔摩斯见识过那个小伙子对那辆豪车有多得意,所以很怀疑。

"多少人知道你的计划?"

她瞪眼瞧着他,"福尔摩斯,我知道你觉得我最近一直很蠢,但你得多给我一些信任。他们两人都不是很清楚那到底是什么地方,但我肯定得大致说一下我们的目的地。我也告诉过他们不要声张——我说不想让别人知道,因为可能有人想加入,然后会弄成庆典,这并不是我希望的。"

"庆典。"

"你知道我什么意思。"

"当然。"

"希望你不要介意我把你一个人留在这里。"她说。对他的关心似乎来得有些迟。

"一点也不介意。我有很多事要忙。"

"帕格尼尼相关研究?"

"事实证明很有意思。你知道吗,有一种说法是,帕格尼尼受到委托,为公爵⋯⋯"但是由于酒精作用和自己的心事,她很快就不听了。正中福尔摩斯下怀。

酒喝了一半,因为无聊,她的眼神变得有些呆滞。他岔开话题说道:"我想,我已经弄清楚无脸男的身份了。"然后又纠正了一下说法,"或许不算确定身份,虽然已经有线索了。"

她注视着他,端起杯子将剩下的一半一口喝了下去,咳嗽了一阵,然后泪汪汪地问道:"什么?"

"你第二个梦里的那个无脸男。我找到了一位老太太,地震时她曾在公园待过一段时间,而且记得你的家人。她告诉我,开始下雨的那天,也就是星期天,有个男人来到帐篷营地,他脸上的毛发全被烧没了,皮肤上抹了些白色药膏,或许是氧化锌。"他说道。

"药膏。"她重复了一句,然后伸手去端空杯子。福尔摩斯朝服务员勾勾手指,又要了一杯。

"那个人要找你的父亲。他去了你家的帐篷,然后你被他的样子吓到了。阿德利女士说她听到了你的尖叫。"

"我的天啊。"

短语中的震惊——或是敬畏——在酒精流进空腹时缓和了一些。福尔摩斯描述着那位老太太和她的房子、年迈的管家和保护欲很强的孙女。她似乎一点都没听进去。福尔摩斯没有跟她说他胸前口袋里的照片,因为据他判断,如果将照片拿出来,那今晚剩下的时间就再无理性可言了。除了省略的部分,他将能想起来的细节尽数搬了出来。在复杂的叙事和第二杯酒的作用下,她与他揭露的这个故事拉开了一些距离。

她打断了他,"所以两个梦都是真实的事件。第一个是地震,接着是不久之后发生的事。"

"看起来是这样。"

"那就表示,第三个梦也是真实的事件。也就是说,在我不知道的地方真的有隐藏的房间。"

"我并不是很确定。"

"为什么不确定?"

"三个梦并不完全在同一层面上。前两个梦都有强烈的精神色彩,而第三个是中立的,或者说隐隐让人觉得安心。前两个梦中唯一的变化是飞行物的类型,但在第三个梦里,变化永远是不变要素——房间的样子每次都不同,唯一的共同点是只有你知道在哪儿能找到那间隐蔽的公寓,只有你有那把钥匙。"

"但事实并非如此。"她愤怒地回嘴,"福尔摩斯,我今天把房子翻了个底朝天,从阁楼到地下室,只找到一个偏僻的杂物间,其他什么都没发现。"

他点头。星期三上午他已经仔细检查过了,如果她真找到了超过几英寸宽的隐蔽空间,那才叫奇怪呢。"当你掌握了梦里的讯息之后,我相信密室应该会自己出现在你眼前,而不是通过动用大铁锤和撬棍。啊,龙先生来了。"

门口的老妇人领着书店店主往里走。他这一路屡屡耽搁,因为一桌接一桌的人跟他打招呼,他一会儿绕到这里和别人握手,一会儿又和另一边的人寒暄几句。餐馆里大约有一半的人都认识这个矮小的男人,打招呼时的态度既亲切又敬重。就连门口老妇在领他走到桌前时都带了笑意。

他和店里仅有的两个白人握了握手,然后转身亮着嗓门和老妇说了几句话。片刻之后服务员也插了进来,紧接着厨房里的一名厨师也参与其中。讨论最后升级为争吵,声音越来越高,动作幅度也越来越大——龙用手指点了几下,厨师的脸有些扭曲,似乎并不认可。然后争吵戛然而止,就和开始时一样。服务员、老妇和厨师转身各自散开了,龙坐下来,似乎很高兴。

"出什么事了?"福尔摩斯问。

"刚才？就点了点餐。"

"点餐？不是让你把我们赶出去吗？"

"老天，他们有什么理由这样做？不是，我们不过是解决了一下菜单问题。我得让他们安心，告诉他们你们并不一定要点厚牛肉片和煮土豆，但是绝对不要猪肉和贝类。我记得曾经听说过你母亲的宗教忌讳，罗素小姐，所以我想你应该也一样。"

"你真的很体贴。"她说。

"别客气。"他回答。随后他抖开亚麻餐巾，铺到膝盖上，似乎心情很愉悦，"我们分别之后，你们一直很忙吗？我想你应该没机会读那本有关风水的书吧？"

"我读了，真的。"她回答，在浊酒作用下思维变得通畅，"这本书阐述了关于相地之术的有趣理论，但不得不说，书中省去了大量实践说明。我知道风水包括建筑物的……能量受特定物件合理设置的影响。比如水、植物、镜子之类。"

"没错。"龙说，"风水学规律不仅仅应用在建筑领域，还用在投资、农业、军事计划以及其他众多方面的活动上。来，我给你演示一下。"他拍了拍上下口袋，找出一支自动铅笔、一小片纸，把纸放到桌布上抚平，然后在上边画了一个八角形。他将各个角与中心用线连了起来，分出了八个三角形，每个部分各归为一种影响因素：家庭、财富、知识等，最重要的健康放在交会处。几分钟后，风水的细枝末节渐渐展现，即使是头脑清醒的罗素也不想了解这么多。他正在解释八角形中的"戌"格时，罗素打断了他。

"我真正想知道的是，为什么有人在厨房放上一面镜子、一碗水和一盆植物呢？"

他又展开另外一张纸，将铅笔放到纸上，然后推到她面前，"要回答这个问题，你得先把房间画出来。"

"是那所房子里的厨房。我觉得是你父母摆的这几样物品。"

"是我母亲。尽管她称不上行家。好,我明白了。虽然我去过那个房间,但如今已经过去好多年了。"

她拿起笔,画出厨房的轮廓以及水槽、洗碗槽、炉灶和门口的位置,根据他的指示,标出了窗户、灯、小镜子、那碗水和枯掉的植物,然后又将纸推给他。

汤端上了桌,他将那幅草图划到一边,手依然摁着纸边。"我印象中,厨房正对着后院,窗户朝西,对吗?"

"是的。"

他拿起那两张纸,并排放在她面前。"你说的那些物件是为了改善房子里的气,这是一种能量存在方式,当然,也是为了改善里面住户的生命之气。"

"当然。"她嘀咕道。

他听出了话中的嘲讽,"抱歉,我知道这很复杂,也知道对于西方的现实主义思想来说基本毫无逻辑。"

"或许我应该问,能不能分析出这些……添置的东西,意欲何为?能告诉我房子里的气有什么问题吗?"

龙低头盯着那两张纸,噘着嘴犹豫了一下,最后说道:"这个问题很有趣。我肯定算不上专家,但是在我看来,似乎有能感知到的凶兆会破坏房子内部的和谐。放置这些东西,是为了增强内部和谐——家庭内部。"

但是"和谐"并不是罗素关注的焦点。"凶兆?哪种凶兆?"

"这我就不知道了。大概是可能会导致家庭偏离中心,变得不融洽的力量。我也认为这种说法太笼统,听起来像巫术,似乎是一派胡言。"他不好意思地笑了笑,伸手盛汤。过了片刻,其余二人也盛了汤。

之后汤碗撤走,美味佳肴渐渐上桌。龙说道:"除了有关风水的东西,我希望你对房子的情况还比较满意。"

"房子毁了,真令人沮丧,而且查不到任何线索。"罗素回答。

"真是遗憾。"龙从盘子里挖了一勺浸在辣味酱汁中的蔬菜,浇到了米饭上,然后试探着问道,"你想通过房子了解到什么吗?"

"哦,并不是。但如果有的话更好。"书店店主一脸疑惑,但他非常客气,因此不再追问。然而出乎福尔摩斯的意料,罗素今天大发慈悲。

"我最近做的梦都很特别。其中两个让我回想起了地震和地震之后的两件真事,这两件事被我忘得一干二净。第三个梦仍是个谜。我梦到房子里有一个隐藏的隔间——没什么特别的事情发生,只是我每次路过时都知道,就在那里。我不知道这意味着什么。也许什么意义都没有,但如果真能在房子里找到隐藏的地下室什么的,我也就满意了。"

龙无动于衷地点点头。他们说到了那间地下室中存放的众多家具,其中一些马上就要破门而出。美食、美酒、清茶在侧,他们酒足饭饱,龙用餐巾擦了擦嘴,然后犹犹豫豫地开口:"关于那个隐藏的房间,我感到很惊讶。你们读过利玛窦神父的著作吗?"

罗素摇了摇头,而福尔摩斯有些出神。

"利玛窦是16世纪的一位天主教耶稣会信徒,他去了中国,当然是为了传教。耶稣会信徒似乎有这种习惯,他教多少就学多少。他的著作很多都是用中文写的,因此也影响了他在西方的名望。但是他想传授给士大夫的内容之一便是记忆术。我想西方哲人都会接受记忆训练吧,算是一种传统。"

"依纳爵·罗耀拉[1],"进行了一番记忆检索之后,福尔摩

---

[1] Ignatius of Loyola,出身于西班牙贵族,天主教耶稣会创立人。——译注

斯补充道,"是耶稣会秩序的建立者。我相信普林尼[1]的著作中也有专门介绍记忆专家的章节,就像一些中世纪作品介绍演说一样。"

"但这跟上锁的房间有什么关系?"罗素问。

"利玛窦的记忆术涉及记忆宫殿的建造。"龙告诉他们,"人们构想出宏伟的建筑物——或真实场景,或想象画面,可以是宫殿,也可以是教堂——然后将特殊的记忆刺激物安置进去。"

"问题在于,"福尔摩斯说道,"仅仅形成并保留大量的房间和刺激物,就需要惊人的记忆力。"

龙端着"终于可以说中心论点"的姿态补充道:"而且,并不保证安置好的房间不会被尘封或者遗忘,或者也可以说被锁上。"

"明白了。"罗素说。她扬着下巴,镜框上方的浅棕色眉毛扬起一道漂亮的弧度:质疑,夹带着一丝愤怒。这个陌生人竟大言不惭地说了解她的想法。没等她开口大声反驳,福尔摩斯就直接将话题跳到书籍和中国哲学上去了。过了一会儿,两人点起烟,亲切地争论着买单的问题。

他们起身要离开时,她依旧保持沉默,只说了必要的几个字与书店店主告别。门外的大雾浓得与伦敦如出一辙,干净,灰白。福尔摩斯仗着大雾的保护放松了警惕,他将妻子的手圈进左臂,然后朝市中心走去。

福尔摩斯切实地感受到她的胳膊挽着他的。通常,他只关注她的气质,健康的身躯包裹着出色的大脑和强大的心灵。这是个如钻石般坚强的女人,举世无双,在她身上,他只看到了一处瑕疵。就是这一点困扰了他很长时间,搅乱了为数

---

[1] Pliny,即盖乌斯·普林尼·塞孔都斯(Gaius Plinius Secundus),古代罗马的百科全书式的作家。——译注

不少的安心睡眠。

五年前，在驶向巴勒斯坦的小船昏暗的船舱里，他听她说起了家人过世的细节，得知多年来她的负罪感就如同看不到的伤口，一直往外渗着血。从那天晚上起，他就一直等待着罗素去质疑那些她原本深信不疑的事情。他一遍又一遍地提醒自己，罗素天生就是侦探的料，而且是他见过的最能干的侦探之一，从无过失，意志坚定。如果有一天她充耳不闻，避之不见，那可能事出有因。

即使这样，这么多年，好多次他想把事情说开，每次话到嘴边却又咽了回去。最开始是因为她年轻，当然会设法逃避，以免伤得更深。之后，他逐渐意识到，若强迫她与自己的信念对簿公堂，那两人之间一定会嵌入一根钢楔：她会怪他旧事重提，带来困扰，然后怪他等了这么久才提——结果可能导致焦虑和不信任，这会让两人本就艰难的关系更加复杂，成为最后一根致命的稻草。

真的差点致命。船驶出日本之后，他大着胆子朝雷池迈了一步，暗示她飞行物之梦其实是地震的写照；然后第二天，他就发现罗素倚着栏杆，随时准备失足落水。

是的，他害怕，所以一直保持沉默。

之后，带着对妻子唯一闪亮盲点的偏执，他被吸引得越来越深，但并未采取行动。有时候他就像看着一个孩子的防护塔不断加高，猜测着什么时候会倾倒、粉碎。

他一边怯懦地畏缩着手脚，一边存着理智的好奇心。

然后1月份，他哥哥迈克罗夫特的一道指令将他们拖出英国，踏上了一段环绕半个地球的旅程，然后罗素决定——他没有给任何建议，完全是她自己的决定——要来这里。时机已到，他屏息以待。即便他登上甲板，看到她即将翻落栏杆时，也依旧踌躇不定。

她正朝着真相迈进,她亲眼见过某些事,却不自知。这些事日渐积累的压力会摧毁她一直以来的盲区。她知道,但拒绝接受;她有那把钥匙,所以必须由她自己从口袋中掏出来。他会一如既往地压制自己,继续相信她可以自己面对,而且是在带枪的人再次出现,而她却没发现之前,或是三心二意地走路,却没注意到身后的出租车之前。总有一天,某些事情会驱使她直面那些她知道但却看不见的事情。

而他,福尔摩斯,在看到阿德利女士照片中那个一心朝山上走的年轻男人时,就已经知道了问题的答案:这个男人不会因为两个孩子的小吵小闹而分心丧命。

罗素并不需要这张照片,她自然了解自己的父亲。

而且,想让一辆车冲下悬崖有很多种方法:方向盘、刹车、易受损的零部件。

罗素也知道这些。

很快,她就会低头看到自己手中握着的那把钥匙;她会问出一个再简单不过的问题,撼动自己经营数十年的信念大厦。

真的是事故吗?还是说我的家人其实是被人谋杀的?

十五

雾气不再逗弄街边的路灯,而是占领了街道。这里的雾和伦敦截然不同。伦敦冬天的雾气就像一条黄色的毛毯,懒洋洋地罩着整座城市,散发着刺鼻的气味。而这里的雾却像有生命、有呼吸一般,在城市中飘来荡去,包裹着两个陌生的行人,为他们提供庇护。没有惊现的枪声,没有形容枯槁、咳嗽不止的尾随者,他们挽臂前行,穿过唐人街和市中心,最后看到了圣法兰西斯酒店热情的灯光。一路上二人各怀心事,默不作声。虽然身体相连,思绪却相隔甚远。

在饮酒过量和两顿饕餮大餐的双重打击下,罗素终于屈服于温暖的床铺,一直睡到福尔摩斯将一杯咖啡端到床头桌上。她睁开眼睛,窗帘被人拉开了,明亮的光晃得她向后一缩,然后伸出一只手,摸索着找到闹钟,举到眼前一看,又猛地放回去,将被子一掀。

"都快九点了!福尔摩斯,你为什么不早点叫醒我?我跟弗洛说想早点开始准备的,但现在连行李都没收拾。"

"五分钟前,你的朋友打来电话说,她刚刚把东西装进包里,大概一小时之后到这儿。看来'早'这个词在加利福尼亚有不同的解释。"

"只不过从加利福尼亚特定的夜间活动人群口中说出来意义不同罢了。"罗素一边说一边把被子团回去,找出眼镜戴上,然后端起了咖啡。伴着镜片和饮品,她的视线明亮了许多，也看清了在房间里来回走动、目的明确的丈夫，以及他那一身装束。

"你要去哪里吗，福尔摩斯？"

他手里拿着帽子和大衣，明显确实马上要出门。"是的，如果你不介意，我就不等你朋友来了。奥克兰海湾对面住的一位绅士手里有一些原稿，有一艘渡船十点半出发。你不介意吧？"

"当然没关系。"她回答道，虽然万般不愿，但声音中几乎没有透出一丝愤怒的语气，"我很高兴你终于找到事情做了，这样就不用担心我离开之后你会百无聊赖。"

"不会的，"福尔摩斯轻声回答，"需不需要我告诉前台原定的计划取消，我们星期三不走了？"

"哦！我都忘了。好，麻烦你了。我还得待几天，和诺伯特谈些生意上的事，那就下周走？"

"14号？"他一边戴手套，一边小心翼翼地说，避免提起跨境飞行的话题。

"或者再晚一天。这样诺伯特应该就有足够的时间完成工作了。"

"那就定15号，星期四。玩得尽兴，罗素。"

"如果星期三我们不回来的话，会给你打电话的。"她说。但是最后一个字刚蹦出来，门就关上了。她皱皱眉，他看起来有些心不在焉，但或许真是因为她抛下他和弗洛去小舍而觉得受辱。

不会的，他只不过满脑子想着学术研究罢了。

她还是兴致勃勃地去换衣服了，想着去那座并不乡野的小屋穿什么合适。

与此同时，福尔摩斯径直走到前台。奥伯伦将这位客人之前寄放在这里的一个很重的格莱斯顿式旅行包递给他。福尔摩斯告知这位经理,他们的启程日期发生了变更,然后压低声音问道:"我的车到了吗?"

这位绅士也以同样的方式回答了他:"在后面,福尔摩斯先生,完全遵照您的要求。"

一个男人的手掌从锃亮的桌面上微微抬起,另一个人的手掌伸到下面抽走了那张纸,动作娴熟,仿佛演练过一般。纸片还没落入奥伯伦的口袋,福尔摩斯已经朝厨房走去。

他穿过蒸汽腾腾的厨房,几乎没有引来任何一位白衣厨师的目光。溜出传送门之后,他来到了通道,酒店所需的供应品都从这里进出。一辆耀眼的皮尔斯箭头轿车停在他的右手边,车后窗上挂着天鹅绒窗帘。司机正沉浸于一本花哨的杂志,名为《怪谈》。福尔摩斯拉开车门,轻轻地将格莱斯顿旅行包放在座位上,然后坐到旁边。还没关好车门,车轮便动了起来。

"上午好,先生。"握着方向盘的年轻人打招呼。福尔摩斯张了张嘴,想问一问这位低俗小说行家有没有读过哈米特的文章。但他又想到这个问题可能会打开好几条对话通道,于是改变了主意,仅仅问了一句:"小伙子,你叫什么?"

"格雷·泰森,为您效劳。"

"我是福尔摩斯。听奥伯伦说,你是他的亲戚。"

"我是他妻子的侄子。他告诉我说,您今天需要一位司机,得是一个嘴巴严实的人。"

"描述得很准确。你知道南部的海滨路吗?"

"非常了解,先生。"

"要停车时我会告诉你的。"

"好的。"小伙子开始执行福尔摩斯的要求,开车,闭嘴。

福尔摩斯将软帽丢在旁边墨绿色的皮座椅上,一只脚收起来,松开大衣,将旅行毯整理好塞在身后,尽可能在车里用垫子营造出一个安乐窝。然后他掏出烟斗——香烟用来应付社交场合，寻求刺激，但是烟斗有助于思考。如今越来越有必要平静地回顾一下之前七天发生的事了。

他也很想待在那里，看着罗素安全地坐进弗洛·格林菲尔德和唐尼的车里，但是根据他对那个年轻人和那辆蓝色汽车的了解，一旦到了城外的马路上，他是绝对追不上的。而福尔摩斯想抢在那辆寻欢作乐的车前面。

不，他必须相信，在罗素的新朋友到来之前不会有任何事发生，而且他们很快就能甩掉潜在的追踪者。那接下来的三天，罗素就脱离险境了。

他希望当罗素回城时，那个尚且身份不明的对手不再是问题之一。

他有些恼怒地皱着脸。如果不掺杂个人因素，那么案子会简单很多，自己像傻瓜一样围着妻子转，这感觉真是差劲。强迫她吃，为她的安全提心吊胆——他必须将罗素抛诸脑后，才能排除认真思考时跳出的干扰因素。

案件开始得非常缓慢，但现在已经有所进展，尽管跨越了很长的时间和空间。当罗素与律师和经济事务周旋时，他的大部分时间都用在比帕格尼尼手稿更重要的事情上。

星期二早晨，他们抵达旧金山，她和诺伯特处理事情的那段时间，他用来探查地势、画草图，建立第一批关系网，包括报纸和鲜花供应商、擦鞋童、当地警察以及最重要的环卫工：这都是他监视世界的眼睛。

他还屈服于愈发强烈的欲望，开始就一些遗留事务展开问询。他首先去了一趟半岛东方轮船公司办公室，克服了巨大的困难，最后认定，他和罗素1月份乘坐的那艘开往孟买的船"玛格丽特号"，由于星期六入马赛港时已经延误，所以现在正在返程途中，刚刚驶进地中海。他离开轮船公司办公室之后，立刻给苏塞克斯发电报,请哈德森太太打听老战友华生医生的下落。片刻思考之后,他又给哥哥迈克罗夫特发了一封,问他1月初有没有人打听夏洛克·福尔摩斯的行踪和去向。

在亚丁发生的事故一直是很重的心结。他想确认这件事就是一场单纯的意外。

他到现在都不确定到底是什么驱使他寻求这两人帮助——病恹恹的迈克罗夫特以及有关节伤病的华生。毫无疑问,一部分原因大概是作为伙伴的妻子猝不及防地失掉了平时的能力,让人担心不已。鉴于此,他只得求助于她的前辈。

不管怎样,他已经向迈克罗夫特和华生发出了求救信息,再纠结原因也没什么意义。

他竭尽所能地安排好过去的事,便开始关注眼前,搜集信息,关于罗素的过往、家人以及生活过的城市。他拜访了《记事报》办公室,找到了罗素家的讣告——查尔斯(享年四十六岁,生于波士顿),妻子茱蒂丝(享年三十九岁,来自伦敦),儿子利瓦依(九岁),女儿玛丽生还(十四岁)——以及一篇关于事故的文章,读到了对事发地点的描述。

星期三一整天基本上都耗在了房子里,他首先快速审视了一遍房子中存放的记录文件,比如图书室架子上的账簿,以及罗素夫人晨起室中的一系列花园日志。然后他掏出奥伯伦为他弄来的方格纸和卷尺,一寸一寸地重新勘察了一番,最终确定墙壁中没有隐藏的房间。他的膝盖饱受摧残,肺里也吸满了灰尘。刚刚做完这些事情他便听到了枪声,于是头也不回地冲到前门,站在那里,全身的血液都凝固了。他神经绷紧,怕再听到枪响或者哀号。当他看到妻子和她新结识的朋友出现在门前时,才重新找回了呼吸。他很高兴遇见龙先生,虽说他更希望相识方式不要这么戏剧化。

星期四上午,他继续挖掘罗素家族的过往,查阅早年的社会名人录，询访邻居和邮差。下午，他终于将那些烧过的碎屑挪到了玻璃板之间，但只能第二天再去搜索相关的报纸文章了。晚上他们放弃了去影院观看哈罗德·劳埃德电影的机会，也没去皇宫酒店参加那场广而告之的"旧金山音乐俱乐部狂欢"，而是带着奥伯伦弄到手的邀请函，听了一场小型的个人民谣独唱会，是一位客座花腔女高音。福尔摩斯享受着听觉盛宴，而罗素则美美地睡了一个小时。这让他重新感受到文化的气息，毕竟之前在远东蛮荒之地待了很长时间。

星期五整个上午，他都待在市政厅、《记事报》大楼和公共图书馆里，翻找堆积如山的旧报纸。如今他拿到了晨起室壁炉里烧掉的那份报纸的复印件，上面印着浓墨加粗的标题——《人间棺椁！》，是一篇关于城市大火的文章。那家报社当时所在的区域没有损毁，如今依然在运作。这张报纸倒是具有纪念价值，因为其中包括了失踪者名单、尚有空余的避难所、抢劫以及期盼消防队长早日康复的新闻（福尔摩斯之后读到，他被自家房子砸伤，最后还是不治身亡），但其中的内容似乎解释不了那份报纸为什么混在烧掉的纸中。另一张烧毁的报纸比前一张略小，日期是下一个星期一，距离灾难伊始和大火熄灭已经过去了很长时间，除了紧急新闻，还增加了人们感兴趣的故事，其中最醒目的是一对新婚夫妇的故事。地震之后他们走散了，随着火势蔓延，二人隔得越来越远。几天之后，他们说服自己对方已经不在人世，直到丈夫遇到了两人共同的朋友，才得以与妻子重逢。反面是几则小文章，最长不超过一两段：金门公园军用帐篷失窃案；一幼童从废墟中被救出；一只狗因过度悲伤而发疯；一栋烧焦的房屋中发现一具警察遗骸；男高音卡罗素离开旧金山。福尔摩斯将复印件丢到一旁，继续沉思。

那天下午，福尔摩斯开始追踪另一条社区内部线索：

1912年太平洋高地的送奶工。在寻找过程中,他在城里穿梭了两个来回,浪费了大量时间,却一无所获。那个人可能对罗素家的事情充耳不闻,视而不见,或许任何人碰上都会如此。如果福尔摩斯告诉他罗素家平时下的一些反常订单,他或许能记起来……

每次调查都会浪费很多时间。他提醒自己,年龄无法使她枯萎,习俗也不能减损她的枯燥乏味[1]。他将冷烟灰刮出来倒进车内的烟灰缸,重新填满烟斗。

星期五那天,罗素得知金兹伯医生的死讯后精神彻底崩溃了。总之,不是一个好日子啊,星期五。

但是这一天也有亮点。就在他满城奔波的时候,他收到了哈德森太太的回信,一如既往的絮叨:

> 福尔摩斯先生,很高兴收到您的来信。我去萨里拜访我的朋友特纳太太了,因此有些延误,真是抱歉。华生医生的管家说,因为关节炎,他去了德国的温泉城巴登疗养。可怜的人。他真是没少遭罪。我给您的兄长带了些接骨木果酒,他气色不错。有几个人打过电话,问您什么时候回来。替我向玛丽问候。克拉拉·哈德森太太。

读到华生已动身疗养,福尔摩斯在将自己的请求发出去之前犹豫了片刻。

但仅仅片刻。毕竟,需要有人去见轮船事务长,问一问有关那个神秘的南方女人的信息。虽然他更愿意亲力亲为,但离家这么远,若等到回去之后再处理,他无此耐心。

所以最后还是发了出去。

---

[1] 化用自莎士比亚名句"年龄无法使她枯萎,习俗也不能减损她的千姿百态"。——译注

急需华生帮忙询访半岛东方公司的船只"玛格丽特号"上的工作人员，特别是事务长。本船星期六晚入马赛港。船上一名来自美国南部的女性在航行期间打听过我们，之后在亚丁上岸。接受所有相关的有用信息，但主要调查她是否知晓我们目前身处加利福尼亚，她是否安排了其他旅程，有无同伴，最后是姓名和个人简介。对不起了，老伙计。福尔摩斯。

那天上午稍晚一些，福尔摩斯在等那个送奶工时突然想到，星期四华生可以先轻轻松松地去伦敦小游一番，然后等着船只抵达伦敦再行叨扰。他差点转身去发另一封电报，告诉华生星期四正合适，但最终没有这么做。

他了解华生，于是宽了宽心，华生应该会立刻离开巴登，所以第二封电报可能交不到他手上。

从哈德森太太寄来的消息中，他同样得到了宽慰。从冬天开始，迈克罗夫特就一直病着，听到哈德森太太说他健康状况还好，福尔摩斯也觉得很高兴。

他自我安慰道，华生和迈克罗夫特会处理好的，然后划了火柴凑近烟斗。

他希望自己也可以如此信任另一位帮手，就算有几分可疑，但他资历很深。他常与非正规军一起工作，尽用其才，目的达成之后便一拍两散。他也非常了解要找到可靠的帮手会遇到哪些困难，尤其当他的选择范围只是一群乌合之众时。在盗贼当中找到赃物的可能性，要远远大于发现道义之士的可能性，而且人们通常并不会委派给帮手很多很重要的工作。

就比如哈米特此人。他看起来像一个理想的非正规军（除了长期的身体虚弱外），他在某些领域的知识储备，尤其对电车系统的了解，可以让雇主少走不少冤枉路。但是福尔摩斯一直存有一丝疑虑，纠结自己是不是真碰上了此等好事。为此，星期六上午，他匆匆忙忙地赶回半岛东方轮船公司附近的电报厅，告诉他们如果收到消息请暂为保存，不要送到圣法兰西斯酒店了（之前是这么安排的）。一位当地的前私家侦探也可能与西部联盟电报公司的工作人员达成协议，就像他和出租车司机协商的一样，事实上哈米特当前仍有可能受雇于他人，而迈克罗夫特和华生回复的电报很可能正是关于那位雇主的。所以他最好还是亲自来取，防止经他人之手送出电报局。

另一位唾手可得的帮手是汤姆·龙，他的智慧、经历和对事件的全身心投入着实很有吸引力。

乃至车里的司机。泰森和那辆车都是酒店经理奥伯伦介绍的。两者似乎并不匹配——汽车给人一种年迈的老板要清净地出城转一转的感觉，但是抛开制服和帽子，司机就是个开朗青年，一头红发，嬉皮笑脸。据奥伯伦说，泰森自己车的颜色和发色很般配，铬黄色的座位和轰鸣的引擎——实在不适合今天的监视活动。泰森看上去是个单纯的小伙子，对车有很高的热忱，对文化的鉴赏力惨不忍睹；但另一方面，他也很有可能是尚未露面的敌人的代理人，被另一个代理人奥伯伦安插在福尔摩斯身边。

他甚至对亨利·诺伯特都存了一丝怀疑，因为他比任何人都了解罗素的生意、行踪以及生活点滴。他有钥匙；他负责全权打理罗素的财产；也可能知道更多关于罗素的过往，但却没说。

福尔摩斯唯一放心的人如今却丧失了战斗力，她过分沉浸于自己的难题，智力扎扎实实地被削弱了一半。她甚至都没注意到，那天早晨他并没确切地说自己要乘渡船前往奥克兰，只说了那里有手稿，有渡船而已。神智正常的情况下，她绝不可能察觉不到。

所以，在这种情况下，夏洛克·福尔摩斯再次笼络了三个不太可能组合在一起的臭皮匠：一位脸色惨白，本该卧床不起的平克顿私人侦探；一位对神秘学科有深刻研究的小个子书店店主；一位红发的时尚车夫，将自己假想为柯南·道尔某本荒唐的书中的角色。目前，他最可靠的搭档就是老伙计华生，虽然相隔半个地球，但还是为老朋友交代的事义无反顾地穿行欧洲。

一想到他这位老搭档，福尔摩斯叼着烟嘴笑了起来。稀疏的头发，精瘦的身材，跛着脚、带着猎犬般的韧劲，挤过德国火车站的人潮。如果有人可以拦下"玛格丽特号"，那此人非医生莫属。

但是，他很快就会需要另一个帮手——很快，如果华生成功地在马赛赶上那艘船的话。该信任谁呢？作家？书店店主？还是随便从街上拎个年轻人出来？

幸运的话（一种福尔摩斯从不相信的东西），今天出这趟远门至少能解决一个问题。

同时，他也会继续思考四个疑点。

首先，从壁炉中保存下来的纸片是用查尔斯·罗素书房里的打字机敲出来的文件残骸。上面遗留的那几个单词清晰地表明，这份文件中涉及的事情肯定有其重要性，"军队……抢劫犯……偷盗……枪决"，这些词绝对不会出现在碎碎念的家书草稿中。

第二，文件被烧毁了，而且其中提及的都是最近的事件，这也说明有一定的紧迫性，至少特征显著，因为被销毁了。稍微乐观一些的人只会将其带走，而不是冒着被发现的危险在空房子的壁炉里点火焚烧。

两个疑点不足以构成假设，但加上第三点就有了基本架构——有人闯进了罗素家，从种种迹象来看，目的只有一个，那就是销毁文件。这是福尔摩斯整个职业生涯都在认真研究的课题——敲诈勒索。

第四点，虽然敲诈案件的受害人会与加害者发生争斗，但据他回忆，没有故意谋杀受害人的先例。

这是最难解的一点，因为从四个要点当中可以得出某个越来越真实的可能性，那就是勒索犯不是他人，正是查尔斯·罗素，这个结论糟糕透顶。

福尔摩斯一向对勒索犯的卑鄙不齿。但他的直觉高喊，照片里那个伟岸的年轻男子绝不是勒索钱财之人。然而这只是内心独白，他当然不会对罗素说——至今未说，如果没有找出铁证，以后也不会说。或许在特定情况下，如果查尔斯·罗素没有选择的余地，如果他是为了家人的需要，才采取了如此不得已的卑劣手段，如果有人承认勒索也是一种手段……

他真心不希望事情发展到这步田地。

另外，查尔斯和茱蒂丝·罗素之间的关系仍是未解之谜：大火之后两个月，丈夫和妻子之间爆发了一场激烈的争吵；当天，她就带着孩子去了英国；之后六年，他只定期去英国探望他们，每次待小半年左右。据罗素说，他们待在一起时，父母相处融洽，情意绵绵。但事实仍是，在1906年6月至1912年夏天之间，这家人大部分时间分居两地。

如果茱蒂丝·罗素发现了自己的丈夫是勒索犯，是会一走了之的。但如果她逃离是因为对丈夫道德败坏的愤怒，那当这个男人去英国时为什么会欢迎他呢？为什么六年之后又回到了旧金山？

这个女人的行为更像是要保护自己的孩子免遭威胁，而不是因为对丈夫大失所望。

他摇了摇头,看到烟草已经燃尽了,便将烟斗塞进了口袋。问题太多,资料不足。

接下来的旅程,他或是研究地图,或是欣赏沿路的风景。

终于,车头向西转了个弯后,灰蓝色的太平洋便进入了视野,延伸向远方。福尔摩斯把地图收好,两脚放下,集中注意力。他在报纸中读到了车祸发生的确切地点,仔细研究地图之后,他将范围缩小到一处可能的地点。

"速度放慢一些,"他对前边的小伙子说,"但不要慢得像寻找什么东西或快停下来一样,而要像有一个紧张的乘客在指挥你开车。"

"明白了。"汽车优雅从容地前行,福尔摩斯重新戴上帽子,舒舒服服地坐好。任谁看,这都像一位年迈绅士坐的车,不疾不徐地朝前开,只有相当敏锐的眼睛才能看出其他端倪。

距离他确定的事发地点还有半英里时,公路开始攀升,然后一个急转弯,接着是一段下坡路。年轻的泰森使劲踩着刹车,福尔摩斯表情凝重地冲自己点了点头。

快到山顶时,一辆破旧的送面包的货车——这里的人称为卡车——停进了公路东侧略微平整一些的地方。另一边,一个矮小的男人临海而立,罗圈腿,短平头,衣服被海风吹得不断翻腾。他膝盖顶着防护栏,探着脖子望着边缘下方。他们的车经过时,福尔摩斯扭头看了他几眼,然后微微颦着眉,继续目视前方。

山丘脚下的海浪冲出了一小块新月形的沙滩,黄灿灿的一片。沙滩最远处,有两个人正朝路上走,手里拿着野餐篮子和艳丽的毯子。海风迎面吹来,两人全缩着脑袋。隔了这么远,福尔摩斯还是能看到他们那辆T型车在风中摇晃。

福尔摩斯对泰森说:"停在那两个人刚才待过的地方。但是先绕到另一边，车头冲北，这样悬崖那边就一览无余了。"他的声音有些紧张。年轻人点点头，掉转车身，小心地开离马路，慢慢行驶在沙滩边缘。他正在减速时，福尔摩斯说道："车轮向右靠一点，再向前十英尺。"司机全部照做。然后福尔摩斯降下后车窗，望了望悬崖，看到了他原本害怕的场景。他摇摇头，让年轻人熄了火。

"我们要在这里待一两个小时，或者更长。如果你想待在车里，一定要老老实实的；如果要走，只要待在能听到我声音的地方就行。"说话间，福尔摩斯已经从脚下拿起了那个格莱斯顿式旅行包，然后猛地拉开，拿出一副黄铜望远镜放到座位上，虽然不是全新的，但擦拭得很仔细，这也是奥伯伦为他弄来的。然后他又将手伸进袋子里，从里面掏出可伸缩的三脚架，放到地上用腿圈着。他将望远镜固定到三脚架上，将架子升到与视线齐平的高度，然后向后一靠，细细打量。仪器上任何反光部分都照不到阳光，但福尔摩斯还是将两片天鹅绒窗帘朝中间拉了几英寸。

然后他才垂下眼睛，凑近目镜，用一只手进行调整。

一个六点二英尺高的患肺结核的男人悬在崖壁上，海浪不断扑过来，想拖住他的双脚。

可恶的人，福尔摩斯心想，很愤怒又很不安。他到底要证明什么？证明他比名扬天下的夏洛克·福尔摩斯更出色？一个要养家糊口的病恹恹的男人，冒着生命危险是为了什么？赌找到十年前的证据的微小可能性？交代给他的任务是去看一看残骸，那东西肯定不在峭壁之上；让他去走访当地人，男人脚下的那条路上同样也没有符合条件的人。

福尔摩斯盯着这个瘦弱的男人艰难地从一个着力点挪到另一个着力点。他现在的心情与害得华生以身犯险时如出一辙——他当然不是有意为之——他盯着峭壁上的男人，呼吸几乎停滞。他随时可能看到男人长臂突然失控，整个人砸进海水泡沫当中。一位助手受了枪伤，一位摔得粉碎，卷进这件案子的非正规军似乎都过得很艰辛。

十分钟后，坐在驾驶座上的年轻人动了动，镜头中的山腰景象也随之一阵跳跃。

福尔摩斯冷冰冰地说道："泰森先生，你随时可以去外面看看海鸟什么的。"

片刻之后，车门开了，那位略显尴尬的小伙子从车里钻出来，小心地关好车门。福尔摩斯继续盯着目镜。

考虑到哈米特糟糕的身体状况，他这样攀岩走壁地做调查，工作着实做得全面细致。十年间的海浪拍打和太平洋的雨水冲蚀，几乎不可能找到残留的证据。但福尔摩斯两次看到那个男人小心翼翼地向某个看不见的东西摸索过去。第一次，他像三脚蜘蛛一样攀着岩壁，伸着另一只手，将某样东西撬松之后仔细检查了一番（显然，他完全没有察觉到自己的落脚点并不稳固）又扔掉了。第二次，他从裤子后袋中掏出了什么东西，凿了凿岩石缝隙，然后拿到了一样细长的东西，又是一番细心查看，不过这一次他掀起大衣，把东西塞到腰后保留了下来。

他继续审视着岩壁，灰白的头发和衣角猎猎随风。福尔摩斯喃喃自语道："哈米特，那边裸露的岩壁上一定冻得要死，这对你的肺可没一点好处。潮水要涨上来了，再有十分钟，估计你就湿透了。你瞧，兄弟，我又不是你父亲，你不用向我证明什么。"

他焦虑不安地又盯了二十五分钟左右，其间哈米特又找到一块感兴趣的东西，两次差点掉落悬崖，为了不被海水溅湿，朝上挪了三次。最后他终于仰起头开始研究返回的路线。

他站的那个地方一定非常陡峭，因为他之后又退了回来，审视右边的地势。有那么一会儿,福尔摩斯看到他直直地望着镜头,之后发现他只是在评估海滩路线的可行性。这似乎是一条可取的路线,因为他马上使劲朝山崖顶上那个弓着腿踱来踱去的男人挥了挥手,然后指向沙滩。

那个男人也马上挥手答复,然后朝面包货车走去——但是另一辆车突然开近,他只得迅速退回来。

这辆蓝色的汽车线条流畅,开车的小伙子很漂亮,车上坐着两位女性乘客。他猜对了,罗素坚持要走这条路。他也猜到,她没能说服那位以车为傲的年轻人将方向盘拱手相让。

福尔摩斯抬起头,将窗帘撩到一边,想看得更清楚一些。那个憔悴的男人开始沿着尚未被海水打湿的峭壁行进,全神贯注。头顶的马路上,罗圈腿看了他一眼,然后转向从车里走出来的三个年轻人。发型浮夸的司机侧身下车,像猴子一样动作敏捷地一路小跑,蹿到另一边,为一位黑发姑娘打开车门;另一个年轻女人起身跟上,一头金发短得有些离谱。福尔摩斯再次看向望远镜。

罗素从车里爬出来,动作僵硬,似乎忍受着伤痛或者恐慌。她站在那里,风吹过,她裹了裹厚重的大衣。弗洛·格林菲尔德说了几句话,然后伸手想扶住她的手臂,但罗素躲开了,然后朝陡峭的悬崖走去。福尔摩斯冒险瞥了一眼海边那个男人,他还在像蜘蛛一样聚精会神地在岩石上攀行。

罗素站在悬崖边缘,扶着不牢靠的护栏,就像一个星期之前倚着船栏一样。弗洛·格林菲尔德抬脚朝她身旁走去,但她的鞋并不适合在这种路面上行走,一摇一摆,很不安全,男友手疾眼快地扶住了她。两个年轻人站在安全的地方,显然在劝那位英国同伴。但罗素像被海浪催眠了似的,没有反应。不过福尔摩斯知道,她的注意力全在下边那人身上:她明显吃了一惊,目瞪口呆,手探了出去。罗圈腿走上前去,抓住她的胳膊,将她从悬崖边拖了回来。福尔摩斯这才放松,舒了一口气。

那位货车司机似乎在解释哈米特的行径,福尔摩斯千方百计地想听清他到底说了什么。不管是什么,罗素并没有立刻否决。她一脸疑惑地盯着对方,但没有表现出不相信,也没有再轻车熟路地扒着护栏,垂眼看向那名违法人员。她只是一边听男人说话,一边伸长脖子看那个头发灰白的男人走了多远,然后扭头说了几句话。

三个年轻人回到自己车里,罗圈腿也进了货车,两车一前一后沿着曲折的路朝悬崖与沙滩相接的地方而去。福尔摩斯的脸暂时离开目镜。他揉了揉僵硬的肌肉,刚把手放下来,格雷·泰森便迅速走回来,拂了拂裤腿上的沙子,坐回到方向盘后边,关上了车门。

"要赶快跑吗?"他问。

"不用,我想这两辆车会停在沙滩另一端。我们没必要逃跑,除非他们继续朝我们这里开——你可以继续看你的读物。但是,随时准备出发。"

"听候差遣。"

两个男人紧张地坐在车里,泰森的手一直在发动按钮附近晃动,直到另外两辆车开出很远之后才停下来。福尔摩斯伸开腿,重新整理了一下望远镜和三脚架。他把窗帘拉上,然后从包里掏出一把手枪,悄悄放到腿边。要说哈米特和那位面包货车助手绝不是正义的一方,无凭无据。但是他活了大半辈子,靠的不是信任。如果其中一人对罗素有一丁点不利的举动,那他会毫不犹豫地伴着引擎轰鸣和枪声惊艳亮相。出于种种原因,他殷切地希望这种情况不会发生。

哈米特侧身走了一刻钟才从岩石上下来。双脚陷进沙子时，他绊了一下，然后继续向前走。天很冷，他蜷缩着身子，踩着太过柔软的沙滩，精疲力竭，步履蹒跚，头发乱作一团，浅灰色的西装也饱受摧残。如今这副模样，与福尔摩斯见到的那个衣冠楚楚的男人相去甚远。

来到面包货车旁，哈米特从司机手中接过帽子和酒瓶，背倚着车身，忽略了越走越近的新游客。他闭着眼睛，喝了一大口，又一大口，然后身体微微颤抖了一下。他将酒瓶交还给罗圈腿，背离开车厢，打开货厢门放下，然后坐到上面，垂着头，脚踩着地，很明显在积攒力量。片刻之后，他的右手偷偷绕到背后，好像在腰带附近挠痒一般，然后又伸直了手臂。他双手一抬，将头发拨弄服帖，然后整理了一下领带，拍了拍一条裤腿膝盖处的污迹，虽然没起什么作用，最后他将手伸进衣服内兜，掏出布尔达勒姆烟草袋。

哈米特卷着烟，手法夸张，超出了正常的仔细程度。他正上下摸索自己的火柴时，刚才驾着另一辆车的金发时髦小伙走上前来，手里举着一只打火机。

这只纯金的打火机表面光亮，与大衣和汽车浑然一体。金发男人或许只比哈米特小一两岁，但看起来像个孩子——显赫的家族，无忧无虑，自然能造就出这种气质。哈米特弯腰借火点，半眯着眼睛坐在那儿，先四平八稳地吸了三四口，然后左手夹着烟，右手食指上推了推帽檐，抬头望向那个高挑的金发姑娘。星期五晚上，他的新雇主在地下酒吧监视的正是这位。

玛丽·罗素，夏洛克·福尔摩斯的妻子，她冲哈米特笑了笑，以示无害。"刚才看您攀岩真是惊险。"

"那么做可不是为了玩乐。"

"那您是为了什么呢？如果您不介意我问的话。"

"和你有什么关系吗？"他直言，又将烟举到嘴边。

过了一会儿,她说:"我认识的人死在了悬崖那里。您当时待的地方与事发地点正巧吻合,这让我觉得很奇怪。"

"哦,这样。我倒认为,那个拐角害死了不少人。但是我的公司只对去年12月份因事故死亡的两个人感兴趣。跟你所说的是同一起事故吗?"

"不是。"

"那我就帮不到你了。"

"您是哪个公司的?"

"弗雷斯诺共同社。"他回答,然后拿出钱包抽出一张名片,是业务员的职业习惯,"有人打电话来提醒说,我们可能给一辆空车支付了死亡抚恤金。你瞧,没有人的时候总会有问题。"

"我明白了。"她盯着名片说道。

"那,"他吸了最后一口,然后将烟蒂弹到沙滩上,"我恐怕无法理解。我冒着肺炎和生命危险,结果基本一无所获。如果没有我能帮忙的地方,那我现在需要去喝一杯,烤烤火,再找一双干袜子。"他站起来拍了拍帽子,瘦长的身躯钻进了后车厢。

福尔摩斯透过望远镜看到了这行云流水的一幕,心里不禁钦佩。哈米特一次都没有泄露他从悬崖那里找到的到底是什么东西——即便是罗素都没注意到,他偷偷将别在后腰的什么东西转移到了车厢地上。

福尔摩斯很想听那段对话,但不幸的是,他的读唇能力已然荒废,而且不管怎样,适用于距离更近的情况。他只跟上了只字片语——几乎没读懂哈米特的话,因为大多数时间只能看到他的侧脸,但是他获取了这段简短的对话中罗素所说的部分,莫名其妙地觉得很安心。

形象与面包货车不太相符的乘客上了车，罗圈腿司机掀了掀帽子，关上货厢门，小跑着绕到驾驶室，发动了车子。一股浓烈的青烟喷出来，弗洛和年轻小伙子赶忙闪开，罗素却站在原地，看着货车进进退退地掉了头，一溜烟向北边陡峭的山坡爬去。

三个年轻人并没有立刻回到车里，而是讨论了一番。其间，弗洛指向高处的那条路，罗素盯着货车的背影，唐尼坐在踏脚板上抽着烟，望着海浪，最后似乎达成了协议。福尔摩斯冒着被发现的风险，在罗素钻进后车座时瞥了最后一眼她的脸庞，然后将设备收起来，拉紧窗帘，仅留了一条缝。

"泰森先生，请待着别动，靠着车坐好，装出一副百无聊赖的样子，那辆蓝色汽车经过时要盯着它看，就像这是一个小时之内发生的最有趣的事情。"

他们听到车子起动，接着是引擎的声音。车子挂好挡，加速驶到马路上，飞驰而过，绝尘而去，最后，只留下海浪冲刷海岸的声响。福尔摩斯用一根手指将天鹅绒布挑开一些，瞄了瞄窗外，山路上以及后边的山坡上已经空无一人了。

他坐回墨绿色的皮质座椅，然后将手枪塞进旅行包，一边将望远镜从三脚架上拆下来，一边对小伙子说："现在我们回城。"

"完了？"

"完了。"

回酒店的路上，格雷·泰森周身散发着愤怒的气息，咔嗒咔嗒地换挡，这辆车之前可没遭受过这般待遇。转弯时他也不减速，磨得轮胎发出尖锐的抗议声。这本该是一次令人兴奋的出行，却没想到败兴而归，像受潮的烟花一样。

而他现在觉得，坐在后座上的是一位真正的菲洛·万斯[1]。

1　Philo Vance，美国侦探小说家凡迪恩塑造的侦探形象。——译注

十六

对于福尔摩斯来说,星期日仍是徒劳无功的始作俑者:这个世界为什么那么热衷于休息,给一位辛苦工作的侦探带来巨大的不便?

这个星期日也不例外。车刚回到酒店,福尔摩斯就给那位气鼓鼓的年轻司机付了钱。天色尚早,还不到傍晚,今天还剩下大把的时间。他拎着旅行袋回到房间,将身上的花呢衣服换下来,穿上与城市更匹配的正式服装,然后说服餐厅准备了热腾腾的晚饭,尽管还未到用餐时间。他吃完之后,天还没有暗下来。

他开始读报,又盯着城市地图探究了一阵,消磨了一斗烟草和两支香烟,然后动身去了电报局,希望有华生回复的消息。但是当值的男人似乎很不开心星期日晚上还有人打扰,直接告诉他关门了,而且今天没有欧洲发来的电报。

至少,福尔摩斯回到酒店时天已经黑了。

而且,前台有哈米特的留言。

他走出酒店,沿街一直走,最后找到一部公用电话,拨通了留言上的号码。一个男人接了电话:"喂?"电话那头环境嘈杂,能听到五六个男人说话的声音以及碰杯的脆响:是酒吧。

"哈米特先生在吗?"

"在。"那个声音回复道,没有任何音调起伏,然后将听筒咚的一声放下。片刻之后,福尔摩斯听到那个瘦弱男子的咳嗽声越来越近。

"是你吗?"哈米特的声音问道。

"我看到你留的消息了,说让我打这个号码。"

"你现在在酒店?"

"在酒店外的大街上。"

"正好。你能找到我们那天喝酒的地方吗?"

"可以。"

"再往北走两个街区,有一家小饭馆。我五分钟之后到。"

两人都挂了电话。

福尔摩斯准时到了那家位于埃利斯街的小饭馆。他看到哈米特面前的盘子里摆着排骨和烤西红柿。瘦削的男子已经回过家,换掉了那套脏兮兮的灰色西装,现在穿着浅棕色格子的衣服,变回了应有的模样。他瞥到福尔摩斯走进来,但仍继续和漂亮的服务员打趣,虽然在福尔摩斯看来,这个男人弱不禁风,调戏他似乎并不是习惯性行为。哈米特终于拿起刀叉,开始处理盘子里的食物,好像吃饭也是一项要解决的任务。福尔摩斯看着对方将食物切开、咀嚼、下咽,越等越不耐烦,但是很快哈米特将餐具放到盘子上,将杯子里的橙汁喝完,然后从胸前的口袋里摸出一个小笔记本。

他将本子摊到桌子上,重新拿起刀叉,手上的动作和缓了一些。

"今天上午见到尊夫人了。"他一边咽着食物一边说。

"是吗?你们说话了吗?"

"只交流了几句。她看到我在事故发生的岩石间爬上爬下,问是不是有趣,我说不,不好玩,然后又胡扯了一些公司调查某起'死亡'事故保险诈骗之类的废话。"

"她信了吗?"

"应该信吧。"福尔摩斯心想或许这就是理由,如果罗素心有疑虑,那她肯定会多问几个问题的。

"你为什么等到今天才去呢?"

"我想首先要先了解一些有关汽车的线索,然后走访一下当地的修理厂。这两件事星期日都办不成,但悬崖随时都在。"

"但是你为什么觉得有必要爬下悬崖?"

用词柔和,但是福尔摩斯的声音中听得出怒气,哈米特不禁抬起头。愣了一会儿,他眼角收紧。"等一下。你知道我今天在那儿。你找人监视我?"

"我没有。"

"你也去了?哪里——那辆皮尔斯箭头老爷车,天鹅绒窗帘,对吧?"

"对。"

福尔摩斯等着看这个男人会不会生气。只见他略略思索,然后耸耸肩。"我想那是你的事。"

"你还没回答我的问题。"

"什么,我为什么攀岩走壁?因为有必要。我觉得海浪会把有些东西冲到岩石后面,所以值得一瞧。或者,你想问的是,要做这样的事,我的身体会不会太勉强?"

"很明显不是这样。但是做事英勇比怯懦更不受我信任。遇上笨蛋,什么事都有可能发生。实际情况通常也是如此。"

"这不是英勇,而是常识。"看到福尔摩斯充满怀疑的眼神,这个年轻些的男人叹了口气,然后拿起叉子,将吃了一半的排骨拨来拨去。"你看,我得的这个病比较畏惧坚韧不屈。在肺结核病房里,那些惜命的人通常死得最快。那些继续正常生活的人,则更有可能摆脱它的困扰。我睡眠时间很长,但是从不惯着自己。"

福尔摩斯盯着这个年轻男人,他骨瘦如柴,但身姿挺拔,肩膀放松。

"总有人说我鲁莽轻率。但是别再为我的事冒生命危险，听到了吗？算了，你有什么收获？"

"我想，你岳父似乎对汽车很狂热。"哈米特的注意力再次转移到盘子上，怒气随之消散，"那个麦斯威尔汽车经销商记得很清楚，说他是第一个也是最忠诚的顾客。似乎从1908年开始，他每年都会买一辆新车，直到最后这辆断送了他们的生命。欧洲战争爆发之前，他刚刚提车——也就是1914年4月中旬。店主甚至觉得他会将新车海运到波士顿，他应征入伍之后家人便搬去了那里。"

"没去英国？"

"说是波士顿，因为英国当时也不是最安全的地方。回头看来，我真的觉得你岳父是个聪明人。"

这是实话。1914年夏天，世界上大部分人都觉得圣诞节之前战争就会结束，若要送英国妻子回娘家，大多数男人都不会犹豫。

服务员认定她的客人已经基本用餐完毕，于是问都不问，便将两个盛着咖啡的白色厚马克杯端上桌，然后撤掉吃了一半的晚餐，同时摇了摇头。哈米特在餐巾上蹭了蹭手指，喝了一口咖啡，然后从旁边的座位上拿起什么东西，放到两人中间的桌子上。

"你知道这是什么吗？"他问。

这是两段弯曲生锈的钢条，即便不仔细观察，也能看出原本属于一根更长的整体。较长的那一截顶端有一个球形接头，底部受损，整个长度大概有十七英寸，因为长期裸露在自然环境中，所以坑坑洼洼的，粗糙的表面还粘着沙粒。福尔摩斯摸了摸不平整的末端：不是折断了，而是锯开一半，然后用力掰断的。

另一截稍短一些,只有一英尺左右,而且同样锈迹斑斑。它的表面没有小坑和沙子,说明在这么长时间里一直它被周围环境所保护。其中一头和较长的那根相似,锯了一半,然后被掰断。但是另一端切口很新,而且很整齐,是整个锯下来的。

哈米特指了指短钢条齐整的那一端,"我觉得没必要把整段都拖过来,所以就把我们需要的部分切了下来。在我看来,这两节就说明问题了。"

福尔摩斯将两段钢条放在桌子上,一根磨损严重,一根相对干净,断口可以对上。

"我一直害怕事实真的是这样,我明白,哈米特先生,我知道这是什么。战争爆发之前,我在芝加哥做过一阵子修理厂技工。这是制动杆,或者更准确地说是制动杆最关键的部分,而且我也赞同你将所需部分切下来——作为证据而言,没必要将半辆车长的一整根钢条拖过来。这是汽车的哪一侧呢?"

"左侧。"

"所以,不管是谁动的手脚,他肯定知道这家人去南部时会经过这段路。"

"我……是,我觉得他们知道。"

"不涉及什么假设。左侧制动杆承受压力失灵,汽车会突然偏向右边,在那段山顶弯道上,就算没有其他车辆路过,制动杆也一定会断。"即使没有其他车辆,即使没有后座那两个吵闹的孩子,罗素的父亲开到那里也随时会踩刹车。玛丽·罗素的糟糕行为跟这件事毫无关系。

"做这件事的人很聪明,"哈米特附和道,"据我朋友说,如果整个切断,那罗素先生在到达山顶之前一定会发生事故,绝对开不到那么远。"

"不过我得承认,他一定是个非常谨慎的人,才能把一辆刹车情况如此糟糕的车开出旧金山。"

哈米特面黄肌瘦的脸放松下来,满意地咧嘴一笑,"他们在塞拉海滩停下来吃了一顿午饭。那座小镇再往前一英里就是那个山丘。"

"车停在视线范围之外了?"

"其实,他们吃饭时将车停在了修理厂,给车加油,同时补漏气的车胎。修理工将轮胎卸下来修好,我只是稍稍提醒了一下,他就全部记起来了。因为第一时间听说车祸发生就是当天,他害怕得要命——他想或许自己没把轮缘螺栓拧紧。他甚至去了现场查看。被烧毁的外壳四脚朝天,看到四个轮子全都安然地待在原位时,他终于松了口气。"

"干净的那段制动杆一直是他在保存?"福尔摩斯伸出一根手指轻推了一下那段。

"对。事故发生大约一星期之后,他和哥哥,也就是修理厂老板,套了两匹马,然后将残骸从岩石间拉了出来。因为落下时整个翻了过去,所以大火全扑向了半空,呼的一声,滚烫迅猛,然后就结束了——他哥哥觉得,或许可以捞些引擎部件。事实的确如此。底盘仍在修车厂后面,也就是车的骨架,彻底分拣过了。顺便提一句,哥哥在1920年夏天赛车时出车祸去世了。"

"那他不记得车停着的那段时间有人对车动过手脚?"

"不记得。卸车轮,补胎,再装上,打好气之后,就将车挪到一旁了。"

"那罗素一家每次去南部时,是不是都会在那里稍作停留?"

"我不知道,但是开到半路停一下也合情合理,要让孩子们舒展一下腿脚。"

"这谁都能预料到。"

"是的。"哈米特垂眼看着较长的那段钢条,摇摇头,"用这种方式害死了一个女人和一个孩子。我非常乐意帮你解决这件案子。"

福尔摩斯一直觉得这算不上需要解决的案子,直到哈米特找到这两段锈钢条。他已经欠了他很大的人情。而且之前他不明白,为另一方工作的男人将迄今为止找到的唯一铁证交给他是何用意。之前遭到他威胁的这位新助理和罗素一样独立,只是缺少罗素和华生的精力,但是现在福尔摩斯发现自己开始喜欢他了,以后会多一些信任。

"警局里有你信得过的人吗?"

哈米特大笑,"你在这里待的时间太短,没听说过关于旧金山警察的传闻。他们是最棒的推磨鬼。"

"明白了。有没有收了你的钱,而且不出卖你的人?"

"一两个吧。你有什么打算?"

福尔摩斯掏出钱夹,抽出一张纸,在上边写了些字,然后放到哈米特面前,"我想搜集更多关于这三个人的信息。查尔斯·罗素是我妻子的父亲,死于那场事故。这是他家的地址,而且我想弗勒德大楼有他一间办公室。我听说1906年大火期间,他卷进了你们所说的'见不得光'的事儿,我想还是要先确定他没有前科。"

"是什么事?"

"我只知道这些。"

"好,我试试能不能查到些什么。"

"另外两个人,只是想确定一下他们提供的帮助实际上不会造成阻碍。首先是奥伯伦,他是圣法兰西斯酒店的经理。我不知道他的教名,也不知道家庭住址。最后一个是名中国人,书店店主,人们都称呼他汤姆·龙,中文名字叫什么都有可能。这是他书店的地址,在唐人街都板街。"

"奥伯伦和龙,知道了。"

"那我们明天晚上还在这里碰头?就定八点?"

"可以。"

"哈米特,今天晚上什么都别干了,补补觉吧。"

"说得没错。"他说。福尔摩斯把钱放在马克杯边,伸出两根手指向服务员晃了晃,戴上帽子,然后拖着笔挺的棕色西装包裹着的那把骨头,走进了夜晚的雾中。

将两段有些年头的钢条放到房间那头的袜子抽屉里,他心满意足,安心地上床睡觉了。

星期一早晨,他起得很早,吃过饭,洗漱好,还没到八点钟就带着那两段钢条出了门。在附近找到一家摄影工作室,将阿德利女士给的照片留在那儿,说了说要求。走出店门后,他朝电报局走去,选择的路线让任何跟踪的人都会暴露。他到了电报局,一路无人尾随。那个男人告诉他刚开门,所以还没收到任何电报,让他晚些时候再来。于是福尔摩斯就去找银行。

找到一家已经开门的,他走进去,用"杰克·华生"的名字租了一个保险箱,然后将证据放了进去。交给奥伯伦先生保管或许也非常安全,但是在不了解他人承受力的情况下,不应该交付太重的使命。而且奥伯伦先生的可信度有待证实。

在脑子里回想了一下街道地图之后,他乘着那辆开往城市尽头的有轨电车,直奔悬崖之屋[1]和苏特罗海滨浴场而去。到站下车后,他走向南边星期二傍晚和罗素散步的沙滩。这一次他不再关注沙滩,而是对书店店主的父亲救下拉比之女的地方更感兴趣。

---

1 Cliff House,一家酒店,旧金山最悠久的地标之一。——编者注

餐厅坐落的悬崖直直地从沙滩上拔起,四周散落的岩礁见证了其转变历程,海边乱石堆叠,为海鸟和嗷嗷叫的海狮提供了太阳浴场。沙滩上有几个孩子在玩耍,两个小男孩将一个鲜艳的风筝放到海面上空。福尔摩斯爬上岩礁,掏出了烟斗。这确实是个险恶的地方,很容易忽视身后的大海。波浪很快延展成一条线,白色的浪重重地拍打着黑色的峭壁。他想象得到,一到冬天,这些海浪就成了杀手。

烟斗渐渐冷却,福尔摩斯往岩石上敲了敲,将灰倒出来,然后踏上了归程。刚过中午,他又一次推开了电报局的大门。这次那个男人瞪了他一眼,但将两个信封甩到了桌子上。

"你看,"他没好气地发表意见,"若交给送信的小伙子送,谁都更方便一些。"

为了安抚他的情绪,福尔摩斯给了一笔小费,说这是送信小伙子本来可以赚到的,心里却一点也没指望这钱能转交到那孩子手里。怒气得到了平息,福尔摩斯拿着信出了店门。

路过三家店之后,饭香将福尔摩斯吸引了进去。点餐有些随便,相较于午餐,他现在更希望有一张清净的桌子。最后终于得偿所愿,他咽了口咖啡(典型的美式咖啡:滚烫,寡淡,没得选),抽出较厚的那封信,用拇指挑开封口。是华生从马赛发来的,这或许是这位优秀的医生写得最长、付钱最多的一封电报:

找到了你说的事务长,但随后他因出航延误,收到公司训诫信。应无碍。莉莉·蒙特拉,萨凡纳人,塞得港登船,参加了某支伦敦出发,途经孟买,前往加尔各答的乐队。虽不确定,但事务长觉得她的到来出乎意料。穿过苏伊士运河及红海时,蒙特拉抱恙,但胃口很好,一直待在房间,后在亚丁突然下船。事务长记得她问过你二人之事，重复一遍，是你二人。知道你们所买船票继续向东，途经加利福尼亚。到亚丁之前，未制订继续旅行计划，但她问过有无继续东行的其他船只，飞机亦可。据描述，身形高大圆润，棕发棕眸，有视力欠佳可能，戴深色眼镜，避亮光，浓妆艳抹，符合演艺人员身份。偶尔与纽约号手费迪尔·诺尔共处一室，希望你不认识此人，福尔摩斯。若有其他需效劳事宜，请告知。华生。

在读第三遍时，福尔摩斯意识到那碗鱼羹已有一半下肚，味道尚可。之后他用餐速度慢了一些，顺带消化刚才的消息。

虽然不如他和罗素预想的那么完整，但够用了，而且非常及时，完全满足了他的期望。显然，华生不得已动用了所有的权威人脉，保证自己没因为船要启程而被丢下。老华生真好。

他又撕开了另一封较短的电报。

经查，苏塞克斯或伦敦无人询问关于福尔摩斯及罗素之事，抱歉。是那封致《泰晤士报》的关于你在肯特拦停火车之鲁莽行为的信吗？你或许不知，一名读者在1月5日指出，1月4日那篇关于火车拦停的文章忘了说明拦停火车之人像极了一位福尔摩斯先生。名声之代价。迈克罗夫特。

福尔摩斯的勺子悬在半空，考虑着其影响。他读过1月4日的报纸，正如迈克罗夫特所说，上边的确有一篇关于那辆火车的短文，当时他和罗素被逼无奈一定要赶上那趟车。火车在白雪覆盖的肯特荒原停了一站，但这一停在计划之外。

他没看到第二天的报纸，因为当时已经出了海。报纸零星来了几份，而且都已过时，所以成了奢望。再者，他当时忙于其他事情。

迈克罗夫特当然不会进一步关注这个问题，因为福尔摩斯没有告诉他症结所在。看来需要再发一封电报。

但还是解决了案件最初的一个棘手问题，他一边想一边将那片筋道的面包切成小块。印度之行很突然，是计划之外：那个萨凡纳女人——莉莉·蒙特拉应该是化名——出现在他们船上可能是巧合，也可能是老谋深算。若是巧合，福尔摩斯尚且应付得来：天知道这些年他到底得罪过多少人，偶然遇到其中之一也是常事。但如果她的出现经过了深思熟虑，那潘多拉的魔盒便已然打开，各种难题将不断涌现。这说明，她知道他们在英国的所有行程，比他们自己知道得还早。其情报水平，外加几乎能即时安排她登上他们所乘船只的能力，都说明这是一场巨大的甚至恐怖的阴谋。

另一方面，这个女人公然向托马斯·古德哈特询问过他在甲板上结识的那位年长男人。此外，如果他们在亚丁集市上遭遇的阳台当头坠落案不是意外，而是目的明确，那可称不上精明。或许很聪明，而且也比较有效，但一个团伙若有制订计划的时间，本可以在山上安排狙击手，或在船舱里装炸药，或者安排其他各种致命的埋伏。

巧合还是阴谋？根据华生的信息，可以轻松得出第一个结论：这是一位宿敌，碰巧在船上，碰巧在被发现之前认出了福尔摩斯，之后的航程一直躲在船舱里，遇到了第一次动手时机，便下了船——没忘记先制造一起阳台谋杀案。如果真是这样，那遇到规模庞大的内行组织这种可能性所带来的恐慌，便排除在考虑范围之外了。

但迈克罗夫特发来的消息带来了另一种微小的可能性，

于是事情又复杂了：星期六早晨，某人在《泰晤士报》上看到了夏洛克·福尔摩斯的名字，之后用了三天时间（以及强大的财力），在轮船到达之前赶去塞得港。虽说非常困难，但有可能实现。

但是，不管是因为巧合还是出于才华，这个"蒙特拉"女人都出现在了船上，专门打听过他们的事，知道他们的航行计划中包括了加利福尼亚。姑且不想她如何上的船，但假设她在船上打听，而且是有目的的。根据这些可以推断，她先到加利福尼亚，然后等他们上岸再伺机动手。

星期三罗素回来之前，他有事可忙了。

最重要的是先确定两位潜在的盟友，哈米特和龙，哪位更值得他信任。

他转身返回电报局，给迈克罗夫特发了第二封电报：

> 急需了解1月6日、7日或8日，有无一女性紧急筹划赶往塞得港。望安好。夏洛克。

福尔摩斯并不习惯感情外露，因此在最后几个词上犹豫了一会儿，但也没再改。他确实希望哥哥安好。

走出电报局，他掏出表一看，刚过下午两点，距离与哈米特碰面还有六小时。他乘公交车回酒店，收到两条留言。一条是星期五那天罗素去的那家医院留下的，上面说利亚·金兹伯死于1915年1月26日，当时的调查员名为詹姆士·罗利。福尔摩斯塞进口袋，想晚上拿给哈米特看，但又突然停住，将内容抄了一份，原件放到了罗素的梳妆台上。

另一条是一份名单，上面写了四个名字，是女人的字迹，细若游丝，即使不看信纸上边压花的地址，都能猜到这是赫尔迈厄尼·阿德利的留言。

他将这条留言装进口袋,下午剩下的时间都用来寻找这四人,结果令人沮丧。

刚过八点,福尔摩斯有气无力地走进埃利斯街上那家烤肉店,发现哈米特看上去更加疲惫,面前的桌子上放着半瓶酒。福尔摩斯什么都没说,接过一杯生威士忌,借着火暖了会儿身子。服务员来到桌边,哈米特点了餐,福尔摩斯告诉她自己点一样的。哈米特端着第二杯酒往后靠,点起烟,呼出一口气。

"看来,你今天和我一样幸运。"他对福尔摩斯说。

"我在想,到底是哪条宇宙通则规定所有的目击者要么失踪,要么发疯,要么是完完全全的蠢货?"福尔摩斯说道,"退休的送奶工出城去圣何塞拜访姐姐了;罗素家的一位老邻居花了一小时才确定他印象中的'犹太好姑娘'其实不是茱蒂丝·罗素,而是5月初住进金山公园的那群追求享乐的女孩之一;另一位邻居坚持认为我是富勒牌刷子的推销员,拿着他买的那把散架的扫把追了我一路,最后被追上来的女儿拦了下来。他女儿还告诉我,自从1903年他老婆跟扫把推销员私奔之后,他便一直非常抵触从事这个职业的人;茱蒂丝·罗素去的那家犹太教堂的拉比是个年轻小伙子,他说在透露任何姓名之前必须问过长者的意见。整个下午,我只完成一件微不足道的小事,那就是安排了清扫烟囱,这样有人住进房子后就没有失火的风险了。"

哈米特笑得像只猎犬,"私人侦探的快节奏生活——不觉得很棒吗?"

"我真心希望你的故事不像华生写的那样美化,他天天为妻子和自己的事忙得不可开交,所以根本不知道在他看不见的时候我投入了多少时间。"

"不会,我写的故事更现实一些。但你知道,在编故事时会跳过一些无聊的细节。"

"我想确实必须如此。怎样都好，哈米特，你今天有什么想说的吗？"

"比你的多不了多少。"他从口袋往外掏笔记本时晚餐上了桌。他将本子翻开，一边吃一边报告，"那个南方女人用的纸是便宜货，我花了好几个小时去查，但最后确定只会浪费我的时间，浪费你的金钱，如果你希望我接着查，可以，但——"

"我们先将纸张的问题放一放吧。"福尔摩斯说道。他盘子里的只是羊肉而不是羊羔肉，但烤得不错，而且他也饿了。哈米特继续说："之后我便一直和警察待在一块，他们对你那位中国朋友一无所知。你知道他父母被谋杀了吧？地点与你给的那个地址相同。现在多多少少有案底可查——虽然位置并不靠上。警察找他问过话，但他说自己当时在学校——他在芝加哥读医学院——后来得到了证实，也就洗清了嫌疑。文件中唯一有意思的是，有人质疑两个中国用人哪儿来的钱买下唐人街的一栋三层小楼。之后没有就这个问题进行跟进，可能是认定那个老家伙在旁边经营着鸦片窝点之类的，或许可以查到些什么。"

"没什么好查的。"福尔摩斯打消了他的念头，"其他的呢？"

哈米特手里的刀叉停住了，仔细揣摩着眼前这个年长些的男人，然后耸了耸肩："你说了算。奥伯伦名叫霍华德，年少时因为设牌局被起诉过，但之后没犯过什么事。"

"等等，他现在将近五十岁，我记得，所有的记录不是都被1906年的大火烧毁了吗？"

"警局档案幸免，虽然变得一团糟。毁掉的是市政厅里的文件，出生证明、产权书，应有尽有。如果你名下有房产，天知道你什么时候可以证明这件事。但是很久之前醉酒被捕的案底会一直跟着你,就和鞋子里消散不了的臭味一样。总之,结论是这位小伙子和其他前台没什么区别,没有经营什么正经行当,但只要你出得起合理价钱,他可以为你弄到所有你需要的东西。"

那么,奥伯伦和他期望的一样,是清白的。

"至于你妻子的那位老朋友,他堪称道德模范。出身豪门,但之后的事你也知道。被逮过一次,当时和他待在一起的朋友喝多了,砸了几扇窗户之类的。在警局关了一宿,赔钱修理,之后便再没有犯过事,至少在旧金山没有。"

查尔斯·罗素当年二十三岁,刚走出大学校门,四年后去了欧洲,遇到茱蒂丝·克莱茵,后来结了婚。"你知道和他一起喝酒的都有谁吗?"

哈米特伸手取过笔记本,撕下其中一页推到福尔摩斯面前,算是回答:

> 托马斯·奥克塔维奥·霍奇斯(旧金山)
> 马丁·沙利文(旧金山)
> 罗伯特·格林菲尔德(纽约)
> 劳伦斯·高登伯格(纽约)
> 卡尔文·弗朗西斯·奥马利(旧金山)

福尔摩斯研究着这几个名字,他唯一认识的是罗伯特·格林菲尔德,这位可能是罗素的儿时朋友弗洛的父亲。"你对这几个人有什么了解吗?"

"没有,一小时之前我刚拿到这份名单。你想让我查一查他们?"

"我们先归到待办事宜清单中吧。但是,在此之前,我们要先查这位。"他从口袋里掏出在酒店抄的那页纸,"龙家人被杀害之后两周,这个女人也被杀了。这是她家也是办公室的地址。是位精神科医生,有恩于我的妻子。"

哈米特的眼睛从纸上抬起来,与福尔摩斯四目相接。"你妻子的医生、用人、父母,甚至她自己,都先后遭到了暗算。"

"她后天回城,我想在她回来之前将这件事摆平。"灰色的眼睛染了冰霜和戾气。

片刻之后,哈米特移开视线,将那张纸夹进笔记本。

"那我想,还是抓紧开始工作吧。"

第三部

罗 素

十七

星期天上午，天气晴朗，海风呼啸。我站在路上，离崖边只剩几英寸，低头看着夺走家人生命的岩礁。十年了，有些东西变了，有些却一如往日。比如，防护栏修好了，但是阻拦海水的岩礁轮廓清晰可见。若走到距唐尼的车前灯十五英尺的地方，倒在地上，头歪向西面，眼前的形状会与铭刻在脑海中的形状完美契合。我从车后座飞出去，摔到了那片粗糙的路面上。和我争吵的弟弟有些恼怒，开车分心的父亲坐在前面，手撑在仪表盘上、张着嘴想喊"小心"的母亲——车上其余三名乘客全都静止在原地。唯独我被甩出车外，重重地摔到路上，遍体鳞伤。那一刻我只能面对大海躺着，目瞪口呆，眼睁睁地看着汽车掉下去不复存在，眼睁睁地看着汽油爆炸，燃起一团熊熊的火焰，我只能眼睁睁地看着。另一辆开来的汽车急转弯，滑行一截之后停住了。之后车上迈下来一双腿，接着又是一双。其中一人一边急忙跑到我身边，一边不知所云地喊叫着些什么；另一个人朝支离破碎的护栏跑去，片刻后迅速撤了回来，紧接着汽油燃烧喷出的烟云便呼啸着冲到了岩石上方。

第二个人也奔过来，我缓缓闭上了眼睛。

父亲开着崭新的麦斯威尔爬坡时，我正叽叽喳喳地和弟弟拌嘴，性命攸关的关键时刻，我却分散了父亲的注意力，我害死了一家人，却独活了下来。十年了，我只和两个人讲过在这场灾难中我扮演的角色：首先是金兹伯医生，五年之后福尔摩斯也知道了。她的安慰，让我暂时缓解了痛苦；而福尔摩斯为我提供了情绪保险柜，让我把这段记忆锁了进去，我能看到模糊的影子，但不再为此神伤。

若有人之前就告诉我，我必须回到这里，那踏进旧金山后的第一件事，就是雇一辆满载炸药的货车，将整个峭壁夷平填海。盯着浩渺的灰蒙蒙的太平洋，我仍不确定自己为何最终还是来了这里。或许是因为福尔摩斯的话，或者是他说话的方式，让我觉得有必要而且必须来一趟。

"玛丽？"是弗洛的声音，我想她肯定喊了我好几遍，因为听上去很担心，而且一只手还抓着我的胳膊。我意识到下了车之后她就一直在我身边打转。"玛丽，现在走吗？我觉得并不需要——"

"不用，我没事。"我眨了眨眼睛，情绪褪去了一点点。脚下的这片土地是世界上我最痛恨的地方，我本该在这里被下方的海浪吞没。但除此之外，这里只不过是一段崎岖的山路，只不过是铺设时太过靠近人世的边缘。

我注意到这里还停着另外一辆车。似乎是面包师的货车，虽然站在路对面那个罗圈腿男人长得并不像面包师。我朝他走过去，进一步确认了这一点：他指甲缝里、靴子上、毛孔里残留的不是面粉，而是油垢。他头上虽然戴着一顶帽子，但手里还拿着一顶，在粗糙黝黑的手指间转来转去。我走到这位面包师机修工的附近（我下意识地分析，星期日不用送面包，借车的好时机），站到悬崖边，望向大海，广袤的绿色渐渐融入了灰蓝，点缀着星星点点的白，海平面上飘着一层薄雾。然后我低头向下看。

一个男人正沿着岩礁前行，脚下十几英尺便是海浪。他没戴帽子，红发，但很大一片已经变成了灰白色，在风中肆意招摇。在深灰色的外套和下方暗灰色的岩石中间,这是最亮的色彩了。他侧身走着,目标明确,心无杂念,只考虑手脚落在哪里最安全。不管是为了什么爬下去,他现在已经找到了东西,或者认定已经找不到了。我甚至丝毫不觉得他可能是为了锻炼、试胆,或者醉酒胡闹:他这个年纪的人没什么理由是不会以身犯险的。而且他的同伴,那个手里拿着灰色帽子的机修工,与那个在危险中步步为营的人相比,更没有醉酒的迹象。

我迎着风大声喊道:"他丢什么了?"

男人抬起头,有些吃惊,不知是因为我的话还是因为我突然出现,打断了他高度集中的注意力。"什么?"他半扯着嗓子问道。

"你的朋友,他把什么东西丢到那里了?"

机修工摇摇头,然后继续盯着崖壁,"我不知道。他也不是我的朋友,只不过是雇我开车将他拉到这儿。"然后他再次摇头,喃喃自语。我走近些,想听清他的话。"把帽子交给我就下去了。都没拴条保护绳,该死的笨蛋,若是他掉下去摔死自己,我怎么跟他妻子交代?就应该说不,你自己打车吧,就该这样。"他的声音被风吹散了,眼睛依然牢牢盯着出钱雇他的人,好像那位攀登者全靠他的眼神才能贴紧崖壁。

不过几分钟时间,下面的男人爬过了最险峻的地方,接下来的路段相对笔直,通向沙滩。机修工动了动,将毡帽在腿上一拍,渐渐放松下来,直起腰背。"好了,我要去下边把他接上来。该多收些钱,被他吓得少活好几年。"

我在悬崖边又站了一会儿,然后转身走开对弗洛说:"我们也下去吧,看看那个男人究竟在做什么。"

我满怀期待地钻进车里,没给他们讨论的机会。唐尼扶住弗洛的手肘走过凹凸不平的地面,因为那双系带凉鞋更适合城市道路。弗洛的右手牢牢扣在帽子上。

唐尼将车开到山脚下，停进路旁停车处，挨着那辆面包货车。我们下车，站在货车司机旁边等着。登山者从岩石间冒出来，走到沙滩上，因为筋疲力尽跟跄了一下。下来之后，我对他的年龄和身体状况进行了重新估计。他头发很密，白得过早——他比唐尼大不了几岁。但是就像机修工说的，这人身体并不好，我觉得实在不适合在险峻的岩石间攀来爬去，找什么丢掉的东西。当他结结实实地靠到货车货厢上，用两只手颤巍巍地卷好一支烟时，唐尼走到我身边，递火帮他点着——与其说是出于礼貌，倒不如说是担心若让这个双手颤抖的男人划火柴，他会烧到自己的外套。男人接受了这份好意，静静地享受了一会儿，然后抬眼打量着我，眼神古怪，就好像我们曾经遇见过。但我确定没有——若见过，我肯定记得住这张脸。

"刚才看您攀岩真是惊险。"我语气温和，想打破沉默。

"那么做可不是为了玩乐。"他不屑一顾地回答。

看来这位绅士并无心给出妙语连珠的回答，很好，那我也可以开门见山了，"那您是为了什么呢？如果您不介意我问的话。"

他不想透露任何信息。但我常遇到这种情况，先介绍几句与自己有关的事情，便可以打开话匣子。

所以我告诉他，我认识的人死在了这里，于是他便开始滔滔不绝。

他似乎是保险公司调查员，来查一起可能作假的死亡索赔。而且这个拐角堪称车辆杀手，声名狼藉。

确实如此。

他抽完一支烟，而且看样子还喝了司机几口酒，然后拍了拍灰色的软呢帽，爬进了货车后座。另外那个男人随后关上了车厢门,然后匆匆绕到了驾驶室。不一会儿,货车掉过头,向北开回去了。

弗洛递过来一包什么东西。"要口香糖吗,玛丽?"

"谢谢,不用了。"我说。然后她径自打开,塞进了自己漂亮的嘴巴,"好吧,那我们现在可以走了吗?在这里吸烟风太大,而且站得我都快冻死了。"

"我想,或许我们可以返回塞拉海滩喝杯酒什么的。"

"返回?玛丽,实际上我们现在有些耽搁了。而且天黑之后在不熟悉的路上开车可是个苦差呢。你不觉得吗,唐尼?"

"哦,也没什么不好。"他说,但我们都能听出他声音中的迟疑,"如果你们想体验颠簸的旅途,我倒是带酒了。"

我现在需要的可不是温嘟嘟的杜松子酒。"之前也说了,我乐意代劳驾驶。"刚说完,和之前在圣法兰西斯酒店门前一样,他回了一个礼貌又不信任的笑容。这倒一点都不意外。显然,在唐尼看来,"女孩子"不应该开车,除非没有男人在场效劳。

货车已经驶到山上那个急弯,然后拐过去消失了。我的思绪围着那辆车转了一阵,最后确定,没错,这个小插曲虽然有些奇怪,但基本无法断定是什么不祥之兆:巧合常有,这根本算不上什么。

"好,"我对同伴说,然后又缩回车后座,"我们继续前进吧。"

弗洛再次将毛毯裹到身上,唐尼点着火,将这辆动力十足的车发动起来。车子路过小沙滩另一头时,我注意到这里还停着一辆皮尔斯箭头,门窗紧闭,距离唐尼那辆蓝色妖姬要多远有多远。车里坐着一位百无聊赖的司机,乘客区域被窗帘遮了一半:我判断是某个老太太星期日来海边兜风,和弗雷斯诺市的保险机构代理人雇一位当地机修工,开着暂时不用的面包货车来这里相比，这辆车更算不上不祥。我意识到，从离开旧金山开始，自己的空虚感越来越强烈，我想找到什么东西——任何东西——来冲淡这种感觉。

我竟然会邀请两个完全不熟悉的人陪我去小舍，除了这种解释，还能是什么呢？前一天早晨我给弗洛打电话时，只是想告诉她自己不去参加她之前说的星期一派对了，但最后却变成了邀请。然后她提议说可以让唐尼开车送我们，而且——刚挂断电话，我心里就有了顾虑。

我宽慰自己，如果他们的出现给我带来很大困扰，那我可以轻而易举地让他们回去，然后雇一辆车，等我准备好了再出发。

我不知道为什么金兹伯医生的死对我的打击如此沉重。没错，那个女人在我人生中最脆弱的时候发挥了巨大的作用，但是已经过去十年了，其间，我可能几周甚至几个月都不曾想起她。但打击仍旧如此沉重。

回想过去两天，我真的很感谢福尔摩斯，感谢他让我摆脱了星期五深深的恐惧和忧虑，先是将我抛进放满热水的浴盆，然后又逼着我喝下热茶，逼我说话。

但是，让福尔摩斯卷进一件案子有一大顾虑，尤其是在他本就百无聊赖的情况下，比如在漫长沉闷的越洋航行之后。他的大脑像一台机器，在没有兴趣的情况下绝对无法运转，所以他倾向于接自己喜欢的案子。

甚至在星期五我精神崩溃之前，福尔摩斯明显已经把房子和我家人过世的事当成了最新事业，全情投入，其紧张程度简直与处理最重要的案件时比肩。而这些只不过是次要问题。对我来说，入室作案的重要程度还比不上那个永恒谜题——女人为什么就买不到一双合适的鞋子？但即便告诉他这些也无济于事。他的牙齿已经咬住了一部分，那他就一定会调查到底，直到破案，或者走进无解的死胡同。

有时我会觉得和一个天生闲不下来的人生活很难受。尽管我觉得很空虚，但想到能摆脱他几日，便稍稍放松了一些。

汽车向南行驶，距离刚才遇到保险员的地方已经有一英里左右了。我突然想到，星期五那天表现出来的软弱虽然让我很难堪，但或许会有意想不到的好处，或许给福尔摩斯添了另一个需要烦恼的问题。九年前发生的金兹伯医生谋杀案或许并不复杂，不值得福尔摩斯耗费精力，但如果在仅剩的几天时间里他能解决这件案子就好了，我希望它水落石出。如果能转移他的注意力，让他不再毫无意义地揪着关于房子和我的过往的尴尬谜题不放，那便再好不过了。从今天早上看来，他似乎并不太感兴趣，所以去了渡口进行古怪的学术研究，但不管怎样，星期一之前搜集官方线索资料应该很困难。

我笑了——星期日对福尔摩斯来说，常常意味着精神烦恼。

前排的同伴肯定一直鬼鬼祟祟地瞄着我，看到了我的表情有所缓和，因为我的思绪被一句热切的问话打断了。

"暖和些了吗，玛丽？"

"什么？哦，是的，我没关系。真不错，不是吗？"

弗洛对我的回答，或者说我尚能回答问题的状态很满意，她冲我笑了笑，有些鼓舞人心的意思，然后不再搭话。

她乌黑亮丽的头发在微风中轻舞。我忽然意识到，我喜欢她，喜欢她的朋友，超出了我的预期。

星期五那天并没有开一个好头，弗洛·格林菲尔德和她的跟班迟到了。为了将一整天的打击抛诸脑后，我准备充分，九点准时出现在大厅；九点半，我开始来回踱步，想直接转身上楼。三分钟后，我收拾好准备回去时，却听到街上一阵骚乱由远及近，喇叭声，叫喊声，一片嘈杂。伴着尖锐的刹车声，一辆劳斯莱斯停到路边，颜色如6月晴空，车身微微颤动，彰显着优雅的引擎盖中传出的动力。方向盘后面的男人正打算施展柔术，从方向盘、刹车和变速杆之间挤出来。而一位乘客却在司机或酒店员工碰到车门之前推门下车，径直走到人行道上，全然顾不得让男士发扬骑士精神。这人身形苗条，穿了一条连衣裙，为汽车颜色添了几分魅力。我这才后知后觉地意识到，弗洛来了。

她光彩照人，年轻漂亮，无忧无虑，让人觉得很愉快，一看到她，我的情绪便被调动了起来。

车里至少还有六个人，虽然之前感觉像有十来个人。我努力将自己塞进车里，最后坐到了某个男人膝盖上，他说可以叫他"达博思"。弗洛冲我亲切地摆摆手，并冲着坐在后排的乘客吼了一遍我的名字权当介绍，然后挤到我旁边。颤动的引擎咆哮一声，恢复了活力，迅速驶入迎面而来的车流中。

从弗洛滔滔不绝的解说中得知，司机名叫唐尼。他个子很高，身段优雅，穿了一件完美无瑕的无尾半正式礼服。漂亮的金发中分，仿佛这个发型是他发明的一样，留着铅笔粗细的胡须，颜色比头发略暗一些，声音温暖，话语幽默。他似乎是弗洛的男朋友，虽然弗洛对我坐着的那位，对后面的那位绅士，甚至对过往车辆中的人也表达同样的喜爱之情，听着他们大声喊话，冲着他们娇笑飞吻。

离俱乐部还很远，我就开始后悔今天晚上跟着来了。这里并不是令人神清气爽的地方，而且看上去也接受不了我们穿着的时尚程度：街对面是一个仓库，旁边有几个地下酒馆，就是那种用浴缸自酿杜松子酒的地方。唐尼将车停在一栋建筑前面，这里看上去似乎也是仓库，光线昏暗，急需粉刷。本来就没几个窗口，还都用木板钉上封住了。

但是这里也有服务员。其中一个拉开车门，喊着我们当中几个人的名字打招呼，另外一个则跳进车里，将车开走了。

里面有一个镀金的东方主题洞穴，色彩鲜艳，样式繁杂。我们被引到乐队旁的一张桌子，酒水也送了上来。

在正常情况下，我对喧闹的环境和流水般的酒精并无多大兴致。但是这一周的遭遇没有一件正常。酒精顺着喉咙滑下去，周围的对话似乎也比想象中风趣多了，娱乐活动也有腔有调，舞跳得很疯，身体很满足——总之，我的精神在这里得到了极致的释放。

"女士们，先生们，"乐队队长冲着人群轻声说道，"蓝虎怀着无限激动的心情，请出这位刚从巴黎、柏林、纽约之旅胜利归来的同乡姑娘——贝琳达·伯德桑小姐。"

一道聚光灯突然打来，这个名字和本人并不相像的歌手现身了，她穿着一条亮晶晶的白裙低头致意。大厅随即爆发出掌声、嘘声、尖叫声，还有神志不清的笑声。看来，这位小姐很有名气。她一开口，大厅里便立刻静了一些。

说实话，结束时我有些失落。唐尼开车载着我们所有人（也许是大部分人）去了弗洛家，然后他打开橱柜和抽屉，动作迅速，经验十足，做出了几个奶酪鸡蛋饼。之后，弗洛给我们切了几块有些不新鲜的蛋糕，配着一碗蘸了糖的草莓和几杯咖啡。

最后，唐尼将剩下的人推进他那辆蓝色劳斯莱斯中，在只有送奶工和报童忙碌的城市中穿梭。回到昏暗的酒店时，我四下找了找挂钟，定睛一看吃了一惊，已经快凌晨四点了。

福尔摩斯还没睡，所以关灯之前我们聊了一会儿。我太过亢奋，睡了没几个小时便起床，在正在醒来的城市中散步。旧金山很美。高低起伏的地势和形形色色的居民，让这里极具辨识度和世俗特征。旧金山在某些方面很像伦敦,似乎由很多小村庄组成,它们连接在一起,同时又不失个性。但是这里的空气很新鲜,建筑物很新颖,工薪族会直直地迎向别人的目光(在英国首都,这种平等的反应只出现在一些码头区域)。

回到房间,我惊讶地发现福尔摩斯还在床上。而且很不幸,他正盯着我,好像我又要变回昨天下午不停颤抖的惨状。针对这种关心,唯一的答案就是要装得举止轻快,精力充沛,虽然这并不能完全说服他——例如,他还是执迷于我所需食物的分量,真是恼火——但也足以向他证明我还能呼吸。我也回应了他像母鸡一样的过度保护行为,告诉他吃不吃完盘子里的食物,是不是自己去小舍,都随我开心。这样的反应甚至能让他安心。他对后一个决定不甚满意,但就像我说的,我觉得自己生机勃勃的反抗反倒让他觉得我恢复了正常。

最终,星期六下午,他没有打算逗留,而是将我自己留在大房子里,然后就去忙自己的事情了。房子中的事还没处理完他就回来了。我发现,他仍旧执迷不悟,一下午时间都用来走访邻居——但我却没有真的生气,因为通过询问,他解开了我第二个梦的真相。我不得不心存感激,他做了一件好事。去找龙先生一起用餐时,他似乎心情不错。然后今天早晨,他似乎彻底相信我恢复了常态,甚至弗洛和唐尼迟到时也没坚持在我身边晃荡。他只说玩得开心,只说星期三再见,然后便离开了。

如果说,我坐上唐尼的车时,为他不在身边感到遗憾的话,那么这种遗憾已渐渐被这一天的美好、海滨的美景,以及弗洛友善又伶俐的话语冲淡了。或许这次旅程并不完全是灾难。

道路似乎依然逗弄着大海，一会儿靠近，一会儿又拉远距离，车子开过一个关键的弯道，正式进入山地，坡度渐升，引擎声也越来越响。我的身体分明记得这些弯曲，分散的农田和牛场掀起了我心中熟悉的记忆，但是内心的空洞却越来越大。我就不该来，福尔摩斯说得对，这就是个错误；如果在小舍里再发现家人留在那里的东西，应该是件坏事；如果没发现，那会更糟。我只想用双手抓住自己杂乱无章的头发大叫出声，只想将渐渐聚集的压力释放出来。但是我知道，如果真的开始尖叫，应该就停不下来了。

所以我只是坐着，颤抖着，带着希望和恐惧目视前方，以沉默和简单的手势回答唐尼的问题——动动手指表示"右边，那里"或者点头告诉他我们没有走错。我知道，弗洛一直用眼角余光盯着我，像快要受惊的马一样警惕。又往前开了几英里，我开始察觉到弗洛坐的位置正是母亲当年的位置，而且母亲通常会做什么事——很近了，她经常做……什么来着？

我们绕过一个弯，看着山腰上后退的树，我突然将毯子扔到一边，大喊一声："等等，停下！"

唐尼猛踩刹车，弗洛被嘴里的口香糖噎了一下，笨重的汽车顺势滑到了松散的石砾路边缘，但唐尼还是努力在前轮冲下去之前刹住了。我吞了口口水，将跳到喉咙的心脏咽了回去——我真的非常不喜欢当乘客——然后手忙脚乱地开门下车。唐尼熄了火。一片寂静，只有两人走过来时鞋子与沙砾摩擦的声音、金属冷却的砰砰声以及鸟叫。

母亲过去总让父亲停在这里看风景。

树木苍翠繁茂，深色的红杉中间点缀着几棵年少气盛的枫树和本地橡树。还有一种，叶子很像皮革，红色的树皮正不断脱落。就在这条路的这个地方，舞台幕布似乎被一双巨大的手拉开，森林逐渐后退，蓝色的海水泛着光出现在眼前。

但是少了什么。我走到路边,再往前,越过树木,看到了后面某个码头的一角。我想码头是不是被截去了一段,因为腐朽或者别的什么缘故,还是仅仅因为树木渐长,遮挡了码头的长度。我定睛望着远处的景象,接受了后一种解释:码头的末端依旧方方正正,枝丫间显现出来的湖面看上去也比实际要窄。我满意地点点头,然后爬回车后座。

弗洛和唐尼对视一眼,我这才意识到似乎应该做一番解释,毕竟刚才那一声大喊差点害得大家摔落悬崖。他们可能仍然心跳如雷呢。

"对不起,"我说,"开到这里之前,我完全记不得当年我们常常停下来欣赏那片湖。如果我注意到这段的路况,提出来时一定会温和些的。"

"没事,"唐尼说,"我这个伙计刹车很灵。"

车继续前行,路过一个小村庄时,车速慢了下来。这里不再是从前的小村落了。杂货店门口架了一台加油泵。杂货店旁边的咖啡馆扩张了一倍——现在能同时容纳十二个人了吧?邮局和小图书馆还是老样子,但我从没想到过,有一天这一小段乡间小路上的车会比马还要多。

"再过半英里左右有岔路,"我对唐尼说,"走右边,绕着湖走。该停车的时候我告诉你。"

湖很小,五分钟后,我说:"我们可以去那个白色篱笆院里取钥匙。弗洛,能劳烦你进去跟他们要吗?我去的话,她肯定会咖啡、饼干一通招待,到天黑我们也走不了。你就告诉她我非常累,所以明天再来探望。哦,还得告诉她今晚我们准备野餐,而且也不用她帮忙铺床。"戈迪默太太的唠叨本领像稳步上涨的河流,因此需要不断加高堤坝,防止她口若悬河,冲走小屋令人愉悦的清净。她和丈夫简直是天作之合,这么多年里,我只听到过十几次她丈夫说话的声音。

"当然可以。"弗洛说完便踩着门前小路上干净的石子一路小跑。两侧的蔷薇修剪得有些凄惨，还是同样的桃红色，从我记事起便再未变过。弗洛按了门铃，一个人出现在门前。听完弗洛的解释，那人疑心地皱着眉，然后目光越过弗洛，朝车子望过来。我探出身体，表现出比实际更憔悴的样子，然后有气无力地招了招手。在看门人走过来表达无尽的同情，提出无尽的问题之前，弗洛的手温柔地落在她身上，毫无疑问，她正在重申关于我精神状态的谎言。

看门人很快退了回去。片刻之后，弗洛沿着小路走回来，指尖转着那把钥匙。戈迪默太太走出来，站在门廊前——她的头发又白了些，背也更驼了，但我敢肯定，她穿的还是我小时候就见她穿的那条条纹棉布裙。我又冲她摆摆手，然后悄悄地催唐尼开车。他听到了，也照做了。

通往小舍的路有人维护，车辙被填平了，两侧的枝丫也有人修剪过。但剩下最后几码时，唐尼仍旧不得不缓缓挪动。最后，树木闪到一旁，豁然开朗。到了，我童年的生活中心。

十八

其实,没什么可看的。对于从太平洋高地来的邻居,这里并没什么让他们感到惊艳:最初只是原木搭建成的平房,之后又在一侧新盖了一栋两层的厢房,屋顶上的雪松木瓦长着薄薄的青苔。但是,站在这里看着它静静地坐落在大地上,会让人相信真的有一栋房子,门会关好,窗户不会随风作响,门廊地板的碎片也不会袭击孩子奔跑的小脚。

父亲叫它小舍,虽然母亲抱怨这个名字听上去像庄园的传达室,但还是成功保留了下来。只有来到湖边这栋朴素的小房子,我们才像一个家。在旧金山,父亲总是忙于工作,只有晚上才能短暂地融入我们的生活,通常只在客厅或者图书室待一小会儿,赏给我们一杯威士忌和苏打水的时间,就跟我们道晚安,然后陪母亲一起用餐。周末好一些,但他和母亲常因社会责任抽不开身,有时我和利瓦依也被拖去履行社会责任,美其名曰家庭聚会。比如有次难忘的野餐,我们去了海滩,最后却以我将银行副行长的势利儿子弄得鼻血横流告终,因为他竟敢对我弟弟的犹太特征品头论足。家庭博物馆之旅好一些,但没什么乐趣。

在这里,父亲只是父亲。这样才正常,毕竟是他亲自动手打造了这间小舍。

起初,里面有四间宽敞的屋子:前面是万能的起居室,有豪华的壁炉和熏黑的墙壁。旁边的房间稍小,是父亲单身时的卧室，母亲入主之后便用作了台球吸烟室。这两个房间后面是厨房，里面摆了一张餐桌，我们常坐在桌前吃早餐。餐厅的一侧是石头露台。新建起的厢房则有五间卧室和两间浴室（还配了电灯和热水加热器）。

建造小舍的那两年，父亲大部分时间在树林中搭帐篷露营。凑巧的是，祖父母大概也用了这么长时间放弃了规劝儿子回波士顿承担自己的责任。父亲亲自选木材，帮着砍树、磨成木板，堆起来晾干。在建造过程中，他学了很多手艺，集瓦工、玻璃工、木匠和水管工于一身。壁炉烟囱重建了三次，才最终能充分地吸走烟气，达到了满意的标准。他还用了整整一个月时间考虑门廊护栏的木装饰工程。

除了后建的部分，整个房子从地基到屋脊全部归他所有，每次走进来他都会环顾四周，然后从喉咙深处发出微弱的声响，彻彻底底地放松下来。如今我突然觉得，这间小屋对他的意义，相当于母亲每次回到太平洋高地的房子时触摸门柱圣卷的情感。

"需要我去开门吗？"弗洛扭头问道。

"不用。"声音有些尖锐，于是我将语气压了压，"谢谢。我只是想起逃离城市来到这里是件多美好的事情。"

"真的？"她半信半疑。我笑了笑，突然在弗洛伦斯·格林菲尔德小姐的眼睛里看到了粗糙建筑的倒影，随后她很快解释道，"我是说，我知道这是栋非常不错的房子，我知道很多人有避暑别墅、狩猎小屋之类的，尤其是禁酒令实行之后，只是，那个，我真的不是那种适合荆棘灌木的人。"

"别担心，弗洛——水管可以正常使用，这里也没有熊，而且我保证，里面一定非常干净整洁。况且我们只待两三天，如果觉得太枯燥的话，你们两个随时可以提前回去。"

但是当我拿着钥匙朝前走时，突然想到弗洛是格林菲尔德家宅院大变身的负责人,对于一个拥有装修敏感度的女人来说,小舍的乡土气息可能是一种挑战。

钥匙轻轻一扭,房门应声而开。我跨过门槛,空气中并没有发霉的味道。房子当然有些微凉,但是一进房间我便松了口气,这里还和以前一样,整整齐齐,一尘不染。戈迪默太太在沙发中间的桌子上放了几份近期的《星期六晚邮报》,曾经的习惯保留至今。我告诉自己,可能诺伯特告诉过她我回了加利福尼亚,因此也许会来自家小舍待上几日——总比想到这个可怜的女人在十年间一次又一次地替换、清理这些无人使用的东西要好得多。

一看到房子内部,弗洛原本谨慎客气的声音逐渐变成真心实意的欣赏,她继续朝前走,看到后面的景色之后语气渐渐热切起来,甚至有些奇妙。

"哦,玛丽,这里太有趣了!简直像走进了童话故事,花花草草,还有小湖。你看,还有一条小船呢,就停在那!"

我不情愿地走过去,陪她一起透过小木屋后墙那一排窗户向外望去。确实,那艘小帆船静静地漂在水面上。看到小船的装饰漆,我就知道小船刚刚重新入水——可以肯定,是壮实的戈迪默先生的杰作,他肯定嘟嘟囔囔,怒气冲冲地率领着某个年轻的助手,将小船从船屋推到了码头。他总是费劲地跪着,拿一块干净布将船头擦得闪亮,然后点点头,站起来,转身背对着这个发光物体,昂首阔步地走过码头和草地,好像肩负了整个世界的重量。一路上闷闷不乐,骂骂咧咧,但几乎听不到声音——大多时候,他都是自言自语。

有一次,我碰巧看到母亲对着他走开的背影微笑。她注意到我在看她,便眨了眨眼,好像这是我们共同的秘密。

我不再盯着那条静静等候的小船,而是望向一直蔓延到水边的一片苍翠,这是母亲的领地。父亲建造了这间木屋,母亲一手造就了花园,而我对此处的恐惧更甚。我们住在这里时,母亲每天花好几个小时剪枝除草,将从城里买带来的花和灌木栽在这里,将在迈卡帮助下所做的改良付诸实践。据我所知,他从没来过这里,全是她的杰作,从苹果树荫下的小株粉色玫瑰,到阴凉角落中起舞的倒挂金钟,还有洒在草坪下的野花种子,每一寸每一厘都有她的想象,她的辛勤劳动。我害怕看到花园,因为再也找不到她的身影,物是人非会像一把刀插进我的心脏。

但我忽略了时间的作用:映入眼帘的,不再是她的花园。哦,骨架还在,她种的那些树和灌木,栽种区和野地间的轮廓都还在,只是血肉已经全非。

我开始有些惊讶,然后觉得很陌生,也很庆幸。我的忧虑开始消解,但同时又想到了两件事:就像弗洛说的,这确实是个奇迹;其次,这可能也是母亲梦寐以求的园景。我很感谢戈迪默太太没有把自己严格的修剪模式强加在这里。

新来的声音打断了我的思绪——是唐尼,他刚从隔壁房间走出来。

"我不知道姑娘们是怎么想的,但是我认为,开了这么一路车,应该可以喝一杯吧?"

"哦,没错!"弗洛叫道,"好好喝一杯,坐在草坪上,欣赏着落日,简直就是天堂。这里可能没有冰块吧?"她遗憾地补充道。

"这里可能也没有酒。"唐尼说,语气中的画外音是,这个问题更为严重,"我就知道,该带些比香槟烈的酒来的。但现在只有我的酒瓶——而且这个时间,星期六下午六点,也不可能找到当地的私酒贩子。"

"这里应该都有。"我说,然后伴着他的声音进了厨房。

如果在没有事先通知的前提下,戈迪默太太能准备好杂志和帆船，那冰箱里肯定备好了牛奶，橱柜中放上了茶叶，面包箱里也不会空空如也。我打开各扇门查看，发现里面和预想的一样，于是拉开抽屉，拿出常放在里面的冰锥，用挂在水池下面的洗碗巾将上面的锈擦干净，然后递给了唐尼。

"从冰箱里的大冰块上凿一些下来吧。弗洛，那边第二个橱柜里应该有杯子。如果老鼠还不了解如何使用瓶塞钻的话……"靠墙的一组窄架上摆了个茶叶罐，我伸手扒了一下，纹丝未动。于是我使上力气，用整个身体的重量去扳。弗洛和唐尼盯着我，明显在纳闷茶叶罐为什么要粘在上面，而且我为什么那么想将它取下来。渐渐地，这个道貌岸然的小罐子认了输，向前一倾。藏在锡制外壁中的并不是茶叶，而是一个杠杆，可以打开一扇推拉门。由于多年没有上过油，齿轮发出了刺耳的抗议声，茶叶罐面朝下，合拢在架子上。我手摁着架子边，用力一推，架子贴着的那堵墙整个向左边慢慢滑了过去，然后消失在了橱柜后面。

我转身冲同伴们露齿一笑，两人都簇拥过来，越过我的肩膀向后看。"父亲有一种奇巧复杂的幽默感，"我解释说，"他过去常常向母亲提议来杯茶，其实真实意图是这个。"

"在《禁酒法案》之前就造了这个！"弗洛说道。

"现在更合适。"我表示赞同。然后走进那个昏暗的密室，仔细研究着里面的瓶子。突然，玻璃掠过房间的地面，发出了清脆的声响。"别进来，地板上有玻璃。可能有些啤酒瓶耐不住高温炸裂了。但除了这个，应该能满足你们的任何渴望。"我问唐尼，"杜松子酒？"

"有苦艾吗？我可以调几杯马提尼。"

我从来不喝马提尼，但还是乖乖把瓶子递了出去。我正检查暗室中的其他东西时，一只手绕过来，端着一只冰凉清澈的玻璃杯。

"干杯。"弗洛说。我接过来,举杯回应,喝了一口,然后一动不动地在原地站了好一会儿,直到不再冒眼泪。弗洛用一双清澈的眼睛打量着架子。"这个小房间真是漂亮极了,玛丽。像安全屋。"

"哦,还有留声机!还能用吗?"

"我想应该可以,虽然音乐很老。"

"真好,我们可以勒好紧身胸衣,伴着音乐,优雅地踮起脚尖。唐尼,发扬一下风格,把这台老维克多弄到外面的草坪上,好吧?"她跟在唐尼身后,一手拿着一摞唱片,一手握着自己的酒杯。我看了架子最后一眼,默默记下要为这套机械装置找些油,然后用力将门推回去,再把茶叶罐扶正,恢复原位,上了锁。

这天晚上,我们喝了很多,有马提尼,有弗洛为今晚野餐准备的酒,有从隐蔽储藏室中拿出来的陈年白兰地。我们听着另一个年代的老歌,边喝边笑。弗洛和唐尼找到了一张探戈舞曲。我记得家人最后两次来这里度假时,觉得探戈既新颖又活泼,每次开始时都严肃认真,但很快会爆发出一阵大笑。我感觉自己真的有些醉了,而且非常疲惫,很快就会变得多愁善感,更糟糕的是,我们还没有铺床。

我叹了口气,放下酒杯,进屋查看床单之类的东西。结果发现,戈迪默太太实在高效,除了我父母的房间,其他屋子里的床铺早已收拾妥当。我回到儿时的房间,对墙壁桌子没看一眼,就摘下眼镜,脱鞋,倒进了床铺中,像乘着渐沉的船只,悠悠地,回环着,潜进了意识深处。

醒来时,是黎明前的静谧时分,微弱的光线在窗帘上投下影子。宿醉,加之多年不遇的酣睡之后,我的意识有些模糊。渐渐地,头脑恢复了常态,三个想法随之而来。

首先,从十四岁到二十四岁,中间跨过的这些年,真是一段漫长的岁月。于我而言，则更显得悠长。那个女孩子用过的梳子摆在桌子上，那个女孩子读的书静静地搁置在架子上，但几乎勾不起我任何回忆。

第二个想法有些哭笑不得：作为一名年长的已婚妇女，我本该充当未婚少女陪护人的角色。我不知道昨天弗洛和唐尼到底在哪里睡的，也无心一探究竟。

最后一个想法浮现时，我坐了起来，伸手摸索着床头柜找我的眼镜：密室。

星期六那天，我搜遍了太平洋高地的整栋房子，却没找到任何与我第三个梦重叠的地方。梦里我在硕大的房子中走动，向朋友们展示各个房间，我总能感觉到口袋中有那么一把钥匙，可以打开一间隐藏的公寓。为了找到真正的、切实存在的暗室，或是让人觉得同样神秘、不为人知的地方，我当时将房子翻了个遍，但什么都没有。父亲的图书室最有可能给人相似的感受。但当我蜷缩着身体钻到书桌下（很丢人，所以先确定门上了锁），双腿折到胸前时，感觉并不一样。

但是，在这里，我却将手伸向厨房的暗门机关，并且用我的专业技能成功将它开启了——虽然不记得当初是否允许我操作——这种技能恰恰是已知和未知的融合，是埋藏在日常生活中的重要事宜。我要再看一看那个房间，马上。

从床上站起来后，我发现自己不仅有些摇晃，而且还穿着昨天从城里来时的那身衣服，裤子和衬衫都皱皱巴巴的。我把身上的衣服换下来，从衣柜里找出小时候的睡衣套上，想溜出去把车里的行李取来。但刚迈出房门，我就差点趴到行李箱上。我在心里向周全的唐尼道谢，然后将箱子拎了进来，从卧室的镶花水池里拿一块冷布擦了擦身体，换了一条暖和的裤子和一件套头毛衫。我穿上鞋，踮着脚尖下楼，这才注意到唐尼住在第一间客房，这间房里的床是最大的。不过没等通过鼾声找到另一位客人，我就故作庄重地进了房子的主屋，并将身后的连接门关上。

对母亲来说，小舍最大的优点之一就是这里的用人相对匮乏。我们确实过了一段艰苦日子，但也收获了在城市中几乎享受不到的私密空间。并不是说母亲承担了所有工作——只不过父亲在她来之前，将戈迪默一家训练成了童话中的精灵，可以悄悄地溜进溜出：美食会像魔法一样出现；她不想洗的碗碟，第二天会奇迹般地码到架子上；洗衣篮里的衣服，一两天后出现时，已经熨得平平整整。

全仰仗我们就何时离开厨房和卧室达成的无言共识，自力更生的假象才得以维持。戈迪默太太和轮流当值的助手下午来一次，晚上来一次，清洗餐具，补充橱柜和木箱中的物资，烹饪出美味的晚餐。其余时间，我们自给自足，如果有什么要求，就在厨房桌子上留张字条。

因此，在没有女佣帮助的情况下，我在火炉的余烬上扔了一把引火柴，烧上水，套上鞋子，去了平台。

天色渐亮，最后一颗星星也慢慢褪去了光彩。湖水像一块黑色玻璃，表面沾染了薄薄一层雾。所有的一切彻底静止，如同被施了魔法，就连呼吸也成了惊扰。

过了一会儿，我听到水烧开的声音。带着遗憾，我又望了一眼这片宁静才回了屋，打开茶叶包的噪声、杯子的咔嗒声和冰箱门打开关上时的声响让我皱了皱眉。我从门口旁的雪松木箱中拿了一条厚厚的旅行毯，端着奶茶走到门外。

挂毯一样的草坪一直铺到了湖边。我裹着芬芳的毯子，啜着茶，在这里待了一个多小时，注视着清晨到来。小鱼浮上水面寻找昆虫；高大的白鸟站在码头旁的芦苇上，仔细品读着薄雾。此时的我感受到的完整平静，是过去好多个星期不曾遇到的。

我收拾了杯子,将变得潮乎乎的毯子搭在长椅上,然后进屋去查看父亲的暗室。

在暗室中折腾了一个小时后,水管传来的流水声交代了客人醒来的情报。我急匆匆地关上这扇秘密的门,设法征服了开罐器,然后赶在弗洛进来时冲好了咖啡。她哈欠连天,头发蓬乱,脸颊睡得粉扑扑的。我给她倒了一杯咖啡,她嘟囔了几个不成词句的音节就飘去了客厅。一小段可疑的间隔后,唐尼也从睡觉的厢房过来了,但交流能力比弗洛稍强,穿着白色的运动衫和灯笼裤。他也接了一杯咖啡,一屁股坐到餐椅上,在征求了我的同意后,往烟嘴里塞了一支烟。

"这里真的很美。"他说,"我父母也有避暑别墅,但是方圆一英里内,他们的朋友每人都有一栋,就像回到了城里一样,只不过凉快些。"

"在哪儿呢?"我问。

"芝加哥。他们还在那儿待着呢,甚至冬天也在。我也劝过他们回来,但是他们总觉得这个地方会塌。"

"没错,"我咯咯地笑,"在英国,我半数好友每年都觉得旧金山会倒塌。"

"弗洛说你住在伦敦?"

"伦敦确实有我的公寓,但是我们住在南海岸。而且会有很长时间待在牛津。"

"没错,她说你曾经是个,怎么说的,才女。"

"她的原话可能是我脑袋天天扎在书里。"

"差不多。我可做不来。我是说读书。毕业以后,除了小说,其他书都让我头昏脑涨。"

他笑容漂亮,一口白牙歪得让人很舒服。他或许不是爱书之人,但除了眼神平静外,他还表现得聪明、体贴,而且看上去很在乎弗洛。

听到我们的说话声,弗洛又过来了。"早上好,"她说着便拉开我俩中间的椅子坐下,"还有咖啡吗?"

唐尼接过她的杯子站起来,从她身边走过时温柔地揉了揉她本来就翘着的头发,"我家弗洛真不适合早起。"

"一边去,我现在精气神儿很足。"她打了个哈欠。

唐尼倒好咖啡端到她跟前,然后轮番打开各个碗橱拿出各种东西。"我做些我家老头所谓的'闲谈浆果'吧,你们意下如何?"他拿起两个鸡蛋。

我半推半就地拒绝道:"应该由我下厨的。"但是弗洛说:"唐尼喜欢围着锅台转,我们结婚后,估计会把厨师逼疯。"

"我都不知道。"我说,"恭喜。"

"哦,我们还没有定日子,也没筹办戒指之类的傻事。"她告诉我,"开始准备的话,我妈会接手的,肯定无趣透顶。我们可能直接私奔,但是现在过得很开心。我们的肝脏枯竭之后,有大把时间过得体的日子。"

我快速地看了一眼唐尼。他正往碗里打鸡蛋,但看着他的侧脸,我觉得对于戒指婚姻,这个混迹蓝虎的不羁男孩或许比女朋友更有准备。

"这个,总之,"我说,"他喜欢做饭是好事,否则你可能吃到从平底锅里铲下来的烧焦食物。我可不是大厨。"

唐尼往鸡蛋里加了些木屋外墙边的植物,我从来不知道它们长在那里。尽管不知道植物的拉丁名,但配着从冰箱里拿出的香肠和涂满果酱的吐司,鸡蛋的味道还是不错的。阳光灿烂的平台被我们用作餐厅。清空了盘子和面包筐之后(弗洛将最后一片递给了我),我收拾干净桌子,又煮了些咖啡。回到平台时,我看见弗洛在桌边的椅子上舒展开身体,正对着太阳眯着眼,像一只猫。

"我要在这里烤一天。"她宣布。

三十五分钟之后,由于缺少其他鼓动人心的事物,三个人纷纷有些待不住了。我首先厌倦了盯着落在倒挂金钟上叽叽喳喳叫的小鸟看。

"我去找找有没有什么书。需要我给你们带什么吗?"

唐尼激动地一跃而起,看来他真的非常需要活动,"我去村子里逛一圈,看能不能买份报纸。"

"戈迪默太太应该很乐意帮你买回来。"我提议。

"不,我活动活动腿脚,然后干脆当一天树懒。而且我也想知道棒球赛况。"我刚想说,像他这样的爵士小伙竟然对棒球这种有益身心健康的运动感兴趣,真是出人意料。但他又接了一句,"我押了些钱呢。"

弗洛也站起来说:"我要去换泳装。"

唐尼消失在了村庄的方向。弗洛进了屋子,出来时穿了一身清凉的泳装,坐到毯子上。我返回那间储藏暗室,逐寸搜索着墙壁,认真检查架子上的每个摆件,推过所有架子,拉过所有挂钩,但没有任何地方让位,没有任何隐蔽的入口或暗门重现天日,然后引领我找到梦中那些上锁的房间。

这里什么都没有。

唐尼从洒满阳光的平台上搬了三把折叠椅放到草坪上,他和弗洛躺在上面小憩。刚游过泳,两人的头发还湿漉漉的。

我笑了,然后坐到自己那把椅子上,背部挨到椅背的瞬间想起我忘了拿书。

但我没有动。此刻的草坪上其实可以看作只有我一人。除了湖的另一边飘来的两个男人的对话声,再没有什么会分散我的注意力。

如果不是真实存在的某个地方,那梦里那间暗室到底意味着什么?

我知道,梦境不是天外来客传达的神话般的信息,而是潜意识发表的演说。这些信息的表现手法并非白天意识清醒时的逻辑词条，而是对稍纵即逝的画面和印象，进行不清不楚的描述。如果几个梦反反复复，不休不止，通常隐藏着什么目的。具体到我身上，飞行物的画面拉住我的手，带着我，引领着我，让我最终回想起了大地震时我身处旧金山，也因此打开了整段封闭多年的童年记忆。第二个梦中的无脸男，根植于那次意外，当时，六岁的自己明显受到了惊吓。这么多年，这件事虽一直潜在脑海，但躁动不安，直到我最终将它翻出来，安置好——多亏福尔摩斯找出了老太太的回忆录。我坚定地认为，这位夜行访客不会再次叨扰。

两个梦各自有其恐怖事端，两件事都被我的潜意识裹起来，重新塑形，软化了其锋利的边缘——直到我察觉出自己正赶往事发地，这才触动了两件事的扳机，就像几枚精神弹片，努力地冲破了表面。

但是第三个梦似乎没有前情。我找不到隐藏的房间，不管是这里，还是在太平洋高地。我了解那些房间，我需要做的只不过是用钥匙打开房门走进去。我虽积极地搜遍了两栋房子的每个角落，尽管在过程中我的记忆渐渐苏醒——在小舍时，记忆完全自发恢复，而在旧金山，却零零散散，磕磕绊绊——但是这两个地方都没有让我产生相识的悸动，并没有让我觉得自己离那扇门越来越近。

或许汤姆·龙说对了。当我听到他操着精准的中式口音为我解释利玛窦的记忆之宫时，我确实义愤填膺，心想一个陌生人竟也来臆断我的精神世界。但或许我对他提出的看法否决得太快了。他说，暗室并非真砖真瓦的房间，而是坐落于我脑海深处的记忆。

就像眼睛会忽视最常见到的事物一样，我习惯性地与自己的过去擦身而过，大大方方地向所有人展示着房子其余的部分，知道自己仍不清楚房子的背后究竟有什么。我的整个童年被自己强行压抑成了一片盲区——很长很长时间，我总是沾沾自喜地路过那些锁着过往的房间，手指捻着口袋里的钥匙，不知道去哪里寻找那扇门。

我在原地待了很久，眼神空洞地盯着湖面。阳光渐渐爬上我的脚趾脚踝。最后，弗洛和唐尼有了动静，开着玩笑，起了身。他们掠过草坪、码头，然后跳进湖里，看上去美好又清凉。我也忍不住换上自己那件保守的泳衣，加入了他们。

晚餐后，弗洛打破了长久的沉默。她穿着重磅丝绸材质的宽松睡裤，双腿交叠，满足地叹了口气，"天啊，今天过得开心极了，玛丽，最棒的一天。谢谢你邀请我们来捣乱。"

"真的过得很开心。"我道出了自己的心里话。我本打算说意料之外的开心，但没说出口。"谢谢你们陪我来。"

"你看上去心情很不好。我是说星期五那天。我不知道出了什么事，没灌香槟之前，你真的很像泄了气的轮胎。"

她礼数太过周全，所以没有发问。但是我知道没什么正当理由不告诉她我为何烦恼——毕竟，那天晚上，我跟更陌生的人都讲过了。"星期五上午，我得知了些坏消息。一位老朋友去世了。"

"老天，玛丽，你为什么当时不说——"

"哦，她去世很久了，只不过我星期五才知道。"弗洛悲痛的表情缓和了些，看上去更得体——毕竟，如果我这么久之后才得知这个消息，那这位老朋友能有多亲近呢？这确实也是我质问自己的问题。"她是名医生，车祸之后曾经帮助过我。是，好吧，精神科医生，她帮了我很多。我原本很希望能见她一面，却发现我回英国后没几周她就去世了。是1914年冬天，被杀害了。"

"被杀！太可怕了！她叫什么名字？"

"金兹伯。利亚·金兹伯。"

"但是——等一下，这个名字很熟。"

"她很出名，不是吗？"唐尼问道，"那件事发生时，我刚从芝加哥回来。她在办公室被杀了，对吧？"

"是的，"我说，"我倒没说过她出名，但你朋友杰里知道她。还是叫特里？特里，没错。我跳累了正休息时，和他聊了几句，然后就谈起了这事。"

"天啊，对！"弗洛叫道，"我想起来了，她确实出名——那位女催眠师，人们这么称呼她。"

"她确实有时候会用催眠术。"我认可。

"她曾经做过几次试验，不是吗？"唐尼若有所思地回忆道，"她曾经帮助几个女孩找回了记忆，警察大闹一场，说她把法庭当成了杂耍戏台。"

"真的吗？"我半信半疑。这时弗洛插话。

"是那个声称自己被强奸的女孩吧？当时妈妈不让我看报纸，但我又从垃圾中把报纸捡了出来。对，他们说，她起诉的唯一原因是她想当女演员，想以此来博人眼球。就像之后的阿尔巴克案[1]一样。只不过这个女孩还活着。"

"她是名舞蹈演员——歌舞团的，不是芭蕾舞团。"考虑到我，唐尼补充道，"她对所有人说，侵害发生时自己被打昏了，所以忘了细节。是你那位医生朋友帮她回忆出来——只不过警察说是胡说八道，她只是帮这个姑娘编出了一个故事，来解释为什么侵害发生时不起诉，非要等到一年之后。"

"我觉得说得通。"我说，"金兹伯医生用催眠术让我想起了车祸发生时的情况——当时我……"被想说的话重重刺了一下，我的声音越来越小。但我还是努力阐明了自己的想法：

---

[1] Fatty Arbuckle，默片时期的美国好莱坞喜剧明星，因涉及一桩酒后施暴致使女演员死去的丑闻而身败名裂。——译注

"我当时失去了所有与事故有关的记忆。所以没错,她大概习惯于帮人们找回被抑制的记忆。"

我知道自己在笑,但最后还是流露出了悲伤。病人总是觉得自己与精神科医生之间的强烈感情独一无二。但当她得知自己与其之间的牵绊,只不过是其同时保持的数段关系之一,是工作使然时,会觉得非常震惊。

唐尼划着火柴,帅气的脸庞被火光照亮,然后随着香烟燃起的火点,淡成了模糊的轮廓。"他们没想过是曾经的病人彻底发了疯,冲进办公室将她杀了吗?我记得从没听说过凶手是谁——报纸擅长在第一时间将故事告诉你,但在跟踪报道方面,却永远没这么出色,不是吗?"

"案子一直没有解决。"我说。这么一来两人才想起,我们谈论的是一个朋友,而不是无名受害者,于是陷入沉默。之后弗洛挑起了话题。

"那个女孩的案子后来怎么样了?"

"我觉得应该是不了了之了。"唐尼回答,"也有人胡扯说是性侵的男人将医生杀害了,但他不是应该杀那个姑娘吗?"

"想知道她后来怎么样了。"

"她又回去工作了。她曾经是蓝虎的舞蹈演员之一。"

"好吧,真想不到。"我说。

我们坐在星空下,身上笼着月亮的银辉,聊着。过了一会儿,唐尼拿出一把尤克里里边弹边唱,歌声出奇的悦耳高亢。虽然尤克里里不是我最喜欢的乐器,但这样的夜晚,坐在星空下,小湖边,这似乎成了世界上最应景的音乐。

最后,月亮隐到山后,银河在苍穹画出一道明亮的痕迹,我们回屋睡了。

十九

星期二是闲适的一天，不期而遇的假日让我们摆脱了忧虑，放松得足以与度假别墅相称。

吃过午饭后，唐尼跑去鼓捣独木舟。弗洛反对说现在阳光太烈了，但是他给了她一件自己的长衬衫（还有一顶从房子里拿出来的宽檐帽），平复了她的情绪。两人划桨，游泳，我也加入进去。不知不觉混到了晚上，快乐而忧郁的生理满足伴随着太多的日晒。我们吃了晚饭，并且小酌一杯。凶狠的蚊子被香茅油熏跑之后，我们又去前厅打了会儿台球。

十点左右，唐尼提议再去游泳。弗洛和我纷纷告饶，但他兀自做好准备，大步跨过草坪，没入了黑暗当中。不一会儿，我们听到水花溅起的声响，然后是胳膊有节奏的划水声。

"你觉得他换好泳衣了吗？"我问弗洛。他肯定没有喝醉，所以我并不是担心他的安全，而是好奇。

"没有。明天早上，草坪上会出现一堆衣服。"

划水声渐渐弱了，然后变得模糊不清，最后消失了。"他应该是游泳健将吧？"我说话的语气有些不确定。

"老天，你不用担心唐尼——他都可以游过金门海峡。他小时候得过猩红热，你知道吗？"

"似乎对他没什么影响。"

"其实并非如此。十七岁时，他打算参军，但是军队拒收，因为心脏脆弱。也是那时，他来了这里——所有的朋友都参军走了,他热情那么高涨,却单单被剩了下来,所以不得不离开。他对这事有些敏感,你懂吧?"

"我什么都不会说的。"

"真是犯傻,他壮得和牛一样。可恶,他们明明连上了年纪的我父亲都带走了。"

"对,你母亲告诉我说他在战场上牺牲了。"

"我打赌,她肯定也说了是她丈夫吧。"她猛地坐起来,椅子嘎吱嘎吱响了两声表示抗议,接着是烟草盒的声音。片刻后,火柴的光照亮了她的脸庞。

"你的意思是,他们没有结婚?"我试探着问。

"哦,他们结过婚,不过当时没有婚姻关系。我小时候,大概五岁吧,两人离婚了。但是她从来不对任何人说,好像是什么丢人的事情。妈妈继承了外祖父的财产之后,他经常来家里问妈妈要钱,但是我们见不上几次面。你知道的,他曾经和你父亲是好朋友。"

"真的?"

"我想,他们一块儿上的学,或许是大学校友,我不知道。其实我今天一直在想,或许是我爸爸帮着建的这栋房子。我记得他给我讲的故事中,有关于树林生活、建小木屋,还有击退熊的。"

"应该是浣熊吧。"我小声说。

"我总以为只是故事而已,但回想起来,不得不说,他的故事背后有一定的事实根据。与其说是凭空编造,更像是艺术加工,你明白吧?而且我知道,他们两个当时就是好朋友,比两位母亲更早。"

"但发生过什么事?还是说我忘了他?"又是另一个记忆空洞?

"你可能从来都不认识他。他们各自成家后就很少见面了。我猜，有什么东西变了吧。而且，你母亲不喜欢我爸爸——我不知道为什么，但有一次妈妈跟他生气时说漏了嘴。'茱蒂丝说得对，'她说，'他果然不值得信任。'"

"我母亲不信任他？"

"可能因为他是你家老先生不羁青春的一部分。人们永结同心时，不都会这么做吗？不都是用绳圈套住彼此的脖子，勒紧，然后告诉对方，不可以再见老朋友，不可以再出去疯，必须生儿育女，必须搭起白色的篱笆吗？"

"并不全是如此，"我有些失神，"但是什么——"

然而弗洛话锋一转，提起了一直困扰着她，让她无法释怀的问题。"跟我说说，玛丽。结了婚是什么感受？"

"哪方面？你是指约束？我并不觉得——"

"不是这个。我是说全部。我还没有……唐尼和我还没有……你知道的——发生关系。我们确实很亲密。但即便在烂醉的时候我也会想，他之后会怎么看我。不一样的，对吧？"

这倒回答了他们到底是否共处一室。我清了清嗓子："嗯。"

"哦，我不是想知道鱼水之欢那些事，我都了解。只不过，我不知道是不是该等。"

"那你碍于什么才没有步入婚姻呢？"

"只是……所有的事！"她叫道，带着火星的烟蒂在空气中划过。

"篱笆和尿布？"

"没错！"

"你和唐尼谈过吗？"

"他说他愿意等，我的想法就是他的想法。前提是我得知道自己想要什么。"

"但是你害怕一结婚他就会改变心意，变成一个暴君？"

"男人秉性，不是吗？一旦你进了围城，他们就变了。现在好了，你养孩子，身材臃肿，生活无聊至极。"

"弗洛，听着——当然，有些男人确实如此。但是根据我对唐尼的判断，他全心全意地爱你，如果你真有什么困扰，而且他也知道，他一定不会逼你接受什么。"我犹豫了一下说，"不能因为你父亲不负责任，就表示唐尼也会如此。"

"爸爸并不是不负责任，"她立刻反驳，"只是有些……孩子气。他非常有意思——每次他来我都很开心；他就像我的另一个玩伴。但是每次他出现，妈妈都冷冰冰的，每次看到我都非常生气，我盯着她的脸，心想，我永远不想有这种体会，永远不想被逼，我也说不清，被逼长大吧，如果这是我不得不面对的根源。"

我开始明白自己的母亲为什么不想和弗洛的父亲扯上关系了。但我不明白，她为什么要完全断绝交情。

"所以，你觉得他不会，我是说，改变对我的看法？"她满怀期望地问道。

但是我不想承担这份责任。"可能会吧，弗洛。怎么能不变呢？你对他的看法也会改变的。你问我，婚后他对你的情谊会不会削弱，这个问题很复杂，我回答不了。"

她轻轻叹了口气，忽明忽暗的灰烬终于掉到地面上。"不会，我想不会的。"

"弗洛？"我犹豫着要不要提自己的建议，"你看，我发现，在婚姻生活之外，再找些其他事情来做会有很大帮助。"

"对你来说简单。我连从高中顺利毕业都需要别人帮忙。"

"你装修了自家的房子，这是项很伟大的工程。"

"确实是，对吧？"她骄傲地说。

"这事儿怎么样？"

"什么，装修？你的意思是当成工作？"

"当成你热爱的职业。你有这种技术,有必要的人际关系。好好考虑一下。"

"嗯,"她说,"我会的。"

水花声渐渐接近。我赶在唐尼听到我们说话声之前急忙问道:"但是告诉我,弗洛,你父亲出了什么事?如果他没有葬身法国,那他在哪儿?"

"哦,我想他确实死在法国了,但不是妈妈说的死法。你看,他写信告诉妈妈自己要加入法国军队,这支部队几乎什么人都收,甚至收四十几岁的老弱病残。他一直住在巴黎——他有个同父异母的妹妹,比他小十五岁左右。他父亲离开第一任老婆再婚了——离婚似乎是家族通病。总之,这是我们最后一次收到他的消息。罗莎,也就是那个妹妹,1918年圣诞节写过一封信。信中提到,他9月份执行某次行动时失踪了,也就是三个月前。所以我想,到最后他还是多了一份责任感。"

"听起来是这样。"

"总之,他去世后我也很难过。虽然总不在身边,却是个有趣的人。"

我们悼念了一会儿,然后弗洛跳起来朝水边走去。

星期三早晨,天亮前两个小时,我笔直地坐在床上,梦中那间隐藏的公寓渐渐消失在我眼前,取而代之的是小舍儿时房间的模糊轮廓。来到加利福尼亚之后,这个梦只出现过一两次。而这次,梦中的房子与格林菲尔德家的房子类似,只是枝缠叶绕的装饰艺术图案,变成了真正的藤蔓,沿着高高的石墙向上攀爬。瘦削的灰狗雕塑成了活物,四条细得不可思议的腿迈着小碎步。

我还是和往常一样,带着一众熟人,一间一间地参观这栋不太可能属于我的房子,穿过橘园,然后请他们来到惹人羡慕的宽敞大厅。我们路过壁炉,经过刻着美洲豹的壁炉架,经过有晶莹水晶球的台球室,然后转向通往长廊的神圣楼梯。人群中突然有人发问:"那是什么?"

那是一扇半开的门,门后是浩如烟海的图书室。二十英尺高的墙壁,承载着包皮镀金的书脊;高高的弧形工作台上展示着宝贵的中世纪画稿;一堆古代书卷和纸莎草文稿;发亮的长桌呼唤着学者,桌后的软皮椅子在等待着有人坐到火炉前,度过悠闲的读书时光。

换句话,是天堂。

但是在梦里,我只是耸耸肩,关上门说:"这里不重要。"然后我领着同伴继续参观装饰得纷繁复杂的楼梯间。

这里不重要?天堂怎么可能不重要?而且第三个梦为什么还缠着我,为什么还像一个等着回话的电报投递员一样挥之不去?另外两个梦的信息解析之后,就马上有礼貌地销声匿迹了。如果这个梦想传达暗室代表了那段被我拂开的过往,如果我接收到了这个信息,那它为什么不像它的兄弟们一样消失呢?它没有消失,反而再次出现了,而且比以往更急迫,更详细——如果它抓着我的肩膀,冲着我的耳朵大喊,我梦中的意识不可能没完没了,但无论怎样我都不可能破解其中的含义。

有件事很明显:我肯定睡不着了。于是我戴上眼镜,穿好睡衣,放轻脚步下楼倒茶。

我端着茶坐到平台上,周围一片黑暗。夜晚的空气冰凉潮湿,很不舒服。所以喝到一半我便进了屋,觉得若有所失。

我想福尔摩斯了。这种感受让我有些吃惊,因为才三天,我们分离的时间通常比现在更久。或许是因为弗洛谈起了婚姻,或许是我需要和有共同语言的人谈谈心,那一刻我多想让他出现在厨房桌子对面。

我把茶放到桌上，上楼去拿带来的一本书。走到走廊一半，我停下脚步，转身看向楼梯。

父母的卧室在二层厢房的后部。星期日那天我没进去，只是站在走廊朝里面望了一眼。而如今，还没等考虑好，我已经打开房门走了进去。

走廊的灯光照亮了房间一小块地方：地板、地毯、床、灯罩、墙壁。我绕过床，朝九点钟方向放着的电灯走过去，然后打开开关。

房间很简单，比太平洋高地的房间小了很多。屋里有一组内置衣柜，有母亲小小的梳妆台，专用浴室，另一边有几扇法式大门，后面是宽敞的阳台，容得下两把椅子和一张矮桌。门和家具之间有几排书架。架子得到了充分的利用，摆得满满当当。房间也因此更像闺房，而不像睡觉的屋子。卧室里放书，本就有些奇怪，况且内容严肃，数量惊人。我不知道母亲的意图是想把外面的世界带进自己的房间，还是想让个人生活与世界隔绝，当时猜不透，如今依然如此。

不论是哪种情况，她总归在这个房间里度过了我们奉上的自由时光。父亲会带着我们去游泳，或者出去划船，当我们回头看向房子时，母亲总在这里读书，不是在阳台，就是在玻璃门内的房间中。并不是她将我们赶了出来，因为她很欢迎我们加入阅读的行列，读自己的书，或者从她的架子上挑一本。其他的活动，比如无聊的游戏和纸牌，则在其他地方玩；若是从架子上拿下来的书，通常要在这间屋子中读，母亲很少允许我们把书带出去。这个房间和母亲的世界重叠，可以说是一个神圣的地方。

奇怪，我心想，在太平洋高地，一提到书，我联想到的是父亲和他的图书室；在这里，母亲的书则占了主导，而父亲则投身于更活跃的娱乐当中。

我离开书架，继续环顾房间其余的部分。浴室明亮，朴实无华，瓷砖很干净，这类房间常见的遗迹——香皂、浴巾、刮胡工具——都被清理干净了。毫无疑问，是戈迪默太太。我终于开始用心地思考，对于这个女人来说，该如何处理两位逝者留下的香皂残片呢？拉开洗漱池下面橱柜的顶层抽屉，我看到了父亲的剃刀和香皂刷，下面是母亲的发梳和针线，但几乎没有有效期短的东西。

突然灵光一闪，我离开光线铺洒的房间，走到衣柜那扇窄门前。鼻尖是淡淡的松木香，虽然衣服还都挂在里面，但都被推到了挂杆末端，好像在无人下令之后，戈迪默太太只能做这些了。

母亲梳妆台上的银质粉盒，一直默默等待着主人归来，但如今已然有了锈迹。我坐了好一会儿才拿起盒子，掀开顶盖顿了一下，上扬的粉末钻进了我的鼻子。我觉得难受，低头将脸凑近，深吸了一口气，没有其他感受。脂粉中、卧室中、房子中，都寻不到母亲沉静细弱的声音。一句细若游丝的呢喃从母亲最爱的书架上传来，于是我走过去等着，直到泪珠滑落脸颊，我才发觉自己哭了出来。

可恶，我对母亲的魂魄说，那时候你为什么要同意来这里？为什么你没有再坚定一些，没有坚持说旧金山的工作实在太多，因此根本无暇出行？那样的话，我们就可以轻轻松松地在城市中度过最后一个家庭周末了。为什么？

趁着眼泪还没有决堤，我稳住了自己的情绪。她也不想死，她也不想把父亲和利瓦依一起带走，我独自一人留在世上并不是她的过错。谁都没错，除了我。

我用睡衣角揩了揩眼镜，给自己下了命令：找本书读，下楼，重新倒杯茶，因为桌子上那杯肯定和冰水一样了。振作起来。

我随手从面前的书架上抽出一本书,打乱了原有的次序,绕到床边关了灯,然后出了屋子,轻轻地,但是坚定地关上房门,下楼去了厨房。

我备好新鲜茶水和书,在桌前坐下,但是我没有翻开,而是盯着放杯盖的架子和茶叶罐,那也是一扇门,是一支杠杆,或许什么都没有真正进入眼帘。

我越想越觉得龙先生的意见指向了正确的方向:隐藏的公寓不在任何一所宅子中,而是在利玛窦所谓的记忆之宫的城墙内,我之所以能轻松自在地进入(至少在梦里是可以的),是因为这个地方由我亲自打造:建造、关门闭户、深锁重门。隐藏的公寓是我的过往,我的童年时光。遭受了身体上的病痛,经历了被抛弃的震惊,隐忍着悲哀的负罪感,我将这些记忆锁了起来,几乎忘得一干二净。我,罗素家族最百无一用的人,独自活了下来。目前看来,比起带着遗失的丰茂记忆前行,忘记犹如荒漠一般的过去,无牵无挂,是更好的选择。

昨天我的理智已经开始接受这层含义,然而今天早上浮现在眼前的梦境几乎要冲我大喊:"没那么简单!"

并不是说这段插曲是什么错事,只不过理智并未给以足够的重视。

严重烧伤的生物会永远躲避火焰。直到两周前,我还一直逃避过去,否认自己经历过1906年灾难的可能性,默许这段记忆隐藏在之后那次事故的伤疤之下。

可是,大火受害者又常常对火焰非常执迷,不可能不管不顾。所以我伤痕累累的内心总能找到原因,将我带回来,首先是回到旧金山,然后经过一段我无意再访的路,将我带到湖畔的这处避世之所。这些旅程都是多余的,但是每迈一步,一次次对记忆的痛苦冲刷,一定程度上给我带来了掌控和自尊的感受。在太平洋高地的房子中,各种东西就像针一样,一根接着一根扎过来,让我畏缩不前,但是我感觉到休眠的过去逐渐展开,在房子中变得鲜活。

之后,当我前往半岛时,回忆过程发生了变化。用梦中提供的画面来说,这里就是一间独门独户的公寓,过去的人、事,将房子装得满满当当,只等我走进来认领。

事实证明,的确如此。在来的路上,汽车尚未驶进村庄,我就想到了它原本的模样;还没转动大门钥匙,我就预料到了戈迪默太太和她的工作,知道小舍的景象和感觉,我不需要盲目乱转,不需要等着逻辑思维指引,就能精准地拿到某样东西。我深深记得这所房子,但在常住的太平洋高地的房子中,却没有这种体验。那里发生的每件事似乎都要费一番周折才得以公开,每个人、每段记忆,几乎全都是从墙壁上凿出来的。

我想,回忆过程本就应该像在小舍一样完整坦诚,而非勉强并支离破碎。

所以,为什么第三个梦如此顽固?不是切实存在的暗室,不是我的过去的全面开放——那是什么?有什么亟待发掘?我到底在逃避什么,不敢面对什么?

他们的死亡,我的大脑悄声回答。但是没等这句话完整地传达过来,我就已经站了起来,朝水壶走去,一边伸手拿咖啡罐,一边想楼下有没有弗洛留的香烟。虽然我平常不吸烟,但我发觉自己现在急切需要尼古丁,以及点火和吞吐的平静仪式。

煮着咖啡,我回到卧室,穿了些暖和衣服,拿了一个杯子,出门坐到平台上,看着星星一点点隐去。但是我刚在矮墙上坐下,抬起脚,低语声再次袭来:他们的死亡。

我从墙上跳下来,吞了一口烫嘴的咖啡,然后放下杯子。

咔嗒一声脆响,杯子差点从杯托上跳起来。平台上的空气突然变得冷冽,我收紧外套,裹住自己,走到石子路那头,又返回来,停顿了一下,双手端起颤抖不停的杯子喝了一口。我在平台上走来走去,感觉自己像一只笼中困兽,于是丢下咖啡,离开平台,盲目地穿过草坪。

他们死了。是,混蛋,他们是死了,而且直接原因是一个暴躁的青春期少女不仅折腾自己的弟弟,还迫使父亲从路上转移开了视线。只是他不应该这样,因为他是老司机了,从来没有出过这种事,他曾经开着车满世界跑,从来没有遇到过麻烦,一次都没有。那段路是很可怕,但他是知道的呀,而且也非常熟悉。

但也有其他人,虽然知道路况,却还是冲下了悬崖。那个瘦弱的保险员就可以证明,他爬上爬下做调查的地点,恰恰就是我家人殒命的岩石丛。

我百无聊赖地想,我因为车祸到了那里,恰好碰上有人调查另一起,这种感觉很诡异。然后那个声音再次在我耳畔回响,我猛地转身,想甩开它,模模糊糊地意识到脚下的土地开始倾斜。

他们——

没错——是,他们死了!母亲、父亲、利瓦依,他们都死了,但是人都会死的,每一刻都有人离开。金兹伯医生死了,马氏和迈卡死了,每时每刻都有人离世。虽然实际上,不,仔细想想,并不是每时每刻,他们恰恰死在同一时间。

诡异的巧合,我承认,想到这个词,我突然觉得自己渐渐产生了一种不好的预感。

我站在码头边缘,双脚踏上磨损的木板,木头因为不堪重负而咯吱吱地响。最后,我坐在码头边,耷拉着靴子。天边浮现出微弱的亮光,水面一动不动地警惕着什么。

三个梦。一个掐着我的脖颈,拖我回到了书本横飞、东西摔得粉碎、火焰冲天的1906年4月。第二个梦带我与一个充满矛盾的人碰了面,大火之后几天,他走进我家帐篷来找父亲,他吓到了我,同时又安抚了我。而第三个梦一遍又一遍地重复着说,我只需要打开门,找到那些暗室。我知道它们就在那里,只需要伸手拉开门闩。

是的,他们死了,家人、用人、朋友。但是家人去世时,城市大火已经过去了八年,事故现场距当年无脸男光顾的帐篷所在地隔了半天的车程。父亲穿上军装,母亲向东旅行,在步入新的生活历程之前,他们忙里偷闲,想度过一段悠闲的时光,却死在了路上。这也是我们一家人最后一次上路。

这一点,比巧合讽刺得多。

我冷得直打哆嗦。空气那么静,湖水像屏住了呼吸;短发像一根根毛刺耸立在头皮上。

我和福尔摩斯不同,对巧合没有极端的仇恨——对于一个公开表明不相信上帝干预的男人来说,他始终愿意追踪命运摆在他面前的线索。但是我坐在码头,在潜意识涌出的三个梦组成的一点上保持着平衡,有什么其他东西冒了出来,全神贯注地盯着我的脸。

我被枪击过。

在英国,我有敌人,福尔摩斯也有对头,我会把遇到的袭击看作其中之一。但在这里呢?刚刚上岸两天?

最后,我意识到几个关键词浮现出来。随着一声几乎可闻的咔嗒声,坚固的壁垒轰然倒塌,我终于向着过去的暗室迈了一步。

周围的一切,墙壁、家具以及特有的空气,全都在冲我喊——

是意外,还是我的家人其实是被谋杀的?

二十

意外，还是谋杀？

伴随着这个简单的问题，整个世界绕着轴线转动了一圈，让人头晕目眩。我父亲那条特别的遗嘱，龙家人和金兹伯医生的死亡，在街上指向我的刺杀行动——所有这些随着脑中的声响串在了一起。并不是说我发现了原因，但是和福尔摩斯合作了这么长时间，我自然能看明白周围一条条看似不相关的线打成了一个怎样的结。太多人死了，太多的巧合。

1906年大火期间，有什么事情发生过。因为什么事，麦卡·龙在唐人街烧起来时，在周遭一片混乱时，撇下自己的妻儿；也是因为什么事，他和我父亲的关系变了；甚至可能因为这件事，母亲回到了英国，一待就是六年。

是这件事，在我们回到旧金山的第三年，将汽车送下了悬崖。是这件事，在四个月内取了三个人的性命，因为他们或许从罗素家谁的口中得知了什么秘密。是这件事，在十年之后引来了放低枪口瞄准罗素家唯一幸存者的刺客。

如今太阳渐渐爬上周边的山丘，幸存的罗素正坐在一个完全暴露的位置，她唯一的武器还被压在旅行袋里。

这个愚蠢的罗素，自从星期日早上在圣法兰西斯酒店门外的街道上象征性地扫了一眼之后，便再没想过要眼观六路。

我挣扎着站起来，急忙朝房子跑去，像是听到了树林中细枝折断的声音。进了屋，我锁上平台门，然后待在那里，等着看有没有漫不经心的动作或混乱的气息可以暴露入侵者的踪迹。房子一片寂静，石子路上唯一的潮湿印迹是我的双脚留下的。我悄悄溜上厢房卧室的台阶，小心翼翼地推开自己的房门，但里面空无一人。

手枪别进腰带中，我才稍稍安心了一些。我把行李乱七八糟地塞回包里，然后上楼去敲弗洛的房门。

没人回应。我的手握着门把，然后听到里面传来模模糊糊的一声嘟囔。"弗洛，我们得马上走。我先准备好咖啡，现在你得起来了。"

唐尼的脑袋从我身后的门中探了出来。

"出什么事了吗？"他问。

"我想我得立刻回市里。我去煮咖啡。"

我刚把渗滤壶从加热器上端下来，唐尼就过来了，衣着整齐，梳了头，也剃了胡子。

"能给弗洛端一杯吗？"我问道，"我怀疑，不喝这个她就无法从昏迷中清醒过来。"

他看我的眼神有些古怪，但也没说什么，只是端着两杯咖啡走开了。弗洛最后还是和我们坐在一起，拿着我放到她面前的吐司，用咖啡因淹没了睡意。

她的目光刚略微清亮了一些便盯着我看。"有什么急事？"她询问道，"我还想着走之前可以好好游一游呢。"

"我只是得马上回去。"我说，语调平缓，不容争辩。

弗洛眨眨眼，而唐尼清了清喉咙。"那好吧，你们姑娘们先去收拾行李吧，我去把伞和椅子放回船屋。"

"不用管，戈迪默一家会打理好一切的。"

我站起来。弗洛和唐尼交换了一下眼神，也站起身。没等着看他们有没有按我说的行动，我便从挂环上取下钥匙串，出了前门。

通往马路的土道上只有小舍,沿着马路往北,便是戈迪默家的房子。我走到后门敲了敲,因为知道每天的这个时间他们都在厨房。戈迪默先生打开门,同时将沾满汗渍的帽子扣到头上。我闻到了阵阵自家熏制的火腿和煎蛋香味,不由自主地绽开笑容,并把钥匙递了过去。

"我们今天上午走。谢谢你们,一直悉心打点着一切。"

他接过钥匙,反手递给身后站着的人。我和他妻子打招呼,她一说话,严厉的脸庞便缓和下来,"真是遗憾,我们都没有好好说会儿话,玛丽。希望一切都顺心。"

"绝对称得上完美。"

戈迪默先生在讲话之前喃喃地准备了一阵,然后才开口说:"您要卖掉?"

"还没有决定。我大概会卖掉城里的房子吧,一直那么空着实在很傻。如果你们两位愿意继续维护这里的房子,那我就多留一段时间。"

"我们当然愿意为您保证房子的整洁和安全,"戈迪默太太说,"多久都可以。如果您让您的律师再次打电话通知我们您要来,我们会像往常一样先把牛奶放进冰箱。"

"我很感激,戈迪默太太。"我点点头,表示感谢,然后开始缓慢地从门口向后退,免得一整个上午都陷在戈迪默太太的闲言碎语中。

"好吧,"我说,"看到你们这么健康,我很开心。很遗憾我不能久待。我的朋友们说不得不回去,所以我们要走了。"

"真是遗憾,但我理解,如今的年轻人太忙了。这里的东西您不用管,我会过去整理好的。"

"你真的太好了,戈迪默太太。或许离开旧金山之前我会再来一次。"我丢下最后一句小恩惠,想分散她的情绪,虽然是睁着眼睛说瞎话。我没打算再回来,反正几年之内不会,或许永远不会。

戈迪默太太的碎碎念继续拽着我,我慢慢地后退,距离她的波及范围越来越远。

但是戈迪默先生拦住了我。他又嘀咕了一阵,然后迸出几个词:"有人来过,问了几句。"

走到楼梯一半,我的脚不再探索后退的路,停了下来。"有人?"

"一个男人,一个女人。几星期前。"

戈迪默太太的脑袋插进我们之间,生气地盯着她的丈夫,"有人来过,而我却没看到?"

"你去你姐姐家那天晚上,我正修舢板棚的门。天差不多黑了,他们出现在房子附近,脸皮太厚了。我让他们走了。"

"能跟我说说他们吗?记下他们的名字了吗?"

"没有。只是叫他们离开。"

"他们长什么样?"

"没细看男人的样子,他站在草坪外,背对着我,一副别人高攀不起的样子,灰色头发。女人隐约有些面熟,大概四十岁,发型过时——全梳到头顶,你知道吧?"

就像三个月之前我的发型。"什么颜色?"

"我想是棕发。她戴着帽子。"他补充道。

"你觉得以前在哪里见过她?"

"不知道。或许看过她的照片。"

"还有其他特征吗?胡子、眼睛颜色、首饰之类的?"

戈迪默先生摘下帽子,挠了挠秃脑袋,回想了一下。"八字胡,"他微微扭着头说,"那时候看到的。我自己从不喜欢八字胡。"一个惜字如金的人扯到题外话,真是稀奇。"戴着很亮的戒指,像钻石的,小指上。大概和我一样高。可能想更高点,穿着带鞋跟的鞋。真蠢。"哎哟,哎哟,戈迪默先生真的不喜欢这两位访客。"那个女人，身高和你相似，没这么瘦。棕色眼睛，声音好听，南方人。男人不是。"

我急退了一步。"南方人？你确定？"

他耸耸肩。"慢吞吞的说话语气，木兰花和甜饮料，硬脾气。"

我继续张口结舌地看着他，不仅因为他提供的消息，也因为我的邻居居然讲了这么多话。我几乎没有关注他说的第三点判断依据，之后才注意到。

这番努力耗干了他的精神。我追问更多细节，但他把自己知道的全告诉了我，或者他已尽全力把信息传达给了我，因为他不再说话，只是耸肩、打手势，眼角渐渐爬上了焦虑。最后，我于心不忍，向他道了谢。他似乎如释重负。

但是还有另外一个问题，于是我转向他的妻子："那天是哪天？"

被她丈夫反常的聒噪堵住的话瞬间爆发。戈迪默太太跟我说了很多我觉得没用的细节，包括姐姐病情越来越虚弱的传奇故事，又说不清身体哪个部分出了问题。但所幸，那天的细节也悄悄混进了她的话：3月30日。

我向两人道谢，然后继续向后退，直到安全地退出了花园门，靴子踩到沙砾小路上，嘎吱嘎吱地响。

星期三开车离开湖畔小屋和星期日那天来到这里的三人组有些不同。那时，我非常不安，两个同伴只得安静行事；现在，我急着要回城，甚至有些迫切，所以几乎没有留意周围。弗洛坐在前排，她的肩膀僵在那儿，透露着单纯的不满。唐尼在她旁边，握着方向盘没有说话，满是不解。

车子开动了，我转过身看了最后一眼。我不知道自己能不能再见到小舍，这几天我过得很愉快。我也很感激两个同伴这么好相处,除了弗洛偶尔会做出过分关切的举动,逼着我吃吐司和安眠剂。布满青苔的木瓦的最后一角终于被树木淹没了,我这才转向前方。

汽车穿过风光优美的小村庄,绕着蜿蜒的山路向大海驶去。我们开始计划回去时穿过山丘,走半岛东岸沿线的快车道。但是在转向之前,我向前探身,将手放在唐尼的肩膀上。他歪着头等我说话。

"我知道这偏离了路线,但是我希望到星期日那天路过的那家修车厂停一下。"

"哪个修车厂?"

"小镇上的那个,塞拉海滩。"

"哦,是的,"他有些疑惑,"我以为要走雷德伍德城呢。去塞拉海滩就表示还是走海滨路吧?"

"你是不是很介意?"我问道,故意使出了女性无助的语气,然后又补了一刀,"那里是车祸之前我和父母最后一次说话的地方。"

他快速地和坐在旁边的弗洛交换了一下眼神,然后再次目视前方。"没问题,"他歪着脑袋说,"如果这是你心中所想的话。"

"你真是好人。"我说,然后坐了回来。我思绪万千,也没什么兴致欣赏沿途的风光。

车祸地点就在坡道前方,下面是我们和保险调查员交谈过的地方。沙滩上阳光灿烂,但是荒无人烟,没有面包卡车,没有密不透风的观光车停在路旁。到了山顶,我几乎瞟都没瞟事发地点,全部心思都放在越来越近的修车厂上。

唐尼把车开到加油泵旁边,我们三个人全下了车。迎面走来帮我们的小伙子太年轻,肯定对1914年的事情没什么印象,而且他自己肯定也建不起这个修车厂。我问他主人在不在。

小伙子好奇地看了我一眼,没找出什么理由打发我。"我叔叔在后面修变速器。"

机修工看似正在和变速器搏斗,或者被它吞掉了。车被拆得七零八落,到处都是,车体一侧抬起,引擎悬在巨大的三脚架上,车基——两节车轴交叉的传动轴——下面压着两条伸出来的腿。我突然停下,思索着要不要找人帮忙,把压在一具尸体上的重家伙挪开。但是,那两条腿抽动了一下,略微让人放心了些,然后一连串可怕的咒骂从残骸中飘出。我想,如此口若悬河的人,应该不是在垂死之际。

"嗯,对不起,请再说一遍?"我大声说。

咒骂声停住了,抖动的双腿开始蹬着铺路石,一只手臂绕着传动轴,将其本人拖了出来。

一张黑油油的脸盯着我,"有事吗?"

"很抱歉打扰你,我在找1914年掌管这里的那位绅士。"

躯干又钻出来一部分,他拿了块破布,在脸上抹了一把,但并没有什么明显的区别。油污下的那张脸看上去并不比我年长。"那应该是我哥哥,迪克,"他说,"我当时打下手,他二十岁那年去世后由我接手。"

"那1914年9月你在这里吗?"

他直起脑袋盯着我,若有所思地看了很久,然后才决定站起来。他浑身上下都是油污,爬过自己正进行的工程,走过来站到我面前。我强迫自己停下后退的脚步。他从工装后边的口袋掏出一顶帽子戴上。配备好正式会面的装束后,他瞥了我一眼。"你为什么想知道1914年9月的事情?"

这次换我若有所思地望着他了。是日期,还是我的问题引起了他的注意?遭到怀疑时,要摆出事实。

"当时我遭遇了一场车祸,就在外边的公路上。我在想,还有没有人记得那天的细节。"

他表情一变,我眼前漆黑发亮的脸庞晃了晃,"你在那辆车里?"

那辆车。"是的。"

"你是那个女孩。"

"我是,对。"

"好吧,我会——对不起,小姐。"

"所以你还记得?"

"记得,但是很抱歉告诉你,你来晚了。我已经把东西给他了。"

"把什么东西给谁了?"心脏突然重重地跳了一下,这时说话有些费劲,但我不知道是因为兴奋还是因为恐惧。

"那个保险员。"

"保险员——你是说那个头发变白的高个子男人?"

"咳得很厉害。"

"就是他。他想要什么?"

"最开始没想要什么,只是问了些关于车祸的事。但是当我告诉他自己做的事情和拿到的东西时,他似乎对我所说的事更感兴趣,而不是他问的问题。"

"你曾经——"我吸了口气,放慢了节奏,"先生——你叫什么名字?"

"霍夫曼。"他回答,同时伸出脏兮兮的手。我没有犹豫,握了握,也接过了他之后递来的破布。

"玛丽·罗素。"我告诉他,"可以小坐片刻吗?"

"当然,这边。"

他指向一条长凳。我没细看就在他指定的位置上坐了下来——毕竟不过是几件衣服而已。"霍夫曼先生,能说说那位保险员和你给他的东西吗?"

"那位老兄是星期六下午来的,和你一样,就问了几个关于事故的问题。最开始，我对他所说的事没有一丁点印象——毕竟已经过去十年了——但是后来我一直摇头，摇了十几回，忽然好像把脑壳里的什么东西晃松了一样，有个小铃开始响。总之，我正要说不知道，我什么都不知道时，突然就想到了。'哦，是那次！'于是我说，'等一下，是我给那辆车换的车胎。'然后又在后面我攒的一堆可能用到的零件中翻了一阵。不一会儿就找到了。有些灰尘，免不了嘛，但还是很光亮。"

"是什么东西？"

"哦，对，你没看到。是1914年产的麦斯威尔的刹车系统的一个部件，和刚出厂一样，干净得很，不过中间有一道切口，肯定不是车厂弄的，后来整个断掉了。"

我的表情肯定告诉了他，作为一名女性，我不仅知道制动杆，而且知道有切口意味着什么。他赞许地点点头，然后满怀歉意地讲了一个长故事。说他哥哥看到几乎完好的底盘被一波波海浪冲刷后，决定最好在被大海冲走之前去抢救一些有用的零件。过了几个月，他们拆卸完之后，剩下的那半根制动杆才见了光。他哥哥发现后给他看了，又告诉他这意味着什么，然后就搁到了架子上。

"你们为什么不交给警察呢？"我问。

"我们交过。"他有些生气，"大概一两天之后吧，镇上的警察路过时，我和哥哥把东西拿给警察看，还告诉他在哪里找到的。他却对我们擅自动那辆车更感兴趣——好像还有什么东西留在那儿一样，但那是一堆废铁，根本算不上车。他离开时说，会让小队长指控我和迪克盗窃的。我们当时慌了神，我不会说谎的。但是之后什么事都没有。我当然不会再伸着脖子，为四个月之前若有若无的事，让哥哥和自己冒被逮捕的风险。所以我们就把它放到了架子上，闭口不谈，过了一段时间,我差不多就忘了。"

"直到那个保险员问起来。"问的是那场车祸,而不是去年12月份的。

霍夫曼点头,"他把那段锯断带走了。我手里的那段。"

"只有一半?"

"大概有八英寸的杆,锯断了四分之三。剩下的折断了,我刚才也说过。我们家这位神枪手迪克说,这个一文不值,是事故中断掉的。但是我懂车,我了解制动杆,就算是孩子,我也知道不仅仅是掉下悬崖造成的断裂。哥哥说得对——有人故意锯开了一大半。绝对不是意外,也不是钢材本身的瑕疵,而且打死——请见谅,小姐——也不是岩石碎屑造成的。"

"我相信你。"我说道。他坐回长凳,积存了十年的怨气终于在我的赞同声中纾解开来。我继续说:"你留意那个保险员了吗?我猜他没有给你名片?"

"仔细想想,他给了——应该在登记簿附近吧,我和他是在那儿见的面。"

"那你看到——"我顿了一下,没说出我知道那人雇了辆面包货车过来,"他来时的那辆汽车了吗?"

"不是汽车,是一辆白色的面包店货车,开出了城。以前可没这种情况。"

我们又谈了一会儿,但是他不知道自称保险员的那人的其他信息。刚想感谢他抽出了宝贵时间,然后去找我的同伴,我忽然意识到,自己被他提供的保险员和制动杆的消息分了心,差点忘了最初想问的问题。

"关于十年前的那场车祸,除了你们后来发现的那一截制动杆之外,事故当天有没有别的事让你耿耿于怀?"

"已经过去很久了。"他说。

"是的,我理解。好吧,谢谢你——"我说着结语,但他的话还没结束。

"……你知道,事情发生时,要把细节记得分毫不差非常困难,除非当时弄清了原委。"

"是吗?"我带着鼓励的语气,再次坐回坚硬的座位上。

"那个,我们找到那段制动杆之后——当时是12月末1月初。要知道,事故已经过去好几个月了,我才开始回想。就像我说的,是我给那辆车补的轮胎,当我听说车子就在那段路上冲下了悬崖时,我只想到自己没有把车轮上紧,才导致车子冲了下去,是我害死了他们。后来看到车子的四个车轮都还固定在车上时,那种解脱感无法形容——当然,橡胶融化了,但还在。所以按你的话来说,那天给我留下了不可磨灭的印象,你明白吧?"

我点头以示鼓励。

"那天就像装了一盏灯,是的,我有一段时间忘掉了这件事,但当我重新回想起来时,我看到了很多细节。比如那几个轮胎,迪克放那段杆子的地方,同样是那天下午,我爱慕的姑娘来了,还给我带了自己做的蛋糕,这样那样的事,你明白吧?"

我再次点头,琢磨着故事会朝哪个方向发展。

"我后来想起了一件事,很肯定它发生在同一天,但如果你说不是,我也不能说你撒谎,你懂我在说什么吧?但我觉得那个脸上有疤的男人,那天下午也在这里。"

我很庆幸此时此刻坐在凳子上,否则很可能会因为沉重的打击而摔倒在地。"有疤。"我重复道,呼吸变得急促。

"是的,烧伤留的疤,满脸都是。不是很严重,你明白吧?眼睛鼻子没事。只不过皮肤看上去很滑稽,到处泛光。"

"没有眉毛吧?"

"不是完全没有,但是一撮一撮的,胡子也是。头皮前面好像也不平整。不是粉色的,所以可能不是新疤。我当时十六岁,战争刚刚打响,报纸上都是相关报道。所以看到他之后,我首先想到这是不是他在战争中落下的疤,然后又意识到,可能仅仅是因为什么事故。"

"他来干什么?"

"不干什么,反正我没看到。我刚把车轮装上去,就看到他站在附近;等我把车挪开,开始帮其他客人时,他还在那儿。所以我告诉哥哥,这人或许在找有什么可偷的东西。迪克笑话我,说我看了太多的廉价故事书,你看看那人,哪里有需要偷东西的样子?他走过去跟他聊了一会儿,事实证明他只是在等车来接。他等的车肯定来了,因为我再出来时,他已经不在了。"

"但是你之后想起了这个人。"

"看到杆子上的切口,我才开始细想,是的。但我也说了,我并非百分百确定他是同一天出现的,就是前后几天。而且,他看上去也不像会拿着钢锯趴车底的人。"

"衣冠楚楚?"

"是,像个花花公子。"

花花公子。"那个……有没有可能,他碰巧戴了钻戒?"这给目击者提供了情报,但可能没什么用,这只是想象或者什么都算不上。我不认为这位机修工是个耳根软的人。

脏兮兮的脸上表现出吃惊,然后眉毛落下来,在想着什么,"戴了,现在我想起来了。你怎么知道?"

"有个朋友提到过。"我告诉他,多多少少是实话。伤疤能解释为什么戈迪默先生口中那个戴钻戒的人侵者一直背对着他,只是转头和他说话时露出了半边脸和一小截胡子。"之后一直没再见过他吗?"

"没有。如果见了,我会注意到的。"

"我想也是。"我说,"我们现在可以去看看保险员的名片吗?"

他领我走进一间小房子,在现金抽屉里乱翻,然后拿出一张白色的纸片,和星期日那个男人给我的那张一样。我把名片还给修车厂主,向他道谢,又递给他一张我的名片,上面有圣法兰西斯酒店的电话号码,万一他想起别的事可以告知。走之前,我问:"外边那个小男孩,是你哥哥的儿子吗?"

"是的。他四岁那年,父亲入伍。我一直把他当亲儿子养。"

我回去拿包,然后把十美元放到柜台上。"我想,应该有那个孩子需要的东西。这钱是一位英国公民想对一位做出很大牺牲的人表示感谢。"

他收下钱,又和我握了握手,目送我从店里离开。

在修车厂一侧,我找到了水管和一块钉在钉子上的脏香皂,我漫不经心地搓着手掌,大脑却感受到了看不见的记忆给予我的压力,上午听到的低语也在心里回响:他们死了。

显然,南方女人和带疤痕的同伴雇了另一个间谍。我估计他们雇的"保险员"比我们早到了一步。戈迪默先生五个星期之前将这两个人从湖畔小屋旁赶走了——他们当时为什么不来塞拉海滩修车厂?如果想回收为了实施谋杀而破坏我父亲汽车的证据,为什么一直等到我近在咫尺才行动?

我在车边找到弗洛和唐尼,但在上车之前研究了一下修车厂和旁边的咖啡馆。

这里有什么东西不见了,如果不是,那就是我漏掉了什么。整齐的建筑、汽油泵、长在一旁的高大橡胶树,欣欣向荣的气息;空气中混杂着桉叶油、大海、汽油和咖啡馆飘出来的煎肉香味;油泵的轰隆声、海鸟的啸声、谈笑声和一只小狗欢快的叫声交织在一起。我的手指触碰不到本应该在这里,却又不见踪影的某样东西。

"你们有没有觉得少点什么?"我问同伴。没有听到他们答话,我环视了一圈,注意到了两人的表情,他们的脸上明明白白地写着担心。我这才意识到,今天上午专断地下了指令,而且没做任何解释,他们开始担心我的情绪是否稳定了。

我硬挤出笑容,说道:"没事,我知道今天上午自己有些精神错乱,但是我真的只是想起来有些事情要做,而且没做其他安排,所以必须得回去。这么急真是抱歉。而且现在,好吧,我正努力回想到底缺了什么。"

两个人都尽职地转身去研究修车厂前面。唐尼清了清嗓子说:"这种地方,有时会在外边的马路上放置标识。"但感觉不是这个。我叹了口气,放弃思考,钻进车子,坐到我的位置上。

回城的路上,我一直心不在焉,几乎完全忽略了我没有开车这件事。

回到圣法兰西斯酒店,我请他们进来喝杯茶。他们犹豫着,然后弗洛说她知道还早,现在很想喝一杯,于是他们把车交给负责泊车的服务生,和我一同进来了。服务生给他们一人端了一杯"茶",用的高脚杯,里面各放了一颗橄榄,我还是坚持要传统的英国酒精饮料。我跟他们说暂时失陪,然后回了房间,但没发现福尔摩斯的踪迹,只看到医院那位布雷思韦特先生送来的消息,关于我那天问的金兹伯医生死亡的情况。我读完后,注意到房子的钥匙放在梳妆台上,于是便装进口袋,下了楼。

我尽力想弥补,想表现出友好和轻松,但是弗洛在走之前满怀深情地又哭又亲,简直要赶上她母亲了。跟他们分别,让我感觉到了沉重的负担。之后,我想到楼上的空房,想到福尔摩斯也有可能随时回来,于是便让人叫了一辆出租车。

如果钥匙在这儿,那福尔摩斯肯定不在房子里,我可以安静地疗伤。

开往太平洋高地的这段短暂的路程中,我想了想今天剩下的时间要做什么。享受一阵寂静后,去警察总局找那位负责调查金兹伯医生死亡案件的警官,便笺上说,他名叫詹姆斯·罗利。之后我可以找找那家卡车被冒牌保险员雇去的面包店,打听出前一天他家卡车停在哪个修理厂,再通过修理厂的技工找到那个男人。

出租车停在家门前,我付钱下车,步履轻快地沿着小路往前走,果断地打开门锁,进去之后又把门反锁起来。

刚迈出一步,我就僵住了:房子中有灯光,而且有动静。

我的手自动伸向手提包,粗鲁地扳弄着搭扣,慌里慌张地探索着手枪冰凉的触感,直到福尔摩斯出现在走廊尽头。我站直身子,手里的重物落回包里,一边朝他走,一边摆出受到惊吓的笑容。

"你为什么不带钥匙,福尔摩斯?是你的开锁手艺需要锻炼,还是说你配了一把——"

我突然看到图书室壁炉前坐着一个衣着光鲜的人,我的声音戛然而止。他的腿和福尔摩斯一样,长得有些不方便,骨节分明的手指放在椅子扶手上,一头健康的红发,两鬓染上了灰白,看上去有些不协调。我上一次见到这个男人,是他驱车离开崖底的海滩时。

我立刻掏出手枪瞄准,毫不含糊,"福尔摩斯,离那人远点!他为杀死我父母的凶手卖命。"

福尔摩斯没有动。我稳稳地端着枪,快速地扫了他一眼。

见鬼,我丈夫为什么咧着嘴乐观地傻笑——什么事看上去那么安心?

第四部

福尔摩斯

二十一

前一天清晨，也就是星期四，福尔摩斯很早就起来了。罗素要在湖畔小屋安全地待三十六个小时，福尔摩斯可以自在地窝在坐垫中，拉着窗帘，独自享用晨起的咖啡，随心所欲地制造呛人的烟气。他在推理时，更青睐气味浓烈的黑色烟草。

如今他的问题并非能否说服哈米特对原雇主上演一出欺骗戏码，而是应不应该这么做。

带南方口音的那个女人给哈米特送来的便笺上说，星期四上午八点会给他打电话。到那时，哈米特得做出决定，是公开拒绝她的雇佣，然后想办法把钱还回去，还是利用这个机会设下陷阱——给她提供错误信息，或是强调面谈的重要性？

显然，设陷阱更好。但若逼迫前私家侦探担当女人垮台的积极因素，这个过程将充满道德考量。就像哈米特说过的："如果我战胜了一直欺骗我的人，那我会自动伸向他的腰包，毫无顾虑。但是如果我接了委托人的工作，然后又为了别人出卖客户，那这种行为比盗窃还低级，非常卑鄙。口头合同也是合同，所以必须先解除，然后才能置之不理。"

福尔摩斯不知自己是不是应该逼他下套。这么做有风险，可能导致哈米特与他彻底疏远，然后坐回自家厨房桌子上那台安德伍德打字机后面。

福尔摩斯把第一斗烟灰磕出来，一边伸手去够烟丝一边想着,这个问题实际上就是他能否策反这个人。

昨天晚上,福尔摩斯将引她——或是她的代理人——出洞的计划透露给了他,以便查出女人的所在地和身份,之后再行评判。他让哈米特自己做决定。

福尔摩斯设法安慰自己,即使哈米特选择直接拒绝那份工作,她也可能现身收回那笔钱。当然,如果她有脑子,那她会直接放弃这笔钱,而不会去冒暴露的风险。不管她是否这样做,都能给他提供很多信息。

盘算完哈米特通话内容的所有可能后,福尔摩斯转换了思维,开始研究岳父的遗嘱、岳母的花园日志以及那几页烧过的纸上残存下来的只字片语。

时钟的指针慢得让人心烦。福尔摩斯坐在垫子上一动不动,过了很长时间。他耷拉着的眼睛在光线微弱的房间中熠熠生辉,他在等着电话铃响。

八点过十六分,电话响起,声音像被哽住了。没等它响第二声,他就一把抓过了听筒。

"说吧。"他指示道。

"她打电话了,八点整,"是哈米特的声音,"我告诉她自己做不了这份工作。"

"明白了。"福尔摩斯并不惊讶。

"她很不开心,用几国语言轮番诅咒了我一遍。于是我不得不抬高嗓音,问去哪儿还钱。她终于听进去了,说让我先拿着,或许我会改变主意呢。语气像是威胁。所以我不得不跟她说,如果星期五早晨之前没有收到她的消息,我就把信封钉到公寓大门口,谁愿意拿谁拿。"

"她的答复呢?"

"她只说会再联系的,然后'咣'一声就挂了电话。我去了电话局,女孩说刚才那通电话用的是市区另一边的公用电话，但等我拨回去时，那个女人已经离开了。她倒很擅长玩失踪。"

"正如我所预料的。哈米特，其实最好——"

"对，我知道，我得在老婆和孩子回家吃午饭之前赶回去，以防家里来了带枪的客人。但我想，我得先用你给的钱把他们送到圣克鲁兹待几天。她一直说要去。他们一离开这个是非之地，我就可以完全为你所用。"

"你还得确保所有与案子有关的记录都没有随便丢在明面上。"

"我知道了。所以，今天上午你想让我做什么？"

"金兹伯的案子，你查到什么程度了？"

"找到负责案子的警官了，他现在正为新案子发愁。"

"罗素明天回来，我希望能给她些消息。看你的了。"

"没问题。要找我的话，我会在警察总局待到中午，然后回这里。"

"我回酒店问问，看有没有送来的消息。"福尔摩斯告诉他，然后又说，"哈米特？"

"听着呢。"

"我在想，要不要在报纸上登一则广告，搜集一下给你家送信的人的消息。或许可以从那孩子身上了解到什么线索。"

"你在询问我的意见？"

"我想是的。"福尔摩斯回答，对这一事实也有些错愕。

"那我建议不要。或许以后可以，但如果现在这么做，有可能打草惊蛇。而且他们可能会先去找那个孩子。"

"你觉得他们会把那个小孩儿弄走？"

"我是这么想的。"

"我也赞同你的话，哈米特。谢谢你。"福尔摩斯扣上听筒，拉开窗帘，白天的光洒了进来。他肩膀靠着窗框，目无焦点地盯着街道，权衡着自己的选择——或者，更像在权衡对手的选择。他脑中描绘出的那个女人的形象除了大片空白，再无其他，但他并不觉得那个女人有无尽的财力。她在这件事上投入了太多的努力，她被哈米特激怒，就表明她对他寄予了很大的希望——虽然生气的理由倒不如说是因为浪费了时间而非金钱。但是，她出手阔绰也是事实。根据福尔摩斯的经历，越有钱的人，越会衡量某样东西或某个人的价值。

总而言之，他觉得，那个女人的经济可能有些捉襟见肘了，而且她会要回那笔钱。他想了想自己可用的后备军资源：哈米特不仅惹人注意，而且那个女人也认识他；龙只要出了唐人街，就很显眼；小伙子泰森，让他躲在暗处，实在不可信——他可能劲头十足地想掺和进来，火力全开。

没了，没有可用之人，是时候招募新兵了。

福尔摩斯走向行李箱，他没有放到储藏室，而是坚持放在卧室后墙那里。他找出自己需要的那个箱子，在一层一层的东西方服饰中间翻找，最后搭配出一套衣服。穿着这身去他想走访的地方不至于引人侧目。

电梯员满腹狐疑地看着他，但什么都没说。

他的首要任务，是确定监视哈米特公寓楼的方案有没有可行性——如果没有关于猎物的详细描述，盯着公寓楼的大门通常一无所获。他在哈米特住的楼后面找到了运货小巷，并且发现每一层的太平梯门都有一扇小窗户。他合理地利用垃圾箱和手杖上端的钩，爬上了金属梯，几分钟之后便站在了哈米特家门前，直直地望着下面的门厅。

他小声哼着调子从高处爬下来，去招募非正规军了。

当下正流行的全民义务教育给咨询侦探带来了明显的束缚。在贝克街的那些日子，他经常能召集到一众流浪儿，而且有求必应，但是现在——尤其是在这个美利坚民主共和国——他所有有用的资源都被困在书桌后面,因为受到约束而怒气冲冲,浪费着最有可能闯出一番天地的年纪,而他们的脑袋被以后绝对用不到的数学公式以及不可能去的城市名字填满了。

幸好,负责哈米特家一带的警察似乎并不属于最严厉的那群人。从哈米特的公寓走了三条街之后,福尔摩斯听到从小巷中传来了孩子的声音。他朝两栋建筑之间昏暗隐蔽的地方慢慢踱去,直到看见孩子们的身影,他们靠着砖墙,聚在一起。他停下脚步,靠着墙,掏出一根烟点燃,确保能引起他们的注意。他们沉默着,考虑着有没有必要大打出手。

福尔摩斯发现,孩子和流浪狗一样,单枪匹马的时候,哪怕遇到一点点威胁,都会立即溜走;而聚成一伙时,他们充满好奇心、聪明、暗藏坏水、待朋友真心、对公园头目绝对忠诚。果然,烟抽了还没一半,一个小孩子就站在他面前,与他保持着恰好能跳出手杖所及范围的距离。福尔摩斯盯着烟头,把哈欠憋了回去。

"说吧,先生,你想干什么?"

福尔摩斯转过头,好像刚刚注意到眼前的孩子。"你是这里的孩子王吗?"他问。

"不是。"小侦察兵老实交代。

"那我的事就跟你没关系。"他告诉幼童。

孩子回到了自己的圈子中。窃窃私语的声音被响亮的指令盖了过去,他们重新开始玩游戏了——福尔摩斯听到他们在玩投硬币,而不是骰子或纸牌。抽完了这支烟,他将烟蒂丢到地上,用脚跟踩灭,又悠闲地点着另外一根。没等他划第三根火柴,这群孩子的头儿便按捺不住自己的好奇心了。

小伙子十岁上下,在六个孩子中绝对算不上是最高的,也不是年纪最大的。他继承了爱尔兰和墨西哥血统的一些特征，但或许可以完全混入白教堂区[1]的顽童中，福尔摩斯对他们有多年的了解：磨损的鞋子、过短的裤子、过长的外套，还潇洒地斜扣着花呢帽。福尔摩斯不得不用香烟掩盖自己的笑容，等孩子率先开口。

"你想干什么？"巷子的统治者发问了。

"我有项工作需要人来做，"福尔摩斯告诉他，"我想你或许有哥哥，他可能会感兴趣。"

如他所料，小男孩果然忽略了公开承认自己是这群孩子的首领，而执迷于福尔摩斯话里话外的暗示，也就是他还不够男子汉，做不了这项"工作"。他挺直腰板，四英尺的身子笔直地站在那儿，怒气冲冲。

"我有两个哥哥。一个酒鬼，一个囚犯。想用哪一个？"

"这样说来，哪个都不行。我需要找一个足够聪明，不会攥着酒瓶不撒手，捣鬼的时候不会被逮住的。你有多聪明？"

"如果你觉得我信了你的鬼话，那我比你聪明，先生。"

"随便你。我要完成一项工作，而且我愿意出钱，但如果你不感兴趣，我再找别人。"

"什么工作？"

"这项工作需要能管理好自己朋友的头脑和能力。"

小男孩看了看不明所以的朋友们，他们站在小巷中稍远的地方，聚成一团。他又看向福尔摩斯，然后朝他走近了几步。"就像我刚才问的——什么工作？"

接下来的谈判，以对待戴发套的律师的规格进行，最后，福尔摩斯买下了小男孩团伙白天的时间：要一直盯住哈米特家的门，如果有人进了公寓，立刻跑到圣法兰西斯酒店报信儿，入侵者离开后要立即跟上。

"你们要小心一层的私酒贩们，"他提醒着自己的新副手，

---

1 Whitechapel，英国伦敦的一个区。——译注

"到了晚上,他们可能有人守夜。如果有人侵者,你们不要靠近,就这件案子来说可能是女人。你们只需要跟踪,一定要保持一段距离,能跟多远就跟多远。如果她打车离开,不要去追出租车,也不要自己打一辆惹人注意。只要记下车牌号,我们之后会查到车开到了哪儿。嗯,我想你们都识数,没错吧?"轻蔑的哼声让福尔摩斯想起了罗素,也让他很满意,他继续说,"如果她进了商店,你们其中一个人就绕到她身后,弄清楚——"

"先生,"首领无限鄙夷地打断了他的话,"我们都知道。我叔叔开了一家博彩屋,如果他的客人赖账的话,就让我们帮忙拿回来。按叔叔的话,你这是'教老太太吸鸡蛋[1]',管它什么意思。听上去很恶心,但你就是在做这件事。"

福尔摩斯眉开眼笑地看着小男孩,伸出一只手,想拍拍他不够体面的花呢帽子,却又换成了握手的姿势。少年好奇地看了一眼,然后握住。"你让我觉得下一代人充满希望,"他说,"你们不用整晚盯着,住在那间房子里的人会回家的,但是如果今天什么事都没有发生,那你们明天继续。报酬相同。我早晨一起床就过来付余下的钱,然后听你们报告情况。"他付了两美元定金离开了,让小伙子们开始工作。

走到小巷尽头,他停下来,换上一条不那么俗艳的领带,把外套翻过来,露出样式保守的那一面,并掸掉了裤子和鞋上的土。

他以一副金融区流浪汉的打扮走进了唐人街,找地方吃午饭,虽然饭点已经过了。

等了一会儿,龙才摆脱了他的顾客。又过了一会儿,他们才在一家茶楼落了脚。又过了一阵,龙才理解了福尔摩斯

---

[1] Teaching granny to suck eggs,英语中的俗语,相当于中文的"班门弄斧"。——译注

的请求。

"你觉得罗素家的花园里埋着财宝,想让我帮你找到它?"他礼数周全,没有用半信半疑的语气,但从他的声音中能听出来。

"我觉得花园里藏着重要的东西,没错。如果你愿意的话,可以参考以下三点。首先,大火之后不久,查尔斯·罗素就在遗嘱中添了附加条款,外人几乎不可能有机会靠近房子,最显而易见的解释就是,房子里藏着值钱东西或者罪证。第二,我们在房子内部进行了彻底搜查,却一无所获。第三,你的家人,他们忠心耿耿地为罗素家服务了很久,但是1906年夏天之后,房子的记录中没有任何关于你家人的痕迹。遗嘱中没有提及,之后账目登记簿中没有开给他们的支票记录,我查不到任何官方联系。

"分开来看,这三条信息,每一条都能得出刚才的结论。但综合起来,就能得出,查尔斯·罗素想藏匿的东西不在房子里,而在花园里。而且他如何确保埋在花园里的东西可以瞒过你父亲那样经验丰富又负责的园丁呢?他没办法,只能把你父亲也拉进了秘密中,但是为了保护他,查尔斯断绝了和你们一家的一切联系。工资以现金支付,遗嘱中也没有为他立条款,他妻子借给你父母钱开书店时拒绝签任何文件。所以没错,我相信花园里一定埋着什么东西,你父亲肯定是知道的。这东西太敏感,不能存到银行保险库里,因为那样的话,查尔斯·罗素一死,东西就会公之于世。"

"你说的可能没错,福尔摩斯先生,但是我向你保证,他没有告诉我。"

"如果告诉了你,那才诡异呢。但是,如果你找不到,我也会很吃惊。"

"怎么找?我要找什么?"

"我不知道。"

"那你怎么知道东西在那儿?"

"这个问题很有可能演变成没完没了的辩论。"福尔摩斯说,"我相信东西在那儿,是因为所有事都解释得通。我妻子跟我说,天文学家根据其他天体运行轨道所受的影响,来假定某颗看不见的行星的存在。我也是这样假设东西存在的。"

"我明白了。福尔摩斯先生,还是孩子的时候,我去过几次花园,没错。但是我都怀疑自己能不能找到当初父亲种蔬菜的地方——那里如今就是丛林,有天晚上我看到过。"

福尔摩斯弯腰凑向桌子,压低声音说:"罗素夫人有详细的花园工作记录,包括每年一幅花园素描或地图,记录花坛和小路的安排,还有主要植物增补记录等。从1903年春天开始,每年都做一册。1907年至1911年,她一直待在英国,所以没有。但是1906年3月份她做了一册,1912年秋天回来之后,也制作了一册。"

"我猜,哪一册上都没有像史蒂文森[1]一样,在某处画上X,提示别人'挖这里'吧?"龙笑着问道。

"哎,没有。但是,我觉得你父亲肯定亲口说过,花园里安放的某些东西非常重要。不是为了便于隐藏,就是为了在埋进去以后指明东西的所在。"

"怎么——啊,"龙叹了口气,"你觉得我父亲遵循了风水法则。"

"正是,"福尔摩斯说,"我是这么想的。"他心满意足地坐回去,让龙自己思索。

过了一阵,书店店主摇了摇头。"我可以看看花园图册,不知道有没有吸引我眼球的东西。但我只是学徒水准,而且

---

[1] Stevenson,即罗伯特·路易斯·史蒂文森,英国伟大的小说家。其代表作品《金银岛》讲述了寻觅宝藏的故事。——译注

如果我父亲的做法恰当，那所做的变动可能很不明显。毕竟，如果在藏东西的地方做一个巨大的箭头标记，也就没什么意义了。他可能专门请教了风水大师。"

"他认识做这一行的人？"

"是的。其实，安置书店里的家具时，他就问过那个人。但是那人年纪很大了，几年前去世了。"

"真是不幸。"福尔摩斯说，"但是，或许可以把花园地图拿给其他懂这方面知识的人看，他也许能察觉到你父亲一直……守护的地方？"

"有可能。风水的经典法则是传下来的，虽然每个风水先生都有自己的风格，但基本规则一样。需要我找一位吗？"

"非常需要。"因为另一种解决方案会让花园雪上加霜，会把那里掘得像法国北部的战壕。所以，任何指引，哪怕再另类，都可能有价值。

"我想到了一个认识的人。你愿不愿意在这里等一会儿，我去问问看他想不想接受咨询？"

龙的措辞以及他紧张地整理领带和袖口的样子表明，他打算询问的这个人地位尊贵，并不是随便一个西方人可以顺道拜访的。福尔摩斯告诉龙他愿意等，然后静静坐在那里，一小盏一小盏地干了无数滚烫的茶水。住在城中城的居民，急匆匆地穿梭过窗前。时钟滴滴答答地走，他开始不耐烦了。他开始觉得，在罗素回来之前搞定所有事的希望，越来越渺茫。

龙回来时，脸上写着失败。

"他出城了，"龙说道，"圣何塞[1]一家新开张的餐馆遇上了一堆麻烦事。他明天之前应该回不来。我拜托别人等他一回来就转告我。但如果你希望的话，我可以再找其他人。"

---

1 San Jose，美国加州西部城市。——译注

"本事跟他一样大吗？"

"不。"龙坦白。

福尔摩斯的指尖飞快地敲着桌子上的小盏，敲了一阵后，他把茶杯推开，靠回椅子上，"很好，那就明天。"

"你会打电话来？"

"我可能顺路去你的书店，也可能过了中午给你打电话。"

"随时恭候。"

福尔摩斯离开茶馆，走到街上，停在那里，周围熙熙攘攘，他犹豫着去向，左右为难。最后，他突然转身，朝电报局的方向走去。他并不期望能收到迈克罗夫特的回电，因为对方收到他发去的电报还不到二十四小时，不过他不想因为假设就粗心大意地对可能性置之不理。

令他吃惊的是，电报局那个忙碌的男人一看到他进门就做出了反应，将一个信封摔到柜台上。更令他吃惊的是，他拿过信封，走到街上拆开一看，竟然不是华生的第二封回信，而是迈克罗夫特发来的：

> 亲爱的弟弟，最初若讲明原委倒会简单许多，免得猜测。但据猜测和之后亚丁的朋友提供给我的小道消息，开始查询急忙去往马赛、塞得港或罗，想赶上你们所乘船只的陌生人，及其后续行动。只有一人可疑，1月5日，一个巴黎女人开始打听飞往埃及的航班，星期一，7日，天气和飞行员就绪。据悉，星期二，8日凌晨到港。所花费用不明，但可观。据描述，高个子但有女人味，三十来岁，棕发棕眼，法语英语流利，带南方口音。不确定说的是美国南方，还是美洲南方。寻找得力帮手的事情着实抱歉。轮船星期四停靠这里，若需进一步询问，告诉我。下次要尽早对哥哥坦白。这里一切都好，体重

掉了两英石[1]。迈克罗夫特。

福尔摩斯开心地大声笑了起来，迈克罗夫特话里的威信并未削弱。他不愿意想象没有兄长的世界，1月份时，哥哥的心脏病很严重。

福尔摩斯走回店里，发了一封回信道谢，并告诉迈克罗夫特，当下不需要再去询问"玛格丽特号"的职员了。比起华生，迈克罗夫特当然能从事务长那里榨出更多的消息，但是他觉得没有必要。

发完电报，他又朝房子走去，用昨天新配的钥匙打开大门，然后安静地研究了一会儿家庭账目。账目从1890年开始，从查尔斯·罗素大学毕业之后来到这里，一直记到最近的1913年——他想，之后的记录可能是诺伯特先生做的。

他之前翻看过一遍，从中获取了一些信息，比如岳父岳母结婚之后什么时候回来的，茱蒂丝·罗素什么时候离开去的英国，龙一家人什么时候开始为他们工作，之后什么时候为了开书店而终止。但是现在再看则更仔细了些，还做着笔记。他时不时地翻回去，想拼凑出一个家庭的肖像。

忙碌了整个下午，一直到了晚上。其间，他去街上那位意大利新朋友那里给圣法兰西斯酒店打了两通电话，算是休息，但是没有收到任何消息。第二次去咖啡馆时，店主盛情招待了一顿晚餐，在可口的油炸薄肉片和一升强劲的意大利咖啡的作用下，他精神抖擞地回去继续研究账目。

他发现罗素家有很多引人注目的事实，但他在脑中只筛选出两项与此番调查目的相符的。这两件事都跟与罗素同住湖畔小屋的那个年轻姑娘的父亲有关。1892年，年轻的查尔斯·罗素在遇到妻子之前，签给罗比特·格林菲尔德一笔

---

[1] Stone，英国重量单位，两英石约为12.7千克。——译注

七百五十美元的款项，备注是"帮忙建造小屋的酬谢"。之后，1906年4月22日，他又向同一个人付了七千五百美元。不同的是，这笔钱的备注写的是"偿还借款"。

临近午夜，他才合上最后一本账目，刚站起到一半就停住了，并把嘴边的咒骂吞了回去。他敲了两下脊背，感觉自己像患了关节炎的老头。"年纪大了，不能这么干了。"他嘟囔着，虽然这句话他已经说了很多年，但从来没有真正相信过。他舒展了一下身体，把关节弄得咯咯作响，然后走出房子，带着不知人间疾苦的人特有的坚定悠然。

星期三早上，他去了哈米特公寓楼后面，发现他的非正规军已经被组织成了一群有效率的监视人员。巷口的捣蛋鬼看到他正朝这边走来，吹了一声尖锐的口哨，让首领待在太平梯基地里等福尔摩斯过来。

男孩报告说白天没有看到任何人，直到四点钟，那个住在这里的高大男人回来了，他的妻子和小女儿大约一小时之后回来。他们整晚都待在房子里，除了六点左右女人去街上那个小超市买了牛奶和面包，八点左右男人去巷子里扔了趟垃圾。第一次，两个男孩跟上了她，第二次，他们全部躲在垃圾箱后面，没被人发现。

"你说我们不用整晚都盯着，"小伙子告诉他，"但我觉得，如果晚上他们在床上被人杀了，你应该想知道是谁做的。这样的话，可能会加钱之类的吧？"他厚着脸皮补充道。

福尔摩斯咧嘴笑了笑，数出了前一天的报酬，然后又多加了一半，当作夜班费。"他们离开之后，你们白天会一直待在这里吧？"

"你付钱，我们盯梢，"男孩说，"如果有事情发生，我们会去找你的。"

"你们干得不错。只是,我希望这件事完了之后,你们就回去上学。"

"上学浪费时间。"

"可能吧。但大学不一样,不过你得熬过上学的时间,才能去读大学。"

黑色眼眸发出的怀疑目光会让牧师都忍不住质疑自己,但福尔摩斯曾经见过这种眼神。他问:"你叫什么名字,小伙子?"

"你为什么想知道呢?"

"因为绅士之间不会称呼对方'嘿,你'。"

"绅士吗?好吧,我叫里基。全名是里基·加西亚。"

"加西亚先生,很高兴能与你合作。我叫福尔摩斯。今天晚上我尽量来一趟,不过你也知道去哪儿找我。"

"好的,那再见,福尔摩斯先生。待会儿见。"

福尔摩斯的鸡蛋刚端到他面前,传达员就走过来,说有一通他的电话。是哈米特,他提议两人见一面。

"我刚要吃早饭。你愿意一块儿吗?"

"当然,真不错。我十分钟左右到。"

哈米特来到酒店时和往常一样,衣冠整洁,但形容枯槁。一进来,正巧看到那位尊贵的英国绅士半站着,瞪着眼睛看眼前报纸上的一篇文章,然后突然把报纸揉成一团,用力地砸到地上。整个餐厅一片死寂,只有两个人在走动,一位是餐厅主管,另一位是达希尔·哈米特。

"先生,怎么了?"酒店的绅士恳切地问,"有什么——"

福尔摩斯抬眼,发现哈米特站在他面前,再朝远处一瞧,所有人都望着,想看看这位体面的绅士接下来要做什么。他大笑一声,挥手遣走了主管,然后重重地坐回椅子上。哈米特弯腰捡起地上的报纸,坐到他的对面。

"不喜欢上边的新闻?"哈米特简练地问道,顺便抚平了手里的报纸。

年长的男人绷着脸,狠狠瞪着这天的《纪事报》,"哈米特,如果你发现自己和某个出版经纪人绑定在一起,看在上帝的分上,一定要确保对方不是一个彻头彻尾的疯子。"

"出版经纪人?"哈米特问道。

"我摆脱不了那个男人。我平静地坐在餐厅,餐桌上摆着水煮鸡蛋和吐司,我只想看几则不温不火的新闻,最近的毒巧克力案,或者巴比·鲁斯打出本垒打之类的,这座城市与我家乡隔着半个地球,除了柯南·道尔,谁会从报纸中跳出来紧盯着我不放?"

哈米特一边听着福尔摩斯的独白,一边困难地翻看着皱巴巴的报纸。其间,服务员过来让他点餐,勤杂工过来清理被福尔摩斯洒出来的咖啡,最后他终于找到了。

柯南·道尔·劳德,抨击旧金山。
倾心其城市美景,憎恶其精神空洞

哈米特细读了一遍文章。他了解到,作者最近出版的作品对《第二次美国冒险》进行了描述,其中提到,他发现旧金山的精神世界比拉斯维加斯还要虚无,不禁哀叹。

哈米特读完最后一段激昂的文字时,忍不住只想大笑出声。福尔摩斯阴着脸看他,直到年轻些的这位抗议道:"嘿,你应该去拉斯维加斯,而不应该来这里啊。"

福尔摩斯继续瞪着他,然后目光柔和了下来,在怒气中平复了心情。"这倒是真的。"他承认,又补了一句,"我越来越喜欢你们这座城市了,哈米特。任何地方,如果那里的居民能意识到道尔的人生观多么幼稚,那这座城市差不了。"

哈米特举起咖啡杯,"敬旧金山。"

他将报纸折起来,放到旁边的空座位上。福尔摩斯嫌弃地瞥了最后一眼,将目光和注意力从愤怒中抽离出来,然后问哈米特晚上有没有收到什么消息。

"没有。看起来她似乎在减少损失,我只能按跟她说的,将信封钉到公寓楼门口。但是,我说了,我的妻子带着孩子去了圣克鲁兹,会和几个朋友待几天。现在我任你差遣。"

"关于金兹伯被杀一事,你那位警局探员有没有什么要说的?"

"什么都没有。甚至砸向她的雕像上连指纹都没找到。雕像是一种鸟,可能是猫头鹰,来自于罗兹岛或克里特岛[1],也可能是地中海地区的其他地方。她好像有满世界收集鸟类雕塑的爱好。"

"如果那位朋友还没有烦透的话,那让警局实验室帮忙检测一组指纹,你觉得如何?"

"哪里的指纹?"

"我在马桶手柄上发现的,房子里只有这个还很新。应该是女人的指纹——我们的指纹没有记录,但以防万一吧。"

"好的。"

"那晚些时候你何不到房子里来一趟?我安排了些你可能感兴趣的事。"

"是吗?什么事?"哈米特的盘子端了上来。

"哦,我想你可能称他为中国算命先生。"哈米特半信半疑地瞄了他一眼,然后低头开始用餐。"还有这个。"福尔摩斯说着,拿出迈克罗夫特的电报推了过去。

瘦削的男人仔细读了一遍,然后问:"他掉的两石是

---

1 两地均位于希腊。——译注

什么？"

"两石？啊，那是英国的重量单位，一英石等于十四磅。我哥哥的医生让他控制饮食瘦身。"

"明白了。你觉得他找到的就是那个女人，她一路尾随你们来到这里？"

"这与情况相符。她住在巴黎，从星期六那天的《泰晤士报》上看到了我的名字，于是十万火急、千方百计地想在我们乘坐的轮船进港之前赶到埃及——天气恶劣，难上加难。最终她找到了办法，也花了大价钱，星期一出发。当我们驶过苏伊士运河和红海时，她大多数时间都待在自己的船舱里，同时尽可能多地搜集我们的信息。之后我们抵达亚丁，她在那里下了船——或许在那里和同伙碰了面，然后一起设下了谋杀陷阱。那个集市并不大，所以如果我们下午上岸的话，有很大可能会路过她的陷阱。我在亚丁有一位朋友，可以让他帮忙查，不过要出钱。"

"但她失手了。"

"如果这是她的首次尝试，而并非阳台本身就摇摇欲坠的话。"公平起见，福尔摩斯补充了一句。

"说得是，"哈米特道，"但是她那时已经知道你们要来旧金山了。所以当你和妻子改道印度时，她继续来到这里。"

"来了这儿之后，她闯进房子，发现了一些报纸信件，把它们烧掉了，然后埋伏好，等着我们到来。而且似乎也是通过报纸了解到的。"

"但她的目的是什么？除了想取你们两个的性命之外。"

"这一点，我希望今天下午去房子里查出来。"

"这样的话，我自然不会错过此番邀请。把你们的指纹给我，我看看能做什么。待会儿房子里见。时间呢？"

"不确定，大概四点？"

"我准时到。"

他确实准时到了。距约定时间还有十分钟，哈米特站在门前，听着门铃声消散，脚步声临近。福尔摩斯打开门，他手里握着一本杂志，哈米特不由得多看了一眼：这是去年的《时髦人士》复印本，里面刊登了一系列哈米特写的短篇回忆录——《私人侦探回忆录》。

哈米特的视线从杂志转移到福尔摩斯身上，"你究竟是怎么找到这个的？"

"一个报刊经销商答应帮我找你的故事。我很好奇。"他话中带着歉意。

哈米特忧伤地笑了起来，"你读到沃尔德伦·霍尼韦尔了吗？"

"那位并不看好夏洛克·福尔摩斯专业技能的绅士？是的。"

"很抱歉。这是卖点。"

"这个，霍尼韦尔先生并不完全是错的。我们边喝边等如何？"福尔摩斯问道。

两个男人坐在查尔斯·罗素的图书室，等着龙和那位风水大师，他们抽着香烟，喝着混了威士忌的咖啡驱寒，渐渐开始分享专业人士经历过的棘手调查，以及遇到过的愚蠢罪犯。下午四点半，他们听到了前门打开的声音，福尔摩斯刚走到门厅，就看到罗素走了进来。她目光扫过图书室，掏出枪，对准那位灰白头发的前私家侦探，看上去英姿飒爽，同时怒不可遏。她冲着福尔摩斯大喊，让他快远离那个为害死她家人的凶手卖命的人。

二十二

哈米特身体孱弱,但精神强大。刚看到武器时,他骨节分明的手指紧紧攥着椅子扶手,之后就放开了,松松地蜷在皮革上。他密切关注着枪口,福尔摩斯走过来向他解释:这只是唬人的东西,但威力不算小,足以当真。

"罗素,这位是哈米特先生,就是那天攀爬崖石的人,当然是我教唆的。你不在,所以我就雇他充当非正规军了,希望你不要介意?"

银色的枪管晃了一晃,似乎马上要指向福尔摩斯,但终于垂下去指向地面。"你雇的他。"她冷冷地说。

"他比我熟悉这里,而且我也需要助手。"

"你什么时候安排的?"

"星期六。"他坦白道。言不符实,因为差不多算星期五晚上。

"星期六。那天晚上你都没有想着告诉我,甚至星期日早晨也没提。"

"事实上,星期六那天我们有很多事要做。第二天早上,你很忙,我也忙。我本想告诉你——但就算你不知道,也没什么关系。"

"如果刚才我对着他开了枪,那可就有关系了。"她反驳道。

哈米特"扑哧"一声笑了,她的眼神随即转向了他。片刻之后，她把手枪收进包里，走到他面前，伸出了手，"哈米特先生，很高兴见到你。我为刚才的无礼举止道歉。"

"罗素小姐。不用介意。你握枪时，手端得非常稳呢。"

"你是说，对女孩来讲？"

"是对手来讲。大多数人中枪，不是因为被人瞄准，而是因为握枪的手紧张不安。"

"我尽可能地避免过失杀人。哈米特先生，如果你不是为那两个敌手，而是为福尔摩斯工作，那我想，是你取回了我父亲那辆麦斯威尔车上的制动杆吧？"

"安然无——"他开始回答。

"两个敌手？"福尔摩斯插话，"听上去，你已经敲定他们的身份了？"

"是的。"她说，似乎很为自己骄傲，"我相信你已经知道了，除非你的助手还有事情瞒着你，抑或是他找到证据后太兴奋，忘了要彻底审问那个塞拉海滩机修工。"

"对，恐怕是这样。"哈米特有些懊恼，"那天已经很晚了，我才想起自己有几个问题忘了问他，但是返回已经太晚了，而且修车厂星期日不营业。我就应该在他家刨根问底。"

"好吧，我差点和你一样，"罗素大方承认，"甚至我还没拿到能让我高兴到分心的铁证。"

哈米特配合着她，扯着憔悴的脸咧嘴笑了起来。但是福尔摩斯没了耐心。

"跟我说说那两个人。"

"可以坐下说吗？我在汽车后座指挥了一天，现在很累。"

"当然。我昨天请人来清理了烟囱，我们可以生上火。要喝威士忌，还是咖啡？"

"还是我们在这里找到的咖啡吗？"

"不是，我在哥伦布大道找到了一位意大利绅士，他答应卖给我一些新烘焙好的咖啡豆。"

"真是贤内助，福尔摩斯。来杯咖啡也不错。"

罗素走过小桌子时，把掉在桌上的花瓣捧起来，扔在了那天放好但没有点燃的木柴上。她跟哈米特借了火柴，划着后搁在干燥的引火物上，然后小心地退后，事实上烟囱散烟效果非常好。福尔摩斯将椅子拽过来，两个男人将玻璃杯放到她的杯子旁边，然后掏出了烟草袋。

火焰将木柴烧得噼啪作响，空气中飘着咖啡、酒精和烟草香气——哈米特的卷烟和福尔摩斯的烟斗散出的烟气绕在一起——图书室从萧条的鬼屋变成了可以进行文明对话的场所。

福尔摩斯清了清喉咙，"是什么让你认定你的父母是遭人暗杀的？"

她看了看房间里的第三个人，似乎在问，当着他的面，他们的对话可以进行到何种程度——但是，如果不想让她回答，福尔摩斯刚才就不会问，"你的意思是，因为我一直以来都抗拒这一想法？"

他刚才应该多说一些的，但现在只是点了点头。

"有太多怪事，一件堆着一件。遗嘱中的附加条款、大火之后的那几年我父母的行为、他们死后接连发生的三起明显的谋杀案，以及在这里遭到的枪击。但最主要的是我的梦：这几个梦似乎要把我推向什么事情，一直如此。我最终还是接受了。"

"那跟我说说那两个敌人。"福尔摩斯提出。

"好。"她说，"两人分别是有南方口音的女人和无脸男——只不过，现在他只是脸上有伤疤的普通人。"她停顿了一下，似乎想到了什么，"呃，福尔摩斯，开始讲之前，我能不能问一下，你们为什么在这里？"

"我们在等龙先生和他的朋友，他或许可以为我们指一条明路，解决我们的谜题之一。"

"哦，是吗？那他们什么时候到？"

"运气好的话，在看不清外面的树木之前会来的。"

"我们需要看清外面的树木？"她问道，然后又抬起手，"算了，马上我就知道了。"她没再继续提问，而是开始讲她在小舍度过的这几天，但只说了要点——储藏暗室中少了什么类似于证据的东西、戈迪默先生的两位访客、塞拉海滩那位机修工揭露的一些真相、通过和弗洛以及唐尼的对话，了解到金兹伯作为一名擅长帮助病人找回记忆的精神科医生的知名程度。她没有搬出其他与弗洛和唐尼的对话添乱，因为这些和眼前的事并不相干。

福尔摩斯的手拱成尖塔的样子，眼睛盯着火苗，听着她讲。从他的面部表情可以看出，他的血管中没有涌入一丝的轻松和愉悦。罗素终于觉醒了，恢复了常态，变回了那个头脑清晰、充满智慧、目光敏锐的人。虽然他不得不承认，即便在不清楚的状态下，她也发现了很多重要的线索，和他竭尽全力得来的情报不相上下。她讲到自己决定来房子的原因，然后靠回去，坚定地对福尔摩斯说："现在轮到你了。"

他先将几封电报递给她，解释自己如何进行电报往来。他跟她讲了自己和哈米特相遇的事，虽然省略了很多情节，例如如何相识的以及准确的时间，他不想让话题转移到自己星期五晚上为何要跟踪她。他描述了那段锯开的制动杆，说已经存进了银行保险库，很安全，而且越来越确定她父亲在花园里藏了什么东西，然后就将讲台交给了哈米特。哈米特说起了自己如何参与进来，如何被逮住，如何被福尔摩斯雇佣（他顺着福尔摩斯的引导，没有明确指出时间和地点），之后几天如何搜索车祸地点，并向警察打听消息。

"还有，"他最后说道，"为免你会有所猜忌，我又跟那位想雇佣我的女士通了一次电话，告诉她我不再为她工作，然后问把钱送到哪儿。她还没有回复，但是我也说了，如果星期五之前不来取，我就把它放到门外，任凭谁去发现。"

"我又想起一件事，"他说着转向福尔摩斯，"那些孩子是你的吗？"

罗素万万没想到这个男人会提起血亲责任的话题，"还有非正规军，福尔摩斯？"

"我觉得让人盯着哈米特的公寓是个好主意，"他回答，然后有些失望地补充道，"我还期望那些孩子能更隐蔽一些呢。"

"哦，他们干得很好，不错——任何不熟悉那里的人都不会多想的。但那是我的地盘，而且我恰巧知道附近没有这么大的孩子，尤其没有三两成群站在那儿不怎么走开的孩子。虽然我得承认，若我没有动过找人监视我家大门的念头的话，那我可能不会注意到他们。"

"很高兴听你这么说。"

哈米特一边伸手拿烟草袋和卷烟纸，一边盯着罗素。"我有几个问题想问你。你父亲参军后，加入了情报部门？"

罗素投给福尔摩斯一个惊讶的眼神，对方平静地回望，似乎在说：没错，我几乎什么都告诉他了。她耸耸肩，对哈米特说："是这样。他一条腿状况不太好，因此负重行军一天都可能会有困难，但是他会说德语和法语，曾经走过欧洲很多地方，而且他的父亲和一位主管情报部门的将军曾经是同学，不管怎样，他最后进了情报部。"

"但是你并不觉得你父亲会因为这些事树敌？"

"什么，开战仅仅两个月，旧金山会有德国间谍和暗杀人员？我不会这么想。据我所知，他还没有为军队做任何事，甚至和普西迪基地[1]还没有任何联系。但即便有关系，我会知

---

[1] Presidio，位于美国旧金山市西北角，是个历史久远的军事基地。——译注

道吗？应该不会。"

福尔摩斯转向哈米特，"你在军队有认识的人吗？"

"应该有。不确定他知不知道，就算知道，也不一定会说，但我会去找的。"

"值得一问。为了排除这种可能性。"

"我把马桶手柄交给我的警察朋友了，"哈米特告诉他，"还没有消息，但本来这个过程就不会很快完成，就像你说的，上面的指纹可能没有存档。"

"有一项未来可以研究的事业，"福尔摩斯沉思着说，"建立中央指纹登记簿，可以进行快速比对。"

"可以当成你退休后的爱好，福尔摩斯。"罗素建议。

但是这个男人还没来得及进行下一步设想时，门铃响了。福尔摩斯把龙先生和他解决谜题的朋友请进来时，罗素瞟了一眼窗外，树木依旧清晰可见。

四个小时之后，龙先生的风水大师从一桌子纸张中抬起头，在此之前，他身后花园里的树木已经看不见了。

他叫明，职业是一种医生，虽然很显然与医学无多大关联。龙的一举一动都表明这位老学者在华人社区德高望重，而且对于这位医生而言，被邀请到西方人的房子中接受咨询，是前所未闻的荣誉。三位蛮夷之士正经地表达了谢意，老者和蔼地摆了摆手。若有什么要说的，那就是他被龙关切的举动哄得很开心，对周围的一切很感兴趣。

尤其是对福尔摩斯。老者站在英国侦探面前，不老的面容高深莫测，他留着一缕胡子，胡子下面的嘴唇有些扭曲，不知是因为厌恶，还是因为欣喜。他说第一句话时的态度同样不明确。

"鄙人出身卑微，能有机会见到英国高贵的王者密探，倍感荣幸，无以言表。"他说。他的听众看上去非常震惊，因为他妙语生花，也由于他不太像会引用粗俗的侦探小说的那种人。甚至连龙都吓了一跳。

哈米特首先理解了这个笑话，然后压制着大笑，扑哧一声。福尔摩斯更加仔细地端详这位来访的贤者，慎重地继续伸着手。刚才这个动作被男人华丽的句子打断了。

"抓捕小偷小盗的愚钝之人，自当乐意倾囊，博得龙之气息研究专家一笑。"他回答道。明点点头，扭曲的嘴终于舒展成了笑容。

明医生是一位上了年纪的绅士，身材偏瘦，一头白发从前额一直顺到衣领，他穿了一身剪裁漂亮的西装，脊背挺直柔韧，如同竹子一般，纤细的双手叠在一起，像是揣在一件隐形长袍的袖子里。英语说得流利精准，虽然有些口音。从打开茱蒂丝·罗素的一本花园日志封皮，到端起龙带来的清茶，举手投足间尽显旧时官吏的感性。看着他拿银质的自动铅笔做着笔记，就像亲眼见证水彩着色大师的艺术，见证着每一道精细雅致的笔触中融入的沉思。

然而，他并不急。

福尔摩斯向他说明了自己的期望。他描述着他们从壁炉中发现的文件及其可能的含义（没有提潜在的解释，也就是暗指查尔斯·罗素是勒索信的作者），然后把罗素夫人每年一本的花园日志推过来，向明医生展示里面的图画。他还提出了自己的推测，指出查尔斯·罗素在死之前把什么至关重要的东西藏在了花园里，可能借助了妻子的知识，但绝对有园丁龙帮忙。"明先生也看到了，如今的花园长势太过茂盛，无从分辨，而且几乎无法踏足。"

解释完所有事，福尔摩斯问了一个问题，知道管理花园的人，也就是汤姆·龙的父亲，潜心于风水定律，而且知道龙先生想帮着隐瞒并保护这件重要的东西,那1906年之前和之后的对比研究,是否会对明医生有所启发,帮助他找出那件宝贵的东西埋藏的具体位置?

明医生问道:"是重要的东西,还是值钱的东西?"

"都有可能,虽然我觉得对查尔斯·罗素来说,东西的重要性并不完全取决于东西的价值。他是个有钱人。"

明医生将双手揣进隐形的衣袖里,认真思考着面前摊开的日志,上面标着1906年3月。他苦思冥想了很长时间,一直一动未动。哈米特开始觉得这位老伙计打瞌睡了;罗素则发现自己在怀疑他是不是真如看上去那样精通英语,尽管之前他说得非常流利。

最后,他摊开双手,看向福尔摩斯的眼睛。"有可能。"他宣布,然后转向龙,提议再泡一壶茶,之后掏出一些纸和书写工具,又笼统地问坐在屋子里的人,"我需要花园主人准确的出生时间。"

幸好,福尔摩斯调查家族文件时无意中看过这样一份证明,若非如此,还没开始解密就可能已经结束了。老学者仅仅接收了信息,似乎这是假设事实,然后将那本花园日志拉了过来。

他研究了一小时草图和日志之后,开始把一些信息写到他带来的纸上,并把这张图作为参考,它看上去像指南针和迷宫之间一个非常复杂的路口。他时不时地用自己的语言嘀咕两声。龙坐在椅子边,似乎有这位伟人在场,他不愿意放松下来。几乎没有动静。

两小时后,福尔摩斯告诉哈米特,可以去楼上找房间休息一下。他和罗素则去街上那家意大利咖啡馆买来各种各样的食物。明医生从自带的箱子中拿了双筷子,好奇地拨弄着盘子中的面条,但并没有被意大利人的烹饪方式打动。又过了一小时，明医生的茶已经喝到了第三壶。他带着强烈的兴奋微微皱着眉，不时地轻轻点头。

距离研究开始已经过去了四个半小时，他终于抬起头，对福尔摩斯说："可以了。"

"你知道在哪里了？"

但他喜欢用自己的方式回答问题："我的朋友说明了你们的情况后，我就对这项预测另一个人如何解读能量的工作非常感兴趣。当然，知道花园的女主人在埋下东西后很快离开了这个国家，这大大简化了我的工作。因此，我可以假定，1906年和1912年的两幅图发生的重要变化，能够完全反映出龙国的杰作。你看这里，他把池塘拓开了一些，然后种上了红色的花，对吧？"

"你们肯定觉得这是迷信。"他说着，目光小心地避开哈米特。哈米特在自己的椅子上往后蹭了好几次，似乎想尽可能远地与这种无稽之谈拉开距离。"对于西式思想来说，想让他们相信通过对实物的安排，就能改变人的情感、期望和观念，这是一件很荒谬的事。但是，同一个房间，墙壁刷成桃红色与刷成淡蓝色，会给人完全不同的感受。这也是风水定律中最基本的例子。一幅画中，每一笔每一画，关键位置的每一种特殊形状和颜色，都会影响整个画面的平衡。生活中，恰逢其时、恰逢其址地做一些小调整，可能比之后在其他地方付诸巨大努力产生的影响更大。我们用，嗯，玄虚的语言来说这些调整和影响，但这并不表示，我们真的相信有龙生活在地下。"

在矍铄的目光和明智的话语影响下，就连哈米特也收起了自己的怀疑。他把伸出去的腿收了回来，在椅子上坐正。然后明先生继续进行阐述。

"难点——你们的难点——在于你们不知道，自己想找的东西到底是至关重要的，还是值钱的东西。举例来说，如果他想保护的东西价值连城，那这些调整反映出，埋藏的东西一旦被人发现，这个家族在社会上的名声会受损。如果反之，那这些调整又是出于完全不同的考虑。"

福尔摩斯克制着自己的不耐烦，因为他必须等学者把问题解释明白。但是，明医生的说明似乎相对简练。

"我相信，看到龙国做的这些，你们会发现他和雇主有相同的看法。也就是说，这件东西之所以重要，不是因为值钱，而是因为它对家庭幸福和社会地位有影响——也就是俗称的'脸面'。如果真的仅仅是值钱的东西，那在这一片就能找到。"银质的自动铅笔突然冒出来，在他画的花园轮廓图上整整齐齐地框出了一小片区域，"但是，如果是为了保住家族的颜面，那就应该在这里。"第二个框画在了图的另一侧。那里是灌木荆棘最严重的地方。

福尔摩斯送龙和风水大师出去，车子一直停在路边等着他们。他们上车后，福尔摩斯朝长者鞠躬道谢，并告诉龙把服务费用的账单送到圣法兰西斯酒店，然后回了房子。

"柯南·道尔没有遇到这个人，真是太不巧了，"他喃喃自语，"否则他可能会对旧金山的精神力量有所改观。"

罗素正在收拾日志和废纸片，她从桌子上抬起头，"什么？"

福尔摩斯摇摇头，表示无关紧要，然后开始把用过的杯子收到托盘上。罗素抱着一摞花园日志，停在门口说："现在刨花园有些太暗了。"

"我同意。"他说完，她明显地松了口气，"我们天一亮就回来。还是带着那位优秀医生留下的宝贵地图吧。"

如果他们的对手真对荒园中若有若无的东西那么执着，甘愿深更半夜出手解决，甘愿制造杀戮和伤害，罗素应该更愿意让他们把东西拿走。

她把母亲的日志放回前厅，又把明医生的地图叠起来装进口袋。他们按照福尔摩斯制定的迂回路线走回酒店，并与哈米特告别。在此期间什么事都没有发生。

清晨，福尔摩斯穿戴整齐去探望他的非正规军们。他发现，孩子们的兴致开始消沉了。福尔摩斯告诉他们，如果今天不来，以后也不会出现了，又给了他们现金。于是孩子们的情绪又高涨了起来。年轻的加西亚先生向他保证，一定会目不转睛地看着。而这份保证又被他后来的发现破坏了，本该盯着大门的小伙子此刻却站在他旁边，不想错过任何事情。不过，哈米特现在还没离开公寓，所以没什么损失。

七点钟，两位侦探专业的考古学家来到房子里，穿着最结实最不容易被刺透的衣服，但是黑莓灌木丛在嘲笑他们，连划带刺地制造了上千条伤痕。八点刚过，哈米特来了，虽然他提出想帮忙，但当安排他坐着找位置时，他似乎并没有不开心。又过了一会儿，龙先生沿着车道走了进来，只是最后他也坐在阳光下。而罗素和福尔摩斯轮番挥舞着在花园棚屋里找到的锯片、剪枝工具和铁铲。哈米特一支一支地卷着烟抽，然后又说起了他正在写的一个故事，主人公是一位侦探，为一家侦探社工作，与平克顿非常类似，不过效率更高、更有道德感。龙读过很多这类的文学作品，也提了些建议。而另外两个人挥汗如雨，一边咒骂，一边默默地在心里制定目标。然后他们毅然转战另一片标记出来的地方，明医生说那里可能只有钱。

他们达成了几个精神目标，但终极目标还没有完成。这时，罗素的铁铲碰到了什么金属的东西。

四个人都愣住了。罗素没有把工具拔出来，而是蹲下身，拂开松软的土壤，把皮手套（也是从储藏屋里找到的，虽然被老鼠蛀了一半，但总比没有的好）甩到一旁，摸索着铲子底部附近。片刻后，她拽住了一件一英尺长、半英尺宽的东西：一个饼干盒，沉得有些出奇，上边有一道新的磕痕，边角有些生锈。福尔摩斯从她手里接过盒子，然后英勇地等在一旁。她继续在附近挖，看有没有其他东西。几乎马上，她的手指碰到了第二件类似的物品，同样很重，这个盒子的标签写着巧克力。她费劲地从土里挖出来交给他。看来只有两个了。她跟在福尔摩斯后面，沿着刚劈开的小路朝厨房门走去，然后将裹满泥土的鞋子甩开，走进洗涤室，将手上的大部分污垢搓洗干净。哈米特和龙则在房子中找了一块防尘布，铺在了桌子上。

罗素坐在两个盒子前，心不在焉地吮着手一侧流血的地方。福尔摩斯在厨房的抽屉里咔嗒咔嗒地翻了一阵，最后用找到的一些能撬能锯的餐具打开了盒子。

虽然在挖之前他们觉得有重要的东西埋在那里，但第一个盒子中只装了钱。有一部分纸币，绑成了三捆，但是盒子的重量来自于硬币，大部分是银币，也有零星几个古老的金币。哈米特吹了一声口哨；龙吃惊地坐回去；福尔摩斯和罗素的表情高深莫测。然后他们转向了另一个盒子。

另一个里面也装着钱，但是除了硬币，还有一块白布，上面画着亮红色的记号。打开一看，里面裹着拳头大小的一团珠宝——数十条金链子、四枚简单的金戒指、三颗单粒钻石、两颗红宝石、六颗蓝宝石，大小形态各异。福尔摩斯抽出白布展开一看，是一条臂带，上面画着红十字。他又把布扔回盒子里，一边拨弄着缠在一起的链子，一边说："我想，要找到这些东西原来的主人应该非常困难。尤其其中一些还是从身上流着血的人那里拿来的。"

他们认真研究着凝固在其中两三条链子上的棕色污点，

四张脸上表现出不同程度的厌恶。罗素把红十字臂带和珠宝拨到一边,然后用指甲去扳下面那个油布形状的东西,抠开四角,将它和珠宝分开,然后放到防尘布上,打开了包装。

里面有一封信的副本,是用安德伍德机打出来的,信中的小写字母"a"弯弯扭扭:是她父亲的打字机,是她父亲写的信。

二十三

1914年8月22日
加利福尼亚，旧金山

致读到此信之人：

  10月末，我，查尔斯·大卫·罗素打算应召加入美国军队。但是，在此之前，若不先将1906年4月发生的那件有悖良心的事讲清楚，我会时常认为自己敲诈，这份压力会让我和我即将从事的工作不堪一击。

  过去八年，我一直保持着沉默。那件事牵扯到了另外两人，罪责蔓延可能会摧残他们的生活和尊严。由于两人皆未选择自己主动提出，所以我想，在此不公布两人姓名，只用挚友GF以及稚友PA[1]来代替。

  年轻的时候，我和GF是朋友，亲近到有时别人会视我们为兄弟。虽亲若手足，但我们以不同的方式长大成人。我对他一直有很深的感情，觉得自己对他多有亏欠，因为在我需要朋友和帮助时，他奉献了坚定的友谊，并施以援手。我说这些，是为了解释他提出的请求，虽然结婚后我们的关系疏远了，甚至很长时间也不见一面。

  4月份那天发生的事无须我描述。早晨五点刚过，我的家人从床上被晃了起来，就像旧金山的大多数人一样，

---

1 GF, Good Friend; PA, Petit Ami. ——编者注

虽然——上帝保佑，我们的房子地基是岩石，而且建得非常坚固——我们所遭受的痛苦，要比住在地势低的地方的人小一些。尽管如此，房子还是遭了殃，玻璃碎了一地，墙壁也有了裂痕，屋顶上沉重的灰泥吊顶也有掉落的可能，孩子们住在里面非常危险。第一天，我们一家人就和周围大多数邻居一起搬离了房子，第二天，帐篷才陆续送达。星期四，我们搬去了拉斐特公园，等着房子的状况被判定为安全或是不宜居住。

大火肆虐的那三天，我和大多数尚且能动的男人们一样，每天都做同样的事情，名曰运送伤员，其间我的汽油供应一直未断。之后我们开始在废墟中搜寻生还者，协助消防人员灭火。我们救出一些被困人员，将那些没有等到救援的人的尸体运到一起，还打算在街道上清理出一条车辆和推车能通过的小路，保证伤员和财物的运送。

据我的记忆，地震之后没过几个小时，市长就下令，一旦发现有人哄抢财物，当即射杀——真是讽刺，想想这个人在市财政中谋取了多少私利。官方公布的被枪决的哄抢犯人数少得可笑——我亲眼见过三起这样的枪决，没有一次合情合理。警察与士兵和其余的人一样，都变得很疯狂，不同之处在于，他们有武器，而且接到了命令，可以随意开枪。

星期四，第一天下午，我大部分时间在市中心出力。我开着车，尽可能地沿范尼斯大道向前，之后把车停在那儿，徒步走回太平洋高地，想确定一下家人是否安好，顺便看看有没有吃的东西。我看到妻子和孩子精神不错。她告诉我，PA 刚刚来过，来看我们是不是没事，然后告诉我们他的家人也没受伤，让我们放心。她告诉了他我的去向，对方说之后再来找我聊聊。

我从受损的房子中取出了食物和饮料，用从烟囱上掉下来的那些砖块在花园前砌了个火坑，然后回到房子中，把铺盖搬出来，铺在花园的树底下。在房子中走动时，咯吱咯吱的呻吟不绝于耳，我不确定它还能否经受一次震动。

吃过饭，我们让孩子们躺在星空下睡了。很晚的时候，PA来了，他精疲力竭，看来被刚刚遭遇的事情折腾得不轻。一个士兵看到他走在街上，就端起枪指着他说，他一定是哄抢犯。PA辩白说自己没有靠近任何店铺，士兵用枪抵着他，让他和一群人一起清理倒塌的酒店。PA愿意做这项工作，但他不是年轻人，而且工作很艰苦。

天黑了，又过了很久，那个士兵终于交了班，PA趁机溜走了。他很担心自己的家人，但是因为火势向家的方向蔓延，于是他先回到了太平洋高地，想休息一下，再想办法绕过大火回家。他肯定想到了自己随时可能碰上一帮游荡的士兵，而且其中大多数都在附近的酒铺或酒馆抢掠一通，喝得烂醉。但他还是赶来了，累得气喘吁吁。

我们让PA吃了些东西，极力劝他留一晚，因为士兵们还有自封的治安队员，在夜幕的掩盖下一定会比白天更加野蛮。我指出，虽然看上去火逼近了他家居住的街区，但现在天很黑，而且没有可以辨认的标志，所以很有可能距街区边还有一英里。我向他保证，晚上大火就会被扑灭，而且他的妻子和儿子都是聪明又能干的人，所以到明天早晨肯定不会有什么危险——如果现在动身往回赶，他的处境会更危险。他并不想留下，但当我正劝告时，山下传来一连串枪声，于是他只得接受了我的建议。我们给了他几条毯子，然后各自睡了，心里想着到明天早上，情况一定会恢复正常。

但事实却恰恰相反，事态进一步恶化。大火蔓延，一栋又一栋的建筑轰然倒塌，空气传播着爆炸声，一整天都能听到枪响。我的家人待在远离大火的地方，而且有足够的人手（官方和其他人员）驱赶哄抢犯，所以非常安全。我和妻子讨论过后决定，最好我陪PA一起回去，毕竟两个可靠的成年人应该可以与暴徒对垒。我们出发了，想确定PA家人的状况，好安心下来（前一天下午之后，他再没有见过妻儿）。高地的景象好像另一个世界：东边，是炼狱般的大火；北边的一切却似乎一如往常。我们沿着富兰克林街往北走，尽可能拖延时间，不想进入等在范尼斯大道另一侧的地狱。最后我们不得不转向东，但是只走到拉金街，就再次强制性地被人带去加入营救。

这是一栋倒塌的公寓楼，从废墟下面可以听到女人和孩子微弱的哭声，他们被困了二十四个小时了。说起这件事，我满心遗憾，虽然我们从废墟中成功救出了几位，但当大火烧过来时，几个可怜人仍然困在里面。

因为灼热，我们不得不撤退，而我则很感激燃烧的建筑发出的怒吼声和爆裂声阻隔了受害者们无力的哭喊。尽管如此，那一刻的失败一直伴随着我，驻扎在那时的恐怖记忆中。还有其他一两件事，我马上会提到。

我和PA瘫坐下来，往嗓子中灌了几口水，转身背对着大火，似乎这样就能否认其存在。这时，我们才透过烟幕注意到太阳的角度，并且惊讶地发现，我们在遇难的公寓楼连续奋战了六个小时。现在接近下午两点——我将怀表凑到耳边，确认了一下是不是还走——我们与

PA 家房子间的距离并未缩短。我们再次向北走去，对诺布山熊熊燃烧的房子敬而远之，我们爬上俄罗斯山，确定火势范围，然后尽量避开——我们两人都不想再被迫担上救火的责任。

城市的景象展现在我们眼前，像但丁笔下的炼狱，一片废墟中有几座受损的尖塔向上拔起，像从坟墓钻出来的骨架。好几处聚起了一根根浓烟柱，最高的那根下方冒着赤色的炙热火舌，其他几处略矮，笼罩在焖烧的废墟上方。

我对朋友说，这几处烟柱从一百英里之外的地方都能看到，但是他没有回应。我看到他全神关注着自己的家。

那里已经不在了。从我们站着的地方一直到海边，只有电报山还耸立着，四面废墟。若不是我架着双臂拦住了他，用力地摇晃，一遍一遍地让他冷静地想想，PA 可能已经冲进了冒着烟的废墟。我说，他的家人不可能没有意识到火焰。他们可能在烧起来之前已经撤走了，就和成百上千的其他人一样。我们需要做的仅仅是找出他们到底去了东边还是北边。

火焰正向北涌动。我们唯一能做的就是朝相同的方向行进，能走多远走多远，期盼着中途不会再遇到火苗，不会再被强征入伍。快跑下山丘时，我抓住了 PA 的胳膊，跟他说，两个走路的人可能比两个从富裕街区飞奔而出的人，看上去犯罪的可能性更小。

我们走得很急，直奔目的地而去。我的朋友知道这里所有的小路和捷径，因为每天都会途经这里。他带着我，坚定不移地在通往山坡公园的送货小巷和人行小道之中穿梭。我们身后传来了两次喊声，但在一拐一绕之间，我们就逃出了他们的视线。

我们来到小意大利和码头之间的一个地方。在几个士兵的监视下,房子的主人正清空房子里的财物。我们向他们点点头,手插在口袋中,走在街道中央,想表明我们问心无愧。但两名士兵调整了一下肩膀上的来复枪,跟在我们身后。我们转过弯,刚刚闪进一条满地碎石的小巷,就看到前面有人鬼鬼祟祟、眼疾手快地在做什么。

前面是尚不明确的威胁,身后有两个士兵,我们夹在中间,僵直地站着。PA转头询问我的想法时,突然听到前面的人喊出了我的名字。

"挚友"在这里登场了。我有两三年没见过他,甚至不知道他还生活在这座城市,却在这条荒芜的小巷中重逢了。他向我走来,伸出了手。

我握住,道出了他的名字,然后问他现在是不是还住在这里。但是他回答的方式,或者说他小心地回避这个问题的样子,让我打断了他的油嘴滑舌,然后提醒说士兵正朝这里来,想确定我们没有图谋不轨。

他立刻抓住我的胳膊,推着我着急地朝他刚才出现的地方走去,同时也把PA推了过来。伴随着身后的来复枪,他的焦急也传染给了我们,我和PA被砖头和瓷砖绊得跟跟跄跄,而他跳到我们前面,拉我们钻进了墙和靠在上边的棚子之间一个不显眼的洞。里面一片漆黑,GF嘘了一声,让我们安静。

过了一会儿,我们听到外边有动静,那两名士兵走了过来,站在我们藏身之处的入口前。最后两人觉得这里没什么值得偷的东西,便原路返回了。

GF神经紧张地傻笑了一阵。当我告诉他我们要走时,他才回过神来。

"但是你们不能走,"他告诉我,"我需要你们的帮助。"

"干什么?"

"藏些东西。"

不知怎的,我立刻明白了他不着调的态度意味着什么。虽然我们是老朋友,与他相识多年,年少无知的时候对他就如兄弟一般了解。此种情形,再加上充分了解城市中正在发生的事,我不费什么力气便猜到了这些"东西"并不属于他,而应该是趁着混乱,将无人看管的店铺或者珠宝盒中的东西擅自占为己有,然后藏在了这里。看来,我的老朋友是一名常见的盗贼和哄抢犯。

我闪到一边,拉上PA离开了这里,一句话都没对GF说。我和PA对刚才的所见所为只字不提,只管埋头穿过骚乱的街道,最后到了他家附近。

他家隔壁的房子已经烧着了。我们目瞪口呆地站在那里,凝视着眼前这番似乎平生从未见过的景象,看着一位消防员奋力地想从软管中引出一些水。PA看到了自己的朋友,然后一把抓住他,问人们都去了哪里。

"去了码头。"那人回答道。然后我们再次出发,绕了些路,最后终于找到了从我的朋友所住的地方逃出来的难民,千百人带着自己寒酸的财物四处游荡。

PA转向我说,他可以在这里找到自己的妻儿,劝我必须回去照看自己的家人。我拒绝,说要等到有他妻子、儿子的消息后再走。但直到傍晚,我们才碰到一个男人,说他看到PA的家人在附近的军事基地的帐篷里安顿了下来。这一次,PA铁了心让我别再陪着他,他对我说,他会找到他们的,之后会传话报平安。他转身走了,于是我也不情愿地踏上了归途。

在这里我补充一句,虽然房子被夷为平地,但他的家人都没事。他的妻子和儿子设法将最宝贵的东西救了出来，带着逃跑，并安全抵达了他们的新帆布住所。

那天我很晚才到家，却发现家人不见了。不过那晚负责警戒人行道的邻居让我去公园找他们，军队在那里搭起了帐篷。看到我，家人都非常开心。那一晚是我这么多年来第一次睡帆布帐篷，我太累了，没有做噩梦的精力。

遇到 GF 的事我没有告诉妻子，总之当时没有提。她和 GF 的妻子是好朋友，主要因为我们两家有年纪相仿的女儿。但是 GF 对她来说像一根肉刺，所以当时在那里我不想提起。而且说实话，我觉得没什么可说的。

星期五，我和救援队的人工作了一天，快结束的时候我们达成了不言而喻的共识：尽可能地找回所有的尸身，但不冒生命和伤残的危险。剩下的，大火会妥善处理。

我们奋力工作了整整一天，一直到晚上。爆炸声持续不断，誓死要炸出一道防火线，扼住大火的咽喉。范尼斯大道呈现出一番别致的样子——一侧是冒着青烟的平地，而另一侧却还是平日的模样，看上去非常怪诞。那天晚上，我们步履蹒跚地回到粗糙的床上，知道自己已经竭尽全力了。

而且胜利了。星期六早晨，消息传来，除了由于火药使用不当引起的火之外，再没有新的着火点，而这些火药本来是用来阻止火势的。我们胆战心惊，生怕哪里刮来一阵风，将余火重新鼓起来，但并没有。到星期六下午，我们开始觉得最糟糕的情况已经结束了。现在的问题只剩下与爱琴海马厩似的环境妥协——在过去短短三天的时间里，我们已经对铁铲的触感产生了厌恶。

我们大把大把的时间都用在了弯腰翻砖块上。

我突然觉得自己不再是二十几岁的小伙子，可以一整天从事体力劳动——我的背很疼，双手裂开了好几处口子，胳膊和腿上也有数十处伤口和烧伤，不咳出些黑色的东西就无法呼吸。我卧倒在床，把两个孩子抱在身边，感受着生命的快乐，妻子则在一旁为我们读着荒谬的儿童读物。

孩子们睡着了，我也迷迷糊糊地要睡过去，妻子看到我的眼皮开始发抖，便和我说要在日落之前回房子中取一些防水的衣服，因为天气不是很好。我当然不会让她一个人去，于是硬着头皮将双脚塞进了靴子中。妻子拜托隔壁帐篷的人，如果孩子醒了，帮忙照看一下。

我们牵着手走在凉爽的夜色之中。风从大海吹来，气息变了，最浓烈的烟被赶去了奥克兰多方向。我想，雨确实要来了。

找到防水服，我又上楼拿了些玩具，给女儿拿了几本书，如果雨连下几日，书可以排解她的烦躁。收拾来收拾去，我们待了一个多小时，才抱着生活用品出了家门。我们绕到高地的边缘，想看一眼夜幕覆盖下的城市，却看到了让人记忆犹新的异样景色——零星的灯光，路灯全部熄灭，只看得见对面费尔蒙特酒店的轮廓，脚下是大片焦土，散发着恶臭，大火终于灭了。我们站在那里，凝望着这片陌生的风景，待了二十来分钟。回到帐篷时，我们发现整片营地都出现了骚乱。

我们离开的这段时间，有人来找我，吓到了我的女儿。她的尖叫声惊醒了附近所有的婴孩，他们亮开嗓子加入了合唱，还惊醒了一半女人、所有的男人以及大多数的狗。我们迅速地将她安抚好，然后我走出去询问有没有人知道擅闯者是谁。但他没有留姓名，只说（或者是大喊,盖过了玛丽的喊叫,她起初是因为害怕,但是很快演变成了愤怒)之后会再来。

众口一辞,这个男人最显眼的特征是烧伤的脸,抹了厚厚一层药膏,缠着绷带,几乎看不到容貌。

脸部烧伤的人,可能是这几日与我一起奋战的任何一位,所以我没再多想。当天晚上,他没有来,第二天早晨亦是。直到星期日下午,我才弄清了此人的身份。

晚上下起了滂沱大雨,大自然与我们开了个残酷的玩笑。我们那么辛苦地对抗大火,如果雨水早些降临,那这座城市也许就能得救。但它姗姗来迟,还将废墟捣成了黑漆漆的泥水坑。就连整洁的绿色公园也变成了泥海,我们需要用铁铲将脚下的河沟和小溪引出去。

星期日,我冒着毛毛雨走在房子旁的车道上,想从园丁棚屋里取些工具,却突然听到房子里有什么动静。

原本可能是地基下陷,也可能是颤颤巍巍的古董架终于垮了,但这是人声。于是我停下脚步继续听。然而又没了声响。我绕到房后检查门锁,却发现锁已经被人打开了。

我稍做犹豫,因为我知道房子里有一把枪,如果被入侵者找到,那我就会陷入困境。但我还是转动门把手,抬脚进门,然后大喊着让他们出来。

我并不指望有人回应,当然更没有预料到接下来的情形。楼上有人开口叫道:"查尔斯?是你吗?"

是我的好朋友。我问他在这里做什么,究竟是如何进来的。我完全没料到他会出现在我家,震惊之余,咒骂了一句。他提醒道,很久以前,我给过他一把家中的钥匙,从那时起,他就一直挂在钥匙环上。我忘了他有一把钥匙。确实,在我结婚之前,我分别给了他和另外两三个好朋友大门的钥匙,万一我不在家时,他们也可以在需要的时候找到一席安眠之地。一晃多年,门锁还是那些门锁,钥匙自然也同样有效。

他一边打着招呼,一边从楼上下来。我们在昏暗的门厅碰面,很多事水落石出:他的脸上一片一片的白色药膏亮晶晶的,眉毛和眼睫毛被烧没了,头上缠着一圈绷带。

"嘿,就是你吓到了我女儿!"我指责他。而他当即道歉,说他没想到帐篷里只有孩子在,而且看到她认识的人来照顾她时,就立刻离开了,不想再继续吓她。所以他来了这里,却发现里面空无一人。但他急需找个地方睡一觉,于是就自己开门进来,将客房里的床拖到一处灰泥全部坍塌的地方。

讲到最后,他才说,希望我不介意。而且他很谨慎,哪儿都没有生火。

"我猜你是没有。"我说道,然后问他怎么把脸弄成了这样。他摸着脸庞,咯咯地笑着说,星期五那天晚上,他正努力灭火,火突然烧到了一批藏匿的煤油,呼的一下扑向了他的脸。"我的脑袋磕到了水壶,"他边说边笑,"二十四小时之后,我醒来,发现自己在医院帐篷里。由于我尚能行走,记得自己的名字,知道泰迪·罗斯福是总统,他们便将我扫地出门。因为还有很多比我病重的人需要床位。我没了寄宿的地方,于是想到你或许不会介意。"

"当然不介意。"我对他说。

"还有一件事。"他说话的语气瞬间瓦解了我对他窘迫遭遇的同情心。

你瞧,年轻的时候,我们时常因为高昂的情绪闯祸,但通常以逞能和显摆作为开端。即使他的脸庞被白色药膏和绷带掩盖，但他现在的表情与当年想到恶劣的鬼主意时如出一辙。而且我想起了他需要帮忙处理的"东西"，于是立刻从他身边退开。

"GF，"我说，"我有家人。我不再做那样的事了。你自己随意。"

"不是什么大事。"他跟我说，"嘿，我的脸真的很疼。这里还能找到些喝的东西吗？"

我这时就应该结束这段交流。我就应该告诉他没有，并将他请出去，并收回他手里的钥匙。我本应该这么做，但是我没有。他烧伤了，而且过去几天我见识了太多，实在不忍心将老朋友丢到大街上。还没有反应过来，我们就已经坐在图书室中，点着蜡烛，拿了一瓶好酒，开始追忆往昔。

我最后得知，他的"东西"是一个饼干盒。火灾第一天早上，他经过吉里街时，这个盒子沉得将他绊了一跤。他凑近一看，发现里面塞了满满当当的钱——纸币、硬币，甚至金币。盒子上没有名字，没有标记，没有人躺在周围。"所以我留下了。"

"这不是你的，"我厌恶地说道，"你必须发一则通知，让人认领。如果有人能说对里面钱的种类以及数量，那就是他的。"

"好吧，但有一个小问题。"

"什么问题？"

"我往里面添了一些。所以很难得知最初的样子，而且也不知道这段时间都添了哪些。"

"什么东西！"我朝他大喊，"你就是个该死的贼。"

"我想是的，"他说，"但我得告诉你，这些都来自那些不在乎百十来块钱的人，所有的都是。而且我还不了，这里的钱是从几十个地方攒下来的。"

我用双手撑着头，一阵反感。

"查尔斯，我真的需要重新开始。"他恳求道，"你也知道我的妻子和那件破事，我拿不到一分钱。没有钱，就生不了钱。你一定得帮我。"

"你让我恶心。"我对他说。

"我知道。"

"盒子现在在哪儿？"

"好吧，这才是问题。埋在你家花园了。"

我差点劈头盖脸地动手揍他一顿。如果有枪，我可能会毙了他，我愤怒至极。他也看出来了，于是举起手，似乎在说"哇哦"。

"你看，查尔斯，我不好将东西直接放到你家厨房桌子上，然后就上楼睡觉，对吧？安全起见，我只是想埋在灌木丛下面藏一阵。"

"你把抢来的钱埋在了我的花园里。"我简直无法相信，我曾经竟和这个蠢货那么亲近。

"就埋到我离开。我要去法国了。我同父异母的妹妹现在在巴黎生活，她说我可以住到她那里去，帮她打理生意——她在巴黎经营着一家不错的小酒吧和卡巴莱餐厅。总之，在这件事发生之前，我一直就有这种想法。这座城市对我来说是个不祥之地，查尔斯，你是知道的。"

我确实知道，因为事实确实如此。他一直霉运不断，但有些事是他咎由自取。最近一次打击，是他的妻子在和他离婚六个月后继承了一笔巨款。

我盯着玻璃杯看了一会儿，然后问他："你觉得你的盒子里有多少钱?"

"我不确定,大概有三千美元吧。"

我想,他绝对确定,但也没有逼他说清。真累,而且我也已经厌倦了他。但是从另一方面讲,我又是如此幸运。那么多可怜的人死去、受伤、无家可归,而我的家人全都毫发无伤地挺了过来,我不能再对他加以评判。"如果我给你开一张五千美元的支票,你能不能去法国,再也别来烦我了?"

"查尔斯,我不能让你——"

但是,他当然允许别人说服他。我总会想办法将这些钱还回去的,或者捐给孤儿,但是花钱让 GF 消失似乎是恰当的选择,就像平息了经过我的厄运。我找到支票簿,给他开了支票,然后告诉他我不想再见到他,永远。又让他把钥匙留下。他把钥匙从口袋里掏出来,放到桌子上,然后握住了我的手,又被我甩开。他说东西埋在拿书的雕像下面,说完就逃走了,似乎我为他添了一对翅膀。

我知道这很疯狂,但是他曾经像我的兄弟一样,而且过去几天,我们都在地狱中走了一遭。

只是,之后我才得知了整件事——更精确地说是听了些传闻,然后在报纸上读到了一部分,又猜出了结局。但当时他已经走了,独留我进退两难。

真相似乎是这样:地震后,星期五晚上,有个警察看到他进了一所房子,而房子的住户在着火前已经接受命令离开了。其实当时有两名警察,但是听到下一条街上传来砸窗户的声音时,两人分开行动了。一人去调查那边的情况,另一人跟踪 GF。当警察尾随他从后门进入后,GF 慌了,他抄起壁炉的拨火棍狠狠地砸向警察。这一砸要了警察的命，或者GF这样认为。但是他没有立刻逃跑，而是想着把房子烧掉毁灭证据。整个城市都是一片火海，再多一栋失火的房子又能怎么样？

但他是GF，所以之后出现了几个问题。第一，GF在餐具室找到了汽油，倒在地上，火柴一着，汽油不仅仅是烧了起来，而是像烈性炸药一样腾空而起，将GF炸出了屋子，还烧光了他所有的毛发。另一个问题是，大火改变了方向，没有吞没这条街。于是火灭了之后，这里只有一栋房子失了火，而周围的其他房屋都安然地矗立在原地。而且还在房子中发现了一位警察，头骨断裂，旁边放着一根拨火棍。

汽油爆炸扑到脸上时，GF已经将钱盒塞进衬衫中系上扣子，空出了双手，他从地上挣扎着爬起来，确定自己还能走，便逃跑了。最后，他的意识多少有些恍惚，被送到了医院帐篷。但是星期六他一醒来，就想到一个焦头烂脸的人带着一盒子钱，不可能身心健康。

于是他找到了我。

而我却花钱放他远走高飞，留给自己一个沉重的盒子。我终于明白医院工作人员为什么没有打开看了——撬盒子时，锤子螺丝刀并用才将它打开。里面装着钱，但只有一千七百美元左右，而且其中一部分似乎沾着血迹，名副其实的血汗钱。

另一样东西是一块布，上面印着红十字。GF穿着救援人员的衣服在各家进进出出，伪装出救死扶伤的假象，却将这些人洗劫一空。

当我把那块布捧在手心，意识到这意味着什么时，我几乎疯掉了。之后，我不得不思考自己面临的问题，感觉更加糟糕。我被这个破盒子捆住了。如果交给警察，道出实情，我想自己应该会被起诉——就算不以盗窃论处，至少会安上一个为虎作伥的罪名。若将盒子带走，扔到渡口，很有可能被逮个现行，那时解释起来不是更有趣吗？另外，如果我真的扔掉了，而GF又回来，想从罗素家这棵摇钱树上谋取更多钱，我就不能以此为威胁，摆脱他的纠缠——盒子中的东西上，当然留有他的指纹，可以置他于死地——我开始写如此露骨的词语了。但是我不能把东西留在他埋的地方——万一某天他溜进来将东西挖出带走呢？或许可以带到小舍，将盒子沉入湖底。但把这种东西留在那里，似乎会脏了那一汪清潭。

所以最后，我只得和我的朋友商讨——我应该说，真正的朋友——PA，他同意最好悄悄地将盒子重新埋起来，什么都不提，但不能埋在同一个地方。我们讨论了销赃地点，他请了人来，神神道道地算了算，然后我们就深深地将它埋到了只有我俩知道的地方。

大约一年之后，园丁又挖出了另一个盒子，前面贴着巧克力的图片，里面也装着钱，还有珠宝，同时还有一把枪。PA和我把它与第一个盒子埋在了同一个地方，但没有把枪埋进去——我想办法处理了。

整件事就是一场灾难，GF的离去并没有画上句号。几个星期之后，我把整件事告诉了妻子，她自始至终都不接受他，不愿意让他出现在周围。当得知他的所作所为后，得知我掩埋了他的赃物后，她就确信他某天晚上一定会回来对我们做些什么，甚至不惜威胁孩子也要找回赃物。想到这些，我的内心非常不安，我曾经竟然和这样的一个人是朋友——在我看来，趁乱抢劫和因为惊慌过失杀人，与冷血无情的危险朋友相差甚远。但妻子的精神同我一样强大，我们谈过好多次。我用了好多年才将她劝回了家。

这就是我的故事。从那以后，我再未见过GF，虽然我觉得他一直在周围徘徊。因为1910年，我们发现有人挖过他当年埋盒子的地方。据我所知，他已经过世了。但我上星期还是给他同父异母的妹妹写了封信，说如果他还活着，而且她跟他还保持着联系的话，我想告诉他，10月末，美国政府会"知道1906年发生的一起刑事案件的全部细节"。那时发生的事已经渐渐淡出了人们的视野，但这毕竟是谋杀案，而且如果有心抓捕，不难查出GF到底是谁。

就像我说的，他曾经是我的朋友。说实话，我并不知道，大火冲天的那个时候，并非所有人都变成了那般疯狂的模样。

这些事，我也全部告诉了PA。他也觉得这是最好的选择。我尽所有的可能让他置身事外，很久以前我就把官方文件中所有提及他的部分消除了，比如遗嘱之类的，虽然自始至终他与这件事都毫无瓜葛。

我的罪恶经历就是这些。把这一切都揭发出来似乎太过谨慎，但是我不想带着过去的软肋，被安排到保卫祖国的职位上。若这件事令我的上级改变了主意，认为我不再适合那个岗位，悉听尊便。

谨启

　　　　　　　　　　　　　　　查尔斯·大卫·罗素
　　　　　　　　　　　　　　　1914年10月1日
　　　　　　　　　　　　　　　旧金山

附：

下个星期，我将启程前往华盛顿，并将上述经历如实交代给上司。我会在那里埋进一份复印件,不是为了保险起见,而是为了将来若有人偶然发现赃物,猜测情况时,可以作为解释说明。

后天,我要去小舍,将它封存一段时间。大多数人都相信,几个星期之内战争就会结束,但是我去过德国,知道那个民族的强盛,所以我不这么认为。我不知道是否还能再见到我挚爱的湖泊,所以在走之前,我多愁善感地想最后再见它一面。妻子说,旧金山有很多工作等着她处理。但我希望她会重新考虑,然后带上孩子与我同行。在那里,我们有那么多一家团聚、尽享天伦之乐的快乐回忆。

我没有收到我称之为 GF 的男人或者他妹妹的回信,考虑到法国当前正遭受的破坏,我并不觉得惊讶。好吧,我对他已仁至义尽,所以只希望我们最后一次见面之后,他会以赎罪的态度度过自己的余生。

至于我,很快便见分晓。

查尔斯·罗素

第五部

罗 素

二十四

"那封信是8月第三个星期写的,然后邮去了巴黎,那时战争刚刚爆发,"福尔摩斯说道,"而害死你家人的那次车祸发生在10月3日。就算是开战的头一个月,邮件也能送达,尤其是到巴黎。'挚友'可能在一个星期内收到了信。剩下的时间,从巴黎赶到这里,绰绰有余。"

"他的朋友,"我满嘴的苦涩,"他帮他摆脱了困境,跟他一起度过了疯狂的……"大脑努力拂开即刻浮现的父亲的身影,说话的语调也随之转变,然后开始处理呈现出的线索。我吐出余下的半句,"……青春岁月。"

"挚友,或者'PA',肯定是迈卡·龙。"福尔摩斯分析道。他沉浸在自己的思绪中,没有注意到我的心烦意乱,"主要依据是他提到在花园藏东西,还有那人为了保护东西动用了'神神道道'的风水。而且根据查尔斯·罗素的陈述,想再找出另外一个符合的人太难了。尤其通过仔细地查阅家庭账目,在其中发现了一笔七千五百美元的支票支出,就在地震过后的几天。你父亲的想法似乎非常天真可爱,认为更改支票数额就能误导调查账簿的人。"

我猛地站起来,"我得走了。回酒店见。"

没等他开口阻拦,也没戴帽子和手套,我便奔了出去,大步地走过街道。我拉了一下华丽的铃,见门没有立刻打开便开始捶打。吉夫斯打开门,我马上推开闯了进去。

"弗洛呢?"我问道,"格林菲尔德小姐呢?她还在睡?"

见我唐突地闯进来,没头没脑地发问,他抗议了一下,却被我无情地践踏了,"我需要立刻和弗洛谈一谈。她的房间呢?哦,算了,我自己找。"

在我连续打开六扇门之后,他召来的女仆迅速冲到我面前,上气不接下气地说:"这边,小姐,呃,夫人。"

我终于找到了她的房间,但是没空考虑那个小女仆,便大步跨向床上那堆形状不明的物体。"我去端咖啡!"可怜的姑娘叫了一声,然后甩门出去了。

"弗洛!"我大声喊道,摇晃着类似肩膀的地方,"弗洛,醒醒,马上。我没时间等着你赖床。弗洛!"

我的喊声让她立即弹了起来,惊慌地望着四周。她双手捂着眼睛,似乎在怀疑看到的现实,"玛丽?究竟出——"

"弗洛,你认不认识一个脸上有疤的男人,烧伤留的疤痕?"

"怎么了?"

"该死的,弗洛,他是谁?"

"我父亲,"她说,漂亮的脸蛋因为不解皱成了一团,"他怎么了?玛丽,你怎么这副德行!你看上去好像在花园里滚了一圈。"

我突然坐到床上,忽略了她嫌弃的抗议,"你父亲脸上有疤?"

"是的,皮肤有些皱。城市大火期间,他为了救人被烧伤了。玛丽,你来这里做什么?现在几点了?哦,天啊,"她斜眼看到桌子上的表后说道,"还不到中午。你知道我几点才睡吗?"

"弗洛,就算你一个礼拜没睡觉,我现在也不关心。你父亲长得什么样?"

"他曾经很英俊，"她回答，后背乖乖地靠着床头柜，但我还是紧盯着她，确保她没再睡过去，"至少妈妈是这么说的，而且她留着的他的照片确实很漂亮，不过是那种过时的漂亮。"

"他多高？"

"哦，对，他的身高。可怜的爸爸，他对这件事很介怀。他常穿那种增高的鞋。哦，谢天谢地！"她看到女仆端着咖啡走进来，感叹了一声，"我现在感觉，自己努力想摆脱某个可怕的梦醒过来，但它又把你拽了回去。"

"再问几句我就让你接着睡。"我残忍地说，"那戒指呢？"

"戒指？"她有些疑惑，咖啡杯也停在了嘴边。

"一枚尾戒，镶着钻石。"

她喝了一大口，因为烫，吸了口气，然后呼了出来，"你怎么知道的？他原来没有，但之后再见到他时就戴着了。我一直觉得这代表他离婚后又发了家。虽然戒指有些俗气。"

"你的意思是，你小时候，他们还没有离婚时，他没有戴着，但之后戴上了？你之后见他是什么时候？"

她的脸上闪现出孩子气的狡猾，然后她盯着刚才女仆走出去的房门说："我没见他。"

"弗洛，我知道你见过他。什么时候？"

"妈妈不喜欢。"

"我不会告诉她的。什么时候？"

她舒了一口气。"偶尔会见一面。大火过后，我有很长时间没见过他，而当他再回来时有些吓到了我，我是说他的脸。但我能看出来，那是他。他说是救人受伤落下的疤，所以没什么关系。我是说，看到他我很难受，但是他那么勇敢，这才是最重要的。但对妈妈来说并非如此。"

"你妈妈不让你见他？"

"她不喜欢我们见面。离婚时闹得很僵,你知道的,而且之后他一直跟她要钱。但我不明白,为什么这就意味着我不可以见他。他很有趣,你知道吗?"

"你记得是哪年见的吗?"

"不记得。"

"弗洛,拜托了,想一下。"

她再次拧起脸庞,努力地回想,"他在这里陪我过了几个生日——也就是9月,"她补充道,"25日。我十岁生日时他在,而且我想,十二岁生日时——没错,差不多隔一年见一次的样子。"

她与我同岁,1900年出生。"十四岁时呢?"我问。

"哦,是的,那年他从巴黎给我买了一条非常漂亮的珍珠项链。"她语气欢快,"我跟妈妈说是高仿,一个朋友戴烦了就送给我了,但那是真珍珠,而且是他送的。"

我抚了一把脸,突然觉得很累。弗洛的父亲年轻时是我父亲的挚友,大火时犯下的罪孽让两人彻底分道扬镳,而车祸之后他立即出现在了这里。

"告诉我,"我说,"你认不认识一个女人,她与你父亲相识,比他高几英寸,年轻一些,棕色头发,总是梳到头顶?"

我描述着女人的外貌,但没说几句,弗洛的神情便有些诧异,给出了答案。

"不是朋友,他的妹妹就是棕色长发,常常梳得很高。"

"妹妹?是在巴黎经营夜总会的那位吗?"

"这我不知道,但是最近我听说她住在巴黎。她其实跟他同父异母,比他小好几岁,他是这么跟我说的。跟他长得一点都不像,而且爸爸似乎还跟她调情,有点奇怪。不过她对我不错,常送些漂亮衣服、首饰。当然得不计妈妈发现没收。"她说着打了个哈欠,又补充了一句,"显然她肯定是老处女之类的，所以才会对同父异母的哥哥全心全意，唯命是从。"

这个妹妹越听越不像血亲，但我觉得这并不重要。"你有没有他们两人谁的照片？"

"当然，怎么了？玛丽，出什么事了？"

我想，我还是更希望她继续保持刚睡醒的呆滞状态。

"我想，你父亲可能被牵扯进了犯罪案件中。"

"哦，老天！你和妈妈说了吗？一提到爸爸，她就有犯罪的想法。"

"没有，我还没有和你母亲说。我能看一看照片吗？"

我想，唯一的希望就是不停下来作解释，而是一味专横地要求她予以协助。果然见效了，她从床上爬下来，套上睡衣，走到儿时的书架前抽出一本相册。

她将父亲的照片藏在一张无伤大雅的和朋友度假的快照后面。其中一张照片中，他年轻帅气，发色和我父亲的一样浅（想到客房枕头上的金发，脑海中的装置自动指出：发色浅，被火燎过之后的一段时间，脸上应该看不到胡楂），怀里抱着一个黑色头发的小女孩：弗洛遗传了母亲的发色。第二张是罗伯特·格林菲尔德几年后的照片，有疤痕的脸侧着，微微避开镜头，坐在一张椅子上，身后是一片地中海的背景。第三张更晚了一些，他身材开始发福，发际线后退了一些，身旁站着一位略高的飒爽女人，衣服是战争前流行的款式——当我挪开视线，观察照片背景时，膝盖突然一软，我不得不摸了一把椅子坐下来。

是在小舍照的照片。

"她是谁？"我问弗洛，虽然我想自己已经有了答案。

弗洛瞥了一眼说："那是罗莎姑姑，爸爸的那个妹妹。她来过几次旧金山。你看那顶帽子——肯定是地震之前拍的照片。"

"其余几次来旧金山的时间呢？"

"见鬼，我可不知道。我当时可能才八九岁。对，就是爸爸离开的那一年。"

戈迪默先生告诉我说"有些面熟"——他其实早就见过她，大约二十年前。

弗洛又把其他照片塞进我手里，我隐约意识到自己在看，但是当我再抬起头时，弗洛已经坐回床上，交叠着双腿，用力地梳着头发，继续喝她的咖啡去了。

"我借这张照片看一看，弗洛。"我说。

"九十三，九十四。"她数道。

我把其余的照片搁到架子上的相册上边，就向门口走去。她跳下床，朝我走过来，梳子咔嗒一声掉到了地上。

"不行，如果你不告诉我为什么，那我什么都不会借给你。来，还给我。"

她伸手要夺，我闪身躲开了她的手，然后紧盯着她的眼睛说道："别。"

她被我的口气伤到了，大睁着眼睛，向后退了一步。"我会还回来的。"说完我走出了房门。

下楼的时候我听到了她喊我的名字，却没有停下。吉夫斯在我碰到门把手之前打开了门，我快步走下台阶，看到福尔摩斯坐在入口旁的矮墙上，却一点都没觉得惊讶。他一手拿着一本薄书，一手夹着香烟。

福尔摩斯盯着我沿着车道走出来，我把照片交给他，他只说了一句："她父亲？"

"还有一个女人，可能是，也可能不是他口中所说的同父异母的妹妹。她在巴黎经营一家卡巴莱；1908年开始，他就一直住在那儿。"

"非常好，"他说，"现在我们有机会逮住他们了。"

"如果要去警局报案,那我应该先回去冲个澡。现在的样子不像很有名望的人。"

"回酒店的路上,我们顺道回房子看看龙和哈米特是不是还在那儿。"

我们在路上走着,到下一条街时,看到一辆空出租车缓慢经过。福尔摩斯伸手招呼,然后我们一起钻进了车里,并告诉司机路过房子时接上另外两个人。哈米特出来时抱了一堆东西,用破烂的防尘布裹着。上车之后,他说:"我不知道你们想不想把这些东西留在房子里。如果你们不相信酒店的保管处,那我可以推荐一家信得过的银行。"

中途,福尔摩斯让司机在圣法兰西斯酒店拐角处的一家照相馆门前停了下来。

"你不觉得我们应该把照片交给警察吗?"我问他。

"我更愿意先给自己留一份复印件。"

"或者多留几份。"我说。

"确实。"

车子停在路边,福尔摩斯走进店里,很快又出来了。回到酒店,我打开浴缸的水龙头放水,穿着干净衣服进进出出,听着三个男人边吃着送上来的午餐边讨论案情。我关掉水龙头,躺进浴缸里,把头没入水中,只留了一张脸漂在水面上。

至少现在只有我的呼吸与我为伴,我把福尔摩斯和哈米特昨天晚上献上的小小宝藏从脑袋中翻出来一看究竟。

那段被锯开的制动杆。

并非十四岁的玛丽·罗素将汽车送下了悬崖。玛丽·罗素和弟弟的争吵与整件事没一点关系。那段制动杆几乎被锯断了,当到达山顶,父亲踩下刹车踏板减速时,制动杆断裂,然后汽车突然滑向右侧,直接冲下了深渊。

我唯一的罪是,自己独活了下来。

而且我想，独活是我可以承受的一件事。

过了一会儿，我从水中支起脑袋，一边清洗脚踝和手上的污迹，一边听隔壁房间的对话，一字不落地记着他们讨论过程中提出的一个个观点。

"如果罗伯特·格林菲尔德有一把钥匙，那就有可能配第二把。"哈米特说，为3月份破门入室事件贡献了自己的智慧。我想，将弗洛提供的信息以及华生和迈克罗夫特发来的电报结合起来分析，事件的先后顺序非常明了。

1月份，一位住在巴黎的美国人——罗伯特·格林菲尔德抑或他"同父异母的妹妹"罗莎——顺手拿起一份伦敦《泰晤士报》，上面刊登的一封信表明夏洛克·福尔摩斯要紧急前往美洲大陆。由于哈德森太太在发给福尔摩斯的电报中专门提到，有人曾打电话询问我们回旧金山的事，我们就可以假定，通过一通长途电话和身份伪装——对于一个对卡巴莱舞台习以为常的女人来说，小菜一碟——他们其中一人从习惯性地信任他人的管家那里不仅得知了我和福尔摩斯正前往印度，而且知道了我们之后会去加利福尼亚。

只是，究竟是什么让两人决定行动的？这件事只能猜测。我注意到在另一个房间里，福尔摩斯并没有做任何尝试，龙和哈米特却兴致勃勃地讨论起了可能性：哈米特提出，格林菲尔德的罪恶感只需要一点点的压力，只要感觉我们在调查这件案子，有一点风吹草动，他们就不会坐以待毙；龙觉得可能与国际关系变化有关，因为战争结束就意味着法国更乐意引渡外国的罪犯。我个人觉得，弗洛的父亲现在已年过五旬，他只不过是厌倦了欧洲的生活，想回到故乡。而且他知道，若自己与那个殉职的警察扯上关系，余生就很可能要亡命天涯。1914年，他曾经试图再次闯进房子，却被看门人给挡了回去。这是他最后一次将事情处理干净的机会。

不管是哪种情况,总之这两个人立即采取了行动,仓促地为罗莎安排了一架飞机——不是罗伯特,因为他脸上明显的疤痕肯定会引起其他乘客的注意,而且据他判断,会被我认出来。通过询问票务代理便可得知,途经英国南部的太平洋与东方公司的轮船就只有"玛格丽特号",也就是我们匆忙离开时乘坐的那艘,并且星期二会抵达塞得港。罗莎乘飞机赶在我们之前到了那里。她化名莉莉·蒙特拉,低调行事,同时向一众搬运工和乘客打听我们的情况,确定了我们要前往旧金山。亚丁是到达印度之前的最后一站,她在那里下了船。

很有可能那架飞机将她留在塞得港之后继续南行,并把罗伯特带到了亚丁,然后他不顾一切地设下了谋杀圈套,却没有成功。我相信,阳台坠落不仅仅是意外,想调查出他是否在那里并非什么难事。

亚丁之后,两人单独或者一起搭乘了下一班轮船,直接驶往加利福尼亚,半路未作停留——若是她自己乘船,那他会在这里与她碰面。他们想趁夜潜入我家,注意到了街对面的看门人——而且就像刚才哈米特先生说的那样,1906年格林菲尔德在大张旗鼓地将原配钥匙交给父亲之前,可以任意配出一把甚至数十把。(当我和杂草肉搏的时候,我脑中记下了要把所有的锁都换掉,越快越好。)两人白天藏在房子中,搜索任何可能威胁到他的东西,最后终于找到了父亲写的信,可能是在图书室、父母的卧室或者母亲的桌子上。父亲将信件藏到上述某个地方之后,在1914年那个宿命的周末动身前往小舍。然而信件并没有帮他们找到两个盒子的线索,最后不得不放弃了搜寻。两人将信件和相关的报纸文章一起塞进壁炉烧掉,然后上楼休息,直到满月足够明亮时才起身离开。我在渐渐冷却的水中沉思,得知盒子已经不在花园之后,他们肯定很受挫,但又无能为力。

"你们觉得他有没有意识到这家人都在那辆车里，如果知道，他当时还会不会那样做？"是龙的声音，这一想法让我顿了一下。没错，父亲的信中只说他自己要去小舍。他可能也是这样和朋友们说的，而且……而且我可能也和弗洛说，父亲要去，但我们不去。我当时很有可能这么做——青春期的自己对哪种情况都会抱怨：如果我去了，会说自己是被迫的；如果没去成，又会说他们把我丢下了。弗洛的父亲当时就在城里，给十四岁的女儿送了串珍珠项链当作生日礼物。她可能又将我提供的消息传达给了别人……

但是父亲死后，他迟早会找上门来封母亲的口。他了解自己的朋友，知道查尔斯·罗素会告诉妻子自己在后花园里找到的东西。格林菲尔德之后对其他可能知道这件事的人痛下杀手，龙一家、金兹伯医生，这就证明他早晚都会找上母亲的。

可能不会残害利瓦伊，毕竟大火那年他只是一个婴儿，出车祸时也才九岁。或许我也可以幸免——毕竟我这些年一直都住在英国。但是当我长大成人，与世界上最冷酷高效的侦探结了婚，我父亲的老朋友肯定没少失眠。遗嘱中的附加条款即将失效，那所不让外人踏足、荒凉了二十年的庭院，终于迎来了新主人，而她肯定会将那片丛林铲平，甚至动到地下。于是1月份我和那位高效的侦探一起前往加利福尼亚的消息，可能成为最后一根稻草——他不能冒这种风险。

所以，我们逗留在塞拉海滩时，格林菲尔德看到我们全家都在，但还是锯断了制动杆？还是说父亲将我们三人放到咖啡馆之后，他只看到了汽车，除了走出来的司机之外，没有其他人？

我坐着一动不动，心不在焉地盯着肥皂盒。肯定还有什么我没有发现的事情，它就在我的脑海深处，就和那天早晨在湖畔时一样,鼓动着我。还有些我不知道的事情……他们死了……

有些事……

但是龙的声音闯进了我正努力查找的大脑,打断了我的思路。

"我父亲并不愿意把盒子埋起来,但还是这么做了,因为他相信查尔斯·罗素。"

是的。大火之后,父亲和他的关系变了,就像有……(有些事情等待着我去发现,有些事——但不行,我又没了头绪)……就像有什么事逼着他们断开了之前的亲密关系和相互尊重。

我拉开浴缸塞,穿上裤子和干净衬衫——今天不用打扮成女继承人的样子。我加入了他们的谈话。龙正要走,因为他的助手下午需要离开,而不到万不得已,他也不愿意提早关店。

"我很愿意留下来帮你们做些什么。"他提出。但是福尔摩斯摇了摇头。

"我会把几份格林菲尔德照片的复印件拿到你店里。如果你愿意在唐人街分发一下,那就帮了大忙了。"

福尔摩斯出去送龙的时候,我拿起一块看上去很干的三明治,饥不可耐地咬了几口,用温热的咖啡送了下去。我琢磨着,为什么人们的食欲恢复之后,总是碰不上爱吃的食物呢?

福尔摩斯和哈米特讨论着如何更好地进行下一步时,我填饱了自己的肚子。他们下一步计划向警方说明他们的优势资源,这样警方或许会帮助我们找到格林菲尔德和他的妹妹。我把自己的东西堆到托盘上,然后去衣柜中找靴子,之后又坐回桌边系鞋带,这时我旁边的电话响了。

我愣了片刻才理解了这个声音,因为听上去背景中似乎发生了小型暴动。"奥伯伦先生？是你吗？"我大声说，"能重复一遍你刚才说的话吗？"

"很抱歉打扰您，夫人，但是这里有几个孩子坚持要——"

"我们马上下去，奥伯伦先生。告诉他们我们马上就来。"

我抓起外套，奔向门口。福尔摩斯听到我急迫的声音已经打开了门。"是你的非正规军。"我告诉他。

他的脸因为兴奋而大放异彩。他一边在走廊里朝着电梯飞奔，一边大喊："快，罗素——游戏开始了。"

哈米特礼数更周全些，穿着外套走在我旁边，疑惑地瞟了我一眼，"他真的这么说话？"

"只有想惹恼我的时候。"我告诉他，然后几乎是强行将他推进了开着的电梯门。

圣法兰西斯酒店端庄的门侍正拽着几个顽童，但似乎并不成功，这些外来人员穿着各种混搭的衣服，而且也不合身。一看到福尔摩斯，他们立刻绕开了那个可怜男人伸着的胳膊，好像很多足球前锋要在福尔摩斯面前射门。他们踮着脚尖上蹿下跳，兴奋地叫着。

高个子的成年男子像统帅一样，长臂一伸，那群孩子立即安静了下来，像猎犬接收了坐下的命令一样抖着身子。

"加西亚先生，有什么要汇报的事情吗？"

小伙子挥起布帽子，几乎像是敬礼。"嘿，先生，他们去那所房子了，而且我们还跟踪了他们。"他的回答让其他孩子也开始七嘴八舌，热情高涨，但基本上听不明白。首领对着孩子们嘘了一声，但没什么效果，于是开始拿帽子拍他们。这倒成效显著。平息躁动之后，他又转向福尔摩斯，"他们朝市场街去了。我让几个兄弟继续跟着，但你还是得快点。"

福尔摩斯用一只手拍了拍小男孩的肩膀,然后把他扳过来对着门口,对门侍说:"请叫辆车!现在加西亚先生,告诉我谁来了,都做了什么?"

小男孩一点一点地讲着,中间被其他孩子的话以及往出租车内塞进三个成年人的过程打断了几次,事实证明,车里只能再塞三个孩子。我们了解到,临近十一点,负责监视太平梯的孩子听到了公寓走廊传来的声响。他朝里一看,发现一个男人正弯着腰对着哈米特家的门锁,他身后站着一个女人,紧张地在走廊中四下张望。男人花了几分钟才撬开了门锁(讲到这里时男孩有些轻蔑,岔开话题说自己有个叔叔,只用一半的时间就能办到)。他们在公寓中待了几分钟,出来时女人往包里塞了些东西。他们关上身后的门,然后急匆匆地离开了。

加西亚领队和七个跟班一路跟踪到了市场街,然后看到两人向西而去。加西亚把自己的队伍分成了两拨:两个人和他一起去求助,另外几个人继续追踪猎物。

小伙子突然停下,拧着眉盯着福尔摩斯,"我应该提一个要求——你身上有二十五美分的硬币吗?"

"有,有几个。怎么了?"

"是这样,我和老伙计交代了,如果他们转弯太多,人手不够用的话,就找几个用二十五美分可以收买的人站在拐角,让我们知道两人离开的方向。所以,你可能得掏些钱给流浪汉们。"

我们三个人都崇敬地望着他。少年脸红了一阵,然后头向后一靠,一脸的高傲。"不过是情理之中。"他宣称。

"说得太对了。"福尔摩斯说,"我们这件事处理完之后,你可以和这位哈米特先生谈一谈一位有前途的小伙子在本地的工作机会。"

出租车在市场街开了约一英里，小伙子突然坐直了。"麦克在那儿！停车，那边。"他对司机说。司机看了一眼福尔摩斯，他点头同意。车子停了过去，然后车里伸出一只手，将另一个孩子拽了进来。这个孩子太小了，由于太过兴奋而语无伦次，直到里基抓住他的胳膊用力地晃了晃。孩子感激地吸了口气，然后滔滔不绝地讲了起来："他们沿着市场街走然后坐上了一辆电车鲁迪说我们不能上去因为会被发现但是后来库尔特又说他可以扒在车后面他总这么干但我可不这么认为我觉得那是他哥哥比大一些但不管怎样他跑向那辆电车扒了上去鲁迪跟他一起文斯也试了一下但你知道他太胖了所以掉了下来我够不着太高了所以文斯麦奇和我就落在了后边鲁迪喊我们在原地等你们来但是文斯和麦奇说他们可以追着电车能跑多远算多远让我在这里等你们虽然我比文斯跑得快但我还是照做了在这里等。"

最后的那个句号来得太突然，我们过了一会儿才缓过神来，然后车里的每一个人都同时吸了一口气。

"好样的。"福尔摩斯说，然后给了他一枚亮闪闪的二十五美分硬币。孩子立刻刹住了嘴——我再没听到他吐出一个音节。

在市场街上又走了一小段，我们又接上了名叫文斯的孩子，他圆润的脸颊红彤彤的。他也挤进了车里（突然就觉得暖和拥挤了），气喘吁吁地对里基说麦奇跑到前边去了，但是他觉得自己应该跑慢一些，等我们来了以后给我们带路。里基哼了一声，但其余的人都左一句右一句地安抚，表示理解和赞许。福尔摩斯郑重其事地给了文斯一枚硬币。

然后一些异样的城市景象吸引了我眼角的余光，当我从后窗望出去时，我注意到了一个衣衫褴褛的瘦弱小男孩紧紧抓在电车后面，朝相反的方向开走了。"对于你们年轻的小伙子来说，这种乘车方式很常见吗？"我好奇地问道。车里的其他几个人随着我的目光望过去，然后年轻的里基·加西亚大喊了一声。

"鲁迪！那是鲁迪。"他重复道。但是福尔摩斯已经采取了行动，让司机掉头跟上那辆电车。司机抱怨了一声，声明说，如果自己被警察逮住了，那罚款不是他来出，然后将车开到了宽阔的路中间，等待车流中的缝隙。随后，他刚要向前开，五个年轻的伙伴就开始激动地喊："那是库尔特！""等等，别丢下库尔特。"还有唱反调的，"别，继续开，他没问题的。""等等，麦奇在那儿。加油，麦奇，跑快点！"

于是福尔摩斯告诉司机靠边停一会儿。他像有无穷无尽的零钱供应似的，又掏出两枚银硬币，然后从票夹中抽出一张五美元的纸币，一起交给孩子们的首领。"加西亚先生，我想你得暂时和我们分开了。如果明天上午九点你愿意来圣法兰西斯酒店前台的话，我想再结算最后一笔，表示感谢。"

男孩子自然而然地抗议。但是福尔摩斯已经开始把这几个生气的小孩推下车，哈米特自愿搭了把手，却加剧了孩子们的不满。"加西亚先生，如果你想知道事情的细节——所有的细节，甚至包括你没有参与的事情——那明天早上来酒店吧。如果你继续抗议，那我除了给你钱什么都不会再提，并找人把你送走。"

我一直觉得神奇，福尔摩斯这样一位学者，怎么把孩子的思维方式研究得如此透彻。这次同样正中了他们的心思，孩子们没再反抗，乖乖下去了。首领眯着眼睛思考了一会儿，然后也爬出了汽车。车子从五个站着的孩子身边开走了，还有两个孩子正追着往这里跑。我们听到里基喊："如果你不交代，你一定会后悔的。"

福尔摩斯整理了一下衣服，冲我咧嘴一笑，"我也这么想。"

我们很快追上了那辆电车,福尔摩斯让司机尽量靠近,吹了一声响亮的口哨后,又隔开距离。吊在后面的男孩到处看,目光定在福尔摩斯身上,然后立刻撒手,结束了这项危险的任务,站在路中间,等我们接上他。哈米特打开车门,孩子爬了上来,整个过程车子都没有真正停下。我们继续跟在电车后面,福尔摩斯问起了最后一位非正规军。

"你就是鲁迪,对吧?我们刚让你的朋友们在路边下了车。我是不是可以认为,你跟踪的那两个人就在这辆电车上?"

我想,如果小伙子回答说,他一时兴起忽然想坐那辆车,我们就真的闹出大乌龙了。但他点了点头。"他们在十六街附近下了车,然后进了一家酒店,大约两分钟后带着两三个包出来,坐上了相反方向的另外一辆。我让库尔特留在那儿告诉里基。"

"他找到我们了。"福尔摩斯让他放心,然后拿出了最亮的一枚硬币,完全的银币,"我们让你在这里下车,小伙子。告诉你的朋友们,明天早晨带着胃口过来,我给你们买圣法兰西斯酒店最丰盛的早餐。"

孩子的表情表明,他并不经常在圣法兰西斯酒店这样的地方用餐。我们让他在人行道下车,他好奇地盯着倒退的汽车。

我们告诉司机慢慢开,远远地跟在后面,防止同时停车、启动引起电车乘客的注意。但又要足够近,如果他们发现了我们,想拎上包钻进人群中消失的话,我们也能看到。但是从电车上下来的人当中,没有一个像弗洛给我的那张照片中的人,而且电车沿着笔直的市场街一路朝渡轮大厦的方向去了。

电车到了旧金山湾堤岸上宽阔的林荫大道,所有的码头都通向这里。电车开进了渡轮大厦前的回车场中。正值下午时分，出租车、私家车、自行车、手推车以及行人汇集成了一堆。我们屏着呼吸，静静等待，直到看见一个男人和一个女人走到街上，手里各拎着一个行李袋。男人的帽子压得很低，遮着自己的脸。福尔摩斯往司机手里扔了些钱，然后我们三个迅速从车里出来，尽力表现出对什么事都不感兴趣的样子，随意地、快速地朝终点站靠近。

但是女人看到了。在人群中，我们绝对算不上不显眼，尽管福尔摩斯和哈米特缩在自己的外套中，但也比其他人高出一截，我也不甘落后。她回头看到了我们，于是抓住了同伴的肩膀；他转身径直朝我们的方向望过来，然后抓起她的胳膊就跑，将两个行李袋丢在了街上。我们也跑了起来，在车水马龙声、刺耳的喇叭声和警察的哨子声交织成的音乐中来回闪躲，终于冲上了人行道，却看见男人从口袋中掏出一把枪，瞄准我们的方向。

虽然理智知道，理论上几百码之外，手枪的精准性大打折扣，但这并不等同于绝对安全。我们三人全部躲到附近最大的物体后面，直到街上的枪响声消失，尖叫声和逃窜声四起。三个人的脑袋缓缓地冒出来，恰巧看到猎物钻进了一辆红褐色的克莱斯勒。司机已经吓坏了，高举着双手站在街头，眼睁睁地看着自己的车丢下自己蹿向了内河码头。

福尔摩斯和我对视一眼，做了个苦脸，然后掏出自己的左轮手枪，强行征用了一辆花哨的绿色敞篷车，虽然远不如克莱斯勒动力强大，但底盘够低，转弯够稳。令我吃惊的是，哈米特并没有把我挤到一边，而是坐到了汽车后座，把方向盘后的司机位置留给了我。福尔摩斯对着被我们丢到后座的男人大声地一边道谢一边道歉，我一脚猛地踩下了油门。

市场街往北，内海码头的路宽阔、平坦、笔直。还没开出半英里，他们便发现我们跟了上来。格林菲尔德加速，我也一样,似乎可以一直保持这个速度,直到两车飞出第一个弯道,掉进海湾,或者撞上梅森堡周围的墙壁。他突然左转,冲进了电报山附近的道路迷宫当中。

"哈!"后座传来一声惊叹。哈米特往前一坐,在我肩膀周围说:"如果他们对这附近不熟,那就能逮到他们了。"

电报山出现在我们眼前,若隐若现。山丘这一侧的道路太陡,但我们前面的那辆车来回躲闪、疾驰,不知凭借技术还是运气,避开了各个死胡同。我尽力不偏离道路,同时不让他们逃出视线,肆意按着喇叭,心里庆幸这里并不堵车。虽然马力不敌,但我们对转角更加熟悉,找到手感之后,我渐渐追近了一些。拐弯时,我几乎不踩刹车,车子呼啸而过,与停在那里的车和灯柱只隔着发丝宽的距离,每次都让我们一阵尖叫。渐渐地,红褐色的汽车车牌更近了。

我完全不知道自己在哪儿,也没时间去问。我冲着背后喊:"如果你想透露任何街道的情况,请随时说。"

哈米特声音紧张,只说了一句:"干得不错。"

在居民区街道上兜了几分钟圈子,一通闪避之后,我们突然又回到了内河码头,这一次向南,往渡轮大厦方向去了。在冲进混乱的道路之前,格林菲尔德右转,蹭掉了电车表面的一些油漆,又向北开了几条街,再向西。他绕过一辆马拉着的车,之后随着轮胎摩擦发出的尖锐噪声,直直地驶过一辆出租车的车头,然后开进了一条我太过熟悉的街道。

下午的都板街,人潮拥挤、熙熙攘攘,这里是唐人街的商业和住宅中心。

二十五

　　唐人街可能是最不适合两车追逐的地方——我隐约意识到了格林菲尔德为什么选择了这里。他知道，我会因为小贩、孩子、下午逛街的人以及几乎凝固在街上的病弱人士降低车速，虽然他似乎没有这种内疚感。经过前两条街时，他靠着猛按喇叭、猛踩油门，肆无忌惮地横冲直撞，拉开了五十英尺的距离。而与此同时，我却承受了他通过之后造成的逆流——老爷爷为了看清从他眼前经过的虚影出门上街；正踩着满载的自行车踏板的人差点摔倒，车子向我这边一偏，保持住了平衡——我不得不减速躲闪。

　　"福尔摩斯，"我喊道，一手扶着方向盘，一手挂挡，"按着喇叭！"但他没有照做，而是从座位上坐直，大喊着让我停下。

　　"我能抓住他们的，福尔摩斯——"我抗议道，语气坚定冷酷。但是他伸手拍我的手，让我松开方向盘，并重复了一遍命令。

　　我慢吞吞地把脚从一个踏板移到另一个踏板上。偷来的这辆车往前一蹿，停了下来，橡胶轮胎发出了激烈的抗议。如果挡风玻璃没有抵住福尔摩斯，那他就会越过引擎盖，冲到车外的水果车上。车子刚一稳住，福尔摩斯就从玻璃上退开，跳出车门，站在了一位矮小的白发老人身前。起初我没有看到他，因为福尔摩斯的肩膀将他遮得严严实实，但那矮小、庄重的东方绅士瞬间跃起，双脚晃了晃，然后站在了车子的引擎盖上，伸着饱含诗书的手保持平衡。福尔摩斯立即跟着爬上去站在他身边，右手握着手枪，低头对长着白发的脑袋喊道："让他们拦住那辆车！"

除了明医生，我想不出这个城市中还有谁能办成这样的事。但他是明医生，此时此刻，我们正需要他的时候他出现了，没有质疑也没有唱反调。事情加速进展，就像经过了精心安排。老人要抬头喊时，福尔摩斯立刻闭上了嘴；福尔摩斯的手抬向天空，放了一枪，街上的行人身体一震，集中了注意力，所有的脑袋都扭向了我们这边。此时老人开口，声音微弱，却像靠近火药的火花。他的命令在附近的行人中间炸开、流窜、噼啪作响，传达到每一个人，他们转身继续传话，在街上飞奔，一片喧腾。他的话甚至与那辆鸣笛的红褐色汽车并驾齐驱，反超，然后变身成了实际行动：一辆菜贩货车开始动了，起初很慢，但仍然势不可挡地堵住了格林菲尔德偷来的汽车的去路。克莱斯勒轿车的喇叭再无暇叫嚣，车子尖叫着避向一边，又斜向另一侧，然后冲向了那辆货车和同时停在那里的一辆家禽货车。卷心菜和鸡笼从四面八方落下来，而被困住的两人还在尽力挣脱。格林菲尔德甚至举起了手枪，但人群一拥而上，枪对着电话交换局的天窗走了火，操作员受惊，将连接断开了，数通长途电话遭受了池鱼之殃。

整个人群将明医生的两名罪犯押送过来时，我们仍站在原地。老人坐在我们偷来的这辆翠绿色轿车的引擎盖上，双手抄在隐形的袖管当中，平静地与福尔摩斯说着话；哈米特注视着那两个人，很明显难以置信；我缓缓地下车，盯着一点点靠近的队伍。

格林菲尔德挣扎着想摆脱杂货店麻绳的束缚，大声地叫嚷。他妹妹的手也同样被绑了起来，我仔细地看着她，回想有没有在"玛格丽特号"上遇见过。她个子很高，几乎跟我差不多。虽然她始终如一的棕发在追逐中散乱了一些，但除此之外，她看上去还是非常镇定。她可能会停下来回答路人的询问，却不愿等警察到来。再靠近些观察，我想自己应该在船上见过她，或许在某天晚上的化装舞会上遇到过，但又无法断定。她安静地被人们押送着，表情更像警惕而非惊恐。我想，或许应该警告警察，得小心提审。

我想和她谈谈，其实是想用力抓着她，要求她交代到底是什么驱使她毅然决然地尾随。但是我又看到她看他的眼神，只这一眼，一切了然。

就算过了这么多年，尽管她的自控能力让她的脊背挺直，面无惧色，但她的弱点是身旁的男人。那一瞬间，她怕了——不是为自己，而是为了他。

她不是妹妹。她或许自愿为他当牛做马。

我的目光投向他，好像只有外貌可以解释如此这般倾尽一生的奉献：罗伯特·格林菲尔德，我父亲年轻时的伙伴，他激起了母亲的怀疑，惹来了前妻公然的憎恨。除了脸上多了几道伤疤之外，他看上去很平凡，就连伤疤也不那么骇人。

格林菲尔德站在车前，只是不停地咒骂，直到附近的一个男人从人群中找了一条脏兮兮的布，然后询问似的举到了明医生面前。明医生推给了福尔摩斯，福尔摩斯又看向我，用眉毛问我是否愿意在警察来之前和这个人谈一谈。

格林菲尔德随着视线的转向看过来，最后看到了我，他的咒骂堵在了嗓子里。"老天——查理？"他哽住了，然后又看了一遍。他的脸色更加苍白。我内心深处那几句"还有什么，背后还有什么事情——"的低喃，在我耳边越来越响。

"你……你一定是他的女儿，玛丽。天啊，你的头发，眼睛……我还以为——"他回过神,收住了话,努力咧出了一个扭曲的笑容,"有没有人告诉过你,你和你老爸长得多像?"

"你是说,在你杀了他之前?"

笑容立刻滑了下去,之后又被他捡了回来,撑住他的抗议。但是我没听他说的话,而是被他的脸和内心的声音占据了思绪。

他的烧伤影响了一多半的脸部皮肤,烧掉了一道眉毛和另一道的一部分,但伤得不深,没有影响到肌肉和肌腱。发亮的疤痕像一块纸巾,下面的脸部动作依然正常,虽然左半边有些僵硬。

而那个声音——我知道那个声音,有些嘶哑,带着波士顿口音,比我父亲的口音重很多。那个声音插进来,拽出了藏着的什么东西,是我记忆之屋中的房间。我知道它就在那里,而我却顺从地、彻底地将钥匙搁在一旁,甚至都看不到它。

"你说,'别害怕,小丫头。'"我对他说。我没打算大声说出来,但这个男人眨了眨眼,很明显我实际上这么干了。

"什么?"他说。

"在帐篷里。你当时来找我的父亲,然后把我吵醒了,你面目模糊,比你现在的脸还要白,还要亮,我被吓到了。你告诉我不要怕。我应该听话的,是不是?"

格林菲尔德看了看摁着他胳膊的人,然后又努力咧嘴笑,"我在外面做救援工作时被火烧伤了,所以就去找你的父亲,看他情况如何。他是我的好朋友,在结婚之前,而且——"

"你没有救援,你在外面洗劫人们抛下的房子,剥夺死人的财物。"

他静了下来。

"但并非只有那一次,"我继续对自己说,对福尔摩斯说,也对格林菲尔德说,"父亲停下来换轮胎时你也在,对不对?

在塞拉海滩。过去几天,我都在努力回想这件事,我瞥见你出现在车厂后面,溜到旁边那棵大橡胶树后。你当时和我父亲谈了些什么,当我吃完午餐出来找他,告诉他可以出发时,我看到你们两个人正在争吵。父亲转身看到了我,他的脸很红,拳头攥在一起——我从来没见过他那副样子。你逃跑了。我问他你是谁,他回答谁也不是,还说如果告诉母亲看到了你,她会心情不快,我应该忘掉所有关于你的事情。

"我也确实做到了。天啊,我曾经确实如此。但是你那天就在那里,是你锯断了制动杆,是你杀了他们所有人。就像四个月之后杀掉利亚·金兹伯、马氏、迈卡·龙一样。"

最后一对名字引来了窃窃私语,一些老住户听出了那对遇害夫妇的英文名字。我绕过车子,直接站到格林菲尔德面前,我想杀了他,此时此地。我想将他碎尸万段,让他身体中的血一点点流光,让他为枉死的六个善良的亲人偿命。我也许真的会动手——我几乎就要从口袋中掏出枪,或者弯腰取出靴子中的匕首——却有什么东西碰到了我的胳膊。那是最轻柔的碰触,像小鸟羽毛拂过的力量,但是微弱的力道落在我绷紧的前臂肌肉上,阻止了它们继续行动。我低下头,看到了纤弱衰老的手指,然后看到了明医生的脸。

"你不会这么做的。"他说。

我真的想杀了他,我几乎尝到了复仇的荣耀。但是突然,我放弃了。杀人的冲动散去了,手也放了下来。警察如同收到了舞台信号,粉墨登场,虚张声势,不明所以,还要求众人将注意力集中到他们身上。

尾声

那天很晚,我和福尔摩斯才艰难地回到了圣法兰西斯酒店的房间。我们说服了警官,把龙和哈米特先放走,但代价是留在那里一遍又一遍地解释说明所有的一切:为什么罗莎·格林菲尔德的指纹会印在我家的马桶手柄上;为什么格林菲尔德手枪中的子弹正好与太平洋高地某处篱笆上的弹孔相吻合;为什么酒店保管处存放的锡盒里的硬币上会发现格林菲尔德的指纹。

如果不是因为福尔摩斯的大名,一头雾水的警察或许会把我们丢出去,让我们在街上理清楚。

但是最后,罗伯特·格林菲尔德和罗莎·格林菲尔德被起诉,我们被放走了。

刚过午夜,我们走向电梯,值夜班的男人从前台走出来,交给福尔摩斯一个小包。他机械地伸手接过来,电梯上行,我的目光在地址上兜兜转转,好像字母中藏了什么晦涩的信息。回到房间后,福尔摩斯撕开信封,才知道原来是他之前让人加急复印的弗洛给的那张照片的复印件——只不过,那天早晨似乎是很久之前。

我挂好外套,将鞋子之类的累赘从身上褪下来,然后拖着步子走进浴室洗了把脸。

再出来时,福尔摩斯已经坐在那儿,手里拿着照片——不是格林菲尔德家的那张——递向我。

"这是什么?"我疲惫地问道。

"有一天我留在那里复印的另一张照片。我都忘了。"

为了防止自己摔到地上,我坐了下来,从他手里接过照片。

一座帐篷城。一个女人,一个捧着书的金发小孩,一个男人正爬上山丘,看上去精疲力竭,和我现在一样。

是我的家人。

我摘下眼镜,仔细观察父亲的脸。太累了,没有做噩梦的精力,他的信中这样写道。我猜想在他的梦中是否还有漫天大火。

"我和他长得很像吗?"我问。

"有些地方挺像的,不戴帽子时露出的头发很像。在问心有愧的人眼中,相似程度更是惊人。"

我又拿起另一张照片的复印件,是格林菲尔德在小舍时的景象。那时他的脸上没有伤疤,也没有害人性命。他们站在湖畔,扭头望向木屋中的摄影师,年轻的、无忧无虑的格林菲尔德帮自己的朋友查尔斯建造的木屋。

"太阳红彤彤的。"我喃喃自语。

"什么?"

"大火期间,烟雾和灰烬的笼罩下,所有的东西都有特别的色彩,很可怕,太阳发着红光,大地震动,还有爆炸的声音。但是我父亲回来后跟我解释说,外面的爆炸声是消防员在拆房子,这样就没有能烧的东西,大火就会熄灭了。我明白他的话,当他说一切都会好起来时,我信了。"

"你的父母都是好人。"他说。然后又补充了迄今为止所有人对我说过的话中最完美的一句,"他们会以你为傲的。"

当然,我并没有相信,反而说起了自己残存的愧疚感:"如果当时我告诉母亲那天见到了格林菲尔德,如果我说些什么，也许就可以救他们。"

"我不这么认为。格林菲尔德已经开始行动了。如果你告诉你母亲见到了他，你父母可能会争吵，最可能的解决方案是回到城里再应对格林菲尔德，但这并不会打断一家人去湖畔的行程。只有格林菲尔德本人可以做到这一点。"

我可以清晰地想象到，母亲因为父亲见那个男人而愤怒；家人最后的时光被指责和遗憾玷污；车子还是会翻下悬崖……

"你什么都改变不了的。"福尔摩斯说得很直接。这一次，我信了他。

我把白天穿的衣服换下来，躺到柔软的床上。床似乎因为我的疲惫而颤抖。但我没有闭上眼睛。我盯着床柱上的门柱圣卷，听到了自己的声音："福尔摩斯，如果我们不马上离开，你会不会介意？我想去家人的墓地看一看，再探索一下这个地方。"

"不，我不介意在这里多待几天。我们在加利福尼亚逗留了一周半，但是我自己都没时间看一眼红杉。"

"而且你还能完成帕格尼尼的研究。"

"我——啊，对，帕格尼尼研究。"

"根本就没有这个研究项目，对吧，福尔摩斯？"

"没研究这个，确实。"他承认了。他在我身边躺下时，床晃得比刚才更厉害了一些。我转过身对着他，闭上眼睛，因为单纯的肢体触碰而感到快乐。

"别忘了提醒我，"他说，"早上九点我必须带加西亚先生和非正规军们一起吃早餐。"

"我相信，如果你没有准时出现，我们醒来之后会发现他们正低头盯着我们。"他大笑，然后伸手关了灯。黑暗渐渐占据了整个房间，我最后又想到一件事，"福尔摩斯，刚才明医生跟你说了些什么？"

"你是指他坐在引擎盖上时？我为唐突粗鲁的举止向他道歉，然后说碰到能在唐人街一呼百应的那个人是多么走运。他回答说，人们有时会搞混运气和风水的理念。"

我困顿的大脑咀嚼了一下这番话，"所以，他的意思是，他出现在那里是注定的？"

"他的原话是'能感知龙的行踪的人可以使之变更'。"

我动了一下。如果这位老医生是经过深思熟虑之后出现在那里的，这就表明命运——或者老绅士他自己——不只看到了他需要在确切的时间和地点出现，而且还预想到了我们有能力善用。

最后，我甩开令人烦躁的难题，躺到了舒服的枕头上。半睡半醒之间，我察觉到抑或是梦到有人轻抚我的头发，说了下面几句话："啊，罗素，我怎么变成这样了？我发现自己渐渐开始喜欢你可怕的发型了。"

我感觉出自己弯了弯嘴角。"真是不幸，福尔摩斯，我刚决定要把它留长。"

我终于睡着了，一夜安宁。

后记

我要感谢位于圣克鲁兹的加利福尼亚大学麦克亨利图书馆那些充满智慧和才华的人们,一如既往。没有你们,这本书便不可能像现在这样生动伟大。

我还要感谢加利福尼亚丹维尔市黑鹰博物馆的迪克·格里菲斯、乔恩·哈特以及弗雷德·齐默尔曼。如果想见识唐尼的蓝色劳斯莱斯,它就停在那里。

感谢杰出的研究员艾比·布里基、加州历史学会的藏品、旧金山公共图书馆以及技术协会图书馆;感谢对哈米特无所不知的唐·赫伦,以及斯图·班尼特,他找出了知道这座城市内情的人的指导。

尽管我找到的所有达希尔·哈米特的传记,甚至他女儿乔·哈米特亲笔的传记(《达希尔·哈米特:女儿记忆中的他》),都未曾提到1924年春天这次非凡的思想交融,但从我的角度看,罗素女士透过他整齐的衣冠和病弱的肺,乃至他强大的道德感,抓住了这个男人的本质。关于故事中哈米特不愿出卖前任雇主的这一点,在此应该指出,这位病入膏肓、终生患有幽闭恐惧症的老人,在20世纪50年代,57岁高龄时,因为拒绝说出信任他的人的名字,被关在联邦监狱二十二个星期。正如莉莲·赫尔曼为挚爱的人献上的悼词(可以在黛安·约翰逊杰出的《达希尔·哈米特的一生》中找到),哈米特锒铛入狱是因为"他最后得出结论,人应该谨言"。

对所有人而言,这绝非小目标。

LOCKED ROOMS by Laurie R. King
Copyright © 2005 by Laurie R. King
This translation published by arrangement with Bantam Books, an imprint of Random House, a division of Penguin Random House LLC.
Simplified Chinese translation copyright © 2017 by BEIJING ALPHA BOOKS CO., INC.
All rights reserved.

版贸核渝字（2016）第085号
图书在版编目（CIP）数据

上锁的房间 /（美）劳拉·金著；张文林译. -- 重庆：重庆出版社，2017.10
书名原文：LOCKED ROOMS
ISBN 978-7-229-12517-2

Ⅰ.①上… Ⅱ.①劳… ②张… Ⅲ.①长篇小说—美国—现代 Ⅳ.①I712.45

中国版本图书馆CIP数据核字（2017）第185940号

上锁的房间
SHANGSUODEFANGJIAN
[美]劳拉·金 著
张文林 译

策　　划：	华章同人
出版监制：	伍　志　徐宪江
策划编辑：	张慧哲
责任编辑：	张慧哲
责任印制：	杨　宁
营销编辑：	张　宁　初　晨
装帧设计：	主语设计

重庆出版集团
重庆出版社 出版
（重庆市南岸区南滨路162号1幢）

投稿邮箱：bjhztr@vip.163.com

三河市九洲财鑫印刷有限公司　印刷
重庆出版集团图书发行有限公司　发行
邮购电话：010-85869375/76/77转810

重庆出版社天猫旗舰店
cqcbs.tmall.com

全国新华书店经销

开本：880mm×1230mm　1/32　印张：11.5　字数：271千
2017年10月第1版　2017年10月第1次印刷
定价：39.80元

如有印装质量问题，请致电023-61520678

版权所有，侵权必究